蘭陵春色 3

目次

壹之章

復歸蘭陵端意氣

一輛馬車已悄無聲息地駛向東城門。

馬車旁，只有幾個護衛；馬車中，張綺的左右各坐著兩個宮婢，這兩個孔武有力的宮婢安靜地坐在她的身側，目光偶爾掃過，卻是冷光森森。

她們是防著張綺有什麼異動。

張綺哪裡會有異動？

她苦笑地看著擺在面前的木箱子，這裡面裝了六百兩黃金，小心點用，足夠她花用一生了。只是這護衛的人……

見她蹙眉看著外面，一個宮婢恭敬地說道：「女郎，太后說了，數百人動靜太大。人數少些，女郎還平安些。」在齊境內，也許是平安些，可到了周境、陳境呢？

張綺低低說道：「路途太遠，匪徒眾多！」

另一個宮婢鄙夷地看著她，沒好氣地說道：「女郎，做人還是知足些好！」

這話一出，張綺馬上閉緊了嘴。

雖已入夜，在他們到來時，東城門還是悄悄地打了開來。隨著他們出城，那城門又以最快的速度關緊。

張綺回頭看向城門。天空太黑，飄搖著火把光的城門也是黝黑黝黑，彷彿蹲在暗夜中的一隻巨獸。城門外流動的護城河，發出嘩啦嘩啦的流水聲，混合在烏鴉啼叫聲中，是那麼的讓人不安。

視野被城牆所阻，她看不到城中的街道，看不到蘭陵王府的院牆，看不到那青青的楊柳，還有掩映在楊柳下的院落。她什麼都看不到了！

來時浩浩蕩蕩，被男人擁在懷中，一時風光不盡。去時匆匆忙忙，在寒鴉流水聲中，嘗盡世間淒涼。

張綺慢慢地回過頭來。也許是她的表情太過淒然，策馬而行的婁齊有點於心不忍，他靠近來，向著張綺低聲稟道：「前方三百里處，有皇室輕騎守備，太后令奴調五百人手送姬。」

他聲音一落，張綺目光大亮，感激涕零地說道：「多謝太后，娘娘當真是慈悲之人！」

馬車中，一個宮婢冷聲說道：「太后當然是慈悲之人！她若心狠，給妳一杯鴆酒便可，便是這護城河也深著呢！」

黑暗中聽到這話，真讓人戰戰兢兢。

張綺白著臉，低低說道：「我知。」她隱約記得，婁太后真不算個手段毒辣的。要是她真那麼心狠，以宮中那李太后的出身容顏還有所作所為，也不可能還活到現在。還有她的丈夫，有那麼多姬妾，那麼多庶子庶女，她也多是一視同仁。

黑暗中，只有馬車嘎吱嘎吱的聲音傳來。

安靜了會兒，張綺向著那婁齊小聲說道：「我那婢女，還請公公回去後，多多關照。」

婁齊看了她一眼，只是點了點頭。他沒有說話，倒是張綺旁邊的那宮婢，又在冷笑著，「姬想多了！以蘭陵王對妳的重視，妳的婢子自會生活得很好。」

可是，想到阿綠從此後與她隔國相望，她這心裡難受啊！還有，阿綠不在，她回到陳地後，也就不能去阿綠的家鄉定居了。罷了，且去外祖父那裡吧。那裡自己熟悉，只要自己閉門不出，不與任何人相認，應該能過得下去的。

在馬車不疾不徐的行駛中，一夜過去了。

第二天一大早，太后剛剛起榻，便聽到一個宮婢上前稟道：「娘娘，蘭陵郡王來了！」

「哦？」太后淡淡說道：「讓他候著吧。」

「是。」

直到一個時辰過去，連早膳都用了的太后才突然記起，外面有那麼一個孫兒。當下，她抿了一口梅子漿，淡淡說道：「讓他進來吧。」聽到前方傳來的，鏗鏘有力的腳步聲，太后卻一直不抬頭。她彷彿不記得自己把蘭陵王召來了，只是眯著眼睛在那裡品著梅子湯。

蘭陵王大步上前，啪的一聲，他單膝跪地，低著頭，聲音暗啞而渾濁，顯得十分疲憊和悽愴，「奶奶，請把張氏還給孫兒。」他啞著聲，滄涼地說道：「奶奶，孫兒什麼也不要，孫兒只要我那婦人。」說到這裡，他的聲音中竟是帶上了幾分哽咽。

太后慢慢抬頭，就著晨光，定定地看著他。眯著眼睛，婁太后慢慢說道：「你不是很行嗎？不是派出了一千私軍攻進了吳雲寺嗎？奶奶說的話，你都當成了耳邊風了……還來求奶奶做甚？」

本來，聽到這樣的話，他應該就勢認錯的，可這一次，高長恭卻是哽著聲音，重複著說道：「奶奶，請把我的婦人還給我！」

他抬起頭，紅著一雙眼，低啞地說道：「奶奶，我只要那個婦人，我一定要那個婦人！」不管不顧，也沒有了半分儀容體面。

這般愚魯，這般不知進退！

婁太后騰地站起，伸手指著他，氣了一會兒，突然叫道：「來人！」

「在！」

「叉出去，叉出去！」

「不必了！」蘭陵王卻是騰地站起，轉過身就走，走著走著，回過頭來，直視著婁太后，低沉地說道：「奶奶，皇上趁我出征之際擄我婦人……這樣荒淫之事，如果流傳出去，怕是對陛下不利吧？」

什麼？婁太后騰地抬頭，怒視著他，怒視著這個一向忠厚，一向遇事就退讓的孫兒。

無視婁太后氣得鐵青的臉，蘭陵王低啞地說道：「男子漢大丈夫，連個早就承諾要護住的婦人也護不住，還稱得上是人嗎？奶奶，孫兒不知道什麼叫禍水，什麼叫美色誤國，孫兒只知道，天下將士，任哪個出征時，都會把妻兒留在家中……若是一出征歸來，妻兒便被他人陰謀算計去，那泱泱齊國，怕是無人敢守家衛國了！」

他竟敢威脅自己，他竟然威脅！

婁太后氣得臉都白了，手指著他，那手指一個勁兒地顫抖，卻是半天說不出一個字來。

面對憤怒的太后，蘭陵王卻是沉靜如昔，沉聲道：「奶奶，長恭只是忠厚，並不傻……您常自說，高氏的子孫當頂天立地。孫兒雖是不肖，卻也不敢太過無能！」說到這裡，他大步走出。

剛出宮門，一輛馬車迎面而來。馬車車簾掀開，正是鄭瑜。她急急喚道：「長恭……」關切地看著他，鄭瑜心疼地說道：「你是不是一晚沒睡？眼睛都紅了？」明明她自己眼中也是血絲密布著。

蘭陵王心頭有事，當下不耐煩地瞟了她一眼，也不說話，板著臉，腳一踢便策馬衝了過去。望著他急急離去的背影，鄭瑜的笑容僵硬了。她低下頭，悄悄用袖拭了拭眼角湧出的淚珠兒。

一駛入府中，蘭陵王便朝著急急迎來的方老劈頭問道：「如何？東南兩城門，昨晚可有異動？」

方老恭敬地回稟道：「是，昨晚城門落鎖後不到　個時辰，便有數人簇擁著一輛馬車，急急駛向東城門。」

蘭陵王明白了，馬上命令道：「速發信鴿，令東南十營的衛士全體出動！誰能為我攔得我那婦人，一人賞金二十兩！」

「是！」

蘭陵王跨身上馬，又命令道：「他們昨晚酉時末出城的，到現在已有七個時辰，便是徹夜不曾休息，行程不應超過一百五十餘里。由東城門往建康方向，只有官道一條，可以迂回的普通道路，大小共有七條，令眾營在所有道路的咽喉處安排人馬。」

「是！」

蘭陵王向東方眺去，心下忖道：東南十營都安排在離鄴城三百到五百里的地方，按照估算，最遲三天，便會有好消息傳來了。

這時天色大亮，蘭陵王府的眾騎這般肆無忌憚地奔跑在鄴城中，一時之間備受注目。

王府外，鄭瑜的馬車靜靜地停著，看著府門處奔流不息的黑甲衛，她的臉色迅速沉了下去。

為什麼她的歡喜，總是只有那麼一會兒？

轉眼間，她便看到蘭陵王衝出府第，鄭瑜剛要叫喚，嘴一張，他已旋風般衝出，哪曾有什麼精神理會旁人？

一出東城門，蘭陵王便朝三百里外的皇室騎衛營衝去。

據得到的消息，昨晚護送張綺出城的人馬不多。在這種情況下，要麼太后當機立斷，半路謀了張綺的性命去，再找個什麼藉口搪塞自己等人。當然，這樣做的風險太大，不被自己和陛下發現的機率太小，她應該不會如此行事。另外一點就是，她讓人持手信到皇室騎衛營要人，好一路把張綺護送回南陳。以他對太后的了解，她的選擇很可能是第二種，所以，自己應該會在皇室騎衛營中見到張綺。

一想到這裡，蘭陵王的心火熱起來。

今日的天氣，一掃之前的風和日麗，天空陰沉沉的烏雲籠罩，平添了幾分蕭瑟。

「駕——駕——」蘭陵王驅馬的速度越來越快，越來越快。他胯下騎的本是罕見的名馬，又這麼一頓胡亂鞭打，那馬頓時如箭一樣衝出，轉眼間便把身後的護衛扔得遠遠的。

張綺的馬車一晚急行，離鄴城已有百數里遠了。

那馬車越是駛得快，便越是顛簸得厲害，本來便有點不舒服的張綺，這會兒是更不舒服了。每每車一停下，她便衝到路旁吐得天昏地暗。讓婁齊放心的是，不管怎麼辛苦，她從來不要求馬車減速，更沒有讓馬車停下過，最多是靠著車窗一陣翻吐。

如此不到半日，她已臉色蒼白如紙。

而隨著遠離鄴城，張綺也越發警戒起來。那一箱子黃金看起來雖然重，真秤起來，也不過是三十七斤，加上金子極重，占用的地方便很小。兩個婢女用過早餐後，再上馬車時，便發現那箱子裡的黃金不見了。接下來她們一路觀察，竟是不知道張綺把那東西藏到哪裡了。

如此顛簸急行，省卻一切休息時間，終於在夜幕降臨時，看到了靜靜佇立的皇室騎衛營。看到靜立在黑暗中的龐然大物，婁齊輕吁了一口氣：終於不用日夜趕路了。便是張綺，這時也放鬆下來。

得到這五百輕騎相護，她應該可以平安到達陳地了。

馬車輕快地向前駛去，走著走著，婁齊瞇起了雙眼，警戒地說道：「快看！前面是不是有什麼人？」他這話一出，眾人齊刷刷一凜。便是張綺也連忙掀開車簾，朝前看去。

黑幕籠罩的官道前方，黑壓壓一片，好似是什麼人擋在那裡。

就在幾個護衛按上了劍鞘時，婁齊大聲說道：「不用慌，哪有不開眼的小賊敢在皇室騎衛營附近劫道？必是眾輕騎得了飛鴿傳書，特意在道中相候了！」這話一出，眾護衛同時放鬆起來，馬車行進的速度更加快了三分。

轉眼間，他們來到了那支隊伍前。

婁齊也罷，張綺也罷，同時抬頭一看，卻是齊刷刷倒抽了一口氣，呆在了當地。

出現在他們眼前的，是一片黑色的人馬。

黑騎、黑兵，黑甲、黑槍！

數百黑色的騎兵整齊列陣，凝如山嶽。黑甲掩蓋下，一雙雙在暗夜中皎而幽亮的眼睛，一動不動地盯著他們。

夜幕如此凝實，天空中沒有半點光亮，不遠處的騎衛營中，也不過光芒數十，再配上他們自己舉起的火把，照亮的地方很是有限。

渺小的火把光，在這凝實得讓人喘不過氣的夜晚，在這山嶽一般的，安靜無聲的黑甲衛前，顯得那般怯弱。

婁齊的坐騎倒退一步，一會兒他才深吸一口氣，凝住心神，澀聲說道：「可是蘭陵王殿下？」

騎兵列陣中央，一匹高大健壯的黑馬緩步走出，馬上之人緩緩摘下面盔，露出了俊美絕倫，卻也冷漠至極的面孔。

正是蘭陵王！

婁齊連忙跳下馬背，深深一禮，客氣地說道：「果然是殿下，婁齊這廂有禮了。」他鼓起勇氣，直視著蘭陵王，大聲呵斥道：「我等奉太后之令來此，卻不知殿下攔路相阻，是何用意？」

蘭陵王瞟了他一眼，根本沒有回答他的問話，只是緩緩地將右手抬起，隨著他的右手漸漸升高，令人滯息的壓力從黑騎佇列中升騰。

就在婁齊臉色一變時，蘭陵王的右手猛然落下，吐出四個字：「格殺勿論！」

轟！黑色騎兵動了，如山洪一樣直衝而來。

張綺瞪大眼，只聽得到婁齊的一聲尖喝，便看到滾滾而來的黑色洪流把眾人一淹而盡。那黑色的洪流，一股股湧過她的身側。沉悶的馬蹄聲中，甚至聽不到第二個聲音，一切就都結束了。

都結束了！

只有一輛孤零零的馬車，和馬車中摟成一團，瑟瑟發抖的兩婢和張綺還在。

那股黑色的洪流一湧而過，留下近十具屍體後，重新在馬車後面排成佇列。

「張姬！張姬！」撲通一聲，兩婢同時跪在了她身前，叩叩叩，她們用力磕著頭，顫抖著求道：「張姬，饒命，饒命……」

相比起那個一直對張綺溫柔相對的，另一個在她面前擺盡了架勢的宮婢，這時更是臉色如土，絕望地磕著頭，心中悔恨交加，臉上淚水鼻涕也結成了一團。

張綺沒有回話，她還沒有來得及回話，下巴便是一痛，一隻大手扣住了它，令得她不得不抬頭，對上了無盡黑暗中，一雙深邃沉冷的眼。

蘭陵王沉冷地看著她。

這一路顛簸，顯然把她折騰得夠嗆。此刻，她的長髮已經凌亂不堪，鬢角的碎髮更是黏成了一股一股。她粉嫩的唇瓣蒼白蒼白的，上面還因乾涸而破裂出血。她向來明透的，如畫的眉眼，也沾上了灰塵和污垢……

他的婦人，為了逃離他，不惜如此落魄狼狽！

蘭陵王陡然伸手，把她提到馬背上。也不管馬車中正不停磕著頭的兩婢，沉沉地命令道：「殺了！」聲音一落，雖然粗大，卻並無勇武的兩婢被人從馬車上強行拖下。緊接著，便是兩聲慘叫陡然傳出，然後，再無聲息。

這時，騎衛營處，燈火絡繹燃起，人聲隱隱傳來。

馬背上，一襲黑衣的蘭陵王回頭瞟去，緩緩說道：「倒還識相！把屍體送到營中，便說，是我殺的！」

「是。」

十幾個黑甲衛剛把屍體拖走，蘭陵王便低下了頭。

黑暗中，他一瞬不瞬地盯著張綺，慢慢收緊了雙臂。他盔甲在身，那堅硬的甲板，壓得張綺疼痛不已。她剛剛掙扎了一下，他卻雙臂更加用力了。

直過了一會兒，他才慢慢放開她。把張綺重新換了一個位置，讓她舒服地倚在自己懷裡後，蘭陵王轉過頭，沉聲命令：「回去吧！」

「是。」黑色的騎兵開動了。

隆隆的馬蹄聲中，蘭陵王一直沒有開口，張綺也沒有開口。

這一日一夜，因顛簸太過，張綺一直沒有睡過覺。現在被他摟著，明明那剛硬的盔甲摩擦得她生痛，明明她心中有著無處發洩的苦恨，可不知怎地，無邊的疲憊卻一捲而來，很快她便歪著頭，在他懷抱中沉沉睡去。

聽著懷中傳來的細細呼吸聲，蘭陵王低下頭來。

絡繹燃起的火把光中，她蒼白的臉上，長長的睫毛不停地扇動著。小巧的鼻尖，似是受了什麼委屈似的，不時會縮兩下。

她是累壞了。

蘭陵王慢慢舉起了右手，在一片肅穆中，低聲命令道：「所有馬匹全部用布包上蹄子。」

「是。」

「我的左右，就不必燃火了。」

「是。」

「全體減速。」

「……是。」這麼徹夜而行，還要減速，那何年何月可以回到鄴城？

張綺這一睡，便是足足六個時辰。醒來後，她也是昏昏沉沉的，不是睡著了，便是掙扎著衝到路旁嘔吐去。

饒是如此，她也一直沒有跟蘭陵王說過一句話。而蘭陵王也只是在她嘔吐時，掏出手帕幫她溫柔地拭著唇。每每她要推開，他就強行鎖住她掙扎的手，繼續把這個動作做完。然後，重新把她提到馬背上摟好。

如此行走，十幾個時辰後，也到了南城門了。望著城門處川流不息的人群，一個黑甲衛首領策馬上前，低聲問道：「郡王，我們這樣進去嗎？」

三百黑甲衛這般開進城中，那氣勢足以令得全城躁動，因此這個黑甲衛有此一問。

蘭陵王盯著前方，嘴角扯了扯，沉沉說道：「進去！」

「太后那裡？」

「太后今年已臥床兩次，命不久矣……不必在意！」

「是！」隨著這應答聲一出，三百黑騎便如一道洪流，轟隆隆地湧入鄴城中……

黑色的鋼鐵洪流衝入鄴城時，人群先是一陣兵荒馬亂，等那洪流一湧而過後，身後議論聲開始喧天而起。

坐在一處酒樓中，陰柔秀美的廣平王目瞪口呆地看著這一幕，直到那黑色洪流一洩而過，他才失聲叫道：「高長恭瘋了？」與他在一起的，是一個朝中老臣，那老臣朝把張綺擁在懷中，盔甲在身的蘭陵王看了一眼，道：「他是無欲則剛！」

高長恭為了一個婦人，不惜公開打太后和陛下的臉，這還叫無欲則剛？

見廣平王有點納悶，那老臣認真解釋道：「兵權在不在手，他不在乎；陛下記恨與否，他也不在乎，他只在乎懷中的那個婦人。為了那婦人，便是被陛下把剛剛交給他的兵權再收回去，他也無所謂……雖然跋扈，可這種胸無城府的性子，陛下其實是放心的。」

廣平王漫不經心地點了點頭，他依依不捨地目送著那遠去的洪流，突然長嘆一聲，喃喃說道：「這廝實是瘋了！」不知怎地，想到高長恭這個性子，又看到他如珍寶一樣護著的美人，他煩躁莫名，當下舉著酒樽，仰頭就灌。

洪流滾滾，衝入了蘭陵王府。

回到蘭陵王府，高長恭便跳下馬背，把張綺交給急急迎來的阿綠後，轉身就走——人已尋回，現在要去善後了。

蘭陵王這一去，便忙了一整天。當他縱馬回府時，已是夕陽西下時。剛開始還不覺得，越到後面，他越是歸心似箭。吱呀一聲，他重重推開了院門。

院落中，站著那個美得如畫一般的身影，蘭陵王大步向她走去。

聽到身後傳來的腳步聲，張綺緩緩回過頭來。她剛沐浴過，墨髮濕淋淋地貼在膚光勝雪的頰側，夕陽下，那雙水漾雙眸正靜靜地看著他。不過幾天，她臉頰紅暈盡去，竟是變得蒼白至極。

看著俏立風中，更顯瘦弱的張綺，蘭陵王止了步。

他溫柔地向她看來，伸出雙手，示意她靠近來……

張綺沒有走近。望著他，望著一臉風塵，下頷處新生的鬍渣遍布的他，望著這一張可以迷惑世間所有女人的臉，望著他眸中可以讓人溺斃的溫柔。張綺那眉目鮮妍無雙的臉上，蕩漾著清冷的光。她靜靜地看著他，唇角無聲地彎了彎後，輕輕說道：「郡王……你我緣分已盡，讓我走吧！」

她連長恭也不喚了！受了那麼多苦，好不容易才回到他的身邊，換了別的婦人定然欣喜若狂，她卻冰冷至此！她看他的目光如看陌生人，彷彿以往的纏綿溫柔，以往的兩兩眷戀，都是一場幻夢！

似被一盆冷水淋下，從頭冷到足。蘭陵王慢慢垂下雙手，青著臉盯著她，直過了一會兒才沉聲說道：「緣分已盡？這四個字是由妳決定的嗎？」他冷笑道：「我說了放手嗎？」

聽到他話中的戾氣，張綺卻依然神情淡淡，她抬眸瞟了他一眼，重又低下頭去，絕美的臉上無喜無怒，「那隨便你……」她轉過身，漫不經心地折下一截楊柳，一邊輕甩一邊說道：「記得你答應過我的，如果你的妻子傷害過我一次，便放我回歸陳國。」

他為了她做了那麼多，她居然還是心心念念回到故國！她也不想想，以她的姿色，她可以回到哪裡去？待在他身邊有哪點不好？蘭陵王鐵青著臉，因急怒交加，不由呼吸急促。

張綺漫不經心地朝前走去，一邊走，一邊靜靜說道：「郡王何必生氣，何必如此？不過只是一個有點姿色的婦人。你犯不著因我得罪了太后，得罪了陛下。」一邊說，她竟是一邊遠去。她明知道他為了她，得罪了太后和陛下，卻毫無感動，有的只是冷漠！

張綺走到一側的桃樹下，這株桃樹靠著一條小溪，旁邊還堆了大大小小十幾塊石頭。她坐在自己慣常坐的石頭上，目光盯視著那游來游去的魚兒，歪著頭，手中的柳枝在水面上一甩一甩的，濺得水花紛紛而落。

她的表情很平靜，不但平靜，還有著慵懶。似是不知道他在大步逼來，她伸手揉著眼，竟又是一副想睡的模樣！

這副沒心沒肺的樣子，令得蘭陵王腳步猛然一剎。

他驀地轉身，大步離去。

看到蘭陵王離開，端著梅子湯的阿綠急急跑來。她把湯碗放下，一邊給張綺按摩著小腿，一邊抬起頭，不安地說道：「阿綺，何必在這個時候激怒他？」她放輕了聲音，「蘭陵王是在乎妳的，這幾天，就沒有見他睡過……」

張綺疲憊地垂著眸，輕聲說道：「那一日，他當著太后，明說從來沒有想過要娶我。我知道那是他的真心話。我在他心中，終究只是一個以色事人的寵姬罷了，不配站在他的身側，不配得到他的正室名分，不配與他同葬一陵。」說這話時，她的聲音滄涼、空洞。

阿綠連忙辯解道：「可他在乎妳，他是真的在乎妳！妳看，這一次為了妳，他連太后和陛下都得罪了！」

張綺失笑，搖了搖頭，說道：「這不一樣。他其實是個強橫的性子，可要在這高姓皇室生存，他又必須忠厚。結果，他的忠厚換來了什麼？他宣告了無數次，明說了死也要護住的寵姬，一轉眼便被人算計了去，這是對他的欺凌戲弄和侮辱啊。他若不狠狠還擊，他的尊嚴就徹底沒了，便是上了沙場，也沒有一個將士會看得起他，更別說讓他來指揮作戰，馳騁四方了。要知道，那些血性男兒，最看不起這種連自家婦孺也護不住的男人。因此，別的也還罷了，這一步，高長恭萬萬不能讓，萬萬不能忍！」

一口氣說到這裡，張綺有點喘，她停下來，過了好一會兒，平靜後又繼續說道：「……阿綠，我累了，現又失了身，我爭不了，也不想爭了。如果他能放我走，我們就回故國去。如果他怎麼也不放手，我怕是會拖累妳。」

她輕輕撫著阿綠明亮的眉眼，低低吩咐道：「妳千萬不要因為我的事而去記恨阿莫，如果我有個什麼，妳馬上就去找他，他會看在我的面子上，護妳周全的。」扯了扯唇角，張綺繼續說道：「阿莫那人，能屈能伸，齊臣當得不得意，他就敢跑到周地去。妳跟著他，性命應該是可以保住的。」

阿綠陡然明白過來，是了，阿綺是因為失了身，所以打心底，她對她與蘭陵王的未來，已不存半點指望。想到這裡，阿綠痛從中來，不由嚎啕大哭起來。她抱著張綺的雙腿，哽咽著說道：「不，不要！阿綺，我們一起走，一起回陳地！」

「好，一起走，一起回陳地。」才說了這麼幾句，張綺又感覺到了那種無邊的疲憊。不止是疲憊，小腹還酸酸痛痛的。張綺感到不安，連忙捂著肚子，扶著阿綠一動不動的。

才這麼一天，她這樣已經三回了。阿綠連忙穩住張綺，拭著淚水輕聲說道：「阿綺別怕，孩子沒事的，只是被馬車顛著了。」好一會兒，張綺才疲憊地應道：「我知道。」

又過了一會兒，阿綠朝左右看了看，小心地問道：「郡王一點也沒有懷疑？」

張綺「嗯」了一聲，說道：「估計瞞不了幾人，現在他只以為我是顛出的毛病。」靜了靜，她垂下眸，苦澀地說道：「我想告訴他我差點失了身，可我不敢……阿綠，到了這個地步，我竟然還有不敢！」她低啞地說道：「過兩日，妳跟我去請佛吧。佛曰，眾生皆苦，信祂的可解脫輪迴之累，我想信一信。」

「嗯，阿綺，妳別說話了。」

在張綺靜養的時候，整個鄴城可以說是天翻地覆了。

蘭陵王這次做得太狠了，他就在皇家騎衛營附近，殺了太后派去護送張綺的太監侍衛還有宮婢。死幾個人不算什麼，可他這行為，那是生生地打太后的臉啊！那是用血淋淋的人頭警告太后啊！

還有，他統領著那三百黑甲衛橫衝直撞地入了城，生怕世人不知道他搶回了她的婦人一樣。這般囂張跋扈，絲毫不給太后和陛下留顏面，不但令得兩位尊上大怒，更令得以往有點輕賤無視他的皇親們，不得不罵一句「瘋子」，也直到現在，他們才明白地相信，高長恭為了那個婦人，是捨得拚命的。一時之間，便是還有些殘餘想法的，這時也收了心。

蘭陵王忙著應對宮裡宮外的變故時，王府中，一輛馬車駛了進來，在十幾個婢女的簇擁下，華服加身，氣勢逼人的鄭瑜走向了張綺。她緩步走到側臥著的張綺旁邊，低著頭，居高臨下地看著張綺。也許是這反反覆覆的折騰，終於讓她失去了耐心。此刻的鄭瑜，不再是那賢淑溫柔的表情了。

盯了張綺一陣，見她似睡非睡的，對自己渾若無睹，鄭瑜輕柔地說道：「張氏，聽說那一日，妳是被人從紅樓中救出的？那人救妳出來時，妳是身無寸縷，床榻間，還躺著好幾個沒穿衣服的男人……有沒有這回事？」語帶傲慢，簡直就是質問了。

張綺睜開眼，抬起頭來。她迎上了氣派張揚，一臉厭惡和不屑的鄭瑜。

靜靜地看著鄭瑜，張綺突然一笑，她端起旁邊的茶水，慢條斯理地抿了一口，「妳是何人？妳是高長恭的什麼人，是我張氏阿綺的什麼人？鄭氏阿瑜，妳是什麼身分？妳有什麼資格質問於我？」

張綺的反問一句接一句，語調不高，卻句句相逼。更且，張綺的表情雲淡風輕，儀態風姿更是飄然如仙。這般自在，這般悠然，哪有半點心虛的模樣？

鄭瑜又是疑惑又是羞惱，一時都給噎住了。

張綺慢慢地把茶盅放在几上，優雅站起，甩動著柳枝，轉身就走。

鄭瑜青著臉追上兩步，正準備譏笑喝罵她一句，不知想到什麼，卻又鎮定下來。只見鄭瑜笑了笑，朝著張綺的背影高聲說道：「我是沒有資格，不過整個鄴城都在傳說蘭陵王寵姬的美色和香豔，還有床榻上的萬種風情，卻是不知，等長恭聽了，會有何想法？」

張綺慢慢回頭，黑白分明的雙眸，靜靜地瞟著鄭瑜，「堂堂郡王，連自家婦人也護不住，致使世人誹謗加身。他除了倍感羞辱，還能如何？」

依然如此鎮定！

依然談笑自若！

彷彿自己談的不是關乎她性命榮辱的大事。這種事不關己，冷眼旁觀的悠然，這種略帶嘲諷，理所當然的語調，徹底鎮住了鄭瑜。

鄭瑜瞪大了眼，一時之間不知道如何反駁。見狀，張綺輕蔑地一笑，轉身走開。

回到房中，接過阿綠熬好的稀粥，張綺一邊一小口一小口地吞著，一邊蹙著眉峰尋思著。見她幾度失神，阿綠好奇地問道：「阿綺，妳在想什麼？」喚了三聲，張綺才清醒過來。她眨了眨眼，反射性地回道：「沒什麼。」轉眼她又低低說道：「阿綠，我尋思來尋思去，還是不能這般坐以待斃。」她永遠也不需要鄭瑜那等人的憐憫和施捨，不需要她來高高在上地主宰自己的命運！

見她這麼快就振作起來，阿綠大喜過望，不由笑瞇了雙眼：郡王外出時，還交代過任何人不得前來打擾阿綺。幸好她聰明，特意跑去跟方老管事說，別的人也就罷了，鄭氏阿瑜是一定要放進來的。可不，阿綺這麼一下就恢復鬥志了？

強逼自己吞下小半碗粥，張綺看向阿綠，認真地說道：「現在我要做的第一步，便是逼著高長恭放我回歸陳國。」說到這裡，她湊近阿綠，小小聲地說道：「現在我有七百多兩金了喔。那日太后給我的儀呈，我都藏在了衣裳裡一併帶回了。待會兒我就告訴妳藏金的地方，萬一我有個什麼不便，妳要記得把那金子帶上。」

「嗯嗯。」阿綠最喜歡聽有關金子的事，當下喜得見眉不見眼。

見到阿綠這模樣，一直鬱鬱不樂的張綺忍不住也是唇角一揚。

她托著下巴，一邊攪著碗裡的粥，一邊說道：「我思來想去，以我現在這般樣貌，離開了高長恭也不安全……阿綠，得到自由，回去陳地時，我會毀了這張臉。」

什麼？剛才還笑顏逐開的阿綠，一聽到這話，眼淚又汪汪而出。

張綺瞪了她一眼，垂著雙眸，懶洋洋地說道：「妳傷心什麼？我小小劃兩道，不會醜得讓妳一看就噁心的。」

阿綠吸了吸鼻子，抽噎道：「我不是為這個傷心啦……阿綺，便沒有別的法子嗎？」

張綺搖頭，「這虎狼之世，哪有什麼更好的法子？」她笑了笑，憮憮地說道：「其實毀容真的不算什麼難事，我老早便想過了。只是我愛美，一直捨不得變醜了。」

她倒是一派輕鬆！阿綠吸了吸鼻子，又哇哇大哭起來。

張綺打定了主意，明顯變得輕鬆起來。自回來後，身子明顯有點孱弱的她，居然站起來旋了幾個圈，笑得極燦爛地對著阿綠說道：「阿綠，我現在可是最最年輕美好的時候，妳多看幾眼，幫我記牢了，等我們都老了，說給孩子們聽。」

這話一出，阿綠哭得更傷心了。

蘭陵王一入院落，便聽到房間裡面隱隱傳來的哭泣聲。

他腳步不由一頓，怔怔地看著寢房裡面。他突然覺得雙腿直有千斤重，好一會兒，想起一事，連忙轉過身，揮手召來幾個僕人，低聲說了幾句話。

那幾個僕人急急走開，當他們再出現時，已是抬的抬箱子，捧的捧木盒。看著他們，蘭陵王的眼眸終於露出了一抹輕鬆，愉悅地說道：「抬起去吧。」

「是。」幾個僕人同時應了聲，抬著東西如流水湧入房中。

阿綠正扶著張綺躺下，見到大門一開，一襲黑裳，玉樹臨風般的蘭陵王走了進來。

那雙直直向張綺看來的雙眸，明亮如星，似乎再也看不見旁人。

僕人們如同流水一樣湧來，不一會兒功夫，便在寢房中擺了五六個箱子、十幾隻木盒。

蘭陵王雙眸亮晶晶地看著張綺，溫柔說道：「都打開。」他的唇角微微翹起，看向張綺的眼神，專注而多情。

「是。」眾僕上前，把箱子和木盒一一打開。

十數匹精美的綾羅綢緞，還有珍珠、寶石、首飾等物，亮晃晃地刺激著主僕兩人的眼。

見張綺怔怔地看著那些箱盒，蘭陵王雙眼更明亮了，他的唇角蕩漾著歡喜的笑，揮退眾僕，對著阿綠瞟了一眼，示意她也出去後，他一個箭步走到張綺面前，慢慢傾身，讓自己的體溫籠罩著她的身子後，他抬起她的下巴，朝她的臉上端詳片刻後，低頭握緊她的雙手，溫柔地低語道：「手怎麼這麼涼？」他唇角一揚，低低地，輕快地說道：「我看妳從來沒有進過倉庫，便令僕人搬一些送到房裡來。阿綺，妳歡喜嗎？」他這是第一次做這種事，沒有想到，這感覺竟然很令人愉悅。他的聲音很溫柔很溫柔，這是可以讓人溺斃的溫柔。

張綺抬頭看著他，點了點頭，「嗯」了一聲。她能好聲好氣跟他說話，蘭陵王明顯歡喜至極。他拿起她的雙手，把它貼在自己的臉上，輕輕摩挲著。

……他怎能如此溫柔？別對她這麼好，她會害怕的！

張綺垂下眸時，蘭陵王已在她的身邊坐下，把她摟到懷裡，置於膝上坐好後，他用下巴摩挲著她的秀髮，低低地說道：「今天阿瑜過來了？我剛才說她了，妳現在養身子的時候，不可輕易來打擾妳。」

聽到阿瑜二字，張綺明顯有點僵硬，等他的聲音一落，她低聲問道：「你怕她打擾我？」聲音有著緊張。蘭陵王在她的頭頂上輕輕印上一吻，玩笑道：「是啊，我的阿綺心眼太小，我怕她又激怒了妳。」提到鄭瑜時，他的語氣中，有著他自己不曾察覺的某種溫和，看來這兩天她又做了些讓他感到舒服的事了。

張綺閉上了雙眼。

……自己還真是天真得可笑！

這時，蘭陵王低下頭來，他含著她耳珠子，右手窸窸窣窣伸入她的衣裳裡，聲音低濁中含著慾望，「阿綺，幾天了，我好想妳……」見她要掙扎，他用左手固定了她的雙手，吐了口濁氣說道：「我知道妳身子不好，會小心的。」

意識到他的手隔著衣裳扣上了自己的左乳，張綺清楚地感覺到小腹又傳來那熟悉的酸痛……她長長的睫毛閃了閃，突然問道：「長恭，今天鄴城中，有沒有什麼流言？」一言吐出，她發現蘭陵王僵住了。不僅如此，那頂著她臀部的硬挺，也慢慢軟了下來。

他勒得她有點緊，呼出的氣息冷冷地撲在她的頸側。

張綺眨動著濃密的眼睫毛，唇動了動，終是沒有再說什麼。

直過了好一會兒，蘭陵王才慢慢把她放在一側。他站起來，整理了兩下衣裳，低聲說道：「外面的事，妳不用多想，任何事妳都不用多想。」

……他是想說，他不會在意嗎？也是，天下間的姬妾，任哪一個都是被人轉來轉去的，又不是正妻，被人占了身子有什麼打緊？

看到蘭陵王轉身便走，張綺卻是站起來，望著他挺直孤傲的背，低低說道：「郡王便不問，阿綺失蹤的那幾日，身在何方？有沒有被男人沾了身子？」她的聲音還沒有落下，蘭陵王已厲喝道：「閉嘴！」他騰地轉身，冷冷說道：「此事以後不可再提！」說罷他薄唇抿緊，鐵青著臉大步衝出了寢房，不一會兒便消失在她的視野中。

直到他的身影再也看不到了，張綺才慢慢坐下。她按著腹部，只是這麼一下，她已痛楚難忍。痛的，其實不止是小腹，這胸口，也是悶痛悶痛的，讓她想大哭出聲，卻發現眼中乾乾的。

現在不是以前了，他給不了她，她便不能沉浸在他的溫柔裡，進而又恬不知恥地去幻想，去爭奪，她不能！有些話，說一遍就夠了，有些事，無望地爭取，只會讓妳被人看輕！退後一步，給自己留點尊嚴，別讓自己輸得面目全非！

饒是腹痛如絞，張綺也白著臉倔強地站了起來。她挺直著腰背，靜靜地看著院落裡枯黃的桃花，暗暗想道：這世間，誰都不會是誰的依靠……

也許她從一開始就錯了，一根藤蔓、一個喜怒都依仗主人賜與，生死都繫於男人之手的姬妾，一個男人可以對妳予取予求，想睡妳就睡妳，想不放開妳，妳就只能困在他的身邊的姬妾，便是最美、最難得，又怎麼可能要求男人低下那高貴的頭，捨棄他利益最大化的想法，把他唯一的愛，用憐憫施捨的方式賜與妳？

她要站起來，他不給，她就絕不稀罕！

阿綠急急跑了進來，見到張綺臉色雪白一片，連忙上前扶住她。把張綺安置在榻上，阿綠感覺到她的雙手冰涼冰涼的，唇也是毫無血色，不由心下一慌。她伸手緊緊抱住張綺，試圖用體溫溫暖她，顫聲喚道：「阿綺，妳怎麼啦？」

張綺回過神來，看向阿綠，溫柔一笑，「我沒事。」她吐出一口氣，可能覺得剛才的聲音太過低弱，便又提起中氣，認真地說道：「我沒事。」

「嗯，嗯，阿綺，妳不要說話，別說話！」

張綺當真沒有說話，她偎著阿綠，感覺著她嬌弱身子裡傳來的力量，好一會兒，才目視著房間裡的大箱小盒輕聲說道：「去把那些東西全部折成金子……我清白身子給了他，得到這些也是應該。」

「嗯。」

「記得打聽打聽，看看有沒有陳國商客來往，我有用。」

「嗯。」

「妳拿上這鑰匙，到倉庫裡拿些最普通的綢緞還有糧食出來，然後帶幾個護衛，去購置一個破舊的莊子，收留一些難民。多注意那些從陳地來的，身手了得的漢子。跟別的難民打交道，妳可以說這樣行善事是蘭陵王的意思，對那些相中的陳地漢子，妳就悄悄地說，是我的主意。」

阿綠「呀」了一聲，轉又捂著嘴，小小地說道：「阿綺，妳的意思是？」

張綺的聲音細弱至極，「不到萬不得已，我不想變成醜八怪……也許上蒼垂憐，令我得到幾個忠貞得力的幫手呢？」

「阿綺真聰明。」阿綠馬上開心起來。

張綺扯著唇角笑了笑，「對了，以後妳每天都花幾個時辰逛逛街，到蕭莫的府裡也走走，還可以到酒樓吃吃飯……」一咬牙，張綺說道：「那銀錢就從倉庫裡拿。記著多留意一下別人說的話，如果有議論我的，妳也注意一下，看看朝中的大臣、權貴還有那些貴女，有哪些是對我有好感的，都記下來告訴我。」

「嗯，我知道了。」

張綺說了這麼多，感覺到剛才平靜了的小腹又是一陣隱痛，她重新伏上阿綠的肩頭，無力地說道：「我好似有點不對勁，妳悄悄去打探一下鄴城哪個大夫了得，我們去偷偷看一下。」

「嗯，阿綺，別說話了，妳閉上眼休息一會兒。」

張綺當真閉上了眼，枕在阿綠的肩頭，微笑道：「阿綠，有妳在，真好。」

阿綠見張綺一動不動的，正以為她睡著時，卻聽到她低低地說道：「剛才，我太感情用事了……以後我會好好與他相處，會讓他多多帶我到外面走走。我不能再這樣待在院子裡，什麼聲音也聽不到，什麼人也看不到了。既已決定，便得尋找機會。阿綠，終有一日，我也可以不再倚仗男人……他要娶妻，便娶他的，我不稀罕！」

「我知道，我知道！」

◆ ◆ ◆

蘭陵王再次回府時，是第二天清晨。

他一身風霜，玄衣已被汗水濕透，還遍布灰塵。方老管事心疼地看著自家郡王，知道他昨晚定是徹夜不睡地操練那些黑甲衛了。他家郡王與京都那些權貴不同，那些權貴受了刺激，喜歡流連紅樓，他家郡王卻會把時間都花在練習武藝之上。

在侍婢的服侍，方老的跟前跟後中，蘭陵王草草洗了一個澡，然後提步朝寢院走去。剛來到院落門口，卻是腳步一凝，神色複雜地盯著那大門良久，他啞聲說道：「昨晚，她可好？」因一晚沒睡，他的聲音沙啞至極。

方老連忙應道：「很好的，還聽到張姬在笑呢！」

蘭陵王下拉的唇角終於放鬆了些，頓了頓，又問道：「我送給她的禮物，她可歡喜了？」他還是第一次送女人禮物，想到把那些錦緞珠寶擺在張綺面前，而她定神看去時的情景，他的唇角便向上揚了些。不知怎地，一想到她當時的表情，他直到現在還很得意，彷彿做了一件十分讓他自已愉悅的事。

方老似是有點為難，好一會兒才低頭稟道：「張姬令她的婢女，把那些全部換成金子了。」

蘭陵王眉頭一蹙，沉聲道：「她只喜歡金子？何不直接告訴我？還是……」還是什麼，他說不下去，甚至，他連想也不願意去想。方老正準備提醒他，看到他這模樣，分明是已經猜到了。又見到自家郡王剛剛浮現在一臉的歡喜又迅速消失，這麼一會兒已是臉色青沉，他連忙閉上嘴，只是暗中嘆息著。

蘭陵王放在腿側的雙手慢慢舒展開來，他清了清嗓子，低沉地說道：「她喜歡收集黃金，便隨她。」說罷，他冷笑一聲。揮退方老，他跨入了苑門。

蘭陵王一進門，便看到了張綺。

她正坐在院落裡，低頭調著琴弦。春風吹拂下，她前幾日蒼白的面容上，終於有了點血色。那專注的，微斂的眉目，顯得那般沉靜。

蘭陵王向她大步走近，來到她身側。他低下頭，居高臨下看著她，唇動了動，卻又止住了。直過了一會兒，他才宣布道：「張氏阿綺，那件事已經結束了。」

聽到他語氣這麼嚴肅，張綺慢慢抬起頭，不解地看著他。

對上她黑白分明，清亮而媚的雙眸，不知不覺中，那堵得他無法入眠的躁意和戾氣，一下子消散了。

不知不覺中，他看向她的眼神變得溫柔。溫柔地看著她，他堅定有力地說道：「因我疏忽，妳才會被人擄走……」重提這件令他痛恨，堪稱奇恥大辱的舊事，他臉頰的肌肉狠狠跳動了幾下，喉中也似被什麼阻住一樣，直過了一會兒，才繼續說道：「那件事已經結束，從此後，不管是妳，還是我，都不可提起。」他伸出手，用食指撫過她小巧的鼻樑，眼神專注，聲音有點啞，「阿綺，別跟我鬧了……我們重新和好，好不好？」

他期待地看著她。

張綺眨著眼，對上他清亮眸子中的自己的倒影，低低說道：「好！」

什麼？

蘭陵王一陣狂喜，騰地伸出雙臂，一把把她攔腰抱起，一邊旋轉著一邊大笑起來，「阿綺，阿綺，我的阿綺……」他一邊掄著她轉圈，一邊胡亂親著她的臉。這個時候，他一點也記不起她曾經失過身，也完全遺忘了那遍布鄴城的不堪流言。他抱著的，只是他歡喜的女人，只是他一見便滿懷歡喜的女人，是他的阿綺！

在蘭陵王的狂喜中，張綺卻是臉色大變。她緊緊閉著嘴，可那臉色越來越白，越來越白。

蘭陵王一驚，連忙把她平放在榻上，他跪在地上摟著她急急問道：「阿綺，阿綺，妳怎麼啦？」頭一回，他厲聲喝道：「來人，去叫大夫，叫大夫！」

在他的急喝聲中，張綺的臉色越發蒼白如紙。她朝他擠出一個笑容，想要說點什麼，可那小腹處傳來的越來越明顯的刺痛，還有那一股股下湧的熱流，讓她張著嘴，卻發不出聲音來。

蘭陵王順著她的手，慢慢向下看去。

她的下裳處，清楚可見地越變越紅。

而這時，阿綠從臺階上衝了下來，她撲到張綺面前，一邊慌亂地拭著那血，一邊啞聲道：「大夫呢？大夫呢？」見張綺臉色白得不成樣，阿綠淒然叫道：「阿綺，別怕，妳別怕，孩子沒事的，孩子沒事的……」

「孩子？」蘭陵王不解地低喃著。

不一會兒功夫，大夫趕來了。他診過脈後，朝著蘭陵王搖了搖頭，嘆道：「郡王，下臣無能，這孩子保不住了。」

「孩子？」蘭陵王突然伸手扯住那大夫的衣袖，急聲問道：「你說的是孩子？」

那大夫點了點頭，道：「兩個月的胎兒最是不穩，孕婦先是憂思鬱結，後又顛簸勞頓，流了產也是正常。好生將養，以後還會有的。」說到這裡，他走到一側開了方子，交給一旁的方老管事後，便走了出去。

而這時，蘭陵王還在低喃道：「孩子？我的孩子？」他騰地轉向阿綠，森森地問道：「為什麼我不知道？」

對上一臉憤恨的蘭陵王，阿綠卻是怒火更大，她大聲道：「你又不疼我家阿綺……你護不住她，讓她被人擄了去，還對太后說，你從來都不想娶她！阿綺傷心了，你在這裡生什麼氣？」

阿綠這麼一罵，蘭陵王臉色由青轉白，半晌發不出聲音來。

他低下頭，看著懷中蒼白如紙的張綺，陡然的，他清醒過來，當下急急回頭喝道：「快熬藥！孩子沒了就沒了，保住阿綺！」

婢僕們被他的暴喝嚇了一跳，倒是方老轉而瞪著他，叫這麼大聲做什麼？大夫根本就沒有說張氏會出現不妥！

不一會兒，藥便熬來了。而這時，張綺也睜開了雙眼。

她的眼眸雖然黯淡，卻也平靜，這讓阿綠鬆了一口氣，也讓蘭陵王沉穩下來。

低著頭，張綺看著自己的小腹處，暗暗想道：孩子沒了……這兩天，她一直有這種感覺，會失去這個孩子，果然……

不過這樣也好，這樣也好。這裡是蘭陵王府，自己只是一個普通的姬妾，這裡不是她的故國，她也不是自由之身。與其沒名沒分地生下來，跟著自己受罪，嘗盡這世間的風霜苦楚，不如不生。這樣很好！

這一晚，蘭陵王抱著張綺，張綺沒有說話，他也一直沒有說話。

直到失去的那一刻，他才知道自己有過一個孩子。兩個月大的孩子，是在宜陽懷上的吧？

她為什麼不在第一時間告訴他？不向自己哭訴辛苦？這般脆弱，這般嬌柔的一個小婦人，何必獨自承受這一切？是了，她都想離開他了，自然也不會告訴他懷有身孕的事。

想到這裡，一股無名鬱火伴隨著令他窒息的疼痛湧上胸臆，可他看到張綺清冷的目光、蒼白如紙的臉色，那火也發不出來。不但不能發火，他還要溫言相慰，生怕剛剛失了孩子的她有個不妥。

張綺這一養，足足養了七天。

七天過後，她已恢復如故。畢竟，她還年輕，畢竟，孩子還太小，不會對她的身體造成太大的影響。

這七天中，發生了一些事，首先，蘭陵王被撤去了兵權，成了一個道地的閒散宗室。其次，皇上在一次朝會中，把蘭陵王狠狠訓斥了一頓。這一頓狠罵，可以說是風向球，一時之間，原本就沒有幾個賓客的蘭陵王府，徹底變得門可羅雀。

這一天，明燦燦的陽光照亮了大地，院裡的桃花已經凋零一盡，細細尋去，還可以看到枝頭結出的小小果子，正是春光爛漫時。

恢復了建康的張綺，踩著輕盈的步伐，向對著一盤殘棋尋思著的蘭陵王溜達而去。不一會兒，她便來到了他身後，伸手蒙著他的眼，她軟軟地說道：「猜猜我是誰？」

蘭陵王嘴角一扯，伸手拉下她的小手，無力地說道：「妳呀！」伸手把她撈在懷中，他溫柔地在她的鼻尖上親了親，問道：「今天可有不適？」

「沒。」

「那阿綠呢？怎地每日不見人影？」

張綺偎著他，輕聲道：「我令她從倉庫裡拿些糧草布匹，去收留一些難民，也當是替我消消罪孽。」孩子沒了，俗話說，是父母有罪，因此張綺有此一說。

蘭陵王唇動了動，最終只是寵溺地在她的眉心上一吻，低喃道：「隨妳。」

張綺喜歡他的寵溺，當下，她甜甜地在他的唇角咬了一下，伸出雙臂，摟著他的頸，懶洋洋地說道：「長恭。」

「嗯。」

「我有法子讓陛下把兵權還給你！」

「什麼？」蘭陵王刷地低下頭，目光炯炯地看著她。

這世間，為了美色不要江山的傳說固然美好，可天下的男兒，哪個不渴望建功立業，揚名立萬？蘭陵王雖然才把兵權交出數日，可這心中總不免有些空空落落。他不相信張綺真有法子幫他得回兵權。第一次她幫他得回那兵權，他雖讚嘆，多少還是在意料之中。現在這局面，難道她有法子可破？他不相信！

張綺摩挲著他的襟領，絕美的臉上笑容淺淺，她歪著頭，慢慢說道：「周地傳言：齊國後繼無人了！隨高歡打天下的兩位大將斛律光、段韶現已老邁，齊地再無一個年輕將才能幫助齊帝鎮住這半壁江山。再過十年，等斛律光、段韶一死，周攻齊城如破竹，克下鄴城，攻下晉陽，也不過半年之功！」

蘭陵王呆住了，他愣愣地看著張綺。

張綺抬眸，巧笑嫣然地看著他，縮了縮鼻子，頗顯俏皮地說道：「長恭，如果這流言從周地而來，席捲鄴城晉陽兩地，以致齊地百姓無人不知無人不曉。那陛下也罷，太后也罷，還會輕易奪你的兵權嗎？滿朝俊彥，有元帥之才的，就那麼好找嗎？難道我家長恭，是隨便換個阿狗阿貓，就可輕易替代了的？」

這計策其實很簡單，蘭陵王的人沒有想到而她想到了，不過是因為她確切地知道，眼前這個男人，是唯一可以與斛律光、段韶並肩的名將。

齊國稱帥者，捨他其誰？

張綺的話提醒了蘭陵王，他低頭尋思起來。比起兩位老將，他一來年輕，二來是高氏皇族的自己人，三來是人便有特性，他的特性便是癡迷她這個女色，而對稱王成帝沒有絲毫野心。他本已顯露出了在軍事上的天才，再加上這三個優勢，還有那流言一傳播，哪個上位者還去顧及他的囂張跋扈？

蘭陵王驀地雙眼大亮，看向張綺。

懷中這個婦人，總是在他以為把她了解得透徹時，又現出讓他眼前一亮的神采。

她眉目如畫，柔媚入骨，又貼心可人，傾國傾城不足以形容……她還這麼聰慧，這麼這麼的聰慧，他平生所認識的婦人中，沒有一個比得上她的。

不知不覺中，他雙臂收緊，哈哈一笑，道：「好！」他低下頭，在她的唇瓣上親了親，又笑道：「好策！」胡亂親著她，他突然問道：「阿綺，妳獻了這麼好一個計策，可有所求？」

蘭陵王微笑地看著她。

「有啊！」張綺嘟著嘴，埋怨著說道：「我悶得都要發霉了，想時常出府走走，你得允了。」說完，她水漾的雙眸定定地看著他。明明是一樣的愛嬌，一樣的柔媚，可不知怎地，他卻感覺到，她看向他的眼眸底，少了幾分往日的癡戀和甜蜜歡喜，多了幾分清冷。

這雙眸子，黑白分明得過分，空靈得宛如秋水，蕩漾著一種無欲無求的清冷。

陡然的，蘭陵王一怔：她對他，竟是無欲無求了嗎？

她對他獻上了這麼好的計策，為什麼卻是無欲無求？是她已經放開了，不再愛他了嗎？她有了他們的孩子，也不曾告訴他……

突然的，那一日誤聽她要嫁給蕭莫，在宮門外見到張綺時的空虛心慌，又浮上他的心頭。

◆ ◆ ◆

得了張綺所獻之策，蘭陵王振作起來，他當天便出了門，一連忙了三天後，回到府中的他，想到張綺要出去走走的願望，便帶著她，兩人手牽著手，走上了街道。

陽春四月，天地間剛剛灑過一場春雨，空氣中既清新又明媚。戴著紗帽的張綺，與戴著斗笠，穿著常服的蘭陵王走在一起。雖然面目不可見，可那種絕世美人才有的神韻風采，卻在一路走來時，令得旁人頻頻回頭。

蘭陵王指著前方的酒樓，低語道：「要不要到那裡坐坐？」他扶著張綺，心想也走了一陣，她該歇息一下了。

張綺搖了搖頭，她好像第一次上街一樣，對眼前的一切感到十分新鮮，不停左顧右盼著。直過了一會兒，才醒神過來他在說話，連忙回道：「不要，我還要看。」聲音靡軟，讓他酥到心窩裡。

蘭陵王不由自主展顏一笑，凝視著她，寵溺地說道：「好，一切隨妳。」

又轉過一條街，兩人來到最為繁華熱鬧的東街。今天也不知是什麼日子，東街上，不但處處可見貴族的車馬，前方五十步處，一隊衣裳華豔的紅樓豔伎，更是嘻笑著而來。走在這些豔伎中間的，是一個大美人，她肌膚雪白，大眼睛、高鼻樑，是一個兼具鮮卑和漢人血統的動人女子。

這個大美人身上穿的紗衣有點透，引得路人齊刷刷望去。得意地迎上四周的目光，那美人朝著身後眾女問道：「我的姿色，比那張姬如何？」她昂起頭，挺了挺豐盈的，在紗衣下露出了小半的雪白酥胸，又問道：「應該差相彷彿吧？」

她的聲音是刻意提高的，因此這個問話聲一落，四周笑聲一起。一個少年更是高聲叫道：「妳可比那張姬美多了，至少在床榻間，阿依功夫纏人，遠比那張姬香豔！」這句話一出，四下笑聲大作，而蘭陵王則是臉色騰地鐵青。張綺連忙按住他的手，低聲說道：「我們走那邊。」

蘭陵王把那豔伎和那少年深深地盯了一眼，將他們的面目記在心裡後，才應道：「好。」堪堪轉身，後面傳來一陣吆喝聲，緊接著，一個漢子高聲喝道：「閃開，都閃開，你們不要命了？閃開！」急喝聲中，只見四個護衛護著一輛馬車橫衝直撞而來。

蘭陵王抬頭，瞟了一眼那馬車的標誌，不由蹙了蹙眉。

轉眼間，那馬車從兩人的身邊一衝而過，撞向那些華服豔伎。就在張綺抬頭看去，不免有點擔憂時，那急馳的馬車卻是一停，接著，一個明明音線偏粗，卻偏偏擠出一副嬌柔嗓子的女聲驚喜地叫道：「你是……長恭？」車簾一掀，一個面目端正，下頷微方，整張臉顯得偏於硬氣的貴女露出面容，她一臉驚喜地看著蘭陵王。

感覺到四周看來的目光，蘭陵王把張綺朝身後藏了藏，然後點頭說道：「是婁妍啊，妳從晉陽回來了？」

「是啊，剛剛回來的。」婁妍從馬車中跳了下來，她一身胡裝，緊束的腰肢上還佩著一柄寶劍。那寶劍上，極品玉佩便有四塊，各色上等明珠，還有五彩寶石，足有十來塊。張綺一眼瞟到，便有點移不開眼。她在心裡忖道：這柄劍，可抵得上黃金千兩了！

婁妍這時蹦蹦跳跳地朝蘭陵王走來，她雖然只有十七歲，奈何身材面目是典型的鮮卑貴女的那種粗壯，這般蹦蹦跳跳行少女事，張綺看了一陣反胃，連忙低下頭來。

婁妍來到了蘭陵王面前，她微黃的大眼瞪著蘭陵王，嬌聲叫道：「長恭哥哥，怎地上街也戴勞什子斗笠？」一邊說，她一邊伸出手，想摘下他的斗笠。

蘭陵王微微側頭，躲過了她的攻擊後，淡淡說道：「阿妍可是有事？」

「嘻嘻，見了長恭，便是有事也沒事了！」

蘭陵王的聲音依然嚴肅平穩：「可是我有事，告辭了。」他摟著張綺，轉身便想離開。

「等一下！」婁妍叫停蘭陵王後，卻看向張綺，她瞪著一雙眼珠外突的牛眼，把張綺從上到下打量了一會兒後，指著她叫道：「妳就是那個張氏？」

她拍著手掌，高興地說道：「我在晉陽便聽到妳的美名了！嘻嘻，長恭有了妳後，那名聲可大多了，不止是我們齊國哦，便是周地、南陳也都傳遍了呢！也許有人不知道長恭打仗厲害，可沒有人不知道，齊國蘭陵王身邊的寵姬厲害呢！一個小小的玩物，竟敢當眾宣言，不許蘭陵王娶妻，便是要娶，也只能娶她自己！張姬，是不是有這麼回事啊？」

周圍的人，自知道這兩人便是蘭陵王和張姬後，早就停下了腳步，漸漸圍攏來。隨著婁妍聲音一落，早把兩人裡三圈外三圈圍住的眾人，都迫不及待地向張綺看來。

張綺慢慢地抿緊了唇。這時，婁妍突然伸手扯向蘭陵王的斗笠，就在蘭陵王急急向後一仰時，她右手在空中一劃，竟是落到了張綺臉上。然後她用力一拉，張綺的紗帽飄然而落……

四下安靜下來。

望著眼前眉目如畫、清透絕美的少女，望著在一襲黑裳的映襯下，她越發白得透明的臉，婁妍的眼睛越瞪越大，越瞪越大。好一會兒，她喃喃說道：「原來妳真的這麼美……女人生得這麼美，不甘心認命，也是情理當中。」婁妍雖是喃喃細語，可她的音線偏粗，四下著實聽了個一清二楚。

不過沒有人注意她，所有的目光都集中在了張綺身上。那個紅樓豔伎，這時則是低著頭，她悄悄扯了扯兜衣，把那露出的大半胸脯遮了遮後，小心地向後溜去……張綺容光如日，直是逼人而來，看著她，不知怎地，那紅伎只覺得自己衣裳不夠典雅端莊，臉上的粉敷得太厚，她甚至覺得自己鼻樑過高，嘴唇過厚，眼神不夠透澈多情。以前她所有認為完美無瑕的地方，此刻竟是處處都顯難看，令得她有點窒息，只想快點溜走。

便是那個出言不遜，直說張綺床榻上香豔的少年，這時對上張綺清透空靈的絕美面容，也是臉一紅，露出一抹慚愧羞赧之色來。

沒有人注意到他們，無數雙目光癡癡的注目中，張綺蹙了蹙眉，在引起一陣憐惜的目光後，她轉眸看向蘭陵王。蘭陵王明白了她的意思，牽著她的手，便準備強行破眾而出。

就在這時，婁妍突然說道：「張姬，聽說妳非要嫁給蘭陵郡王為妻？」她的大眼中盡是好奇，「我一直想不明白，妳怎麼就這麼有信心？自古以來，身分貴賤，便如天塹，是不可跨越的……是因為妳很美嗎？」

她看著陡然頓住的張綺，粗著嗓子，笑咪咪地說道：「妳家郡王我也想嫁呢，妳攔住了鄭瑜和我的堂妹，現在要如何攔住我？」

張綺慢慢抽出被蘭陵王緊握的手，緩緩回過頭來，看著婁妍。

突然的，她衝著婁妍嫣然一笑。

佳人一笑可傾城，紅日破曉霞光明。

這一笑，極美、極清，隱隱的，竟帶著幾分高貴，幾分超脫於塵俗之外的清華。

一襲黑裳的張綺，衝著婁妍明亮地、燦爛地一笑後，風姿楚楚地說道：「不了……」她靜靜地說道：「我不會阻攔了。」她朝蘭陵王似含情似含譏地看了一眼後，聲音一提，清越地說道：「阿妍想要，嫁他便是！」

她的氣質皎潔而華豔，她的聲音明亮而清澈，那神態在落落大方之外，竟是流露出一種千年世家貴女根於骨子裡的自信從容，「前陣子我在太后面前便立了誓，他娶他的正妻，我將不再阻攔。

世間貴女萬千，我擋得了一二個女人，難道還能阻得了男人執意相就的心？」

在蘭陵王慢慢收緊，在手腕的劇痛中，張綺白玉般的下巴微微抬起，衣袂隨風飄蕩，臉上笑意盈盈，「至於我，今日雖是一姬妾，那又如何？總有一日，我也能找到願意娶我為妻的大好兒郎！」

四下再無聲息，便是婁妍，便是那些紅樓豔伎，這時也都睜大了眼，不敢置信地看著張綺。

蘭陵王鐵青了臉，他不敢置信地盯著張綺，不敢相信那樣的話，是從她的小嘴裡說出來的。

張綺笑靨如花，她的笑容不但皎潔華豔，而且頗為燦爛明亮。這一刻的她，通身上下再無一絲卑微，有的，只是一種超脫於塵世之外的皎潔，有的，只是一種破而後立的高貴。

……便是天下矚目，非議加身那又如何？大不了便毀了這容貌！

退無可退，她要全力一搏，也許，還有一線生機。她以前無數次對著世人說，她要嫁他，她只愛他，現在她推翻那些話，也許能把那些對她有想法的人都吸引過來……渾水才好摸魚，無論如何她都要借勢逃離此地，回到故國！以前，她惜命、惜身，更珍惜這張臉，現在她都放開了，大不了一死，大不了變成醜八怪。

四下安靜至極。

張綺的手腕處傳來的劇痛，令得她的額頭處都有冷汗滲出。就在所有人都愣住之時，蘭陵王猛地把張綺攔腰一抱，騰地轉身，大步朝外走去。

他的身周，被路人堵了個水洩不通。可此刻，那些路人清楚地感覺到他身上散發出的森寒和戾氣，他們毫不懷疑，只要有個遲疑，他就會長劍出鞘，取人頭顱。於是，他們不由自主向後退出，迅速讓出一條道來。

殺氣騰騰的身影一步一步向前走去，在他的身周，眾人還在後退，後退……直退無可退，直到蘭陵王已然去遠，一陣嗡嗡聲才四面而來，轉眼間，便成了喧囂。

❖ ❖ ❖

方老急急趕來，頭一抬，便看到臉色鐵青的蘭陵王，以及被他緊緊錮制在懷中的張氏。被蘭陵王臉上的森嚴給嚇了一跳，方老連忙揮退左右，親自把他迎入正院。蘭陵王前腳剛入院門，方老便聽到他沉寒的聲音響起：「關上苑門！」

站在院落外，看著那吱呀一聲迅速關上的苑門，方老低聲吩咐道：「去探一探，看看剛才發生什麼事了？」

「是。」

院落裡，蘭陵王把張綺重重朝榻上一扔，便沉著臉，目光森森地直視著她。張綺像隻貓兒一樣蜷縮在榻上，明明顯得怯弱心虛的動作，可怎麼透著幾分慵懶？

阿綠從側殿悄悄伸出頭來，本來嚇了一跳的她，一看到張綺這模樣，馬上放心地把頭縮了回去。她蹬蹬蹬三步併兩步搬來一張榻放在門旁，然後趴在榻上，透過門縫，興高采烈地看起熱鬧來。

張綺這表面畏縮，實則自在的表情，蘭陵王哪裡看不出來。頓時，他直是青赤了臉。瞪著她，他臉頰的肌肉狠狠地跳動著，怒火燃燒得幾欲脫腔而出。他一張俊美絕倫的臉，越來越青，越來越紅，卻只是站在原地撲哧撲哧地喘著氣，半晌都沒有動靜傳出。

阿綠看到這裡，順手從身後掏出一包梅子乾，放在嘴裡啪唧啪唧嚼了起來。

良久良久，蘭陵王閉上雙眼，沉著嗓子說道：「張氏阿綺，妳莫逼我！」

張綺老實地低著頭，老實地縮成一團，自是沒有吭聲。

他看到她這貌似恭順的模樣，恨從中出，磨著牙，冷冷說道：「原來到了今日，阿綺還想找人嫁了？有志氣，當真有志氣！」一股殺氣從他的身上瀰漫而出。

他的殺氣是沙場中鍛鍊出來的，帶著森森死氣，便是皇上、太后，也不敢直面其鋒。死氣森森而來，如無形刀劍，如雪網冰霧，一經迸發，所有的聲音都迅速消失了。殿中的阿綠看到這裡，臉色一白，放在唇邊的梅子不知不覺中落在了地上。她想做些什麼，卻發現自個兒的手腳不停顫抖著，竟是無法控制了。

一直抱著手腳，縮成一團的張綺，嬌柔的身子也顫抖起來。

她低著頭，努力地縮成一團，不停顫抖著。

眼前這人，隨時可以把她打落塵埃，決她生死。不過，她早已決定，死便死了。

這時，她的下頷一痛，卻是被他強行抬起頭。

她對上了他那無邊黑暗中，隱隱透著血色的眼。這種殺過千人萬人的漠然和狠戾，令得她的臉色不受意識控制地越來越白，越來越白。

他在她的眼眸中，終於看到了驚懼，這不是他要看到的。

他從不想她怕他，他只想她敬他、服他、依賴他、愛戀他，心甘情願地與他一起生一起死。他也可以向她保證，不管他會不會娶正妻，不管他將來身邊有多少女人，她永遠是最特殊的，最近他的那一個。

可她沒有……她竟是利用他對她的愛憐，肆無忌憚地說出那樣的話，把他的顏面完全掃落在地，也把她自己置於極度的危險當中。她竟是愚蠢地，狂妄地把她自己拋出去，便像把一塊肥肉拋入狼群中一樣地拋出去。

這個婦人，很可惡，很可恨！

他定定地盯著她。

被他的眸光鎖定，張綺無法移眼，也不敢移眼。不知不覺中，她的唇瓣已咬出了血。

望著眼前絕美的小臉上，那無邊的倔強和不屑，蘭陵王啞了嗓子。

他低低地說道：「我對妳哪裡不好了？」因為憤怒，他的眼中有火焰在燃燒，「張氏，妳說說，我對妳有哪裡不好了？妳跟了別人，犯了今日之錯，會是什麼樣的結局，妳知道嗎？」這麼冷，這麼高高在上。

是了，這才是他，這才是真正的他！在他心中，在世人心中，他與自己，是天和地的區別，是太陽和野草的區別！

張綺慢慢側過頭去。他鎖得太緊，她只能把臉移開一小點。側過頭，張綺低低地說道：「民不畏死，奈何以死懼之……高長恭，你可以殺我的！」

高長恭，你可以殺我的！

她竟然用死來威脅她！她竟然說，他可以殺她的！她是料定了他不會吧？這個婦人，總是能洞察他的底線，再一步一步地逼得他退無可退！

蘭陵王想罵，最後脫口而出的，卻是一陣笑聲，他嘶啞地說道：「殺妳？」

他低頭看著自己的手。

她這麼嬌小堪憐，又剛剛流過孩子……他只要輕輕一伸手，便可把她傷得狠了。可是，他的手哪曾揚得起來？縱使現在恨得胸口脹痛，他的手也揚不起來。

蘭陵王又是一陣嘶啞的低笑。他輕輕說道：「張氏，妳也是世家大族出身，妳當明白，妳的要求，我給不了妳，任何一個如我這般身分的丈夫，都給不了妳……是妳求得多了！」

「是嗎？」張綺的聲音很輕，很冷淡。

蘭陵王閉上雙眼，他讓幾欲發狂的自己再次平靜一些後，才繼續說道：「不錯……貴賤天定，嫡庶之分有如君臣。妳在陳地時，張氏那些嫡出姑子，一言可以把妳滅殺吧？那還只是陳地，齊周兩地，嫡庶之分，身分之別更是不可逾越。張氏，娶了妳，天下的人都會笑話我、輕視我，不屑於我。妳想想，是不是這麼回事？」他幼時艱難，因此比世間很多人都更自尊，更重榮譽。

說到最後一句時，他的語氣變得溫和些了。他在勸服她，苦口婆心地勸服。

低著頭，一瞬不瞬地凝視著縮在榻上，嬌柔如水的身影，看著眼前這張讓他無時或忘的面容。他伸出手，輕輕地撫摸著她水嫩的臉頰，低低說道：「阿綺，別任性了。我答應妳，這陣子都不議親了。妳不是應允了我，好好跟我過日子的嗎？乖，別鬧了！」

他的聲音一落，張綺卻是低笑出聲，她低低地，胡亂地笑著。笑著笑著，她用手塞到嘴裡，把就要脫口而出的哭聲堵回去。好一會兒，恢復了些許平靜的張綺，才靜靜地說道：「我要回家！」她慢慢抬起頭來，因含著淚，那黑白分明的眸子真如秋水。她直直地看著他，重複道：「高長恭，我要回家，你放我回家！」

她看著他，一滴兩滴珍珠般的淚水，順著白玉般的臉頰緩緩流下，緩緩濺落塵埃中，「我不想與你在一起了，不想做你的私寵玩物了……我要回家！」

她的淚水一滴又一滴，一串又一串，如珍珠般滑落在地。它們滑過她白玉般的臉，滑過那紅潤的櫻桃小嘴，滑過那精美如花瓣的下頜。在陽光折射下，串出一種讓他胸口劇痛的七彩華光，然後，落入塵埃。

他慢慢蹲下，蹲到與她相平的位置，他伸手捧著她的臉，用粗糙的大拇指抹去那淚珠兒，他輕聲問道：「可是，妳有家嗎？」他溫柔地問道：「阿綺，妳哪裡有家？」

他低低地，情意綿綿地說道：「阿綺，安心留在我身邊，我會對妳好的，不會有任何女人威脅到妳的地位。妳生下的孩子，我也會善待的。」

聲音真的很溫柔很溫柔，隱隱中，有著他自己也沒有發現的乞求。他在乞求她不要再鬧，不要再白費功夫地掙扎。

「有的，我有家的。」這一次，張綺的聲音中有了些力量，流過淚的雙眸，清得像天空，她純淨而美好地看著他，竟是燦爛一笑，低語道：「我有了金子，有了阿綠……」伸手撫上自己的臉，她長長的睫毛扇動著，夢囈般的說道：「再劃爛這張臉，我就可以有家了。」

看著笑得燦爛，竟是對那情景無比期待的張綺，不知為什麼，一種難以形容的劇痛湧上蘭陵王的胸口。讓他不知不覺中伸出雙臂，把她緊緊摟在懷中。

可他剛剛摟上她，她便是極力一掙。用力地，哪怕臉孔漲得紫紅，也還在用力地掙脫他。可她越是掙扎，蘭陵王雙臂便收得越緊。他把她緊緊錮制在胸口，見她扭動得太過厲害，他鎖住她，沉啞地說道：「張氏，要我放開妳，除非我死！」說得斬釘截鐵。

張綺似是一下子失去了所有的力氣。她慢慢地停止動作，慢慢地，艱難地抬起頭來。

見她似乎屈服了，蘭陵王心中蕩著一抹喜悅，他正準備溫柔地喚著她的名字，卻聽到張綺低低地，清脆地，如他一般認真地輕語道：「今日我當眾說出那些話時，便沒有想過一定要活著。」

見蘭陵王僵住了，她抽出他的手臂，垂著雙眸，慢慢地說道：「我其實，早就應該死的，只是以前老是鼓不起勇氣來，老是幻想著……現在，我不幻想了。長恭，何不抽出你那把佩劍，只須用它在我頸上輕輕一劃，你的煩惱、我的煩惱，便都沒有了！」她的聲音低而穩，有著溫柔，更有著媚惑。

她竟是在媚惑著自己去殺她！

陡然的，一種從來沒有嘗試過的無力感，一種說不出的恐慌和疼痛，還有無邊的鬱怒撕咬著他，吞噬著他。蘭陵王整個人都僵住了，直過了好一會兒，他才嘶聲吼道：「看好她！」話音一落，他已騰地衝出，轉眼便撞出了苑門。

蘭陵王一衝出正院，方老便急急追上，他喘著粗氣，驚慌地扯住蘭陵王的衣袖，連聲問道：「孩子，孩子，發生什麼事了？你怎麼氣成這樣？」他從來沒有見過蘭陵王如此憤怒過，這種幾近失控的暴烈，讓方老好生不安。

蘭陵王騰地轉身，他腥紅的眼在看到方老時，終於有了一絲清亮。抿著薄唇，他突然捂著胸口說道：「我這裡好難受！」他喘著粗氣，「方老，我這裡好難受，都要炸開了！」

騰地轉身，他旋風似的衝出去。這時方老還扯著他的衣角，只聽得「滋」的一聲，衣帛碎裂的聲音傳來。方老抓著一片玄色布帛，呆呆地看著衝出大門的蘭陵王。

蘭陵王一衝走，張綺便拭乾淚水，轉向偏殿處。阿綠急急跑到她面前，看到她，張綺沙啞著聲音說道：「阿綠，妳馬上出去，拿著倉庫裡的那一盒珍珠出去。這幾天妳就宿在蕭莫那裡，把那些珍珠兒了使用，不要回蘭陵王府了。」

對上一臉不解的阿綠，張綺苦澀地說道：「他這次動了真怒，我怕他歸府後把我困在府中，令我不得輕易外出。便是外出，也會有人把我的一言一行上報。在這個節骨眼上，妳不能與我一道成了囚徒。去吧，去找蕭莫，以他的才智，必知道我的所圖，定會全力助妳。」她垂下眸，從懷中掏出手帕，一點一點沾淨臉上的淚痕，聲音沙啞中透著冷，「有了蕭莫的幫助，再亂中取利，我們的計畫會容易許多。」

好一會兒，阿綠才應道：「好。可是，阿綺，妳一個人，會很孤單的。」

張綺搖頭，明透的眸光看著阿綠，輕聲道：「一想到我就快得到自由了，我就不孤單了。對了，把我藏下的那八百兩金也一併帶出去。妳不是喜歡在客來酒樓玩嗎？妳就在那裡開一間房，把這些金子全部藏在那房間裡，記得藏緊一點。」

「好。」

阿綠走後，張綺疲憊地睡了一覺。而蘭陵王，一連兩晚都沒有歸府。

這陣子，蘭陵王寵姬張氏的風頭極盛，眾人剛剛還在傳說她在紅樓上被人看光了，這一轉眼，她又當著一街的人宣布，她不會再阻攔蘭陵王娶正妻，而她，也有信心嫁一個大好兒郎為妻。身為姬妾、玩物，張氏如此不顧夫君的顏面，如此不顧體統，如此不知羞恥地宣稱要嫁大好兒郎，便在這荒唐事層出不窮的北齊，也是少有的。一時之間，街頭巷尾都在說著這件事。說來說去，眾人不免同情起蘭陵王來。身為龍子鳳孫，堂堂郡王，卻連一個女人，一個寵物也降不住，任由她捏著鼻子走，未免可笑了些。

第二天，秋公主來到郡王府，把張綺嘲諷了一頓後，趾高氣揚地離去了。她前腳剛走，一個太監卻奉了太后諭旨而來，太后在旨意中說，張氏雖客居異鄉，行事舉止卻頗有建安風骨，因此，特賞她百兩黃金，還給了她一塊權杖，說是可以自由出入宮闈的。可以自由出入宮闈？豈不是一亮出來，也可以自由出入城門了？

不過這事張綺還來不及歡喜，便被方老把權杖收了去，而且，看管這院子的護衛也多了些。

經此一事，鄴城人倒是都知道了，上次太后和蘭陵王為了這個張氏發生衝突的事，實際上不是太后一意孤行，而是張氏有所要求。

這個張氏，果然早就有意離開蘭陵王了！

蘭陵王府陡然熱鬧起來。

第三天，妻七女來了，然後下午時，鄭瑜也來了。再一次看到鄭瑜，她是滿面紅光，連那黯淡的眼神中，也重新變得神光熠熠。鄭瑜看到張綺，倒也沒有說什麼，只是把她細細打量一番後，便轉身離去。

不止是女客，便是男客，這幾天也明顯多了些。便是明知道蘭陵王不在，他們也會要求在院落裡候他歸來。待留之時，更是頻頻朝著張綺所在的院落望去，傾聽著院落中傳來的陣陣琴瑟之音。這種盛況，與前幾日蘭陵王府門可羅雀的情況截然相反。

一陣急促的馬蹄聲直朝蘭陵王府奔馳而來，看到來人，方老連忙迎上，又是擔憂又是心痛地說道：「郡王，您回來了？」

一襲風塵，玄衣上污漬處處的蘭陵王點了點頭，他抬頭看向院落中。只是一眼，便令得他臉頰的肌肉狠狠抽動了下。迅速收回目光，他啞聲說道：「這幾日可有什麼事？」

一連出去七天，本是想再忙一陣的，可這馬走著走著，便不知不覺到了城外，然後想隨便看看也好，可不知不覺中，又來到了家門口……

方老恭敬地說道：「張姬很安靜，天天待在院落裡彈琴吹笛的。」

……他夜不能寐，她還有心情彈琴吹笛？

方老繼續說道：「府中的訪客多了些，各郡王府都派了人來，請郡王和張姬赴宴！」

蘭陵王冷笑一聲。

方老又說道：「對了，郡王離開的第二天，太后便令人賞了張氏，說她客居異鄉，舉止行事有建安風骨，還賜了一道宮牌給她，說是允她自由出入宮闈。」感覺到自家郡王的氣勢一下子沉凝得讓人無法喘息，方老連忙續道：「老奴把那宮牌收了。」他雙手捧上那塊宮牌。

蘭陵王瞟了一眼，點頭道：「收緊些。」

「是。」

他把坐騎交給僕人，提步朝內院走去。看到他腳步不移地走向正院，方老連忙跟上，「郡王，可要沐浴更衣？」以往他便是最辛苦最勞累，也總要洗得乾乾淨淨再去見張姬。

聽到方老的問話，蘭陵王腳步一剎，好一會兒，他啞聲道：「也好！」

半個時辰後，蘭陵王跨入了正院。

院落中有點安靜。坐在一株桃樹下，張綺一襲華服，暗紅的袍裳，鑲金的坎肩，長長的，直達腰間的黑髮，如畫的眉眼，讓人一看，彷彿看到了燃燒在天空的燦爛霞光。

這般鮮豔的她，讓人一見倒是心情大好。蘭陵王沉鬱壓抑的心，不知不覺中輕快了不少。

他大步走到張綺面前。

此刻的張綺，正在繪畫。隨著她素手輕移，一幅功力極顯不凡的春山煙雨圖漸漸浮現。蘭陵王轉過眼，看到几旁擺著十幾幅維妙維肖的仕女畫。他定神一看，這些仕女圖竟然全是她自己，張氏阿綺。這些圖畫中的張綺，穿著各式各樣的華服，表情或顰或喜，極盡妍態。

他湊近一看，只見一幅畫旁題著一行字：「北齊皇建二年，張氏阿綺十五歲。」再下一幅，另題著幾個字：「今朝春在花容好，明朝春來墳上草。」

蘭陵王僵住了。他腦海中嗡嗡一片，張綺說過的話，清脆地，柔軟地唱響在記憶中，「民不畏死，奈何以死懼之……高長恭，你可以殺我的！」

「今日我當眾說出那些話時，便沒有想過一定要活著。」

「我有了金子，有了阿綠，再劃爛這張臉，我就可以有家了。」

……

她是認真的！

她在這裡忙忙碌碌，不過是想記下她現在的美貌，還有她曾有過的華燦生命。

她是真的做了毀容和赴死的準備！

蘭陵王慢慢地抬起頭來。

專注於畫中的張綺，沒有察覺他的到來。她正微蹙著小鼻子，嘟著櫻唇，無比專注地畫著眼前的畫。

看著她絕美的小臉，一種讓他窒息的疼痛和恨，同時湧出他的胸臆。最終，蘭陵王唇一扯，冷冷說道：「張氏，妳挺有雅興啊！」

啪的一聲，張綺手中的毛筆落在了宣紙上，沾了好大一團墨水，畫好了九成的唯一一幅山水畫，被毀了。

張綺暗嘆一聲，她回過頭來，秋水雙眸清澈地看著他，她福了福，「郡王回來了？妾有失遠迎，請勿怪罪。」語氣有點輕快，有點匆忙，完全是在敷衍了事。

蘭陵王盯著她，好一會兒，他才問道：「這幾日，妳都在畫畫？」

「嗯。」張綺笑得甜美明亮，「畫了好些呢，從明兒起，我便把我自己的樣子製成繡品。」她歪著頭，純澈而愉快地看著他，「郡王回來多久了？我都不知道呢。」

這表情、這笑容、這聲音，哪裡有半絲的不開心？便如那曇花，這婦人是想抓住每一時一刻，盡力綻放自己的美豔吧？

蘭陵王的胸口似被人用鈍刀子一樣磨著，既疼痛，亦讓他痛恨。

他唇角一扯，直盯著她的雙眼，突然冷聲說道：「妳別做夢了，我不會讓妳離開我，也不會讓妳死！」他抓起几上的一堆畫，用力撕爛，厲聲說道：「便是妳毀了自己的臉，張氏阿綺，妳信不信，我也會囚妳一世？」

他如此暴怒，張綺哪裡敢直面其鋒，連忙老老實實地低下頭，對著散了一地的紙屑，連眉毛也不抬一下。

是了，是了，他這個婦人一向心狠，她對別人狠，對自己也狠！

他撕爛幾張畫，怎麼可能會讓她動容？

無邊的憤恨，讓蘭陵王氣得手都顫抖起來。

他氣得呼哧呼哧的，張綺也不敢說話，一時之間，院落裡是無比安靜。

也不知過了多久，方老小心的聲音從苑門外傳來：「郡王，段將軍奉旨回京，陛下今晚在段府為他接風洗塵，令郡王攜張姬一併前去赴宴。」

這句話一出，張綺淡淡一笑：來了！

「轉告天使，高長恭定會準時赴宴！」

方老回道：「天使說，務必帶上張姬。」

蘭陵王臉色騰地紫漲，好一會兒，他才喘息著慢慢轉頭，狼一樣地盯著張綺，扯了扯唇，冷笑道：「知道了，下去吧。」

「是。」

短短一個時辰，天使便催了三次。到了傍晚時分，蘭陵王終於帶著張綺出了門。

與張綺一樣坐在馬車中，蘭陵王側過頭，目光炯炯地看著身著大紅衣袍，燦爛華美得像天邊晚霞的張綺，只覺得胸口被什麼鈍器一下又一下地捶擊著，悶痛無比。他喉結動了動，最終只是低低說道：「阿綺。」

他輕喚她，她卻沒有如往日那般回應。

望著夕陽光下，清透美麗得不可方物的張綺，蘭陵王沒有發現自己的聲音因疼痛而嘶啞，「阿綺，妳答應過我和好的。」聲音中，竟是有著幾分孩子式的氣苦。

張綺依然沒有回答，更沒有抬頭。

馬車很快便抵達了段府門口。

蘭陵王與張綺走下時，原本熱鬧的府門口，一下子變得安靜無聲。以往，那些顧忌著蘭陵王，還有所躲閃的目光，這下全部直直地向她看來。不止是權貴，連一些小將和普通官吏，也敢直勾勾地盯向張綺了。

迎上這些目光，紅袍明豔的張綺，秋波流轉間，臉上緩緩綻放出一朵明豔的笑容。她這麼一笑，更勾得那些人連眼也捨不得移了。

正在這時，身後的喧囂聲驀地大響。

張綺回頭。

卻見一襲白裳，廣袖飄搖的蕭莫，一邊與眾人招呼著、說話著，一邊微笑地優雅走來。

不管何時何地，他永遠都是人群的焦點。

似是感覺到張綺的目光，他迅速抬頭迎上。與以往的任何一個時候不同，他的眼神如此明亮，他俊秀斯文的臉上，燃燒著愉悅的期待和渴望。他大步向兩人走來。

隨著蕭莫越靠越近，張綺清楚感覺到握著她手的蘭陵王，那手心越來越冷，氣息越來越森寒。

蕭莫來到了張綺面前，完全無視威嚴而華美，氣勢逼人的蘭陵王，只是瞬也不瞬地看著張綺。他的目光中蕩漾著由衷的，無比的歡喜。這是一種純粹的喜悅，彷彿從每一個孔穴發出，彷彿他全身心地快樂著、渴望著……

張綺怔怔地看著他，怔怔地迎上他那掩也掩不住的喜悅和愛戀。不知不覺中，差點被他強要了的隱恨，竟是去了大半。

……這個世間，已經很久很久沒有人這麼在乎過她了。這一刻的蕭莫，竟是讓張綺有一種錯覺：她不是一個人！

蕭莫歡喜地，認真地看著張綺，因為在意，他的聲音與他那永遠雍容優雅的外表不同，竟有著顫音，「阿綺，我拒絕了太后的指婚。」他癡癡地看著張綺，滿心滿眼只有她，「我跟太后說了，除了妳，我誰也不娶。便是此生不能與妳在一起，我也不會再要任何女人。阿綺，任他弱水三千，我只取一瓢飲！」他朝她小心地伸出手，剛剛接近她的臉，不待蘭陵王發作，卻又無力地垂了下去。他低啞著說道：「對不起！可我不悔，阿綺，我不悔！」

輕囈到這裡，蕭莫毅然轉身，風度翩翩地朝前走去。剛才在張綺面前還顫抖，還緊張著的他，這一轉身，又是一個都雅風流的貴公子了。

張綺怔怔地目送著蕭莫在眾人的擁戴下跨入將軍府。也許是她看得太入神，直到手腕一陣劇痛，她才回過神來。

張綺回神，她嫻靜地，帶著一種置身事外的冷漠看了蘭陵王一眼，垂下眸來，微笑道：「郡王，我們也進去吧。」

貳之章

溫婉逢迎換憐惜

蘭陵王和張綺跨入大堂時，燈火通明中，無數雙目光直灼灼地望來。

近千人的注目中，張綺靜靜地微笑。她今天穿著大紅衣袍，披著纁色坎肩。纁者黃中帶赤，有點像夕陽的顏色。她光可鑑人的墨髮自然披散在肩膀後，玉耳上垂著一對黃金製成的圓耳環。耳環既薄且大，隨著她的動作，隱在墨髮間一搖一晃，極為動人。

這種大紅衣袍，自古以來便是權貴們喜歡穿的，如今穿在張綺身上，映得她那白裡透紅，眉目如畫的小臉，明豔而清透，典雅而張揚，竟有一種說不出道不明的瀟灑雍容之氣。

坐在一側的鄭瑜，目不轉睛地看著張綺，看著蘭陵王。每一次，她都告訴自己，眼前的這個卑賤女子不值得自己計較。高長恭便是寵她憐她，能有幾年？這種以色事人的婦人，永遠是最易凋零的。可每一次，她剛平復的心情，在看到張綺後，又會煩躁起來。

這個張氏美得多變，美得任何衣服穿上她身上都是點綴。明明是個卑賤的女子，可只要注意著裝，想典雅便能典雅，想高貴便能高貴。張綺的旁邊，蘭陵王還是一身玄衣，這種黑色中隱隱透著紅的裳服本顯高貴，穿在他的身上，更把他襯得俊美高貴，不可方物。滿座衣冠，生生被這兩人奪了所有的風采。

蘭陵王抬起頭，把四周灼灼逼來的目光一一收回眼底後，突然把張綺重重一扯，帶入懷中，當著這麼多人，在這樣的宴會裡，他竟是把她攔腰一抱，摟在懷中後，再大步走向自己的榻位。

這是一種態度！這種態度一擺出，角落裡的鄭瑜，臉上流露出一抹失望。也許失望的次數太多，她看向張綺的表情中，這一刻，終於在平靜中透著一分冰冷。

隨著兩人落了榻，噪音又起。

蕭莫低著頭，慢慢抿了一口杯中的美酒，望著酒水中自己的面容，無聲地一笑。

正在這時，一陣大笑聲傳來。

只見一個中年長鬚，身材高大魁梧的將軍走了進來。隨著這位將軍入內，眾人紛紛喚道：「段將軍。」、「見過將軍。」、「將軍。」

對於這位勞苦功高的段將軍，蘭陵王也是尊敬的。在段將軍目光到來時，他把張綺放在一側，微微躬身，禮道：「見過將軍。」

段將軍徑直向他走來，受了蘭陵王一禮後，他轉向張綺，「這婦人便是張氏？果然是個美人。」段將軍的聲音響亮渾厚中透著溫和，蘭陵王低頭道：「是，她便是我的婦人……我這婦人與我鬧了脾氣，這陣子有點任性瞎玩，如有舉止不當之處，還請將軍勿要見怪。」蘭陵王溫溫和和地開了口，他用這種寵溺又無奈，如責怪一隻喜歡的貓兒時，說她任性瞎玩的口吻，令得段將軍點了點頭。

段將軍看向張綺，撫鬚微笑，「聽聞張姬歌舞乃是一絕，不知今日宴中，可否讓眾人賞賞？」語氣依舊渾厚溫和，可這態度卻是徹徹底底的輕視，在他眼中，張綺就是道道地地一玩物。高長恭還是心慈手軟了些，他身為長輩，不說教訓，挫挫這個婦人的威風總是可以的。

明明蘭陵王剛向他說了，她是他的婦人，他這人婦人有點任性，還請段將軍包容。這段將軍一轉眼，還是向張綺提出了這種要求。

眾人看向了張綺。

握著她的小手，蘭陵王大掌緊了緊。張綺卻知道，便是自己華服加身，才情縱橫，也不過是在玩物的名字上，加上「難得」二字。既然如此，她便是歌舞雙絕，也不會拿出來顯耀。

當下她微微一笑，抬起頭來，直視著段將軍，雍容安靜地回道：「回段將軍的話，妾不願！」竟是如此直白地駁了段將軍的要求！

段將軍出身權貴，又是朝中重臣，再加上行軍多年，屢戰屢勝，可謂出將入相，才華橫溢之輩，於朝野間威望極高。到了他現在這個地位，已經很少有人會反駁他了。

於一眾錯愕中，段將軍哼了一聲，以他的身分，倒不屑與一個姬妾爭持。當下袍袖一拂，轉身便走。

段將軍一走，張綺的周圍議論聲明顯大了些。

「真是膽大包天！」

「不就是仗著蘭陵王寵她？」

「不知好歹！」

於紛紛而來的指責中，坐在身後不遠處的秋公主尖聲說道：「便是我皇兄，也不會這樣對段將軍說話，當真是個無知蠢婦！」她瞪向蘭陵王，叫道：「長恭，你看你把這婦人寵成什麼樣了！」

蘭陵王看著張綺，突然沉聲說道：「她便有千般不是，也是我的婦人，由不得妳來教訓！」

蘭陵王的聲音沉而響。

這話一出，四下的指責聲戛然而止。於安靜中，好一些目光更向段將軍看去。

蘭陵王分明是話中有話，他是呵斥秋公主，可何曾不是反駁段將軍？

主榻上，段將軍也聽到了，當下他老臉一紅，暗中怒道：孺子不知好歹！

本來他在聽了傳言後，還有一些打算的。現在怒火一來，便揮來一人，吩咐幾句後，把那些安排都撤了。

不過一黃口孺子，自己願意幫他，本是他的榮幸，他不知好歹，自己也就沒有必要在他身上浪費時間了。

這又是蘭陵王在表態了。

為了一個不把他的面子放在眼中，肆意踐踏他的尊嚴的姬妾，他連段老也敢羞辱。長恭，你怎麼變成這個樣子了？秋公主旁邊的鄭瑜低著頭，絞著衣角，許久都不再吭聲。

今晚的宴會，雖說是給段老接風洗塵，可其中有很多人實是衝著張綺來的。現在被蘭陵王這麼一表態，很多人準備的後著便不得不按捺下。

投向張綺身上的目光一一收回，堂中在安靜了一會兒，重又變得喧譁熱鬧。

正在這時，一個尖哨的聲音傳來：「陛下駕到——」

眾人連忙站起，段老將軍更是親自迎上，在他中氣十足的說笑聲中，皇帝高演穿著一襲淡青色的便服大步走來。高演身量頗高，不過二十幾歲的他，五官立體瘦削俊美，是有著冷峻森嚴氣質的俊男。他臉上帶著笑，大步向主榻走來。

高演一邊走，一邊笑道：「今日是為段將軍接風洗塵而來，這裡不是殿上，諸位不必拘禮。」溫和的說笑中，他來到了蘭陵王面前。高演伸手拍了拍他的肩膀，笑道：「長恭你啊，還是年少啊！」說出這句含義不明的話，他深深地看了一眼張綺，再轉向殿前。舉起一樽酒，高演向著眾人朗聲說道：「段將軍鎮守邊關，實是勞苦功高，朕代齊國父老敬段將軍一杯。」說罷，他一飲而盡。

段將軍也呵呵笑著謙遜了兩句，把樽中酒一飲而盡。

酒過三巡後，高演把酒樽放下，叫道：「長恭，過來。」

在眾人的注目中，蘭陵王放下張綺，提步走去。示意蘭陵王在一側榻几上坐下，高演伸手在他的肩膀上再次拍了拍，嘆道：「你這倔犢子……罷了，朕也不跟你計較了，陪朕和段將軍喝一杯吧。」

眾人錯愕不了一瞬，便重又熱鬧起來。

秋公主不敢置信地看著這一幕，嘀咕道：「皇兄在幹麼？」

一側的鄭瑜也睜大了眼，她喃喃說道：「陛下不怪長恭了？怎麼可能？」蘭陵王不恭不敬，囂張跋扈，她的父親一直在那裡說高長恭那小子完了，他出不了頭了。怎麼才一轉眼，陛下竟是忘了他的種種不敬，又如此看重他了？

難道他們都猜錯了，今晚陛下把蘭陵王和張姬叫來，不是為了羞辱，而是要向眾人表明這個看重他的態度？

後排的李映聽到這兩人的對話，低聲說道：「阿瑜，長恭看來聖眷仍在呢。」不管高長恭的態度如何，現在張姬放出了那樣的話，鄭瑜就可求得太后直接賜婚的。現在高長恭聖眷仍在，想來鄭瑜的父母見到女兒癡心一片，還是願意成全的。

蘭陵王依言敬過酒，再次博得段將軍的爽朗大笑後，低下頭來。陛下的態度太過分明，看這情形，分明他剛才針對段將軍的不遜言行，也被他知道了，所以他才要自己向段將軍敬酒。慢慢抿了一口，他忖道：看來是那些流言起了作用了！

想到流言，他便想到了將這個計策獻給自己的張綺。回過頭，他神色複雜地看了一眼絕美典雅的她，突然間，一個念頭浮出心中：阿綺真是聰慧不凡，給我出謀劃策的也有一些，可沒有一個及得上她，便是鄭氏以一族之力也……

他止在胡思亂想之際，旁邊的高演嘆道：「長恭，你頻頻看向你的婦人做甚？」他無奈地搖了搖頭，招來一個太監，「把張氏叫過來吧。」

「是。」

見陛下誤會了，蘭陵王唇動了動，最後還是沒有說話。而這時，張綺已經過來了。

這裡哪裡有她的位置？低著頭，張綺向著三人盈盈一福後，慢慢蹲下，便伏在蘭陵王的膝側，姿態曼妙而又溫馴地靠著他。

低頭看到她安靜的模樣，感覺到她溫軟的身子依上自己，蘭陵王怔了怔，唇線在不知不覺中放鬆開來，一直陰沉著的面容也陡然變亮，竟有瑩潤之感，直讓宴中的好一些權貴看呆了去。

蘭陵王一邊喝著酒，一邊伸出撫摸著張綺的墨髮，感覺著那柔順的髮絲從指間紛紛滑落。

段將軍瞟了一眼，又搖了搖頭。

高演看了張綺一眼，慢慢說道：「長恭年歲不小了，加冠都快一載，也該成婚了吧。」

成婚這兩字一出，左右一個個含著笑看向蘭陵王，也看向偎在他身側的小婦人。

蘭陵王的手，仍在溫柔地撫著張綺的秀髮，他抬起頭來，直視著皇上，含笑說道：「勞陛下問，臣最近，不願議婚。」他的聲音不小，坐在前面幾排的貴人都可聽得一清二楚。

秋公主和李映兩人同時擔憂地看向鄭瑜，看著她剛剛展開的眉眼，重新變得僵硬。

高演一怔，奇道：「不願議親？長恭，你都二十一了，還不娶妻生子嗎？」

蘭陵王低下頭來，慢慢說道：「那事臣不急。」說他自己不急，那就是暗諷皇帝心急了？

高演溫和的笑容一僵，心中暗罵一聲，而四周眾人則是錯愕地看著依舊跋扈的蘭陵王。

難道他就不擔心，剛剛得到的聖眷，又被他自己刺得失去了嗎？

一個少年文士站了起來，朝著蘭陵王叫道：「郡王好生糊塗，為了一個不安本分、不守婦道的玩物，你竟是連人倫大道也不要了？」

蘭陵王抬起頭來，直視著那少年，沉聲說道：「她不是玩物！她是我的愛姬！」他森寒地說道：「閣下說話，還是謹慎三思的好！」竟有怒髮衝冠之勢。

那少年也只是熱血上頭，想在皇帝面前討個臉面，哪曾見過什麼世面？此刻被蘭陵郡王這麼一瞪，他一張清秀的臉漲得通紅，雙腳一軟，跌坐回榻上。

這時，蘭陵王站了起來。他拉起張綺，把她置於懷中後，目視著滿堂貴客，沉著聲音，一字一句地說道：「我這個婦人，生性頑劣，任性愛鬧……她還年幼不知事。諸位乃堂堂丈夫，應是明白事理的。高長恭今日把話說到這裡，舉天之下，若是誰想動我這個婦人，那就踏過我高長恭的屍體去！」他目光沉沉而來，俊美絕倫的臉上，透著一種可怕的狠戾，這時刻，便是段將軍，也毫不懷疑他的決心。

眾人錯愕地看著蘭陵王，看著被他緊緊摟在懷中，視若珍寶的小婦人，不由同時住了聲。

見四下安靜了，蘭陵王突然昂頭喝道：「拿進來！」

在眾人的錯愕中，兩個護衛各端著一隻木盒走了進來。這兩人一入堂房，蘭陵王便露出雪白的牙齒，森森說道：「把那木盒當著諸位貴客打開來。」

護衛們應了一聲是，把木盒置於地上，然後打開了木盒。

盒蓋一開，一陣驚叫聲、嘔吐聲此起彼伏而來。喧鬧中，蘭陵王目光如狼一樣地一一掃過殿中眾人，一字一句地說道：「這一對男女，曾在街市中肆意羞辱我的阿綺，死不足惜！」聲音如炸雷，震得眾人耳膜嗡嗡作響。

驚叫聲、嘔吐聲還在繼續，在場的權貴，或許不識得那少年的人頭是誰，可那美人的人頭，卻是識得的。近年來，鄴城的美人雖然不少，可出彩的也就那麼幾個。除去幾個眾人無法染指的，眼前這個紅樓第一美人，幾乎絕大多數都一親芳澤過。而她，今日竟被蘭陵王取下了頭顱，放在了木盒中。

簡直殘忍狠辣至極！

一時之間，便是高演也倒抽了一口氣。他直到現在才完全相信，這個張氏，還真是高長恭的逆鱗。他那句誰要動她，便踏了他的屍體去的話，完全不是虛妄之談。

與高演一樣，臉色難看的不在少數。

就在滿堂鬨鬧中，段將軍開口了：「胡鬧！」他瞪了蘭陵王眼，沉聲喝道：「高長恭，這是老夫的府中！」轉頭怒道：「清出去！」

「是。」幾個軍士走出，把兩個木盒一蓋，急急退了出去。緊接著，又有幾個僕人走來，雖然地面乾淨至極，他們還是清洗了一遍。同時，殿中四角都有美人過來，燃起了檀香。

段老將軍轉過頭，又瞪了蘭陵王 眼，倒沒有繼續呵斥：大丈夫馬革裹屍，殺幾個人震住場面算得什麼？先前看這高長恭有點愚魯，現在看來，確是殺戮果斷，在關鍵時候敢於出手，是個人才。雖被女色所惑，可那也不算什麼大事。

在段將軍的吩咐下，一隊歌妓飄然而出。美人紅袖，馨香四溢，倒把剛才那人頭帶來的恐慌掩蓋了去。

蘭陵王向榻後仰了仰，他伸手把張綺帶入懷中，撫著她的墨髮，蘭陵王對著陛下，低啞地說道：「皇叔，長恭生長至今，別無他好，唯獨懷中這個婦人曾百般推拒，卻總是捨不得、放不下，也忘不了……」他抬起頭來，目光真誠地看著高演，「長恭是個癡傻之人，讓皇叔失望了……」

對上他的目光，高演長嘆一聲，而一側的段將軍，隱隱感覺到了這兩人之間的波瀾起伏，他連忙站起，給皇上斟了一盅酒後，示意一個美婢給蘭陵王也滿上，溫和地說道：「來來來，威也立了，話也說了，喝酒喝酒！」語氣中，倒是帶上了幾分調侃。這時刻，段將軍對蘭陵王的惱意又消了一些。他身邊的這個婦人，確實是個妖物，這種妖物媚惑高長恭，總比媚惑君王要好。

宴會舉行到現在，已失了興味。飲了幾次酒後，皇上剛一離去，眾權貴便接二連三地求退，不一會兒，便走了小半。蘭陵王與段將軍說了幾句話後，也向他告辭離去。與進來時一樣，他一轉身，便把張綺橫抱於懷，大步走向門外。

目送著蘭陵王離去的身影，李映突然說道：「阿瑜，妳還是忘了他吧。」她搖頭說道：「高長恭對那張氏如此癡迷，縱成了他的正妻又能如何？」

鄭瑜低下頭，掏出塊手帕，顫抖著拭了拭眼角，低低說道：「我要是能忘，早就忘了……」

這話一出，李映沉默了。

蘭陵王抱著張綺，跳上了馬車。

馬車穩穩地行駛在街道中，街道兩側飄搖的燈火，照亮了昏暗的夜空，蘭陵王低頭看著張綺。

他感覺得到她在生氣……如他藉今晚立威一樣，今晚的宴會，她也是想要借勢而為的吧？不知為什麼，想到她在惱怒，他心情大好。

這幾日他一直鬱怒，可剛才被蕭莫那麼一激，便想通了一些事。連帶著，心情也放寬了不少。

馬車一回到府中，蘭陵王去了書房議事，而張綺則步入正院。一入正院，她卻是呆了去。院落中站著一人，濃眉大眼，圓臉喜笑，可不正是阿綠？

阿綠怎麼來了？

看到張綺發怔，阿綠急忙跑了過來。她牽著張綺的手，主僕兩人把房門關上後，不等張綺詢問，阿綠便委屈地說道：「剛才高長恭派人把我從尚書府中強要回來了。」

她委屈不已地瞅著張綺，悶悶地說道：「這個武夫，動不動就是用強的。強搶了妳不算，連我一個婢子，他也強搶……他的人一進去，丟下一句話，便用一個絹袋把我裝了。」阿綠的聲音中帶著哭音，氣得眼都紅了，「蕭府的人又沒有說不允，他憑什麼把我裝了？還把我放在馬背上，這一路顛得我一直吐一直吐。阿綺，這人太欺負人了，妳要幫我報仇！」

張綺連忙摟著她，「好，我幫妳報仇，幫妳報仇！」安撫了阿綠後，張綺有點走神。見她怔怔的，阿綠低聲說道：「那一日我才去，蕭郎便見了我。阿綺，蕭郎太會說話了，一句一句的，把妳跟我說的話都套了去。他聽後，可高興著呢。」

張綺嗯了一聲。見她還在尋思，阿綠問道：「阿綺，妳在想什麼？」

張綺喉嚨有點乾，她把宴中發生的事說了一遍，低著頭，絞著衣角說道：「阿綠，我有點掌握不住他了……」

阿綠才愁眉苦臉一會兒，又笑顏逐開了，「阿綺，妳怕什麼？他不是說暫時不議親嗎？只要他還沒有議親，妳便沒有危險，反正妳等他要議親時再急不遲。」

張綺沒有回答，正在這時，方老管事的聲音從外面傳來：「見過張姬。」

張綺回頭，「有事嗎？」

「郡王下令，賜張姬十個婢子，還請姬出來一見。」

張綺和阿綠走了出來。

站在院子裡的是十個張綺不曾見過的少女，這些少女，一個個身量偏矮小，眉目中透著水靈，赫然全是陳人。見到張綺發怔，方老朝著一側角落指去，「郡王說了，府中太空了。那些僕役都放在院中，供張姬發落。」

站在角落裡的，是一些三四十歲的中年男女，一個個容顏端正，雖然低著頭，卻透著一種文雅。看了看他們，又看了看這些少女，阿綠叫道：「咦，怎麼有點像？這幾個是一家子嗎？」

方老回道：「全是一家一家的，共十戶人家，全部來自陳地，曾經都是清正寬裕人家。」說到這裡，方老看向張綺，「郡王說了，從今而後，姬的婢子阿綠，還有這十戶人家，都是張姬的人了。張姬生，他們生，張姬死，他們死。張姬若是掉了一根皮毛，便斷其一人的手足。張姬若有個什麼刮傷刺傷的，先從婢子阿綠開始，斬其手，斷其足，割其舌。」

在阿綠蒼白的、驚恐的表情中，方老說得平平穩穩，「總之，從今以後，他們的榮辱生死，全部繫於張姬一人。郡王還說了，若是十戶人家嫌少了，郡王還可以找得二十戶、三十戶人家。郡王又說了，這些家戶與姬素不相識，姬怕是不會理會他們的死活。因此，剛才他已令得一隊人馬前往陳國，待請了婢子阿綠的族親來，姬就不會老在那裡胡思亂想了。」聲音一落，張綺驚得臉色煞白。

方老略略交代一遍後，便抽身告退。

書房中，蘭陵王正持筆疾書，看到方老進來，他放下筆，問道：「如何？」

方老把事情說了一遍。

待聽到張綺臉色煞白，阿綠瞪大了眼，都哭出了聲，蘭陵王唇角扯了扯。他側過頭微笑著想道：我怎麼聽到阿綺這般模樣，心下很是愉悅？又令方老把事情重敘了一遍，蘭陵王揮了揮手。

方老朝外退去，退到一半，看向蘭陵王。燭火飄搖下，他高大的身影宛如一座凝結了千古的冰山，晶瑩、美麗，也凝重、厚實。方老停下腳步，輕聲說道：「郡王，老僕聽人說過，這婦人一旦有了孩子，心就定了。」

孩子？蘭陵王尋思了一會兒，點頭道：「她才失了孩子，身子還弱，等她養好身子再說。」見方老提步離去，蘭陵王喚道：「等一下。」他想了想，說道：「那婦人喜歡金子，這樣吧，你明日召來工匠，把正院的第三間廂房改製一下，全部貼上金箔。總之，整個房間，從裡到外都是金光閃閃便是，連床榻也是如此。」

方老瞪大了眼：那還能住人嗎？

他小心地說道：「據老僕觀察，平素裡張姬穿戴質樸，並不喜奢華。」

蘭陵王蹙起了眉，想了想後說道：「可她最近老是把倉庫裡的東西折成金子……」說到這裡，他明白過來了，便道：「不管了，你照我說的去做便是。」見方老領命要走，他微笑道：「記得把東西做大件一些，讓她搬不走的那種。」

方老怔了怔，低頭笑道：「是。」

方老走後不久，蘭陵王放下毛筆，轉頭看向那沙漏。沙漏就快流完了，竟是不知不覺中已到了子時三刻。他轉過身，大步朝正院走去。

來到寢院外時，他可以看到寢房中燭光飄搖，人語陣陣。

他提步上前，吱呀一聲推開房門。一襲玄裳，星光下俊美得宛若天人的蘭陵王負著手，朝著阿綠命令道：「去準備熱湯，我要與張姬共浴。」

可憐的阿綠，還是一個小少女，當下她臉孔一紅，應了一聲，急匆匆退下。

她退下後，蘭陵王並沒有提步。他抬起頭，微笑地看著張綺，星光下，他的目光熠熠如賊。他看著她，淡淡命令道：「過來，讓我抱一抱。」見張綺倔強地轉過頭去不理自己，他慢條斯理地說道：「我帳下有一個鰥夫看中了阿綠，他隨我出生入死，雖然人粗暴了些，喜歡打女人了些，可畢竟勞苦功高……」他的話還沒有說完，張綺已翩然而來，如乳燕一般，投入了他的懷中。

軟玉溫香一入懷，蘭陵王便緊緊擁住，緊緊擁住。他的手臂如鐵，錮得張綺緊得生痛，令她不耐地扭動起來。蘭陵王手臂猛地一鬆，在她下滑時又連忙托住她。

把她放在地上，他低下頭，伸手撥起她散在額側的亂髮，低低說道：「怎麼涼涼的？」接著他又說道：「這麼晚，怎麼還不睡？妳睡晚了容易失眠，怎麼不照顧好自己？」

他剛擺出阿綠和那十戶下人，又是威脅，又是喊打喊殺的，她睡得著嗎？

張綺想生氣，卻只是低下了頭。

這時，她身子一輕，卻是蘭陵王抱著她，走向床榻。把她放在榻上，他低頭俯視著她。昏暗的燭光，淺黃的床帳下，躺著的小婦人，嬌柔得他一伸手，便可以置她於萬劫不復。

……若不是迫到這個地步，他怎會讓她看他的眼神中帶上了一絲恐懼？

他低下頭。

感覺到他呼吸的熱度，張綺想側過頭去，最後還是命令自己一動不動，閉上雙眼。

這時，阿綠的聲音從外面傳來：「郡王，熱湯已經備好了。」

「撤下去。」丟下這三個字後，蘭陵王的唇覆在了她的唇上。兩唇相貼，他低低說道：「妳啊……」突然的，他站直身子，微笑著說道：「左右無眠，不如隨我策馬馳騁吧。」

這麼晚？

張綺眨巴著眼看他時，蘭陵王已把她從榻上扯起，順手拿下起一件外袍套在她的身上，「夜中奔馬，前方山峰樹木影影綽綽，彷彿亙古便在，那感覺相當不錯，阿綺也試試吧。」

他這不是詢問，這是命令。

把張綺穿戴好後，他抱著張綺走出院落，跨上坐騎，一聲低喝，那馬便衝出了府門。

子時的鄴城，安靜得再無聲息。馬蹄聲衝撞在街道上，發出得得得的空響。

天空中，星月生輝，明明很熱鬧，卻又恁地冷清。駿馬直向荒涼的西城衝去，月色下，一騎兩人，奔馳在空蕩蕩的街道上。天地間，除了隱隱傳來的笙樂，除了他們，似是再無他人。

當駿馬衝入西城一處樹林中時，蘭陵王突然把馬匹一勒，停了下來。他摟緊張綺，揮鞭指著前方的樹林，低低說道：「阿綺，我幼時就喜歡來這裡。」他微笑道：「那時沒有阿綺陪我，我就一個人來。經常坐在樹林中，一坐便是一夜過去了。」他的聲音在春風中，明明輕鬆帶笑，卻有著一種說不盡的孤寂。

張綺順著他的目光看去，看著那一片黑壓壓的樹林，彷彿看到了當年那個孤單的，瑟瑟縮縮的孩子。咬著唇，她小聲說道：「你也不易。」

「駕——」蘭陵王朝著馬腹揮了一鞭，令得坐騎再次衝出後，他在風中說道：「嗯，那時沒有阿綺，日子不好過。」

縱馬衝到樹林中，他放慢馬速。張綺只是看了　眼，便感覺到兩側的樹林黑壓壓的不知藏了多少可怕的怪物，連忙把臉埋在他的懷中。

蘭陵王低下頭來，看著有點害怕的張綺，目光閃了閃，低聲說道：「阿綺，妳看看那邊。」

張綺順著他的手指看去，前方只有一片看不到底的深黑，哪裡有什麼東西？

見她疑惑，蘭陵王低聲說道：「那一年我八歲，也是這個時候，我坐在那處山丘上……胡尚書家的小女兒胡儼秀那年十六歲，一直很跋扈。那天晚上，我看到她被三個軍士拖到這裡，姦殺了。我一直看著，從頭看到尾，連眼睛也沒有眨一下。」在激得張綺猛地打了一個寒顫後，他低聲說道：「那時魏國還有餘孽。」說到這裡，他問道：「阿綺，妳很冷？」

當然很冷！任誰大半夜的給帶到這種地方，聽這種鬼故事，都會很冷！

看著張綺顫個不停，他越發摟緊了她。溫柔地摩挲著她的秀髮，蘭陵王抬起頭來，怔怔地看著星空，又說道：「齊國雖然立國也有一些年了，可魏國餘孽還在，再加上長年戰亂，流匪眾多，從鄴城到晉陽數百里間，經過的商旅，傾覆者十有八九。凡有婦人，不是被數十上百人輪死，便是被盜匪頭目抓起踐踏了。」望著張綺發白的小臉，他慢慢說道：「阿綺，妳知道麼，從鄴城到建康，足有三千餘里路途，貫穿南北，齊周陳三國都要經過。沒有一千精銳相護，無人能護著妳這樣的美人兒穿過那漫漫長途。」

她知道他要說什麼，他想說的是，這一千精銳，蕭莫不會有，一般的權貴也不會有吧？

見張綺冷得厲害，他手臂一揚，脫下外袍披在了她的身上，更加摟緊她，他一邊策馬繼續向前，一邊低聲問道：「阿綺，很冷嗎？」

張綺點了點頭，終於說道：「我們回去吧。」

「阿綺不想走了嗎？」蘭陵王卻是一笑，把手指放在唇邊，尖聲嘬叫起來。隨著他的叫聲，只聽得蹬蹬蹬，樹林中竟是跑出一匹小母馬來。

在張綺睜大的雙眼中，蘭陵王抱著張綺跳下馬背，把張綺放在那母馬的背上，抬頭看著她，咧開雪白的牙齒，溫柔問道：「阿綺可會騎馬？」

騎馬？好似會一點點……是了，前世她在北方一住十數年，是那時學會的。

看懂了她的神色，蘭陵王低低一笑，眸光如星，「原來阿綺會啊，那很好呢。」

張綺正準備問他為什麼很好時，突然間聽到他命令道：「坐好。」

命令聲沉而有力，張綺剛下意識地坐好。突然間，蘭陵王抽出馬鞭，竟是對著馬屁股重重一擊。啪的清脆一擊中，那母馬受痛，一聲長嘶後，竟是狂嘯著朝前衝去。

「啊——」張綺尖叫一聲，連忙抱住了馬頸。饒是如此，那一下猛衝，也顛得她胃中一陣翻覆。森森寒風也如刀子一般刮著她的臉，那馬背更在急馳中顛覆起伏。每一下顛覆，都把她的身子高高拋起，再重重落下。不過三五下，張綺便感覺到自己的骨頭散了架，身子也歪了，整個人更呈下滑之勢。彷彿下一秒，她便會重重甩落在地，頭破血流，四肢不全。

會騎馬只是記憶中的事，更何況她所謂的會騎馬，只不過是能坐在馬背上小溜一圈。這般在吃痛的烈馬上狂奔，她是想也沒有想過。

從來沒有一刻如現在這般，讓張綺覺得死亡和殘廢離自己如此之近。

恐慌中，她只會尖叫。她一邊尖叫，一邊拚命地回過頭，朝著蘭陵王嘶啞地喚道：「長恭，救我，救我……」聲音吹在狂風中，連她自己也聽不見。

蘭陵王策著馬伴她而行，風吹得他的玄袍獵獵作響，月色中，他雙眸如星，溫柔地看著張綺，他露出雪白的牙齒說道：「阿綺，妳這樣怎麼能行？策馬狂奔，只是逃命過程中最簡單的一環。妳不是一心想著自由嗎？有我在，妳可以鍛鍊一下。」

他說的話，張綺哪裡聽得到？她只感覺到自己張大嘴拚命叫出來的聲音，轉眼便沒入風中。自己一張臉皮，被狂風扯來扯去，彷彿下一瞬便會把她的腦袋吹掉。她只感覺到馬背越來越不平，她整個人不受控制地下滑。隨著這馬一次高高躍起，啪的一聲，她的屁股終於完全歪到了一側，整個身子一斜，她的人不受控制，頭朝下，重重砸向地面。

電光石火中，看到那昏暗的月色下，那起伏不平的黃沙地面嘩地出現在眼中時，張綺慘叫一聲：我要死了？我要死了！

就在這時，她的腰身被人猛力一撈，在衣裳重重拍打在地面上時，她的額髮掃過黃沙時，整個人一翻，落入了一個溫暖的懷抱中。

她被蘭陵王抱住了。驚魂未定的張綺，還是臉色煞白著，險死逃生的衝擊，令得她雙眼一陣翻白，手腳一陣抽搐。這時，她足心一暖，卻是蘭陵王脫下她的鞋子，一邊溫柔有力地按摩著她的足心，一邊低沉地說道：「阿綺，別怕，沒事了，別怕……」

張綺慢慢醒過神來，睜大雙眼看了蘭陵王一陣，突然雙手齊出，一邊用力地捶打著他的肩膀，一邊尖叫道：「你混蛋！你混蛋！」罵到恨處，她嘴一張，狠狠咬上了他的腮幫子。

他沒有躲閃，張綺恨恨地咬住了他的腮幫子。

蘭陵王側過頭凝視著她。月光中，他的雙眸那麼的晶瑩，那麼的深邃，不知不覺中，張綺鬆了口。看到她低下頭來，蘭陵王伸手撫著她的秀髮，威嚴地說道：「阿綺不是一直說，民不畏死，奈何以死懼之嗎？阿綺，這便是死亡的滋味。不，這還不算，因為妳心中深處篤定我會救妳。」他抬起她的下巴，背著光的他，眼神冷靜沉肅得近乎陌生人，「阿綺如果願意，從今天晚上起，我可以像訓練我的甲士一樣，晚晚讓妳經歷一次生和死的感受。」見張綺煞白著臉，整個人還不受控制地顫抖抽搐著。他暗中嘆了一口氣，收臂把她摟緊。

這一刻，張綺安靜異常。

摟著安靜的張綺，蘭陵王策馬回了府。

令婢女們重新換好熱湯，蘭陵王抱著張綺沉入浴桶中，一邊讓她泡著熱水，一邊溫柔地按摩著張綺抽搐發涼的四肢。直到受驚過度的她，在他的愛撫中沉沉睡去，他才停下動作，溫柔地把她抱起。蘭陵王一邊給她換上睡覺時穿的小衣，一邊在她的唇邊印上細細碎碎的吻。

這時，睡夢中的張綺閉著眼睛尖叫了一聲，然後緊緊抓住他的衣袖，直抓得她的指節發白也不放手。蘭陵王低下頭來，他一根一根的，強行把她的白嫩手指扯開。看到失了依靠的她，一邊雙手胡亂揮舞，雙足亂蹬著，一邊尖聲慘叫，卻只是靜靜地坐在一側，不曾伸手安撫，也不曾搖醒她。

這一晚，張綺直是被夢魘了一晚，無數次她被噩夢纏得尖聲慘叫，四肢亂揮。

這一晚，蘭陵王一直靜靜地坐在榻側，看著她掙扎，看著她屢次被噩夢纏身，不停地尖叫。他不動、不理，只是靜靜地看著她，專注地看著她，直到天明。

天一亮，蘭陵王便起榻了。自己把衣裳穿好，提步離開。剛走到門口，他又回過頭來，返回到床榻前，看著終於睡著了，秀眉微蹙的張綺，他伸出手，溫柔地撫上了她的臉。

撫了一會兒，他騰地轉身，頭也不回地出了房間。走出院落，對上迎來的方老，蘭陵王輕聲說道：「天大亮後，去讓李大夫開一些安魂湯給張姬喝。」

「是。」見他說完這句話，便負著雙手看向漸漸現出一縷紅霞的東方，高大的身影凝如山嶽，方老小心地問道：「郡王？」直喚了兩句，蘭陵王才回過頭來，他啞聲道：「方老。」

「嗯。」

「府中大事小事，不必瞞著張姬了……也得讓她經經風雨了。」

「是。」
「收集到的權貴之家的種種內幕骯髒，都交到她手裡過一遍。」
「是。」
在方老等著他繼續說下去時，蘭陵王卻沉默了。他苦笑著想道：我一直不想讓她經歷這些，不想讓她的眼神變得不再純稚，可她這麼天真任性……
想了良久，他啞聲道：「罷了，還是別給她。有我在一日，總不會讓她被人欺負了去。她便是胡思亂想了鬧脾氣，只要我不允，她也無奈何。」
「是。」
「去吧，我有事要出去一趟。」
當蘭陵王回府時，已是下午。一見方老，他便問道：「可有叫了大夫？」
方老恭敬地回道：「叫了，湯藥也熬了，可張姬說她無病，不肯服藥。」
「知道了，把湯藥熱一下送來。」
「是。」
蘭陵王進入院落時，張綺正在陽光下刺繡，他站在她身後，看著她手指哆嗦著，穿了十幾下才把繡線穿過針眼。陽光下，她的臉色白得如瓷，只是眼底透著青，唇色也有著青黯。
他走上來，一把把她摟入懷中，揮手示意婢子端來湯藥。
看到這湯，張綺倔強地說道：「用不著，我不需要安魂。」她睜大眼認真地看著他，只差沒有發誓，「我膽大著呢，我沒有嚇著！」
蘭陵王瞟了她一眼，一把錮住她的下巴，強行分開她的小嘴後，盛了一湯匙藥水，輕輕地灌入她的口中。一口一口地灌著，每一口都等著她嚥下，他才鬆手。一邊灌，他一邊低低地說道：「死是不可怕，等死才可怕……」低下頭，舔去她小巧唇瓣旁的殘藥，他輕柔地說道：「昨晚那種經歷，便是大丈夫，也有嚇得失禁的，阿綺確實膽大。」

「方老，我們自己去通知長恭便可以了。」鄭瑜含著笑，雍容得體地說了一句後，和秋公主、李映幾人，踩著曼妙的步伐，朝著正院走去。

一入院落，貴女們正要叫喚，卻在抬頭的那一刻，全部傻了眼。

陽光下，蘭陵王把張綺摟在懷中，他一湯匙一湯匙，小心地餵著藥，還時不時低下頭，細細碎碎地吻著她的唇角，舔去那流出的藥汁。金色的陽光照耀中，小巧的婦人睜著含嬌含嗔的淚眼，抽噎地看著男人。男人低著頭，耐心而溫柔地哄著婦人。

那般細心，那般耐性，那般溫柔？看他的模樣，似是恨不得服藥的是他自己。

這麼多年了，他不苟言笑，殺人從不手軟，她竟是從不知道，他也有這麼耐性的時候。

這模樣，他真的只是把她當寵姬？他是把她疼到了心肝裡，恨不得代她疼、代她苦吧？

鄭瑜握著的掌心，被自己的指甲刺得尖銳的疼痛。

貴女們都沒有說話。

她們驕縱，她們任性，她們有獨占丈夫的傳統和權利。她們在皇帝想要以旨意的形式宣布丈夫們可以納妾時，可以囂張地打到大殿中，逼著皇帝把聖旨推翻，可她們從來沒有看過她們的父母、親人，還有好友中，曾經有這麼相處過的。一個人把另一個疼到骨子裡，便是這樣的吧？

陽光照在他們的頭上、身上，這兩個容顏絕世的人，彷彿會發光一般，那麼美，那麼耀眼。

縱使天下人的目光都不由自主看向他們，他們的眼中也只有彼此。明明，她們進來時的說話聲不小，明明，她們來到這院落這麼久了。習武多年，耳聰目明的高長恭，竟是絲毫沒有發現。兩人都沒有發現。

不知不覺中，眾貴女都看向了鄭瑜，鄭瑜看懂了她們眼神中的憐憫和勸告。

她咬緊了唇，正如昨日她對著李映說的那般，如果能放下，她早就放下了。她放不下，今生也不想放下！因此，她含著笑，提高聲音溫柔地喚道：「長恭？長恭？」

蘭陵王餵藥的動作一滯。他回過頭來，見到眾貴女，嚴肅點了點頭，道：「可是太后有召？」

「你怎麼知道？」秋公主瞪大了眼。她們半路截了來傳旨的太監，自行接過那旨意便過來了。這事他怎麼可能知道的？

蘭陵王沒有回答她，他回頭看著碗底剩下的那點藥水，交代道：「妳們出外候著，我餵完了藥，馬上就出來。」

眾女說不出話來了。他連丈夫尊嚴也不要了嗎？這樣的話，怎麼能說得這麼義正辭嚴？

沉默中，秋公主心疼地看了一眼鄭瑜，忍不住尖著嗓子說道：「長恭，她有手有嘴，這點藥，讓她自己服就是了。」

蘭陵王低著頭，盛起一湯匙送到張綺唇角，再輕柔地拭去溢出的些許藥水，認真地回道：「她任性，我不強餵，她就不會吃了。」

任性？這裡誰不任性？誰不比她有資格任性？她又不是小孩子，憑什麼服個藥還要他這麼耐心地哄著？鄭瑜只覺得胸口脹得難受。

她側過頭去，好一會兒才轉回頭，溫柔地說道：「長恭，你看張姬瞪著你呢，服藥這種小事，讓她自己來吧。」

蘭陵王卻是不耐了，皺眉道：「出去候著！」他的聲音很冷。

眾女被他喝得哆嗦了下。在鄭瑜還倔強地站在原地時，李映等人已是斂襟一福，退了出去。而鄭瑜直到秋公主伸手相扯，才跟著退出。直到退出院落外，她還頻頻回頭，倔強地看著，看著蘭陵王一小口一小口地餵著那婦人服下藥水。他面對所有人時，總是容易不耐煩，可他看向這個卑賤的婦人時，眼神中，滿滿都是專注，無比的專注。

一碗藥很快就喝完了，蘭陵王把張綺放在榻上，在她的唇邊吻了吻，低語道：「好好睡一覺。」說罷，他大步離去。

蘭陵王一走，阿綠便衝到張綺的面前，擔憂地問道：「阿綺，昨天半夜我聽到妳尖叫了，妳是不是做噩夢？」

張綺點了點頭，低聲把昨晚的事說了一遍。

阿綠呆住了，她怔怔地看著張綺，「阿綺，那我們就別爭了，反正他也對妳極好的。」

張綺笑了笑，搖頭道：「妳不懂……他現在只是延遲議婚。最遲半年，或許不用半年，他還是會娶王妃，那王妃，還會是那個鄭瑜。」

阿綠小聲辯道：「可是，他對妳好不就行了？我看郡王才不喜愛那鄭瑜呢。便是娶了她，也會只守著妳的。」

這話恁地天真！

張綺看著阿綠，伸手撫著她的臉，搖頭道：「妳啊，妳不懂的。」她怎麼會明白，那些貴族男子從骨子裡生出的對正妻的尊重？出於這種尊重，他會給他的正妻統治整個內宅的權力，會有著跟他的正妻生下血脈高貴的孩子的想法！她又怎麼會明白，那些根系錯雜，龐大而可怕的家族勢力，對除去一個障礙物的決心？只要他還相信鄭瑜，還認為鄭瑜對她好，便是他成天把自己帶在身邊，她也只有死路一條。

更何況，她寧願在遇到流寇前自刎，也不願意把自己的生命和尊嚴交給鄭瑜來凌辱！

她的生死，鄭瑜這等人還不配來操控！

默了一會兒後，張綺沙啞著嗓子說道：「他現在防備得緊，妳就不要操這個心了。如果我想的不錯，蕭莫會替我們著手的。」

她轉過頭來，看著阿綠，認真地說道：「他說派人去建康抓妳族親的事，妳不用操心，那必定是嚇唬人的。路那麼遠，他不會為了幾個不重要的人就興師動眾。我也知道他說的對，我這模樣，有再精銳的人手護著，也難免被他人所截，可我還是有辦法的。」

如果她隱藏這張面容，加入前往陳國的使者隊伍，這事也就簡單了。隱藏面容的藥末，得想辦法從蕭莫那裡弄來。她記得，便在今年，現今的皇帝高演會突然死去。舊皇逝世，先皇繼位，都會派出使者昭示陳周兩國，那就是她的機會！

張綺說這話的聲音極小極小，阿綠睜大了眼，高興地跟著低聲說道：「阿綺，我知道了。」

張綺站了起來，她微笑地看著阿綠，輕聲說道：「他想我高高興興地做他的寵姬，我會的……阿綠，這最後一段日子裡，我會跟他好好地過，讓他不再總是惱著，讓他天天歡歡喜喜的。這樣，便是有一天分開了，也能給彼此一個念想。」

光是說一說離開的事，她一顆心也是揪得悶不過氣來。不過，那又如何？她不想清醒的，可又不得不清醒。

睡了一覺後，張綺醒來已是下午。沐浴過後，張綺又是容光煥發。

找到方老，張綺提出了出門逛一逛的想法。也不知蘭陵王對他交代了什麼，這一次，張綺的要求被爽快地應承了。

和阿綠坐上馬車，帶著幾個護衛，張綺便出了府門。

街道上一派熱鬧，高演是個有作為的皇帝，在他的治下，齊國百姓的日子一天比一天過得好。

坐在馬車中，看著人來人往，張綺一直含著笑。自從決定這段日子跟高長恭好好過後，她便放鬆下來。人生苦短，若不好好顧惜當下，那活著也太辛苦了。

一處樓閣中，一個婦人伸出頭看了看，奇道：「咦，那不是蘭陵王府的馬車嗎？那馬車中的婦人是張姬？」

聽到張姬的名號，閣樓中一陣熱鬧，好一些貴女都伸出頭來。其中一個貴女朝著那婦人笑道：「胡王妃，我們把張姬叫過來說說話可好？」那貴女的聲音一落，另一個打扮雍容的少婦蹙眉喝道：「胡鬧！她那種身分，怎有資格來這個地方？」

廣平王妃胡氏卻是對這個提議很感興趣，她嘻嘻笑道：「把張姬叫過來也好。」說著說著，她目光瞟到了從街道中緩步走過的一個身材挺拔、面目清俊的世家子。望著那男子束得緊緊的，結實有力的大腿和挺翹的臀部，胡氏狠狠嚥了嚥口水。感覺自己的舉動有人注意了，胡氏連忙掩飾性地叫道：「過來一下，去把張姬叫過來，便說廣平王妃和朋友們正在聚會，請她也一起參加。」

「是。」

不一會兒，廣平王府的婢女便來到了張綺的馬車前，她攔住馬車，把胡氏的原話道了一遍後，不耐煩地說道：「張姬，走吧，別讓我們王妃候久了。」

紗帽輕輕晃動，張綺清軟的聲音傳來：「多謝王妃了，身分有別，張綺就不自討沒趣了。」說罷，她輕喝道：「走。」

那婢女呆了一會兒，急急走上閣樓，把張綺的原話複述了出去。

這話一出，一個貴女高聲笑道：「這個張氏倒是有自知之明。」

「不對！」說這話的，是隴西李氏的長房嫡女李依。她性格冷靜，頭腦清醒，分析事情總是有理有據，極得這幫閨友的看重。在眾貴女貴婦看來時，李依說道：「真正卑微的人，反而對自己的身分諱莫如深。有人說起，容易惱羞成怒。只有真正灑脫之人，才無視這些。因為她卑微不卑微，已不需要別人來評論，她也不在乎別人去評論。依我看來，這張姬倒是通達了。」

張綺自是不知道閣樓上的這一幕，她還在興致勃勃地看著街景。正在這時，馬車一晃，卻是一個身材挺拔、長相清俊的青年攔住了馬車。

眾目睽睽之下，這青年來到車廂旁，朝著馬車中的張綺深深一揖。他抬起頭，漲紅著臉，認真地說道：「我是隴西李慶，自看到姬當街格殺了一個瑯琊王氏做伎的姑子後，慶便感念姬的風骨，從此夜不能寐。聽說姬想嫁一丈夫為妻，李慶不才，願求娶於姬。」說到這裡，他抬起頭來，雙眼亮晶晶地看著張綺，眼神中有著緊張，終於說出了心裡話的興奮。

四下圍著的人更多了。自蘭陵王昨日放出那話，還用兩顆人頭開路後，那些聽了張綺宣言的人，都按下了心思。沒想到，不到一日，便有傻瓜前來，他們自是興奮得很。

張綺朝著李慶看去。這李慶身量修長，肌膚白皙，五官清俊，眼神明澈，看來是個世家子。以他的身分，應該知道蘭陵王昨天做的事了吧？知道了，還能前來，也是有心人。

張綺紗帽晃動間，清楚地聽到身後傳來一個護衛警告的聲音：「姬！」

是了，蘭陵王府的人也在旁邊看著這場熱鬧呢！

張綺唇動了動，在那李慶漲紅著臉的期待中，慢慢搖了搖頭，說道：「郎君是沒有經過父母族人，偷偷前來的吧？」李慶臉更紅了，他張著嘴要反駁，又聽到張綺說道：「回去吧，我不中意你！」

我不中意你！這五字，當真乾脆利索得很！

李慶臉一白，失魂落魄地看著張綺的馬車離開。

而在他的身後，把兩人的對話聽得一清二楚的路人，已紛紛議論起來。

馬車中，阿綠看了有點不忍，她向著張綺嘀咕道：「阿綺說話太直了。」

張綺輕聲道：「妳呀，都不想想，昨日高長恭剛剛立威，今天便有人攔路表白於我，這不是打他的臉嗎？我不把話說直了，說得高長恭滿意了，這個李慶會有危險的。何況，我本是不中意他，把話說出，也是絕了他的心思，免得他在我的身上浪費太多時間。」

她回過頭，看著那李慶的身影，這種世家子的感情最深最真，他的身後還有著家族和盤根錯節的利益考慮。她與這種人，是永遠也不可能的。

張綺的馬車逕自離去，沒有人注意到，在街道的另一側，戴著斗笠的蘭陵王，負著手，含笑看著這一幕。

感覺到他的歡喜，一個護衛朝著身後的同伴笑道：「這下好了，郡王這下放心了。」

張綺總是引人注目的，她的馬車一出現，街道中就熱鬧了幾分，使得他們這些走另一條街道的人也聽聞了。於是，遠遠聽到張綺的消息後，他們郡主特意拐過來，沒有想到會看到這一幕好戲。

這下好了，郡王總算可以把心放到肚子裡了。

白駒過隙，轉眼間，一晃五個月過去了，到了九月秋深，黃葉紛紛落下的時候。

四個月前，蘭陵王等文武眾臣，隨著皇帝來到了別都晉陽，至於鄴城，則由廣平王坐鎮。廣平王作為高演的親弟弟，在去年高演搶奪皇位時，曾全力幫助，而皇帝也曾向廣平王許諾過，會封他為「太弟」。只是到了現在，高演早就封了自己的兒子為太子，太弟之事，也就沒有人提起了。

這四個月中，重新得到太后和皇帝看重的蘭陵王，一直在外練兵。不過學了上一次的教訓，這次練兵他不顧眾臣的非議，堅持把張綺帶在身邊。與他在軍營磨練的結果是，張綺終於有了一手不錯的馬技，雖然比起那些騎士遠有不如，好歹長途跋涉已不畏懼。

望著漸漸出現在視野中的晉陽城，蘭陵王策馬來到馬車旁，笑道：「阿綺，要入城了，高興嗎？」車簾輕輕掀開，面容掩映在紗幕下的張綺甜軟地說道：「高興呢，好久沒到城裡玩玩了。」說到這裡，她向蘭陵王嬌柔地撒嬌道：「長恭，入了城我要多玩玩，你可不許阻我！」

聽到她靡軟的嗓音，想到她這陣子對自己的千依百順，蘭陵王哈哈大笑道：「好，不阻妳！」

「也不許派人跟著我。」

「傻姑子，那些人是保護妳。」

「那你得下令，他們要聽我的話。」

「好好，聽妳的話，聽妳的話。」

蘭陵王溫柔地看著馬車中的張綺，想道：這陣子她跟著自己在軍營，也是悶壞了。

車隊慢慢駛入了晉陽城。秋深時節，晉陽城已透著森寒，風一吹來，黃葉便飄飄灑灑落下，舉目望去，處處樹木都光禿禿的了，給人一種肅殺之感。

馬車拐過彎，慢慢駛入了建在晉陽的蘭陵王府。

晉陽畢竟只是別都，為了方便，幾乎所有文武大臣的官邸都建在一塊。離蘭陵王府不過一個胡同，千步不到的地方，便是蕭莫的尚書府。張綺的馬車駛入蘭陵王府時，一輛馬車迅速與她擦肩而過，張綺回頭看去時，正好對上了一雙靜靜凝視而來的溫柔目光，和一個白衣挺拔的身影。

時隔五個月，蕭莫似乎變得更成熟了，也不知是不是她的錯覺，他似乎也長高了些，變得挺拔了些，不再似以前那般文弱。也是，北齊北周這種鮮卑人當權的地方，向來重武勝過重文，便是女郎，也喜歡縱馬彎弓，他受了影響也是正常。

雙方匆匆打了一個照面，便駛入各自的府第。

把張綺交給方老後，蘭陵王騎上馬，急急向皇宮覆命去了。

走在院落裡，望著四周忙來忙去的人影，張綺好奇地問道：「方老，府第要大修嗎？」

方老卻是呵呵一笑，朝張綺神祕地說道：「姬隨老奴過來。」

帶著張綺和阿綠，他推開了南院的大門。

一直領著兩人推開一間廂房，在阿綠倒抽氣的聲音中，方老笑吟吟地看著張綺。張綺也是驚呆了，她雙眼瞪得老大。不過不到一瞬，她便連忙閉上眼，別過頭去。

實在是金光太盛了，直是閃花了她的眼！

這時，阿綠尖叫道：「阿綺，好多好多的金子！」她縱身一撲，抱住一個金子做成的紙鎮，便想提起。哪知這一提，那紙鎮紋絲不動。再一看，原來那紙鎮和金子做成的幾面是一個整體，哪是拔得動的？

對上阿綠一臉的又是歡喜又是痛苦，方老笑道：「姬，這間房子是郡王特意為妳準備的。」本來這間房在鄴城時便準備布置，沒承想陛下把眾人帶到晉陽來了，便趕在晉陽的府第弄了這個房間。

說罷，他向張綺行了一禮，緩步退出。

方老一退，阿綠又尖叫著撲向一個几面上的金質茶盅，哪知用手一提，依然紋絲不動。

阿綠這可不信邪了，當下一個一個地提過去。

一刻鐘後，她回過頭，淚眼汪汪地看著張綺，「阿綺，高長恭欺負人……這麼多金子，就沒有一個拿得動的！」她恨恨地說道：「抱不走的金子，算什麼金子？」見張綺笑望著自己，阿綠扁嘴說道：「妳還笑，還笑！真是的，與那姓高的越發相似了！」

阿綠不說也罷，一說還真是提醒了她自己。這阿綺，行事越來越鎮定，可不是與蘭陵王越來越相似了嗎？

張綺一直笑看著她，直到阿綠在金箔貼成的大床上翻了幾個滾後，才上前把她扯開，「累了這麼久，休息了再過來吧。」

兩人在婢女的引領下，來到旁邊的寢房。阿綠服侍張綺洗浴，自己也洗了一個澡後，突然叫道：「咦，怪了，這不是南院嗎？怎麼郡王不讓阿綺與他住在一起了？」

面對阿綠的質問，張綺輕柔地笑道：「或許他有他的主張吧。來，給我梳好頭髮。」說到這裡，張綺朝著眾婢女說道：「妳們出去吧。」

「是。」幾個婢女躬身後退。退著退著，那站在角落處的婢女突然抬頭，朝著張綺悄悄地眨了眨眼。張綺一愣，便朝那婢女叫道：「妳留下。」

「是。」

「阿綠，幫我到門口看著。」

阿綠一怔，看了那婢女一眼，馬上應道：「好。」她退了出去。

房門吱呀一關，那婢女馬上朝張綺福了福，小小聲地說道：「奴是蕭尚書安排在這裡的人，尚書令奴把一樣物事交給張姬。」說罷，她從懷中掏出一個密封的小盒，恭敬地送到張綺面前。

張綺揮了揮手，示意她退後後，打開盒子，從裡面拿出一塊手帕來。這手帕，繡著一幅美麗的山水畫，旁邊寫著一句詩，落著一個綺字，正是張綺自己的作品。

是了，在陳國時，她曾經有五條手帕落在了蕭莫手中，真沒有想到還有再見它們的一天。

張綺朝那婢女瞟了一眼，暗暗想道：蕭莫通過這手帕來傳信，是讓我放心，這信完全無假吧？她拿起那手帕，手帕下面壓著一張紙，上面寫著幾個字：「金房中有地道直通尚書府。」下面畫了一幅簡陋的地圖。畫的正是隔壁那個堆金砌玉的房間，在西側角落處重重標明了下。

張綺的手一抖。轉眼，她便深吸了一口氣，把盒子收起，低聲道：「我想見他一見。」

「是，奴一定傳達。」

「妳先出去吧。」

「是。」

那婢女一退，張綺連忙上前把房門關上。將那紙條再看一遍後，她順手扔入了火盆中。

看著那紙條變成灰燼，張綺突然吁出一口長氣。她早就知道蕭莫會替她準備，果然如此。只是蕭莫那人，一定要防。想到這裡，張綺出起神來。

正在這時，門外傳來阿綠的叫聲：「什麼？妳說什麼？」慌亂的叫聲中，她急急衝到了臺階上，朝著裡面叫道：「阿綺，阿綺，不好了，不好了！」聲音中帶著哭聲。

張綺打開房門。

門外的阿綠，氣得臉孔通紅，她一看到張綺，便衝上來握著她的手，急急地說道：「阿綺，我剛才聽到有一個婢子說，太后給高長恭指婚了，他就要娶正妻了！她們還說，高長恭早就知道了這事，這王府裡翻新，就是為了迎接王妃做的準備！」她淒然說道：「怪不得把妳趕到了南院來住，原來他要成婚了！」

說到這裡，阿綠直是咬牙切齒。

叫完一陣後，阿綠見到張綺低著頭，不動不說，不由慌亂地叫道：「阿綺，阿綺，妳不要緊吧？」

「我不要緊。」張綺抬頭，她看著阿綠，越發絕美的臉上平靜如昔，「我早就猜到了。」

如今的她，千依百順，嬌柔婉媚，完全是馴服了的玩物，他當然也可以著手娶正妻了。說到這裡，張綺抬頭看向外面。見到外面的婢女們，一個個又是擔憂，又是警戒地看著自己，似乎生怕自己會想不開一樣。張綺不由微微一笑，讓早就得了令的婢女們放下心來，張綺順手關上門，把阿綠帶到一側角落，輕聲問道：「那些金子，妳藏得可妥當？」

「妥當的。」阿綠小小聲說道：「回晉陽那天，妳不是讓我把那些金子又找家酒樓，給藏到一個房間的牆壁夾層中了嗎？」

張綺點頭，垂下眸，慢慢說道：「有了那一千兩金，我們也夠了……記著，金子的藏處，誰也不能說，蕭莫也不能！」

「我知道的。」阿綠看著她，流著淚問道：「阿綺，妳是要走了嗎？」

張綺微笑，「是啊，要走了。」她轉過頭看向外面白晃晃的日光，低聲道：「說不定明年春暖花開之日，我們已在陳地冶遊了。」

她走到榻旁，拿起一份空白帛書，認真尋思了一會兒，寫了百來個字後，把剛才那婢女叫過來。將那帛書放在木盒中，重新封好，遞給她，小聲說道：「收好，我可能無法與蕭尚書見面了，妳把這個交給他。」

「是。」

「務必不能讓人知道。」

「姬放心。」那婢女放在廣袖中，悄悄退出了房間。

蘭陵王回府時，已經是傍晚。他一入府，便急急朝南院走來，一邊走，一邊問道：「阿綺可是知道了？」

「是，張姬知道了。」

正在前進的蘭陵王腳步一頓，回過頭看向方老，抿唇問道：「她有什麼反應？」

「閉門不出，直到現在還沒有用餐。」

蘭陵王轉過頭去，看著那樹木森森的院落，看了一會兒，他伸手按著胸口，苦笑著說道：「也不知怎地，自做出這個決定後，我這心便總是鬧得慌。」

「郡王？」

「我想她會明白了，這幾個月中，她已不再任性了。走吧，去看看她。」

明明早就下了決心，可一靠近南院，蘭陵王還是覺得腳步沉重如山。看到他越走越慢，一向威嚴的表情也露出了不安，方老暗暗嘆了一口氣。這半年中，他家郡王幾乎一改以往的嚴肅，與常人一樣喜說喜笑。如這般表面嚴肅，暗底帶著慌亂的情況，已不多見了。

深吸了一口氣後，蘭陵王推開南院的大門。他大步走到臺階下，望著那緊閉的門戶，清聲問道：「張姬可在？」一婢女上前，恭敬地回道：「姬在呢。」

他聲音放低了些，「可有流淚？」

那婢女道：「似是不曾。」

沒有流淚啊？一時之間，蘭陵王不知是鬆了一口氣，還是更不安了。

他提步上了臺階，伸手輕輕一推，木門便打了開來。

張綺正靜靜地站在紗窗旁，一動不動地看著外面的落葉。望著她挑高了些的婀娜身姿，蘭陵王突然發現自己的聲音哽在了喉中。

好一會兒，他才清了清嗓子，溫柔喚道：「阿綺。」

「阿綺……」

一連喚了數聲，她都不動不理。蘭陵王大步上前，走到張綺身後，把她重重扳了過來。他對上了她淚流滿面的臉。看著她眼神中的空洞，那滿臉的淚水，蘭陵王收緊了雙臂。他摟著她，澀聲說道：「其實，只是多了一個人。」他低低說道：「以後她就住在鄴城，妳就住在晉陽，好不好？」他低頭看著她，溫柔地說道：「妳們不住在一起，也就不用晨昏定省了。還有，我不會讓她欺負妳的，他們也都答應了。」說到這裡，他搖了搖張綺，「阿綺，說話！」

張綺沒有說話，她只是伸手捂著臉，放聲大哭起來。一邊慢慢哭著，一邊蹲在了地上。雙手捂著臉，張綺哭得上氣不接下氣的。

蘭陵王連忙跟著蹲下身，緊摟著她，心痛地說道：「阿綺，阿綺，別傷心了……只是一個名分而已，她只是比妳多了一個名分而已！」

張綺只是淚如雨下。她不想哭的，可她還是哭了。

便如她想一直微笑著的，卻還是吃不下任何東西，還是不想見任何人。

她一直哭了小半個時辰，直到聲音都哭啞了，他也勸啞了，張綺才慢慢停止了抽噎。她推開他，慢慢背轉身去。望著外面的大樹，張綺低啞無力地說道：「你說的是真的？」

蘭陵王一怔，「什麼真的？」

張綺的聲音啞得聽不清了，「你說，她與我各住一院，互不干涉，可是真的？」

這語氣？蘭陵王一陣狂喜，他連忙上前，展開雙臂摟緊她，急急說道：「真的，當然是真的！阿綺，以後這晉陽的府第，妳就是女主人！」

是了，他的阿綺，只是害怕被人取了性命。如果性命無憂，他娶正妻，她還是能容忍的。為了讓阿綺安心，這晉陽的府第，乾脆給她做女主人算了。

張綺任由他抱著，低低地說道：「是鄭瑜嗎？」

「……是。」轉眼，蘭陵王又認真地說道：「妳放心，我與他們的家族都商量好了，他們也答應了善待妳。」

「是嗎？」

「是的，我斷斷容不得他們說不是。」

好果斷的口氣啊！

張綺滄涼一笑。她低下頭，啞聲說道：「你出去吧，我想靜一靜。」

「不，我在這裡守著妳。」

「出去吧。」

「讓我守著。」

這一守，便是一整晚。這一晚上，張綺抱著雙膝坐在地上，一動不動地透過紗窗，看著外面的秋風落葉，看著那光禿禿的遠山。

蘭陵王守在她身邊，一直心痛地看著倍顯寂寞的她。

不知為什麼，子夜時，望著外面黑暗的天空發呆的張綺，給他一種亙古的寂寞和滄桑的感覺。似乎，她永遠只是這麼一個人；似乎，她所求的，永遠也不會得到，她所希冀的，永遠遠在天邊。這種感覺，讓他也感覺到了害怕，讓他不由跪在她身後，伸手摟著她的腰，捂暖著她冰冷的手，默默地陪著她一同看著外面的天空。

這樣，一直過了三天。

這三天中，張綺一直待在房間裡，要他強行餵，才吃兩口飯，然後便是這般抱著雙膝，一動不動地望著窗外的那些光禿禿的樹。

蘭陵王也守了她三天。

直到第四天，張綺終於吃了一碗粥，在他的撫摸下沉沉睡去後，他才鬆了一口氣。走出院落，方老連忙上前，「鄭府派了幾次人來了，郡王，你總算出來了。」他朝裡面看了看，低聲問道：「怎麼樣？」

「吃了些東西，睡著了。」

「那就好那就好。」

鬍子拉雜的蘭陵王，一邊在婢女的服侍下淨面修理容顏，一邊說道：「她會想通的。對了，聘禮的事準備得怎麼樣了？」

「都已準備妥當，府第也修繕一新……郡王，這新婚，是在鄴城還是在晉陽？」

蘭陵王蹙眉想了想，說道：「在鄴城吧。我已跟阿綺承諾了，這晉陽的府第，她是女主人。」

「是。」

定好良辰吉日，納采、問名，林林總總，只花了一個月不到。

九月最後一天，是蘭陵王的大喜之日。派了上百黑甲衛，把晉陽的府第看管好之後，蘭陵王回到了鄴城。

今天，整個鄴城都處於歡喜之中，在一陣敲鑼打鼓中，鄭府的十里紅妝引來了無數觀望者。望著那披紅帶彩，密密麻麻的送婚隊伍，百姓們都議論了起來。聽著他們的議論聲，目送著新嫁娘離開，秋公主綻開一朵笑顏，歡樂地說道：「阿瑜總算如願以償了。」頓了頓，她又說道：「這一下，不怕中途出變故了。」

李映在一旁也說道：「是啊，高長恭也總算迷途知返。那時，阿瑜還擔心他會拖個一兩年，沒有想到不過半年，他就明白了。女色嘛，能迷得丈夫幾時？」

「就是。」秋公主重重說到這裡，突然嗤地一笑，向李映說道：「阿映，等阿瑜過了新婚，咱們一起去晉陽，看看那張姬如何？」這哪裡是去看，分明是去羞辱吧？

李映對於那個以色事人，卻又不知天高地厚的姬妾，也是極厭惡的，她點頭道：「好！當然要去看看！」

聲音一落，眾貴女都笑了起來。

這是一場盛大的婚禮，在無邊的喜慶中，鄭瑜被迎入了蘭陵王府。

進入喜堂，拜過天地後，鄭瑜被送進了喜房。

聽著外面的笑語歡聲，聽著那些勸著蘭陵王飲酒的叫囂聲，鄭瑜突然說道：「阿霞，掐我一下。」在婢子詫異的目光中，鄭瑜的聲音有點哽咽，「我想知道這是不是真的。」

阿霞歡喜地說道：「自然是真的，王妃，自然是真的。」

另一個婢女嘻嘻笑道：「可惜那個張氏不在鄴城，不然非要扯著她向王妃來見禮不可。」

提到張氏，鄭瑜的歡喜中夾上了冷意，她咬著牙，低低地說道：「見禮算什麼？我已經等到這一天了！」

與鄴城的府第不同，晉陽的蘭陵王府卻是靜悄悄的。

十幾個婢女守在門口，擔憂地看著緊閉的房門。

自從黃昏到來後，張姬便入了這個黃金做成的房間。有所謂婚禮，昏也，這婚禮，一般是黃昏時進行的。彼時晉陽日落西山，霞光滿天，那一邊的鄴城，定是歡天喜慶，鑼鼓喧天吧。

所有人都知道她難受，畢竟，她是那麼的得寵，她還曾經那麼天真任性地說過，想做蘭陵王的妻室。現在自己的夫君一下了娶了正妃，她無法接受，也是人之常情。

房門中，時不時有啜泣聲響起。這斷斷續續的哭聲，令得眾人心下稍安：張姬還在哭，說明她還活著！

直到過了子時，見到張姬真無異樣，眾人才放下心來。

哪曾知道，就在雞鳴三更，眾護衛一一離去，婢女們也迷糊地睡著時，突然間，一個慘叫聲從南院傳來：「走水了！走水了——」

眾人大驚，急刷刷衝出時，卻見南院火焰沖天，濃煙滾滾。

眾人驚駭中，一個護衛急急叫道：「不好，那是張姬的房間，快救火！」

「什麼，張姬的房間？」

上百個護衛同時奔跑起來，提水的提水，叫人的叫人，一時之間，直是驚動了整個貴族區。

饒是他們反應敏捷，可這火實在來得太快太猛，一轉眼間，便把整個房間都燒起來了。等他們提著水趕來時，火焰已經沖天而起，一桶水倒下去，沒有半點反應。

這、這可怎麼辦？

沒有人比他們還知道自家郡王有多寵愛這個張姬，如果他知道張姬被燒死，怕是再也無法原諒他們。

護衛首領驚了一會兒，突然大叫一聲，「讓我來！」說罷，他把一桶水朝自己頭上身上一淋，縱身衝了進去。他堪堪衝入房間，只聽得吱吱一陣刺耳的響聲，抬頭一看，卻是一根橫樑不堪負重，燃燒著撲頭撲腦地掉了下來。

那護衛臉一白，下意識一個倒跳，摔出了房門。就在這時，那橫樑撲的一聲掉落在地，接著，吱吱聲中，更多的橫樑落地，轉眼間，這間金子做成的華麗房屋便塌下了大半。

「完了，完了……」一隻木桶掉到了地上，一個個護衛呆若木雞。

這火怎麼起得這麼快，這麼猛？這樣的烈焰下，還有什麼人能活著？

眾人渾渾噩噩中，那護衛首領白著臉，嘶聲說道：「傳信吧，告訴郡王這裡發生的事。」

一護衛反應過來，小心地問道：「那郡王會不會……」

不等他說完，那護衛首領已是淒然說道：「如果郡王不能第一時間得知，別說我們，便是我們的家人，也會被連累！去吧，火速發出飛鴿，把消息傳回鄴城！」

「是！」

「繼續救火吧，早一日撲滅也好。」

「是。」

參之章

引火假逝藏形跡

鄴城這邊，歡慶的酒宴，一直到了夜深才結束。

送走最後一個人後，蘭陵王腳步有點遲疑。見他形色不對，方老連忙上前，一邊扶著他，一邊低聲說道：「郡王，該入洞房了。」

蘭陵王慢慢抬頭，看向那張燈結綵，一片大紅的洞房，艱澀地嚥了嚥口水，低啞地說道：「方老，我、我不想進去。」

方老一聽，不由瞪大了眼，他朝四下看了看，小聲說道：「郡王，你說什麼？哪有洞房夜不入洞房的？」

喝多了酒的蘭陵王揪著胸口，喘著氣道：「這個好沉！方老，不知怎地，我的胸口悶得疼，我有點怕……」

這話方老聽不懂了，他抬頭看著孩子氣的蘭陵王，急急勸道：「郡王，這婚事來得不容易。你不是說過，王妃等你多年，你於她有愧嗎？」

「我那是騙人時說的。」喝了酒的蘭陵王，很有點任性，他啞聲道：「方老，我要見阿綺，我想阿綺了。」

「不行！」方老有點後悔，就不應該讓郡王喝這麼多酒。他朝左右喝道：「上來扶住郡王！」

「是。」兩個人上前，與方老一起強行扶著蘭陵王，朝著廂房走去。

蘭陵王酒意上頭，卻是越發任性了，他哽咽道：「我要見阿綺，我要見阿綺……我聽到阿綺在哭了，我要見她！」

方老背心都給汗透了，他狼狽地看著站在不遠處的鄭氏中人，小小聲地說道：「郡王，今晚洞房過後，便可以見到張姬了。」

「真的？」

「真的！」

得了方老的保證，蘭陵王似是舒服了些，他扯了扯衣裳，用力推開扶著他的人，叫道：「我自己去洞房！」

歪歪扭扭地走到廂房裡，蘭陵王看著端坐在喜榻上的鄭氏，腳步卻是一僵。

他直直地看著鄭氏，一動也不動。

不知過了多久，喜娘感到不妥，上前陪著笑說道：「郡王爺……」

「出去！」這一聲喝，恁地暴躁。那喜娘和幾個婢女嚇了一跳，連忙跌跌撞撞地衝了出去。

房門剛一帶上，蘭陵王便走到了鄭氏面前，掀開了她的蓋頭。

鄭瑜羞喜地抬起頭來，目光盈盈地看著他。

只是那所有的喜色，在對上蘭陵王難看的表情時，全部消失了。

對上鄭瑜，蘭陵王垂下眸來。他手一垂，竟是重新把她的蓋頭垂下。

就在鄭瑜滿腔疑惑時，她眼前刷地一亮，卻是又被蘭陵王掀開了蓋頭。

不等她抬頭，她眼前又是一黑，原來，又被他蓋上了。

這般掀開蓋上，直是弄了五六次後，鄭瑜聽到蘭陵王疑惑的聲音傳來：「阿綺，妳怎麼這般醜了？」這話一出，鄭瑜原來喜氣洋洋的臉，又青又紫。

這時，她眼前又是一亮，卻是蘭陵王再次掀開了她的蓋頭。

歪著頭，睜大眼，瞬也不瞬地盯了鄭瑜一陣，蘭陵王突然孩子氣地說道：「妳不是阿綺……妳是誰？」

不理臉孔由青紫變成青白的鄭瑜，他騰地轉身，歪歪扭扭地朝外走去，嘴裡嘟囔道：「我要找我的阿綺……」他來到門房，伸手用力一拉，卻哪裡拉得開？卻原來，房門從外面關起來了。

蘭陵王用力地扯著，一邊扯，一邊叫道：「開門，開門……」一邊叫，他一邊捶打著房門，就在外面的人急急趕來，把房門一拉時，只聽得撲通一聲，卻是蘭陵王醉倒在地，睡了個人事不省了。

鄭瑜刷地一聲把頭蓋掀掉，提步朝蘭陵王走來。

她直直地走到蘭陵王身邊，低著頭，一動不動地看著蘭陵王，看著饒是醉過去了，嘴裡還迷糊地喚著張綺名字的蘭陵王。突然間，無邊的恨苦從心頭一湧而出。她騰地轉身，拿起几旁的酒樽禮盒，一個勁兒地朝蘭陵王砸去。

不過她還沒有砸著，幾個王府中的婢女僕婦便挺身而出，同時擋在了蘭陵王的身前。

叮叮砰砰的碎裂聲中，鄭瑜又呆住了。她慢慢垂下雙手，又是一動不動地看著蘭陵王，珍珠般的淚水無聲地順著臉頰流下……

一僕婦上前，朝著鄭瑜福了福，喚道：「王妃，郡王醉倒，該當如何處置？」語氣中隱隱帶著不安，她是想自己開口，好把蘭陵王移到別處安睡吧？

五指握緊，直緊得掌心刺痛，鄭瑜終於平靜下來，低聲道：「把他放在喜榻上吧。」

眾僕婦相互看了一眼，最後還是應了一聲是。合力把酒氣熏天的蘭陵王，抬到了喜榻上。

「都出去。」

「是。」

眾僕婦走出後，並不曾遠離，而是一個個守在門房，看著喜房中的燈火，傾聽著裡面的動靜。喜房中，除了偶爾的啜泣聲，一直沒有別的動靜。不過剛才王妃的震怒她們都看在眼裡，哪裡敢輕忽？於是這一守，便是一整晚。

蘭陵王醒來時，時已入午。他睜開迷糊的雙眼，怔怔地看著張紅結青的床帳和喜床，好一會兒才記起，是了，他大婚了！

他大婚了？蘭陵王騰地坐了起來。

剛剛坐直，他便聽到旁邊傳來一個平靜溫柔的聲音：「醒了？」

蘭陵王怔怔轉頭，對上了華服盛裝，刻意打扮過的鄭瑜。

望著鄭瑜那張陌生的臉，蘭陵王好一會兒才低啞地說道：「是妳啊。」

你以為是誰？鄭瑜臉上的笑容一僵。

蘭陵王站起來，見自己還穿著新郎服裳，上面酒漬印痕到處都是，當下提步朝外走去。

看到他話也不說便要出門，鄭瑜騰地站起，狠狠一咬舌，直到一股腥痛傳來，才溫柔地問道：「長恭，你去哪裡？」

蘭陵王頭也不回，「去洗浴。」

鄭瑜輕聲道：「洗浴在這裡就可以。」她還是一個女郎，說出這句話，終不免臉紅了紅。

蘭陵王卻是絲毫沒有聽出她話中的羞澀，沒有聽出新婚妻子的溫柔和纏綿，依然頭也不回，腳步不停，「不必了。」

剛走到臺階處，只見一個護衛急急趕來，這護衛額頭汗水淋漓，表情緊張。來到蘭陵王面前，他騰地一禮，「郡王，晉陽急報！」

「什麼急報？」蘭陵王臉色一白。

見那個護衛僵在那裡沒有開口，他上前一步，搶過了他手中的帛片。

只是一眼，蘭陵王便僵住了，一陣風吹來，那帛片旋轉著旋轉著飄落在地。

鄭瑜心中咯噔一下，急急走下，彎腰拾起那帛片看去。

一行字清楚出現在她眼前：「屬下萬罪！三更時分，南院大火，金屋及左右兩側六間房屋一燒而空，張姬及其婢子阿綠不復得見！」

不復得見！

不復得見！

鄭瑜倒抽了一口氣，只覺得從頭到尾一陣冰涼。

那個惡毒的卑賤之婦，她是故意的，她故意死在自己的大婚之夜，她這是用她的死，來詛咒自己，她這是要讓蘭陵王永遠永遠一想到自己，一想到這場大婚，便想到她的死！

完了，都完了，她永遠也爭不過，搶不贏了……

就在鄭瑜臉白如雪，再也無力支撐著軟倒在地時，突然的，蘭陵王仰天大笑起來。

不過笑了兩聲，他便是嚎啕大哭起來。一邊哭，他一邊緊緊捂著臉。

得知情況的方老急急趕來，見到蘭陵王這個模樣，連忙上前扶住，不停地喚道：「郡王，郡王？」他喊得急促，過了一會兒，蘭陵王突然又笑了起來。

明明是在狂笑，那臉上，為何淚如雨下？

「郡王，別這樣，你嚇壞老奴了！」方老突然跪在他面前，抱著他的雙腿叫道：「長恭，別難過了，別難過了……」除了這話，他不知要勸他什麼。

蘭陵王還在狂笑，直笑得聲音嘶啞了，才漸漸止住聲音。他低頭看著方老，滄涼地說道：「叔，你看到沒？那婦人死了，她用了把火燒了自己。哈哈，她可真狠啊，真狠啊……」

看到他如瘋如癲，方老大駭，扯著嗓子叫道：「張姬沒死！」

這四個字一出，蘭陵王陡然安靜下來。

望著蘭陵王，方老認真地說道：「郡王，也許那火起時，她沒有在房中。你也知道，她很聰慧的，她還總是想走，說不定她是藉機跑了。」

「跑了？」

「對，一定是跑了！」

突然的，蘭陵王扯開方老，提步朝外走去。他越走越快，越走越快，到了後面，是在奔跑。同時，他的嘴裡大叫道：「備馬！快點備馬！」急吼聲中，他匆匆跳上坐騎。感覺到身上的新郎袍服大是不便，他用力一扯，滋滋聲中，那華貴的袍服被扯成了兩半。

順手把袍服一扔，馬鞭一甩，坐騎如風，轉眼間衝出了府門。看到他離去，眾護衛也急急找到坐騎追了出去。

蘭陵王府外，看熱鬧的人群還沒有散盡。看到蘭陵王衣衫不整地匆匆跑出，看到兵荒馬亂地跟在他身後的護衛們，有人忍不住問道：「發生什麼事了？」

「是啊，發生什麼事了？」

沒有人回答，也沒有人理會。寂寂寒風中，大敞的院門後，那被寒風吹起又落下的破爛新郎袍服，正如黃葉一樣，寒風呼嘯而來時，便在地上打一個旋兒，不過這麼一會兒功夫，原本光鮮亮麗、華貴雍容的盛裝華服，便沾滿了泥塵。

剛剛晉升為蘭陵王妃的鄭氏如失魂木偶般僵硬地走出，她慢慢走到庭院中，慢慢蹲下，輕輕撫摸著那撕成兩半的新郎袍服。直過了許久，她還這麼蹲跪著，還這麼垂著眸，一動不動地跪著，望著那華貴的，代表著她的幸福和美滿、尊貴和榮華的袍服……

❖　❖　❖

饒是一路上累死了五匹馬，蘭陵王趕回晉陽時，也用了兩天。

大火早已撲滅，南院一片狼藉。看到他一動不動地站在南院，眾護衛撲通撲通跪了一地。直過了許久，蘭陵王沙啞沉緩的聲音才低低響起：「找到了什麼？」

那護衛首領上得前去，低頭說道：「從金屋中抬出了兩具女屍！」

蘭陵王一笑，聲音卻滄涼如泣，「在哪裡？」

「郡王隨小人來。」

剛剛靠近，一股焦臭味伴隨著屍臭味便撲鼻而來。幸好這是冬日，若是夏天，只怕已腐爛。

那護衛首領走在前面，剛要入門，身子卻被人重重一推，卻是蘭陵王衝了進去。

剛衝入門內，他腳步猛然一剎。護衛首領聽到蘭陵王低低地，溫柔如水地說道：「阿綺，我知道妳沒死……妳那麼聰明那麼倔強，怎麼捨得死？」他的聲音很溫柔很溫柔，簡直是呢喃，配上擺在房中的兩具焦屍，當真讓人毛骨聳然。

蘭陵王大步上前，大力掀開了蓋在屍體上的白緞。

屍體已燒得不成樣了，只能依稀辨出是兩副女屍。其中一具嬌小，被燒毀的容顏和木炭般的四肢，哪裡能看出什麼？蘭陵王怔怔地看著那女屍，微微一笑，低聲呢喃道：「妳這麼愛美，怎麼可能死得這麼醜？阿綺，妳說是不是？」

自語到這裡，他踉蹌轉身，跌跌撞撞跑了出來。

來到那護衛首領面前，他猛然揪住他的衣襟，「那不是阿綺，我知道不是她！」不等那護衛首領反駁，他卻是失了所有的力氣般，向後退出一步，抬起頭，目光空洞看著那護衛首領，艱澀地說道：「把事情經過說一遍。」那不是阿綺，那個絕對不是阿綺，他就是知道！

「是。那日黃昏後，姬便入了金屋，先是抱著婢子阿綠一動不動的，後來隱隱可聽到她在啜泣。當時，我們都守在門外。到了子時，我們分散開來，眾婢女也入偏房睡下……直到三更時分，一婢女驚醒，才發現金屋已經起火，當時火勢甚急，我等救之不得。」

見蘭陵王眼神空洞地看著後方，不開口詢問，也不追問，那護衛首領嚥了一下口水後，繼續說道：「火起後，我們足撲了半日，幾近中午才把火撲滅。當時，只有金屋中發現那兩具焦屍。」

蘭陵王空洞的聲音傳來：「你們一直守在門外？」

「是。」

「……便沒有看到她們出來過？」

他的聲音中有著一種急迫、一種渴望。護衛首領知道，自家郡王很想自己說出一個「有」字，他的唇翕動了下，終是低聲應道：「沒有。」

「到三更時，有多少人守在外面？」

「包括守在南院四周的，共有護衛二十人、婢女十三人。」這個數字一出，蘭陵王高大的身軀猛然一晃。再開口時，他的聲音艱澀得幾不成調，「便沒有一個人看到她出來？」

「是。」

「火是從金屋起的？」

「是。」

蘭陵王猛然轉身，也不顧金屋處灰燼猶熱，他衝了進去。

金屋裡，已是黑漆漆的一片，地面上高低起伏，踩上去是厚厚一層灰。建南院時，他仿的是閣樓制，下面住人，上面還有一層不足二米高的閣樓尖頂，取其形狀之華美……如今，那閣樓尖頂的木樑，全部燒成灰堆在地上。抬著頭，蘭陵王低低命令道：「把金屋掃乾淨！全部掃乾淨！」

「是。」數百人同時動手，不過一個時辰，金屋便被清掃一空。

蘭陵王再次步入。殘樑破几，熔金處處，地面斑駁卻無異常……

似是全身力氣都被抽盡，蘭陵王突然雙膝一軟，跪倒在地。幾個護衛正要上前扶住，他已雙手捂著臉，低下頭來。

一個、兩個……七個時辰過去了。

一日又一夜，天空已轉為黎明。

蘭陵王還是保持著這個姿勢，似乎整個人都化成了雕像。在他的身後，眾護衛也一動不動地跪著。終於，一個跟著蘭陵王從鄴城趕來的護衛上得前來，沙啞著嗓子說道：「郡王……」

他才開口，蘭陵王便是低低一笑。

他呢喃道：「梁成，我是真的喜歡這個婦人，真的喜歡……」他空洞的雙眼，瞬也不瞬地望著只剩下一片斷垣殘壁的金屋，聲音遙遠而悲涼，「我從來沒有想過她能夠離開我。」他閉上雙眼，喃喃說道：「她手無縛雞之力，又遠離家國，除了我，她能依附何人？我從來不相信，她有一天會離開我……」

突然的，他低低地笑了起來。

笑著笑著，那笑聲已越來越響，已成了狂笑。

狂笑聲中，他的表情卻是空洞的，他嗚咽道：「我從來不知道，阿綺會離開我……會這樣離開我，她好狠，好狠！」

雖是嗚咽，他的臉上卻沒有淚水，似乎已經流不出淚了。

嗚咽聲中，蘭陵王慢慢低頭。

他張開手掌，目光空洞地看著自己的手。

他一直以為，她會永遠在他的掌握之中。只要他不允，天下雖大，她能逃到哪裡去？

沒有想到，她還是逃了！她逃了……她拚著一死，也要逃離他！

是因為他成婚了嗎？是因為他成婚了吧！

原來前陣子她一直在騙他，她騙他……

那一日，她便坐在那間房裡，便那麼抱著膝坐著，怔怔地望著外面光禿禿的樹木，而他，就在她的身邊陪著。

……其實他早就應該想到的，這一個月裡，她那麼安靜，那麼的安靜。便是流淚，也是一個人靜悄悄地流著淚。她的眼神是一片空洞，她看向他的目光中沒有焦距。

自己要成婚的事，讓她絕望了吧？

想到「絕望」二字，蘭陵王又是一陣低低的笑。

是他錯了，他不知道她會這麼剛烈，不相信她寧願一死，也不願意與鄭瑜共夫……是他錯了！他應該發現的！

蘭陵王又低低地笑了起來。

那護衛首領聽著自家郡王的笑聲，心中一陣難受，他寧願郡王把他們打一陣罵一頓，便是殺幾個人也好，他實在不想聽到他這麼笑著。

這笑聲，怎麼這般絕望？

笑著笑著，蘭陵王伸手捂著自己的臉，低低地說道：「梁成。」

梁成趕緊上前，喚道：「郡王。」

蘭陵王卻似不在喚他，逕自低低笑著，聲音從手掌後輕輕傳出：「我又是一個人了。」

梁成還沒有反應過來，蘭陵王已喃喃重複道：「我什麼都沒有了，又是一個人了……」

這話一出，那護衛首領馬上上前，認真勸道：「郡王威名遠播，又是皇室宗親，還有我等相隨左右，怎麼會什麼都沒有了？」

他的話，蘭陵王一個字也沒有聽清，他只是低低地，一遍一遍地笑著，一遍一遍地說道：「她走了，丟下我了……我又是一個人了。」

他只是一遍又一遍地喚道：「阿綺、阿綺、阿綺……」

以前她在時，他意氣風發，總覺得自己遲早會擁有渴望的一切，權勢、青史留名的戰功，以及賢妻美妾、聰明俊俏的兒女，所有所有這些能代表幸福美滿的一切……直到此時，他才陡然發現，原來，她一走，他就什麼也沒有了。

那些東西，看起來華美讓人渴望，可沒有了她，擁有又有什麼意義？

喃喃低喚著，蘭陵王僵硬地抽出腰間的佩劍來。

看到他晃動著那鋒寒的劍鋒，竟是朝自己的胸口捅去，眾護衛大驚。梁成和那護衛首領同時衝上前來，兩人緊緊抱住蘭陵王，一個扯著他的手臂，一個分開他的手指想抽出那劍，甚至哽咽道：「郡王，不過是個婦人，你怎能輕生？」另一個也叫道：「高長恭，你還是不是男人？大丈夫馬革裹屍，你死在這裡算什麼英雄？」

面對他們的慌亂失措，蘭陵王卻是不在意地說道：「你們慌什麼？我只是這心裡面疼得慌……小刺一劍，也許那疼就轉到傷口上了。」

他剛才拿劍捅胸的動作，哪裡是小刺一劍的樣子？

眾護衛對上他一臉的笑容，心下又驚又亂，待要說什麼，卻聽到蘭陵王輕嘆道：「你們別擔心，我沒事……我就是這心太痛了，有點喘不過氣來。」說著說著，一縷鮮血順著他的唇角緩緩流下。

看到他臉上的笑容，那唇角流出的鮮紅的血，還有那無淚的眼，那護衛首領一咬牙，朝梁成使了一個眼色。

梁成一點頭，突然右手揮出，重重一掌擊去。只聽得砰的一聲，正中蘭陵王的頸項。當下蘭陵王身子一軟，昏厥在地。

❖ ❖ ❖

那一日黃昏，張綺剛進入金屋，便從地道中撤退了。

剩下的事，都是蕭莫安排的，不需要她操心。

三更火起時，蕭莫來到她的旁邊，與她一起抬著頭，欣賞那盛開的火焰，「地道會很快堵上，從此後，蘭陵王永遠不會知道妳還活在世上。」

望著一臉漠然的張綺，紅色的火光中，白衣翩翩的蕭莫，臉上的笑容十分明亮。

他溫柔地看著她，輕聲說道：「阿綺……」

張綺回頭。

月光下，她絕美的五官散發著淡淡的光輝，那麼近，也那麼遠。這種光輝，不同於以往任何時候，彷彿千步外燃燒的火焰，把曾經的張綺一併化成了灰燼……

她看著蕭莫，靜靜說道：「我的死訊一出，不說高長恭，便是陛下，第一時間也會懷疑到你的身上。阿莫，明天就送我出城吧。你在城外給我安置一個院落，或者，讓我入寺廟也行。」她垂下眸，輕輕地，幾近誘惑地說道：「把我安置在一個只有你知道的地方……」

她沒有說完，蕭莫發現自己的心怦怦地跳了起來。他緊張地看著張綺，因為期待和渴望，手指都有點痙攣……

好一會兒，他啞聲說道：「好。」這個字一出，他才發現喉嚨乾得厲害。

聽到他說出這個「好」字，低著頭的張綺，脣角無聲地扯了扯——順利走出第二步了！

蕭莫癡癡地看了她一陣，才轉過頭去，繼續欣賞著那漫天的火焰，他輕聲說道：「若是高長恭的護衛不曾拖延，明日午時，他便可以知道妳已被燒死的消息。」說到這裡，他轉過頭瞬也不瞬地看著張綺。見到她絕美的臉上流露出一抹淒然和自嘲，他脣動了動，終是說道：「等他回到晉陽，最快也要二三日。不過陛下對妳一直在意，只怕今天晚上便會派人過去。」蕭莫認真地說道：「不過阿綺放心，所有的痕跡我都已經拭去，不會有任何人發現妳還活著。」說到這裡，他發現自己的聲音也有點失落。

阿綺在齊人面前銷聲匿跡，豈不是說，他永遠也無法光明正大地擁有她了？

阿綺那般驕傲，她怎麼可能允許自己長期做人的外室？如她這樣的女人，只有名分和對她的敬重，才能留住她的心！才能令她心甘情願，長長久久地跟隨著！不然，他遲早要重蹈蘭陵王的覆轍。再說，正如阿綺所說的那樣，這陣子鄴城、晉陽中，所有權貴的目光都會盯向他。為了安全，這幾個月裡，他只能把張綺丟在外面，不能去看她，與她頻繁聯繫……

想到這裡，蕭莫蹙起了眉。

張綺卻是不知道他在尋思這個。

她依然抬著頭，靜靜地看著蘭陵王府沖天的火焰，聽著那裡傳來的嘶喊聲。好一會兒，張綺低聲說道：「睡吧，夜長夢多，明兒一早就送我出城。」如果不是他推拖，其實昨晚一回到蕭府，就可以出城的。可他似是不願這麼快與她分離，總是不願。

「好。」嘴裡說著好，蕭莫卻還是目不轉睛，如癡如醉地，歡喜地看著張綺。直過了良久良久，他終於說道：「妳累了，去歇息吧。」他轉身還給她一片清靜。

張綺哪裡睡得著？

天剛濛濛亮，她便在一個婦人的服侍下梳洗起來。那婦人給她穿上一套淡藍色的，質地極為普通的庶民裳服後，便拿出一些藥末，在她的臉上忙活起來。

不一會兒，她朝張綺微笑道：「大人，看看鏡中，滿意否？」她又說道：「以後小婦人便會跟在夫人身側，為夫人梳理裝扮。」

張綺轉過頭，對上一張黃黑的臉。這張臉上，五官還是她的五官，只是那眸子周圍勾畫了幾筆，使得一雙眼尾上翹，波光流動的媚眼，變成了一雙杏眼。甚至，她的鼻旁還添了一顆大大的淚痣。這面容，還依稀可以看到一分張綺的樣子。

不過只要面對的不是蘭陵王這些人，應付一般人也是足夠了。

其實以她自己的技術，只要材料充足，也可以化出這個效果的，看來得多收集一下婦人所用的材料。

當下，張綺嗯了一聲。她拿過白緞，把自己的腰身圍了三圈後，又在要蕭莫特製的靴子底再墊上一層布帛。然後三兩下不到，把頭髮盤成婦人髮髻，再在髮髻上圍上頭巾。

當她換好裝再次站起時，已是略顯高瘦的一個普通庶民之婦。仔細看，面目雖黑，眼睛雖圓，還透著兩分嬌媚，只是那真要仔細看才能看出。點了點頭，張綺低聲道：「不錯，妳出去吧。」

那婦人一走，阿綠便走了過來。她湊近張綺，低聲說道：「阿綺，金子我取回來了。」昨日黃昏出了地道，張綺忙著發呆，蕭莫忙著善後，婢僕們忙著看住張綺時，阿綠已趁忙溜出尚書府，從那酒樓取來了一千兩金。阿綠這人生得比張綺壯實，又是幹慣苦活的孩子，十八九斤的小小金塊放在長袍廣袖的衣裳底，她用一隻手托著，還是托得起的，可時間不能過久。

張綺點了點頭，輕聲說道：「好了，我們出去吧。」與她一樣，阿綠也化了妝，同樣墊高了的她，顯得極不起眼。

城門大開時，載著張綺的馬車第一時間出了城。因蘭陵王沒有趕回，所有人都還沉浸在張姬已死的消息中，她出城非常容易。

蕭莫送她出來的是西城門，與建康方向南轅北轍。

離城門五六百里處，另有一座大城北朔州。雖不及晉陽繁華，卻也是齊地重鎮。為了防範突厥、柔然，天保年間，齊帝發夫一百八十萬人築長城，前後共築二千餘里。到得現在，北朔州城可謂是牆高城大，百業繁榮。

在這個城池中，蕭莫早就備好了府第。把張綺安置在這裡，應是超出了所有人的意料之外。就算蘭陵王實是不死心，就算陛下也派人四處尋找，尋的也應該是東西兩個方向。在蕭莫想來，只等過了幾個月，齊地的人把張綺忘記後，他便可以過來與她一會了。

蕭莫的人把張綺送入那府第後，便悄無聲息地退了下去。只留下三十個體形慓悍的護衛，和幾個婢女、十幾個僕婦老人。

❖ ❖ ❖

蘭陵王再次清醒時，已是正午。

今天是西元五六一年的十月初三，今年屬於蛇年。張綺實歲十四餘，兔年生人。

今年的冬天似乎來得特別遲，都到十月了，天上的太陽還高高照著，白晃晃的日頭，照久了人身上還生燙。

無神地空洞地望著屋樑良久，蘭陵王才慢慢清醒過來：阿綺死了！她用一把火，自焚在他的大婚之夜！

她在時，無時無刻不在想著當他的妻子。她曾那麼天真任性地當著權貴們說，她想他娶她，可他沒有娶她。

然後，她又胡鬧著說，他既要娶他的正妻，她就要嫁她的郎君，他當然沒有允許。

再然後，她在他面前時，似是認命了。她千依白順、嬌柔婉媚，她會摟著他的脖子，恨恨地咬著他的鼻子，咬過後，又嬌笑著又吻又舔的令得他火起。偶爾，她也會在夜深之時，呆呆地看著窗外。

她會在寒冷時，翻身趴睡在他的胸膛上，也會在睡得迷迷糊糊時，含著淚，一眨不眨地看著他，突然伸出腳，堅持不懈地要把他踢到床榻底下去。

……

所有的他都想過了，就是沒有想到過，她會選擇死。

是啊，她死了。他娶了妻，所以她死了！

想到這裡，蘭陵王踉蹌著爬起，不知不覺中，伸手握上了掛在牆上的佩劍。

這胸口真是太痛太痛了，令他喘息不過來。他現在只想在哪裡劃一道傷口，也許這是唯一可以轉移疼痛的法子。

不知為什麼，從昨日哭過後，他便沒有了淚。

木呆呆地看著劍鞘上的花紋，他又低頭，怔怔地看著自己寬大的手掌，突然覺得這天地間的滿目繁華，實在無趣得很。

就在這時，突然間，外面的天空漸漸暗了下來。

緊接著，慌亂的腳步聲傳來，腳步聲中，還有無數驚恐的、害怕的叫喊聲：「快，快敲鼓！」

「天啊，天狗食日！」

「蒼天，你是要懲罰世人了嗎？」

「才過幾天清靜日子啊，這天狗就出來了！蒼天不仁，蒼天不仁啊！」

一陣陣聲嘶力竭的痛哭吶喊聲中，房門被人重重撞開，昨晚抵達的方老衝入房中。他一看到握著劍鞘的蘭陵王，嚇得臉色蒼白。當下他朝著蘭陵王一撲，扯著他甩離那佩劍，嘴裡則惶恐地叫道：「長恭，不好了，天狗食日，蒼天要降刑罰了！」

見蘭陵王還渾渾噩噩，方老又急急說道：「文武百官已經全部趕往皇宮，郡王快去吧！去遲了，陛下恐要震怒！」

方老扯著蘭陵王來到院落中，剛把他推上馬車。

蘭陵王卻猛然回頭說道：「派出人手，速速前往東南兩方向尋找張姬！」

「尋找張姬？」方老先是一呆，轉眼便想道：是了，是要尋找，只要尋找，郡王就有了盼望！當下他大聲道：「是，老奴馬上安排！」

隨著天空越來越黑，地面上奔跑的人群已越來越慌亂。每一次天狗食日，都會出現大災變，這種上蒼的刑罰，是躲不開避不了的。

這時刻，便是蕭莫，也沒有心情理會張綺的事了，所有文武百官都忙不迭地趕向皇宮。

他們能夠想像，皇宮中的陛下會是多麼的慌亂不安：蒼天降罪，任何一個國君都不敢輕忽。

不過多久，太陽便重新出現在空中，只是天狗食日帶來的恐慌卻久久難消。

慌亂和議論中，一天過去了。

西元五六一年的十月丙子日，是個讓齊人永遠銘記的日子。這一天，年僅二十七歲的高演出外打獵時，竄出一隻兔子，把他騎的馬驚了，他被掀掉在地上，摔斷了肋骨，從此一病不起……

高演如果不保，齊國皇朝又將交到誰的手裡？

於是，朝裡朝外，開始暗潮洶湧，文武百官、權臣貴女都被捲入其中，齊國陷入了一種無形的渦流中。

在高演病危的消息傳入北朔州時，張綺和阿綠正在院落裡繡花。

那信使把事情原由說了一遍後，一邊恭敬地遞上蕭莫的親筆信，一邊低聲說道：「夫人，如此非常時機，尚書人手不夠，得借走幾個護衛。」生怕張綺不安，那信使又道：「尚書說了，只是暫借，馬上便會歸還，夫人千萬不要緊張。」

聽到這句話，張綺抬起頭來，溫婉地回道：「蕭郎的意思妾身明白。閣下把那三十個護衛都帶走吧，關鍵時刻，千萬不能因為我一個婦人，誤了大事。」

說這話時，張綺心跳有點快，這是第三步了！

見那信使遲疑，張綺誠摯地說道：「如果蕭郎責怪，你便說是我說的。我一婦道人家，又是經歷過世事的，事情輕重，完全了然於心，斷斷不會招惹到什麼麻煩，那些護衛留在我身邊也是無用。再說，舉天之下，除了蕭郎，我還能去依賴哪個丈夫？請他萬勿在意。」

那信使沉吟了一會兒，點頭道：「好吧。」實在是事態太緊急了，不但蕭尚書，便是他們這些人，身家性命、榮華富貴，都畢此一役。蕭莫來齊的時日太短，完全收服了的，又有才能的護衛，其中半數便在這個院子裡。多得幾個人，便多得幾分助力。

那信使領著那三十個護衛匆匆離去後，阿綠蹦蹦跳跳地跑來，湊近張綺，小小聲地說道：「阿綺，這下好了，盯著我們的人少了，蕭郎也沒有時間來這裡了。」

張綺笑了笑，點了點頭，也低聲回道：「嗯，是有幾個月的清靜了。」她回眸一笑，「走，我們上街玩玩。」

在張綺和阿綠議論之時，一個俊秀挺拔、氣度不凡的少年人，也出現在北朔州的街道上。

他是蘇威。剛剛從北方草原上轉了一圈，眼看天氣奇寒，似要降雪了。當下，他就近來到北朔州，準備在這個城池停留一冬。留在這裡，也有一份屬於他的隱密心思：這裡離晉陽近，不能見到，這般遙望也是好的……

沒有想到的是，剛進入北朔州，卻出現了天狗食日。

天狗食日，乃蒼天將降刑罰於人間，卻不知這天下三國，哪一國將受刑罰？還是說，天下所有的百姓，都陷入更深的劫難了？

才在北朔州停留幾天，便傳來高演病危的消息，看來受到懲罰的是齊國。

一邊走一邊尋思，到了午時，蘇威跳下馬背，把坐騎交給酒保後，提步朝酒樓中走去。

剛跨入酒樓，他便聽到幾個少年人嘆道：「有所謂女色禍國，可今朝這日食，怎是發生在張姬自焚之後？張姬都死了，陛下也重傷了，我們齊國，這是怎麼了？」

蘇威腳步猛然一頓時，又聽到另一個少年哽咽道：「張姬那樣的絕代佳人，怎麼就這樣死了呢？高長恭那小子也真是的，她既不願意你娶正妻，你不娶便是……怎能逼死了佳人？」

「蒼天亙古，世人萬千，這絕代佳人，百數年難得一有，便這般死了，實是暴殄天物啊！」

這世間美好的事物，總是讓人喜悅迷戀的。而它們的消失，也總是讓人痛徹心扉的。張綺若在，她的種種行為，看不慣的大有人在，可她這麼一死，卻讓人遺忘了她的張狂和任性。

自從張綺的死訊傳出後，齊國上下不知有多少人為她嚎啕大哭。

就在這時，一個面目俊秀、身材高大的少年一衝而上，向著幾個少年郎顫聲問道：「你們說誰死了？是哪個張姬？」一見到他臉色蒼白，眾少年大起知己之慼。一黑壯少年站了起來，大掌在蘇威的肩膀上拍了拍，泣道：「節哀吧。這世間皇帝都活不長，美人兒留不住，也是無可奈何之事。」

蘇威一把反扣住他的手。這麼一扣，那黑壯少年才發現眼前這面目俊秀的貴公子，竟然力大無窮。他一邊吃痛，一邊叫道：「你做什麼？放手，快放手！」

「哪個張姬？」

「不就是蘭陵王的寵姬？你小子快放手！」

黑壯少年哇哇大叫中，蘇威猛然向後退出一步。他呆呆地看著幾人，喃喃自語道：「死了？死了？怎麼會死了？」

他實是不敢置信，猛然衝出酒樓，朝著晉陽方向衝出兩步，看著街道中來來往往的人流，卻不知道自己去了又有何用？

現在，說什麼都遲了！

一時之間，蘇威悲從中來，少年人忍不住以袖掩臉，嚎啕大哭起來。

張綺幾人剛想找家酒樓吃頓午餐，一轉眼便看到了這個痛哭流涕的少年。在少年的旁邊，路人不時回頭看，順便指指點點，「是為張姬一哭啊。」、「那樣的絕色美人兒，是可惜了。」、「這世道何人不可惜？」、「是個有風骨的……偏這世間，唯有風骨易成灰！」

一聲一聲的議論中，幾個婢女都轉頭看向張綺。阿綠也回過頭來，低聲說道：「阿綺，他在為妳哭呢。這幾天老是遇到為妳流淚的人。」

張綺嗯了一聲，暗暗忖道：這個少年有點眼熟，可是在哪裡見過？

就在她定定地看向蘇威時，痛哭一場的蘇威猛然拭去淚水，抬起頭來。

陡然間，四目相對。

感到這個有點眼熟的少年，哭紅的雙眼驀地睜得老大看著自己，張綺連忙低頭，輕聲道：「我們走。」帶頭轉身離去。

當她走出幾步後，蘇威動了。他幾個箭步便擠開擁擠的人群，朝著張綺的方向追去。

……她的樣子，他在心中刻畫過無數次，他也擅長丹青，房間裡外都掛著她的畫像。已是刻骨相思，哪怕面目大變，便憑那隱隱的悸動，他也不會放棄。更何況，蘇威本是絕頂聰明之人，最善於收集細節，處理突發事變。他馬上從張綺匆匆轉身的動作中，察覺到了不對勁處。

張綺回到府中後，便把眾婢打發下去。

下午時，張綺見平安無事，暗暗好笑地想道：人家看妳一眼，便草木皆兵了，也太小心了！

她把眾婢使開後，便獨自帶著阿綠朝外走去。

皇位更替這等大事，不是時時能有，她得抓緊這一兩個月行事才是。

張綺所住的這個院落極顯普通，再加上北朔州是新建城池，沒有什麼權貴。整個街道中，少見馬車。因此張綺兩人也沒有坐馬車，而是徒步而行。

主僕兩人一邊說笑，一邊走向一側街道。剛來到一個巷子時，突然間兩隻手臂同時伸出，一人一個，把張綺和阿綠扯入了弄堂中。

張綺正要尖叫，整個人卻被壓到了牆壁上，同時，一個少年輕澀的聲音傳來：「別叫，別怕……張氏阿綺，我不會害妳。」

他叫她張氏阿綺！猝不及防之下，張綺白著臉猛然抬頭，驚慌地向他看來。

對上她的動作，身子壓著她，一手捂著她嘴的俊秀少年雙眼大亮，他顫著聲道：「妳真是張綺？原來妳沒死！」不等張綺回答，他已是哽咽起來，「原來妳沒死，原來妳沒死……」

他也只是懷疑，便這麼一詐，沒有想到，竟給他詐中了！

張綺抬頭，怔怔地，疑惑地看著淚如雨下，狂喜地，癡癡地望著自己的少年郎。

直過了一會兒，張綺才低聲道：「你壓著我了。」

「是，是，我讓開，我讓開！」蘇威漲紅著臉，急急退出一步。這時，按住阿綠，正笑嘻嘻地在阿綠臉旁香來香去的少年回過頭來，他好奇地打量著張綺，操著古怪的齊地口音道：「阿威，她便是你心心念念的美人？」那少年眼窩深陷，眼珠微褐，唇紅似血，長相偏豔麗。

蘇威點了點頭，開心地笑道：「是啊，她就是我的心上人。」說這話時，他一瞬不瞬地看著張綺，表情中，滿是掩不住的狂喜和憐惜。

聽到不遠處傳來的腳步聲和說話聲，蘇威看向張綺，溫柔說道：「阿綺，這裡人多，妳隨我來。」說罷，他扣著張綺的手指朝外走去。隨著張綺提步，那手指越扣越緊，只是掌心處還滲著汗水。

張綺低下頭，靜靜地跟在他身側，進入了一處酒樓中。

把張綺迎進一個客房後，扶著她坐在床榻上後，蘇威跪坐在她面前，仰望著她，輕輕地，彷彿怕嚇到了她地問道：「阿綺，妳是因為蘭陵王成親而假死嗎？」問到這裡，他又說道：「妳這麼美，北齊貴婦又善妒，假死倒是個不錯的主意。」歡喜地看著垂眸斂目的張綺，他溫柔問道：「妳怎麼到了這裡？這裡是軍事要地，突厥、柔然人動輒進犯，實不是藏身之處。」

聽到這裡，張綺抬起頭來。她怔怔地看著他，好一會兒，她低聲說道：「我想回陳地……可我沒法子。」

聽到張綺這句話，蘇威清亮地說道：「我來幫妳！」

如此近距離聞著她的馨香，少年人俊秀的臉孔紅通通的，眼中的喜悅掩也掩不住，「阿綺，妳不要怕，一切交由我來安排。」

他乾脆地說道：「妳現在所住的府第是蕭莫提供的，府中也是蕭莫的人吧？不要緊，現在高演病危，他根本無暇顧及妳這裡。」坐在床榻上的張綺，雖然姿色盡掩，可她那麼看著他，那般軟若無骨、嬌柔順從的模樣，那眸中流動的水波，讓他要費好大的力氣，才能控制住把她摟入懷中輕柔安慰的衝動。

聽了蘇威的話，張綺低下頭來，她的唇在漸漸咬緊。

計畫的第四步，也就是最後一步，最難、最需要運氣……難道這便是她的運氣？罷了罷了，到了現在這個地步，她還害怕什麼？只要能離開齊地，能永遠永遠離開齊地，再也不看到那人，再也不聽到有關他的消息，就夠了。

於是，張綺輕軟地說道：「五郎……」沒有想到她還記得自己的小名，沒有想到當日在宇文護府第匆匆一遇，她也記下了自己，蘇威歡喜得都要炸開來了。他連忙應道：「誒！」緊接著，他又應了一聲，「我在這裡。」

這聲音中，含著無邊的愉悅，彷彿她這一聲喚，他已期待太久太久。

張綺詫異地抬頭看向他，對上滿臉滿眼都是滿足的蘇威，她突然有點小小的暖意。垂下眸，張綺笑了笑，低低問道：「五郎，你會騙我嗎？」她的唇顫抖著，小臉上都是脆弱，十指緊緊絞成一團……

蘇威看到她這模樣，心下大痛，連忙說道：「不會。」他認真地，嚴肅地說道：「阿綺，我可以對蒼天立誓，不管如何，我一定會用生命來護妳助妳。」

用生命來護她助她？

她還沒有聽過這麼動聽的誓言呢！張綺低低應道：「好。」她伸出白嫩的小手，把它放在蘇威的掌心，顫聲說道：「五郎，你不要負我。」

蘇威沒有回答她的話，他正呆呆地看著自己掌心的她的手。

感覺到他的目光有異，張綺趕緊把手一收。哪裡知道，她才一動，蘇威立馬大掌一合，把她的小手包在掌心。剛剛包上，他不知想到了什麼，又忙不迭地鬆了開來。然後，瞪大眼，依依不捨地看著她那小手收回去。

少年人毫不掩飾的癡迷落入張綺的眼中，令得她的心又放鬆了一些。這數月來，她哪曾有一刻真正的放鬆？這一放鬆，便是倦意上頭。

見她的雙眼變得迷離，少年寵溺地說道：「阿綺，我們這就回去吧。」

「好。」才應到這裡，張綺詫異地問道：「回去？」

「我還有一些屬下，我們這就與他們會合，現在便出發，好不好？」

張綺完全清醒了，她有點緊張地問道：「那，我們去哪裡？」

少年站了起來，在房中踱了幾步後，說道：「先去北恆州吧。」生怕張綺失望，他認真地解釋道：「這天氣一日比一日陰寒，據我觀察，只怕不久會有大雪。在這種時候，不宜長途跋涉。」

北恆州位於北朔州的北方，有三百里路遠。晉陽位於北朔州的南方，北恆州至晉陽，有八百多里的路程。而長安城離北朔州有一千四百多里遠，在這冬寒，時時會下大雪的時候，前往長安十分不明智。

他溫柔地望著張綺，又道：「等春天一到，我們就去長安。我交完差事後，馬上送妳回去陳國，可好？」

張綺看著他，對上他清澈眸子中自己的倒影，良久才輕輕應道：「聽你的。」

雖然只是三個字，對她來說，卻是將生命和前程託付……

不能前往周地，她的心裡還有著隱憂，可她也知道，蘇威的考慮才是對的，這個時候強行前往長安，很有可能是葬身於冰天雪地當中。蘇威看出了她的擔憂，他認真地說道：「阿綺放心。」

蘇威做事雷厲風行，傍晚時，一支商隊便開出了北朔州，朝著北方駛去。

坐在馬車中，張綺這時才發現阿綠臉紅紅的，不解地問道：「阿綠，妳怎麼啦？」

阿綠正在出神，給她這麼一問，嚇了一跳，連忙搖頭，「沒什麼！沒什麼！」

張綺記起自己被蘇威帶入酒樓房間時，陪著阿綠的，是那個五官深刻，有胡人血統，頗見豔麗的少年，當下她警戒地睜大眼，認真問道：「有人欺負妳了？」

是了，初初相見時，那少年對阿綠的舉止中便見輕浮。

阿綠見張綺認起真來，連忙搖頭，慌亂說道：「沒有！沒有！」她一張臉紅得要滴出血來。

「真沒有？」

「有、有一點點，」阿綠小小聲回道，見張綺騰地坐下，她嚇得連忙說道：「是我欺負了他！」阿綠悄悄從眼睫毛下看向張綺，「剛才在酒樓時，他說妳不好，我打了他幾拳……他痛得都跳起來了。因此，因此，他扯著我，在我的嘴上咬了一口。」

阿綠一指，張綺才發現她的嘴角是有點紅。

見張綺直直地看著自己，阿綠突然淚眼汪汪的，「阿綺，我聽人說過，男人咬女人的嘴，女人就會懷孕，我是不是要生娃娃了？」

「沒有的事。」

「真的？」

「真的。」

見張綺伸手要拉開車簾，阿綠嚇了一跳，她按著張綺的手，臉紅紅、淚汪汪地說道：「阿綺不要！」阿綠扁著嘴，一邊用袖子拭著淚，一邊說道：「他咬我嘴後，我嚇壞了，就、就踢了他一腳，他疼得都縮到地上去了，直說，他要是斷子絕孫了，便是做鬼，也要扯著我做他的婆娘。」阿綠對著手指，小小聲地補充道：「他疼得緊，那蘇威讓人把他抬上了馬車……」

這麼說來，阿綠還打贏了？

張綺看著阿綠，停下了掀簾的動作。見狀，阿綠馬上笑彎了眼。

⁂

新婚當晚，新郎便喚著寵姬的名字不願與她洞房，第二天更是匆匆趕回了晉陽。

這一點還只是讓貴女們笑話外，當張綺的死訊傳遍鄴城時，眾貴女看向鄭瑜的眼神中，已是無盡憐憫了。

……她完了，這世上，沒有人能爭得過一個死人。更何況，那張姬還是在他們大婚之夜自焚而死的。

憐憫也罷，笑話也罷，鄭瑜都不理會。她只是一動不動地坐在新房中，等著遠方傳來的消息。她想，只要等到了她要的，就沒有人敢笑話她了。

終於，伴隨著陛下病危的消息傳來時，她也等到了來人。

「他不願意回來？」

鄭瑜站起來，直直地看著來人，淚流滿面地說道：「張姬又不是我害死的，是她自己想死！他憑什麼不回來？難道他忘記了，我才是他的王妃？」

來人低著頭，一板一眼地說道：「郡王說，早知道張姬會求死，他什麼都不會要。郡王還說，當初協議時，他便曾明言，他素來不喜女色，平生所近之婦，唯有張姬。新婚之後，他將攜帶張姬長住軍營，恐冷落了王妃。是王妃自己說，你只是想嫁他，至於夫婦人倫之事，一切聽由郡王心意，絕不會用家族長輩名義強迫，便是子嗣一事，也順其自然。」

一口氣說到這裡，那將領不顧鄭瑜又青又白的臉色，繼續複述著：「如今，張姬已過逝，於夫婦之道，他心已成灰，子嗣之事，此生更是不會再求。這鄴城的蘭陵王府，王妃願意住，一直住下去也可，王妃若要回去家中，也請自便。」

在鄭瑜臉色蒼白，淚流滿面中，來人放緩語氣，又說道：「郡王還說，當初議婚時曾經商定，你們鄭氏永遠不得對張姬或張姬所生的子女苛刻打殺以及羞辱，而郡王則幫助十名鄭氏子弟進入軍中，或為統領，或為裨將。如今，張姬雖已不在，昔日之約，郡王不會悔改，你們鄭氏的子弟，他一定會多加培養。」這個世道，胸有詩書萬冊，不如大刀在手。這一點，所有的世家權貴都明瞭。

正因為明瞭，所以權貴世家，都想自己的子弟能夠進入軍中，能夠成為將領，擁有私兵。可越是這樣，進入軍中，求職升遷，越是困難。高長恭如果不是皇室血脈，根本就不會有統兵作戰的機會給他。

特別是上個月，原本承諾了會許原廢帝，現濟南王高殷一世富貴的高演，祕密扼死了高殷後，知悉了內情的權貴們，更是覺得世事無常。於是，原來還對蘭陵王拿喬的鄭氏，也不顧別人的笑話，一門心思要與他聯姻，甚至不惜在張綺之事上大做讓步。

說到這裡，來人一揖到底，也不管鄭瑜有沒有反應，便低著頭退了出去。

在鄭瑜一動不動地坐在榻上時，在滿朝文武為了皇位之事暗流湧動時，遠處的晉陽城，蘭陵王府派出浩浩蕩蕩的隊伍前往鄴城。

鄴城以西的一處高山上，早有一支黑甲軍陪著數百工匠來到這裡。短短四五天的功夫，他們便開挖出一座高大的墓地。

這個墓地不但高大而且氣派，便是地形，也是經過專門的陰陽師看過。

這個墓地，是按照郡王的規格而定，因時間太緊，現在挖出的墓，僅僅是整個墓葬地的二十分之一不到。它位於墓地的東翼，以後有時間，蘭陵王還準備把主墓也挖掘出，把整個墓地都弄好。

自己百年後，便與阿綺長居於此。以後陰間相聚，他一定求得她的原諒，讓她心甘情願地與他沉淪地獄。

迤邐而來，上千人的送葬隊伍中，走在最前面的蘭陵王一襲麻衣，手捧著一雙大雁，左右兩對童男童女，抬著羔羊一口、酒黍稷稻米面各一斛。

巫師的喊魂聲、震天的鑼鼓聲，還有飄飛的布錢中，百姓們圍在兩側，指指點點著。

「咦，這是送葬，怎地還捧著大雁，抬著羔羊，倒又似是去求娶？」

「噓，小聲點……看到走在最前面的那美男子嗎？他就是蘭陵王。他的寵姬因他娶了別人為妻鬧著自焚了。他後悔當初不曾應了那寵姬所求，娶她為妻，便用這等求娶之禮。」

「那他的妻室呢，怎能容忍？」

「是啊，聽說那墓葬全是按郡王妃的規格而定。蘭陵王甚至著手在旁修建自身的墳墓，陽世不能成就夫婦，卻願陰間長長久久。」

「他這樣做，將那鄭妃置於何地？鄭氏一族呢，怎地不跳出來？」

「也是，鄭氏一族怎地安靜至此？」

一個時辰後，在漫山遍嶺的「魂兮歸來」聲中，在八人抬著那棺木準備放入時，蘭陵王慢慢伏倒在地。他把額頭緊緊抵在地面上，一遍又一遍地喚道：「阿綺、阿綺……」

饒是這樣喚著，他的眼中還是沒有淚。而圍著他和棺木跳著舞蹈的巫師們，同時搖晃著鈴鐺，冉冉燃起的安魂香在地下石室中四下飄溢，繪了壁畫，樹了陶俑的主室裡，牛油燈開始點燃。

外面，上千人還在低喚著「魂兮歸來」，裡面，蘭陵王還是一動也不動。

良久良久，他才似笑似哭地低喚了　聲，而這時，禪聲大作，佛唱聲聲而來。

蘇威顯然是個有著豐富遊歷經驗的，這般冬寒時刻，獵物都已冬眠，可每一次，他都能帶著屬下獵到各種野物，而且他精通烹飪，張綺的飲食由他親自打量，花樣百出，美味異常。張綺心中有事，竟是沒有發現這個貴公子一直在為自己洗手作羹湯。

而且，他見識廣闊，才學縱橫，談吐風趣，又極善於察言觀色，張綺每有所求，還沒有開口，他就已經為她辦到了。

於是，原來顛簸勞頓的行程，竟被他伺候出了味道。這一路，因憂思鬱結於胸，瘦得不成樣子的張綺，愣是被他養胖了幾斤。

至於阿綠，後來想不過，便悄悄溜去服侍那個被她踢傷了的賀之仄。可不到一個時辰，阿綠便淚眼汪汪地跑了回來。

張綺還沒有問出個結果來，阿綠又跑上了那馬車。再然後，那馬車中，不是笑聲陣陣，便是又叫又罵的。要麼，是阿綠淚汪汪地跑回，那賀之仄中氣十足地在馬車中喊著她的名字，求她過去；要麼，便是兩人的大笑聲穿過山林而來。

觀察了幾天後，張綺心神一動，便不再理會阿綠是來是去。

這一天傍晚，蘇威策馬來到張綺的面前，指著前方說道：「阿綺，太陽下山前，我們可以進入北恆州了。」他鬆了一口氣，笑道：「幸而沒有下雪。」瞇著眼睛看著天空一會兒，回過頭與隊伍中的一個高鼻深目的老頭嘰哩呱啦說了一陣後，蘇威朝著張綺說道：「阿綺，我們果然好運道，再過三五日，便要下雪了。」

張綺溫柔笑道：「是啊，運道不太差。」她慢慢回頭，怔怔地看向齊國的方向。

她望著齊國方向失神，蘇威也望著她的側面失神。他的眸光中，閃動著憐惜、溫柔、心痛，還有悵然。好一會兒，張綺回過神來，對上他的眼神，問道：「五郎，你那日相看，可怎麼樣了？」

蘇威低頭，輕聲道：「宇文護專橫至此，遲早會惹禍上身，我避不過，流亡至今。」他沒有說，當他知道宇文護家的那個庶女並不是張綺時，便拒婚了，可惜宇文護不肯，步步相逼。他咬著牙，繼續說道：「我父已死，叔父被迫不過，已應了那婚事，我此番回去，便為解去婚約。」

虛歲二十的蘇威，正是少年俊秀的時候，加上他走南闖北，文武雙全，已是出了挑的一表人才。張綺看著他，暗暗想道：只怕宇文護未免會允！

見到她出神，蘇威也在出神。他怔怔地望著張綺塗黑的側面，暗暗想道：這婚約，我無論如何也要解除！

他眼前的這個小女人，能夠因為蘭陵王娶妻而果斷死遁，可見她對名分有多看重！她這麼美好，本也值得世間最好的一切，所以，這一次，他一定要解去婚約，清清白白地伴她天南地北。

進入北恆州了。

北恆州自古為軍事重鎮和戰略重地，是兵家必爭之地。三面臨邊，最號要害。東連上谷，南并恆，西界黃河，北控沙漠。實京師之藩屏，中原之保障。

在北魏時，道武帝拓跋珪遷都於此，從此，中國歷史進入了對峙時期。彼時，此處以京都兼司州、代尹治，故又形容說「京邑帝裡，佛法豐盛，神圖妙塔，桀跱相望」。京都內有寺廟百所，僧尼兩千。幾年前，先帝更是遷豪傑三千家於此。

作為一個曾經的京都，可見北恆州是相當的繁華熱鬧。這種繁華熱鬧，比北朔州猶有過之。

見張綺怔怔地看著街道中來來往往的人流，蘇威在一側解釋道：「阿綺，這裡豪傑眾多，粗魯不法之士比比皆是，妳千萬小心了。」

這是警告！張綺連忙嗯了一聲，軟軟地說道：「我會小心的。」

聽到她用這般溫柔順從的語氣，似小妻子般與自己說著話，蘇威笑得更燦爛了。好一會兒，他才接著說道：「待會兒我找一家酒樓把妳們安置下。趁沒有下雪，我得去拜訪幾個故人，阿綺，我不在時，妳得好好用餐，別挑食。」

「別挑食」這個囑咐一出口，張綺臉有點紅。她直到前兩天，才知道自己的飲食起居，連阿綠都沒有插手，全是蘇威經手的……想著自己的貼身衣物都是他拿去清洗的，張綺臉紅紅的，半天都消不下去。

她紅著臉，低著頭。外面的蘇威也沒有說話，他靜靜地透過車簾縫，溫柔地看著手措無足的她，突然間，一種說不出的滿足和快樂充塞在他的心頭，令得他的眼眶剎那間變得濕潤。

直到馬車在一處酒樓前停下，張綺才回過神來。

把她和阿綠安置妥當，留下早就痊癒，卻一直裝傷賴著不起的賀之仄等人照顧後，蘇威匆匆離開了。先是處心積慮地逃亡，又是一路顛簸，直到這時，張綺才算是可以小小休息一下了。

倒在床榻上，張綺怔怔地看著前方，不知不覺中，心思又轉到了蘭陵王身上。

她搖了搖晃，把他的影像從腦海中拔除……有些事，一旦做了選擇，是不能抹去重新再選擇過的。他有了他的鄭妃，而自己，也會是一個全新的自己。

她還小，她輸得起，再說，這天大地大的，便當賞賜自己，該遺忘的，也就遺忘吧。

❖　❖　❖

十一月初二，這一日，北齊孝昭帝高演下詔，說是因為皇太子年紀幼小，派尚書右僕射趙郡王高睿傳旨，徵召長廣王高湛來繼承皇位。又寫了封信給高湛，說：「高百年沒有罪過，你可以好好處置他，不要學前人的樣子。」同一日，北齊孝昭帝死在晉陽宮裡。他臨終時，說自己最大的遺憾是不能為太后送終。

十一日，高湛在南宮即皇帝位，大赦天下，改換年號為太寧。

忙忙碌碌了一個多月，如今塵埃落定，只待陛下論功行賞。

蕭莫想道：現在可以騰出手來處理張綺的事了。一個月前，他派出管事，要求他從張綺身邊調幾個護衛來用，沒有想到那蠢物居然聽信了那婦人的話，直是把所有的護衛都帶走了。

得知消息後，他心知不好，連忙派出一些人手前往北朔州，果不出所料，張綺跑得連影子也不見了。蕭莫大慌，他把放在北朔州的婢子僕婦問了又問，這些蠢婦卻是一問三不知，只知道護衛們前腳走，張綺後腳就走了。

這天下茫茫，到處兵荒馬亂，她能到哪裡去？

蕭莫發作了幾人後，怔怔地看著北方，只覺得又恨又苦。

她怎麼能這麼愚蠢？自己便這麼讓她避之唯恐不及嗎？這天下雖在，可哪裡有兩個婦孺的活路？蕭莫想不出張綺能跟誰離開，可以跟誰離去。

現在騰出了手，他第一個舉動便是趕往北朔州，他要查清楚，張綺離開府第的那兩天，有什麼隊伍在北朔州出入過。還有，張綺離開後不久，便連下幾場大雪，她不可能走遠的。

蕭莫放下公事，不顧天氣奇寒，才晴了幾日，官道上厚厚的積雪剛開始融化，便親身趕往北朔州的舉動，在第一時間傳入了晉陽的蘭陵王府。

得到尚書府傳來的消息，方老急急朝著主院走去。

主院中，蘭陵王正在揮舞著長劍。他的身後，松樹房屋上，雪花融了一半，卻還在尖尖上墳起一朵朵，溝壑更是變得雪白平整。

方老趕來時，天空恰好又飄起了幾朵雪花，那雪花飄落在蘭陵王的黑髮上，飄落在他的玄衣上，飄落在他冰寒滄桑的俊美面孔上，稍一運動，便化了開來，便化成了一條條小小的溪流，從他的額頭、臉上、鼻尖流過，流下他孤寂的眸子時，彷彿盛載了亙古的悲傷。

看到方老到來，他拭去臉上橫流的雪水，轉過頭，冷冰冰地問道：「何事？」

自從張姬死後，郡王似是不會哭不會笑了。他總這麼漠然，面無表情地看著任何人。要不是雪花似淚，他幾乎遺忘了，自家郡王那無處不在的絕望和悲慟。

方老急步上前，低頭稟道：「郡王，蕭莫趕往了北朔州，今天上午動的身。」

北朔州？蘭陵王蹙眉說道：「這一個月裡，他三次派人前往北朔州……」在這麼重要的時候，北朔州有什麼事，能令得他百忙中抽出人手，現在更是連下雪也不顧了？

難道是？心臟陡然一跳，蘭陵王澀聲道：「來人！」

幾個護衛走出，看著他們，蘭陵王命令道：「馬上調出十人，由李將帶隊，趕往北朔州！記著，摸清楚蕭莫在做什麼事！」

「是。」

冷著臉，蘭陵王沉聲道：「另外，把蕭莫的親近之人全部逮來，不管你們用什麼手段，我要馬上知道蕭莫是為了什麼去北朔州！還有，那日大火起得這麼猛，僅憑金屋中的錦緞木樑等物，是不可能的，我要知道蕭莫在其中有沒有起作用！」

僕人們也說過，大火前的第三天，張姬下令搬上二十匹錦緞送入金屋中。眾人以為她是喜歡看到金屋中擺滿了好東西，便聽從了，也沒有向他報告此事。

可他現在想來，還是覺得，那場大火或許有什麼隱密。

也許她沒死，他多麼希望她沒死！

「是！」

又到了夜深時。

書房中燈火通明，饒是外面雪花不斷灑落，十個護衛也一動不動地站著。

方老推門而入時，正看到蘭陵王站在窗前，一樽一樽地灌著酒。

他今天想大醉一場，方老知道。

他沒有勸他，沒有阻他。

站在角落處，方老慈愛地看著他家郡王，看著他仰著頭，一邊灌著酒，一邊淚流滿面。

他有多久沒有哭過了？

自從張姬死後，郡王便不會哭了。明明傷心欲絕，明明無數次拿著佩劍，把那森寒的劍尖對上了自己，可他的眼中，一直沒有淚。

而現在，郡王流淚了，真好。

彷彿知道方老在靠近，站得筆直筆直，身形挺拔高大，宛如玉山的蘭陵王，沙啞低沉地開了口，「方老，你知道嗎？她還活著。」

吐出最後四個字，他發出一陣似哭似笑的哽咽聲，一滴、兩滴的淚水，隨著他仰頭獨飲的動作，濺落在地板上。

他一邊飲著酒，一邊哽咽著重複道：「她還活著，還活著……」

方老上前，關切地看著蘭陵王，低聲道：「張姬既然活著，郡王更要保護好身體了。你要是身子累垮了，怎能護她？」

蘭陵王猛地昂頭，把樽中酒一飲而盡。然後，他把酒樽扔到一側，低啞著，歡喜著說道：「是，沒有找到她，我還不能醉！」

自那日蕭莫露出行跡後，蘭陵王當機立斷，派人把蕭府中的管事和幾個近身侍衛、最得用的僕婦全部偷偷抓了來。

可憐堂堂尚書府，在這亂世中，哪裡能擋得住大兵手中的一把刀？那晚大兵們刀一橫，十幾人愣是連掙扎都沒有掙扎一下，便乖乖地跟來了。

開始的幾次審問，蘭陵王什麼也沒有問出。

加上他本來也不相信張綺還活在世上，便有點洩氣，恰好這時北朔州傳來飛鴿，上面寫著，蕭莫詢問守城衛士時，重點提到了一個女人。

普天之下，能讓他蕭尚書在意的女人，除了張綺，還有誰？

當下蘭陵王又是狂喜又是震怒，他瞪著抓來的蕭府眾人，有所謂奴似主人，這些奴才還真與蕭莫一樣的狡猾，抓他們的時候也不反抗一下，抓到了，卻盡是胡言亂語搪塞自己。

有了目標，一切也就簡單了，在重刑之下，終於有一個婢女招了，說是大火起時，尚書的主院中，不時可以聽到陌生女人的說話聲。

這個婢女交代後，終於，那管事在蘭陵王用兒女威脅時，也招了。

從這管事的口中得知，張綺果然還活著。蕭莫那廝早就在金屋下挖出了地道，大火起時，張綺通過地道，悄悄轉移到了尚書府。

在第二日，張綺便被蕭莫的人轉送到了北朔州。

接著，他帶人掘開地板，終於找到了那一條通往王府這邊已被填塞了十來米的地道。

一切已然洞明，她的阿綺真的沒有死。

好一個狡黠的小婦人，竟然敢跟自己玩死遁！

無邊的喜悅中，蘭陵王揮退眾人，守著一甕酒，一直喝到現在。

把酒樽一扔後，雙眼亮得如同星辰的蘭陵王命令道：「把晉陽及晉陽周邊的地圖拿來！」

方老一怔，勸道：「郡王，現在已是夜深。」才勸了一句，他看到自家郡王的雙眼，不由忖道：現在要郡王去睡，他也是睡不著，罷了，一切隨他吧。

於是，他召來僕人，令他把地圖拿過來。

蘭陵王這一看，便是一整晚。每次指著一個細小村莊，他都能想像他的婦人正在其中一間院落裡，對著外面飄飛的大雪發怔。想著想著，他不是呆呆出神，便是微笑著不停喝酒。只是那酒喝著喝著，便已淚流滿面。

扛不住的方老，在子時回去睡了一覺，第二天醒來時已是中午。

原來，張姬依然在世的消息，不但讓郡王狂喜，連他自己也像解脫了一般，直是睡了這一個多月來的第一場好覺。

剛剛梳洗出來，一個衛大步走來，朝著方老喚道：「老叔，郡王讓你過去。」

「是。」方老腳步輕快地朝前走去。

走到苑門口時，他一眼看到一個人負著手，正是在院落裡轉來轉去的蘭陵王。與以前不同的是，現在的蘭陵王，再也沒有了那種冰寒，更沒了那痛不欲生的死氣，取而代之的，是他一臉的煩躁。

煩躁得好啊！比起前陣子，這樣的表情，真是讓方老百看不厭。

方老笑歪了嘴，踏入苑門後，還是迅速把喜色全部收了去，低著頭說道：「郡王，你找我？」

蘭陵王轉過頭來，朝著几上的幾卷帛紙一指，道：「方老，過來看看，這十二座城鎮，阿綺最有可能藏在哪裡？」

他揉了揉因沒有休息好過，而發紅發乾的眼睛，喃喃說道：「天寒地凍的，也不知她有沒有穿上足夠的寒衣？我不在身邊，她病了餓了，可怎麼辦？」

尋思了片刻，蘭陵王聲音一提，命令道：「來人！」

「在！」

「調集所有黑甲衛和我的親衛隊，令他們開赴北朔州、北恆州……這十二座城鎮，告訴他們，我的張姬便在其中，讓他們便是拚了這條性命，也要把她給我找出來！」

「是。」

「周邊的所有山頭，村莊也不可放過。」

「是。」

連續下達幾個命令，令得眾人退下後，蘭陵王繼續看著地圖，蹙眉尋思起來。

這天氣奇寒，大雪紛紛而下，張綺又向來聰慧，必定不會跑遠。她能出現的地方，只能是這些地方了。

蒼天佑我，讓我找到我的婦人……只要能找回她，我高長恭必定三跪九叩，拜謝天下諸神。

方老上得前來，朝地圖看了幾眼，搖頭道：「老奴也不知張姬會藏身何處。」頓了頓，他又問道：「蕭尚書怎麼說？」

一提到蕭尚書幾個字，本來還有點恍惚的蘭陵王，馬上磨得牙齒滋滋作響。

他冷笑道：「他也如此說來。」

若不是尋找張綺需要蕭莫的人手和力量，便是新帝剛繼位，此時行事必須收斂，他也會把那蕭莫暴揍一頓。

❖ ❖ ❖

北恆州。

雪花紛飛中，位於西城區的一個普通院落裡，不時傳來笑聲陣陣。

緊閉的院落裡，張綺素著一張臉，含笑看著阿綠和賀之仄兩人打著雪仗。

在她的身邊，站著蘇威，蘇威正凝視著她的側面。

看到她回過頭來，蘇威咳嗽一聲，道：「外面冷，回屋子吧。」

張綺嗯了一聲，乖巧地跟在他身後。走不了一步，蘇威便伸出手扶著她。張綺輕笑道：「不用，我又沒病沒痛的。」

「可我總是不放心。」含笑說出這句話，把張綺由扶到牽，引到榻上坐下後，他提起一隻茶壺，一邊給張綺和自己各倒上一盅，一邊說道：「蕭莫的人出現在北恆州了！」

張綺正低頭喝茶，聞言手中的茶盅一晃，幾滴茶水濺了出來。

她失神地看著前方燃燒的炭火，喃喃說道：「春天怎麼來得這麼遲？」

蘇威看著她，輕聲道：「不必太擔心。這幾天連降暴雪，他要搜尋附近幾個城，大是不易。」

這個張綺明白，她只是，真有點害怕了那個男人的神通廣大。

見她又怔怔地失了神，蘇威只是安靜地撥燃炭火，沒有打擾她。

他知道，她又在想蘭陵王了。

縱使心中十分不願意，縱使隱隱有恨，她也無法阻止自己去思念那個男人。喜歡上一個人，也許只有一瞬，可忘記一個人，真要一生！

他喜歡她，便只用了一瞬……

好一會兒，張綺才回過神來，她抬起頭，堅定地看向蘇威，說道：「阿威，我無論如何也不能落到他們手裡。」落到蕭莫手裡，只要他不離開北齊，遲早便會被蘭陵王發覺。

她淒然一笑，低語道：「那樣的日子，我一天也不願意再過了。」

愛又怎麼樣？如果愛中夾了恨，愛中有著更多的不甘、更多的痛苦，那麼果斷抽身，才是對自己的寬恕。

蘇威知道，她這是在表明她的立場，也是在向他求援。

點了點頭，蘇威道：「我知。」他溫柔地伸出手按上她的手，低語道：「阿綺，不要想了。」

張綺朝著蘇威笑了笑，縮回了手。沒有注意到他又癡了傻了，低下頭尋思了一會兒，喃喃說道：「阿威，要是我們是在長安，那可多好？」

剛說到這裡，她馬上悔了。蘇威已經盡了力，自己再說這話，不是讓他愧疚嗎？當下她伸出手去，輕輕覆在他的大掌上，連忙說道：「阿威，我不是怪你，我就是心有點慌。」

「我知，我知。」蘇威十指收攏，把她的小手輕輕地握在掌心。而張綺又陷入了恍惚沉思中，這一次，便沒有發現他一直在握著自己的手。

這時，一陣腳步聲傳來。緊接著，一衛士在臺階下喚道：「有事相稟郎君。」

蘇威提步走了出去。

那衛士的聲音從外面清楚地傳來：「郎君，蘭陵王在各城門貼下告示，說是無論乞丐英豪，還是有罪之人，凡有提供張姬所在的，賞金二百，過往罪孽，蘭陵王將替其向陛下求免。另外，城門各處都有黑甲衛出現，現城內群情激沸！」
賞金二百，他倒是好大手筆！
蘇威溫和的聲音從外面傳來：「知道了，你去吧。」
「是。」
蘇威一入房，便看到張綺仰著小臉，楚楚可憐地看著自己。
蘇威三步併兩步走到她面前，扶著她的手說道：「別急。」
「嗯。」張綺吁了一口氣，衝他努力一笑，「我不急。」
只是這樣一來，整個城中的乞丐惡霸，都是蘭陵王的人了。
他是什麼時候知道自己沒有死的？莫非是蕭莫那裡露了馬腳？
見張綺嘴上說著不急，臉上笑容盡去，蘇威溫柔凝視了她一眼，轉過身，大步走出了房門。
街道中，鋪上了厚厚一層積雪，道路旁，偶爾可以看到凍得瑟瑟發抖的乞丐和衣裳單薄的流浪兒。朝灰濛濛的天空看了一眼，蘇威一邊尋思著，一邊走入了一個巷道中。
他這一轉，便是一整天。去時，大雪紛飛；來時，大雪還在紛飛。
蘇威嘆了一口氣，提步跨入了院落。
他一跨入偏房，剛抖去一身的雪，卻見張綺端著一盆熱水走了過來。她看著又呆成了木雞的蘇威，低聲道：「剛剛進來，洗洗吧。」
蘇威這一行人中，沒有婢女，現在阿綠又不在，張綺不忍，只能自己動手了。
因此，她走到他身後，幫他脫下身上的外袍，然後按著他坐下，解去他沾滿了雪花的長髮，一邊胡亂梳理幾下，一邊說道：「愣著幹什麼？洗個手臉暖暖啊！」聲音又軟又酥，讓人醉倒了心底裡。

蘇威低垂著頭，看著熱氣騰騰的水盆中自己的倒影，低低地說道：「阿綺，妳現在，好似一個小妻子。」

張綺正在給他梳理頭髮的手一僵，轉眼她垂下眸，輕聲說道：「快洗吧。」

見她斂襟一福，準備退下，蘇威連忙說道：「這雪下得大也有好處，便是強如黑甲衛，這下子也扛不住了，四處城門都空蕩著呢。」

雖然空蕩，必有人時刻盯著，一有異常的人出入，他們還是會出現的。這點，蘇威知道，張綺也知道。

見張綺不再後退，而是抬頭眼巴巴地看著自己，蘇威腰身挺得筆直，姿態優雅，氣派天成地向她微笑道：「家父是西魏重臣，我幼時又頑劣胡鬧慣了，晉陽這附近的一些城鎮，都有我的熟人。真說起來，他高長恭算不得地頭蛇。」

對上張綺，他眨了眨眼，調皮地說道：「我剛才已請求我的朋友們幫忙了。接下來的日子，這附近的城池，每隔十來日，便會隱約出現一個大美人的行蹤……她會幫我們把那些遊浪兒和豪傑乞丐都吸引了去。」這麼冰天雪地的，那些人去得一個地方，要離開，可不像平時那麼容易。

聽到這裡，張綺笑了，在蘇威癡癡的凝視中，她秋波流轉，「那，他賞了二百金，這院子裡的人，不會說出去吧？」

「他們都是跟我多年，經過無數風雨，共過生死的老人，忠貞著呢，阿綺大可放心。」

「嗯，知道了。」

肆之章

他日再見難自己

連續的大雪紛飛中，西元五六一年過去了。

隨著立春節氣的到來，天空一下子放晴了。到得正月時，已晴好了幾日，街道中大半的積雪已經融化。

這一個多月中，張綺過得有驚無險，這普通至極的院落，雖然被乞丐和流浪漢偷窺了好幾次，也曾有豪傑硬闖而入，可那些人在看到衣冠華貴、氣質卓然的蘇威，以及護在蘇威身後的慓悍護衛們時，便連忙打了退堂鼓。

接著，蘇威找到城中的幾個大頭目。也不知他用了什麼法子，自那日後，他們的院落便變得清靜異常。雖然老是聽到某某民宅被豪傑衝入，強擄了一個什麼婦人送到黑甲衛那裡又被放回的消息，但對於張綺來說，她的世界一直是安靜的。

這一日，蘇威從外面走來。抬頭看著西邊紅豔豔的天空，他連續下達幾個命令後，步入了正院中。吱呀一聲房門推開時，果然，張綺急急向他看來，絕美的臉上，雙眼亮晶晶的。

這種明亮和期待，令得蘇威有點愣神。眼前這個小婦人，有多麼思念蘭陵王，他是一清二楚的，有時他還真的想不明白，明明相思刻骨，怎麼還是能夠做到說走就走，哪怕斷了腸、碎了心，哪怕一生再無歡顏，也絕不回頭。

這種寧為玉碎不為瓦全的性情，在這種荒唐動盪之世，還真由不得人不去佩服。

蘇威走近張綺，說道：「據悉，齊主已返鄴城，就在這幾日，他會祀南郊、享太廟、立后。屆時，文臣武將都不得擅離。阿綺，我們可以抓緊這幾日安排好，一旦尋得機會，馬上離開。」

他看著張綺，溫言相勉，「蘭陵王的告示貼得太早，那些乞丐流浪兒尋了妳一冬都沒有結果，現在銳氣已消。再說，北恆州是大城，這一個冬天，不知有多少商旅客販羈留於此，他們要走，也就在這幾天，我們也在這幾天動身吧。」

張綺點頭，說道：「好。」

「我初見妳時，那妝妳可會化？妳再化一次讓我看看。」聽到蘇威這話，張綺水靈靈的眸子便朝他瞅去。他知道她是在問，你一眼就認出來了，那妝有必要化嗎？

迎上張綺的眸光，蘇威靦腆地笑了笑，他看著她，輕輕說道：「阿綺，到了長安，我就退去婚事，然後送妳去南地……有我在，妳總能衣食無憂。」

什麼意思？張綺眨了眨眼，他是說，他會一直守在她的身邊嗎？見張綺怔住，蘇威的右手，輕輕地、小心地拂過她的臉頰，不等張綺反應過來，那手又飛快垂了下去。

他看著她，俊臉有點紅，聲音也有點緊張，「阿綺，我會對妳好的，會一直一直對妳好的。」說出這種表白式的話，蘇威騰地轉身，像個做錯事的毛頭少年一樣快速溜了出去，都不等張綺的回答。

望著他的背影一會兒，阿綠蹦蹦跳跳地跑了進來，看到張綺，她笑彎了眼。笑彎了眼也就罷了，她什麼也不說，只是圍著張綺胡亂轉圈，轉著轉著，便傻笑起來。

張綺被她轉得頭暈，忍不住笑問道：「到底有什麼高興的事，快說吧。」

阿綠杏眼一轉，臉孔紅了紅，「阿仄說，他會隨我在陳地居住下來。」

見張綺如水的眸子定定地看著自己，阿綠不好意思地低下頭，扭著衣角道：「他說，我們一到陳地就成親……」

說到這裡，阿綠抬起頭，紅著臉，嚮往地說道：「阿綺，到時我們建一個大院子，種上百來畝田地。還有，我和阿仄會在妳的院子前種滿野菊花，到了秋天，妳就在菊花上盪鞦韆，那一定很美。」

秋天？今年秋天便有那般美景嗎？張綺也轉過頭，望著天邊出了神。

❖　❖　❖

過了元正，蘭陵王便與文武百官一道，隨著新帝到了鄴城。

再過幾天，陛下便要忙著祀南郊、享太廟，眾人都不得離席。

隨著陛下一句退朝，眾臣都散了開來。

出了大殿，聚在一起議論著的眾臣，在看到蘭陵王和蕭莫，以及鄭瑜的父親，即與蕭莫一樣同為三品尚書的鄭文成時，眾臣投來了意味深長的目光。

鄭文成看著蘭陵王高大的身影，幾次提步準備上前，一想到眼前這人的性情，便又遲疑了。

在他遲疑間，蘭陵王走出了皇宮。

這時，嘎吱嘎吱的馬車聲傳來，同時傳來的，還有一個斯文的嘲諷聲：「郡王好雅興，到了鄴城，怎地不歸家，卻在這酒樓落住了？」

正是蕭莫的聲音。

蘭陵王冷冷地回眸。

見到他森寒地盯著自己，蕭莫悠然一笑，正準備再說一句，目光瞟到一人，不由諷刺地說道：「雪後初晴，正是逃跑的好時節，郡王如果還想得到美人兒，此時可不能鬆懈了。」說到這裡，他大笑道：「我們走。」說罷揚長而去。

蘭陵王回過頭來，迎上了端坐在馬車上，正淚眼汪汪看著他的蘭陵王妃——鄭瑜。

看到蘭陵王策馬就要離開，鄭瑜連忙喚道：「長恭。」馬車靠近蘭陵王，鄭瑜含著淚，癡癡地看著他，抽噎著說道：「長恭，回府吧……都到了鄴城了。」

她維持著優雅的姿勢，可那流淚的表情，卻有著難以掩藏的脆弱。

蘭陵王回頭看向她。

見他終於看向自己，鄭瑜破顏一笑，臉上含著淚，再這麼燦爛一笑，真真說不出的讓人心疼。

蘭陵王卻是眼神有著恍惚。

他看著她，突然的，低低地說道：「阿瑜。」

「嗯，長恭。」聲音溫柔而軟，又透著賢淑。

「阿綺哄騙我時，最喜歡露出妳此刻的表情。我看得多了，一眼便可知是真是假。」他徐徐說道：「便如妳此刻，是對我怨恨的吧？既然怨恨，便不用笑得如此堪憐。」

鄭瑜臉上的笑容一僵。

蘭陵王點了點頭，道：「正是這樣，妳現在的表情才是對的。」他低嘆一聲，輕輕說道：「阿瑜，妳應該聽到了，阿綺沒死，她只是逃離了，我馬上就可以找她回來。有些事，一錯不能再錯，妳有什麼條件儘管提出，我們和離……」

堪堪說到「和離」兩字，鄭瑜突然發出一聲刺耳的尖叫。那刺破長空的嘶厲聲，直是驚得街道中的眾人齊刷刷向這邊看來。

迎上眾人的目光，蘭陵王眉頭一蹙，而這時，鄭瑜已喘息著開了口：「高長恭，你莫逼我！」

她臉頰的肉扭曲著，因為痛恨，淚水更是止也止不住。她睜大流淚的眼，一瞬不瞬地看著蘭陵王，嘶啞著，卻放低了聲音說道：「高長恭，你以王妃之禮葬她，這樣的事放在別人身上，只怕是親家成了仇家吧？而我呢，我辛辛苦苦阻攔族人向你問罪，我告訴他們，不要緊，長恭只是心裡太難受了，要是這樣能讓他舒服些，就由著他吧。」

當時，真正的事實是，那個墓葬僅僅只是規劃，完整的墓地還沒有開工修建，張姬的屍骨所放，是東是西是南是北，還得等墓地修好了才能說得好。所以，只要她鄭瑜百年後舉辦一場更加盛大的葬禮，或修建好墓地時，在真正的東側留下位置，那日高長恭的行為，也就是年少胡鬧了。

可不管如何，這事對她來說，是奇恥大辱，對她的家族更是徹骨的羞辱。要不是正值朝權更替之時，鄭氏一族，斷斷不會這麼輕易放過高長恭。

鄭瑜淚水橫流，因為痛苦，她的指甲把掌心都刺破了。

睜大眼直視著蘭陵王，她終於在拭去幾把眼淚鼻涕後，平靜下來。

她垂下眼，儘量溫柔地說道：「長恭，既然張姬沒死，你就別傷心了，回到王府中吧……等找到張姬，我一定向太后請旨把她封為平妻。到時我們姊妹兩個相親相愛，一起服侍你，讓你再無任何煩惱，可好？」

說這話時，鄭瑜流著淚，看著他的表情豈止是哀求？

見蘭陵王不開口，鄭瑜又溫溫柔柔地說道：「如果張姬還是不願，長恭，我願讓出這王妃之位。」她癡情無限地看著他，柔柔地又道：「只要能伴隨在長恭身側，便是為妾，阿瑜也歡喜的。」

這是一種低到了塵埃中的讓步。

說出這話，鄭瑜屏住了呼吸。

她等著他欣喜，等著他同意。

她想，他一定會欣喜，一定會感激的。天下的男人，任何一個男人聽到她這話都會欣喜，都會感激。

溫柔癡慕地看著蘭陵王時，鄭瑜的眼角可以看到四周圍觀的眾人，已齊刷刷地對她流露出同情嘆息之色。

婁太后當年也是讓出了妻位，可她那一讓，卻贏了一生。

她也會是如此！

便是她真心願意讓，齊國的貴女，還有這滿街傳唱她美德的丈夫，真會容得一個卑賤的姬妾爬到她的頭上，成為她的主母嗎？

因此，這話，鄭瑜說出來時，是沒有負擔的。

蘭陵王也察覺到了圍觀的人越來越多，他瞟了鄭瑜一眼，冷著臉，徐徐說道：「阿瑜有話，非要在這大庭廣眾當中說嗎？」蹙著眉，蘭陵王有點不耐，覺得她說這些話時，聲音也太響亮了些。

見到鄭瑜再次僵住，他轉過頭沉喝一聲，「散開！」喝聲中，他已策馬衝出了人群。

眼看蘭陵王就要離開，鄭瑜悄悄捅了捅身邊的婢女。

那婢女反應過來，當下扯著嗓子，朝蘭陵王背影喚道：「郡王，您還沒有回答王妃的話呢！」

人群發出小小的鼓譟聲。

蘭陵王停下腳步，看著四周的人群，眉頭暗蹙，惱怒暗生。

在那婢女喊出第二遍時，蘭陵王回過頭來。

他瞟了那婢女一眼，轉過頭，定定地直視著鄭瑜。他盯著她，一直盯得鄭瑜有點承受不了，不安地低下頭時，才緩緩搖了搖頭，低啞地說道：「我已不能……阿瑜，我已不能。」說罷，他一聲長喝，驅著馬奔馳而去。

噠噠噠的馬蹄聲中，一襲玄袍的蘭陵王匆匆離去。

燦爛的春光中，他的身影那麼挺拔，那麼高大軒昂，那麼的，讓她心醉神迷。

她一直知道，他是一個重情的男兒。這麼華貴威嚴、俊美無儔的男兒，放眼齊國，實實獨一無二。如果不是那個張姬，他所有的溫情、所有的張揚，都是她的，都是屬於她一個人的。

可恨那張姬……

在鄭瑜淚光盈盈的目送著蘭陵王的背影時，四下議論紛紛。

「真是一個節義之婦！」

「如此一個貴女，為了成全自家夫君，竟然願意讓出王妃之位，那品行何等高潔？」

「是啊，真是一個難得的好女人……那蘭陵王，是身在福中不知福啊！」

「真是癡情之人。以她的家世品貌，若是願意再嫁，別說為人正妻，便是嫁給別的郡王為正妃，也是應當。可她卻寧願為妾也要守著蘭陵王，當真情深義重。」

紛至沓來的，對蘭陵王的指責中，鄭瑜慢慢低下頭來。

她用這個動作，掩去臉上的笑容。

在這個貴女與丈夫基本平等的國度，貴女二嫁三嫁，實是平常的事。如高洋妃段昭儀，在高洋死後改嫁了唐尚書為妻。如晉時的羊獻容，當了前朝皇帝的皇后，轉眼又可嫁後一朝的皇帝為後。

鄭瑜如果願意，她完全可以與蘭陵王和離，然後像個未婚的女郎一樣，嫁得名門世家為大婦，一樣過她的榮耀日子。

這裡不是南地陳國，這裡的貴女，來自鮮卑地占了多數。在她們的帶領下，沒有名節那回事。

而鄭瑜沒有這麼想，寧願為妾也要守著蘭陵王，這份情義，這份高潔和忠貞，使得周圍眾人大為感嘆。

西元五六二年的正月初九，齊主祀南郊。

北恆州中。

張綺把自己化成了那個黑膚，鼻上還有一顆大痣的普通婦人後，蘇威扶著她的肩膀，把她自上到下看了又看。

張綺樣子太嬌柔，扮成男子完全不可能，而扮成婦人，她這樣子已是最大程度的醜化。他蹙著眉，顯然還不滿意。

北恆州作為蘭陵王重點懷疑的城池，守在四處城門的，都是見過張綺面目的黑甲衛和親衛。

在蘇威看來，張綺這樣一個絕色美人，只要是丈夫，哪個看了不會銘記於心，再不能忘？自己一眼能懷疑到她，那些黑甲衛和親衛也能。

端詳片刻後，蘇威道：「把臉洗了吧。」

張綺怔怔地看了他一眼，習慣於順從的她，還是聽話地把臉上的妝容洗淨。

洗了妝容的張綺，水靈靈地，嬌柔脆弱地看著他。

蘇威不由溫柔一笑，低聲說道：「別擔憂，我已令我朋友在北朔州放出消息了，想來不少黑甲衛已趕往那裡。」他咧嘴一笑，露出雪白的牙齒，「還是那一招聲東擊西。這一日，除了北朔州，另外三個大城都會同時出現張氏阿綺在那裡的流言。東南四北四個方向的官道上，也會有一個絕色大美人出現。所以，阿綺，我們會順利出城的。」

伸手把張綺下頷處的殘妝拭去，蘇威雙手一合，清脆地巴掌聲中，他喝道：「進來！」

兩個高大的、高鼻深目的塞外婦人走了進來。不顧兩個婦人的驚豔，蘇威指著張綺，用一種她沒有聽過的語氣嘰哩呱啦地說了起來。

他說完後，兩個婦人打開隨身的羊皮口袋，拿些粉末在張綺的臉上、頸項和手上塗抹起來。

過了約半個時辰，蘇威用齊音說道：「好了，阿綺，打開眼來。」

張綺睜開眼，蘇威舉著銅鏡放在她眼前。

出現在她視野中的，是一個臉色灰敗得沒有血色，眼睛內陷，唇蒼白乾裂，幾乎奄奄一息的婦人。她的頭上，那光可鑑人的墨髮被包在一塊布帛中。看那布帛的樣子，怎麼像是給死人戴的？

見張綺疑惑，蘇威命令道：「抬一具棺材來。」命令過後，他轉向張綺，解釋道：「阿綺，待會兒妳就躺在棺木中，記著，無論出現何種情況，都不要睜眼。」他溫柔地說道：「阿綺雙眼最美，只要閉上它，要認出妳就不容易了。」

見張綺點頭，蘇威示意那兩個婦人上前。

她們的手裡拿著的是長長的白緞，在她們左一層右一層的包裹後，又穿上一襲壽服的張綺，儼然已是一個死人。

化妝完畢後，張綺看到蘇威怔怔地看著自己，目光中有著悲傷，不由喚道：「阿威？」

她輕軟的嬌喚提醒了蘇威，當下他伸手在自己臉上搓了一下，喃喃說道：「阿綺，妳這樣子，讓我看了害怕……」

聲音如水般蕩漾，令得張綺不由呆了呆。

這時，棺木已抬來。蘇威走出去，又低聲安排了一會兒，張綺便躺在了棺木上。

隊伍出發了。

同樣妝扮過，已面目全非的阿綠，老老實實得如中年僕婦一樣，走在路旁。

貴公子蘇威，自然是坐在馬車上。當這一支多達百人的隊伍經過西城門時，嗖嗖嗖，數柄寒森森的黑槍交叉而出，擋住了城門。

正是黑甲衛。

在黑甲衛的旁邊，還有幾個蕭莫曾經派到北朔州，保護過張綺的護衛。

他們同時上前，目光飛快地掠過一眾高大威猛的漢子，他們的目光重點落在婦人和嬌小的男子身上。扯過阿綠等僕婦，把她們細細打量一會兒，還抽下帽子毛巾，看了一眼頭髮後，有兩個黑甲衛敲了敲棺材，命令道：「打開！」

蘇威冷冷地瞟了他們幾眼後，點頭道：「打開吧。」

「是。」兩個護衛上前，把棺材的釘子拔下，吱呀一聲打開了棺蓋。

棺材一開，一個灰敗蒼白，已是進氣少出氣多的女子出現在眾人面前。見眾黑甲衛盯著那女子細瞧，一個護衛上得前來，低聲說道：「僕婦得了重病，我家郎君是個講究的，念其伺候多年，便賞她一口棺木，只等她落了氣便就地埋了。」

幾個黑甲衛聞言，朝著儀表高華、氣派不凡的蘇威看了一眼後，又看向棺木中奄奄一息，幾乎就是一具屍體的女子。最後盯了那草草製成，極為簡陋普通的棺木一眼，一個黑甲衛一揮手，示意放行。

蘇威的人不緊不鬆地把棺木重新釘好，才從從容容走出了西城門。

今天出城的人很多，蘇威出了城門，也不過是排在佇列中間。跟著隊伍，不疾不徐走了一陣，見沒有追兵上前後，阿綠悄悄鬆了一口長氣。

這時，前方出現了一條岔道。在蘇威的指揮下，隊伍駛向那條岔道。

隨著岔道越來越多，同行的人越來越少，蘇威等人的速度也越來越快。

兩個時辰後，見四下再無他人，蘇威連忙把張綺拘出，同時令護衛們把棺木扔下山崖，一隊人朝著長安方向，縱馬急馳而去。

蘇威對於這裡的路況似乎十分清楚，每每還沒有遇到盜匪，他就已經避了開來。避不過的，他會讓護衛排著隊伍開進，用對方的鮮血開路。

直到這裡，張綺才發現，眼前這個少年竟是文武全才，那一手長劍使得優美而殘酷，殺人直似殺雞。

如此，在一路急行之下，不到一個月，他們的眼前出現了長安城。

望著漸漸出現在視野中的高大宏偉建築，張綺發起呆來。好一會兒，她低聲道：「我離開他了……」兩行清淚順著臉頰流下，張綺含著笑，更含著說不出的痛，又喃喃說道：「我離開他了……我再也不要見他了！」

一旁的蘇威，怔怔地看著她，看了一會兒，他低聲道：「蘭陵王已經懷疑了。」見張綺轉頭，錯愕地看著自己，蘇威道：「剛收到飛鴿傳書，那些替我們散布流言的人，全被他抓了去，連同我們棄下的棺木，也被他們撈到了……阿綺，他不久就會追到長安來。」

笑了笑，蘇威自信地說道：「不過這裡是周地，不是他說了算的齊國！」而且，他一辦完事，馬上就會帶著張綺趕往陳地，蘭陵王就算前來，也只會落空。

車隊駛入了長安城，望著四周熟悉又陌生的景色，張綺有點恍惚。

過了一年多，她又來到長安了。

去年時，她倚在蘭陵王身側，在他的庇護下肆意羞辱宇文護的一對兒女。

再來時，她狼狽倉皇，卻依然是依附著男人。

車隊駛入了長安城，饒是心思沉沉，張綺也發現了，蘇威比起前幾日，顯得特別的沉默。她朝他看了一眼，見他眉峰緊蹙，緊抿的唇間暗藏憂色，心下忖道：他在擔心什麼？

發現張綺在看自己，蘇威回過頭來朝她笑了笑，道：「餓了吧？我們用餐去。」說罷，指揮著車隊停靠在一家酒樓前。

酒樓很大，加入百多人還顯得空蕩，而且酒樓生意很好，不一會兒便坐了個十有八九。

張綺不但化了妝，還戴了紗帽，她一邊安靜地用著餐，一邊聽著眾人閒聊。說著說著，張綺旁邊的那一桌，一看衣冠便是朝中小吏的兩人，扯到了當朝大塚宰宇文護的頭上。

「這一次，大塚宰有兩女被封為公主，那個新興公主，本是一個庶女，卻因聰慧而與嫡姊一道得封啊！」

「新興公主我倒見過，年歲雖小，卻舉止得體，文雅大度，有那些流傳百年的世家女風範。」

「還是個美人呢。」

「可惜早就許給了武功人蘇威。」

「便宜蘇威那廝了。」

「你知道什麼？那蘇威官宦世家，幼承家訓，為人穩重，先朝宇文泰便歡喜於他，不然的話，你以為他一個少年郎，怎能父親一過逝，便繼承了爵位官職？大塚宰看重他，也是因眾官對他交口稱讚，士林口口相傳之故。」說到這裡，這個長相斯文的小吏，搖著頭嘆息不已，「有些人一生下來，便繼承了父輩的榮耀，飛黃騰達只有舉手之間，而我等苦苦鑽營一生也是無果。」

自從那兩人提到新興公主後，蘇威便不停地悄悄看向張綺。

張綺一直低著頭，有點出神。

從蘇威口中，她只聽到了一些枝葉，她這還是第一次知道蘇威的未婚妻原是一個公主，也是第一次知道，蘇威小小年紀，竟然真得到了士林和眾官的讚賞。看來，在周地，蘇威的名聲與蕭莫當初在陳地時差相彷彿。

他有著這麼高的起點，只要小小努力一把，便能升到高位吧？

正在這時，她的手一暖，接著，張綺聽到蘇威擔憂的聲音傳來：「阿綺，別在意。」

張綺低下頭來，旁邊的人還在議論著，這時蘇威已吃不下了。胡亂扒拉幾下，他便率先站起。

當張綺等人用過餐後，他已在酒樓中訂好了房間。

把張綺事無巨細地安排好後，他揮退眾人，來到張綺面前。

緩緩跪蹲下，蘇威扶著她的雙膝，低聲說道：「阿綺，便是她是公主，我也不會娶她……」說到這裡，他毅然站起。

見他提步離開，張綺終於喚道：「阿威。」

蘇威急急回頭看來。

對上他，張綺輕軟地說道：「不管如何，要留得性命在。」她這是要他不要硬扛了。

聽到她的叮嚀，蘇威露出雪白的牙齒一笑，燦爛地說道：「我會的。」他輕快地說道：「我還要送阿綺前往陳地呢。」說罷，他掩門走出。

蘇威剛走，阿綠便急急跑來。她朝四周看了一眼，問道：「阿綺，蘇五郎呢？」

張綺道：「走了。」

「怎麼就走了？」阿綠有點急，「我聽阿仄說，宇文護相當看重蘇威，怕是不會放手，他會逼著蘇威娶他女兒的！」說到這裡，阿綠瞪著張綺，「阿綺也真是的，怎麼讓他走呢？留著他，讓他先送我們回陳地多好？他那麼喜歡妳，我們有他護著，在陳地的日子肯定很好過。」

張綺抬起頭來，洗淨妝容的她，溫柔恍惚地看著阿綠，低低說道：「阿綠。」

「啥？」

「如果不想男人恨妳怨妳，不想讓那份怨恨生生地抹殺了所有的愛戀和美好，那就永遠不要阻了男人的青雲之路！」

新興公主？好像有點記憶，她是個優秀的女子吧？傳說中，她的丈夫因她而興，便是後來宇文護倒了台，她的丈夫依然站得穩穩的。

張綺閉上眼。

前世時，她也是阻了那男人的青雲之路吧？因為窺探她的人太多，他不得不一一周旋，還頻頻得罪上司。如果沒有她，那男人何至於到得那時，還是五品？

她曾以為是她的聰慧，幫助他解了很多難題，助得他步步高升。現在想來，卻是她的美貌、她的無子，令得他上下煎熬著。

在這樣的亂世，那男人獻了她，一則可以保全她的性命，讓她得到富貴。畢竟，要是把她直接休離的話，不管給她多少錢財傍身，最終的後果只有一個，就是被豪強奪去，糟踐了事。可獻了她，不但保住了她，還可以讓他自己得到高升。站在男人的立場，他是考慮周全，對她仁盡義至的吧？

張綺的話，阿綠卻是不懂。她瞪著張綺一會兒，轉眼又咯咯笑道：「管他呢，反正蘇五郎那麼喜歡阿綺，他一定不會娶那個新興公主的！」

蘇威這一去，一連三天都沒有回來。

就在阿綠變得焦躁不安，把那一千兩黃金帶在身上寸步不離時。突然間，酒樓外面響起了一陣喧譁聲。喧譁聲中，隱隱有人喝道：「兀那小二，可有一些塞外漢子和幾個婆娘居於你處？」

張綺心下一驚，正待再聽，卻見賀之仄急急趕來。他大步衝到張綺身邊，快速說道：「宇文護發火了，要不是有人求情，他都把阿威殺了！現在阿威已被關起，外面的人是來抓妳的！」解釋到這時，他把張綺一扯，「幸好阿威也想到了這一點，快跟我來！」

張綺急急道：「阿綠呢？」

賀之仄一邊牽著張綺奔跑，一邊說道：「是妳不能輕易落入別的男人手中，阿綠自會沒事。」他牽著張綺來到酒樓的後面，不等張綺反應過來，已是把她一肩扛起，退後幾步一個縱躍，踩著一塊石頭翻過了一人高的圍牆。

賀之仄顯然對這裡的地形相當熟悉，帶著張綺東拐西拐穿行了大半個時辰後，兩人來到一處樹林濃密，碧波蕩漾的美麗所在。指著湖對面的一排木屋，賀之仄一邊放下張綺，一邊低聲道：「阿綺，妳到那木屋中去。記著，有人問起，妳就說妳姓李。」說罷，他急退幾步，只是幾個縱躍，便消失在張綺面前。

張綺目送著賀之仄，還沒有反應過來，已是一連串的厲喝聲傳來：「何人到此？」喝聲中，只聽得嗖嗖嗖，轉眼間，從兩側跑出了十幾個護衛，他們手持長戟，把那森寒的戟尖指上了張綺的胸口。

太突然了！

這一系列的變故，實在突然，張綺還沒有反應過來，已是刀劍加身。

她白著臉，向後退出一步。才退了一下，她的背心便是一陣劇痛，卻是一根戟尖刺痛了她。

正在這時，一個優雅清朗的聲音傳來：「不過是個婦人，何必緊張？」

腳步聲中，一名俊逸的，含威不露的華貴少年，穿著鬆散的雲袍，披著長髮，緩步走來。

眾護衛齊刷刷退去，轉眼間便讓出一條道來。

華貴少年緩步走到張綺面前，然後，他伸出白皙修長的手，緩緩摘下了張綺的紗帽。

隨著紗帽飄然落下，張綺絕美的面容呈現在眾人眼前。

十幾柄指著張綺要害的戟尖，同時垂到了地上。

少年凝視著她，好一會兒，他露出雪白的牙齒，溫柔一笑，問道：「妳是誰？好生面熟。」

張綺呆呆地看了少年一會兒，低下頭來盈盈一福，小小聲地說道：「妾姓李，無意闖入貴地，得罪了。」因被少年的氣場所震，她的聲音有點顫，越發顯得人嬌弱堪憐。

告完罪後，張綺便向後退去。才退了一步，少年開口了：「既然來了，便一道進去聊聊吧。」

酒樓中。

蘭陵王的房間一直燈火通明著。隨著高長恭住下，這個酒樓幾乎成了另一個蘭陵王府了，不但護衛林立，還車水馬龍的。

望了一眼站在前面的方老，蘭陵王一邊揉搓著乾紅的眼睛，一邊說道：「方老，我總覺得今日的阿瑜不對勁。」

方老一怔，道：「不對勁？」

「嗯。」

把白日回程時遇到鄭瑜的事說了一遍後，他蹙眉說道：「她嚷得那般大聲，令得眾人圍觀，也不知是無心還是有意？剛聽到我說要和離時，她目眥欲裂。我知她會憤怒，可這一轉眼，她又變得溫文知禮了，這變化實是太快，便是那個婢女的接連追問也……」他苦笑道：「怎麼有點似阿綺狡詐用計時？」

說到這裡，他決意不再多想，揮手命令道：「通知土府的人，留意王妃的言行。」

「是。」

轉眼三天過去了。

隨著時間流逝，蘭陵王的臉色越來越難看，眉頭也越蹙越深。

這一日，他接到飛鴿傳書後，臉色當場大變。當天晚上，他把自己關在房中，一個人不停地飲著酒。

「叩叩叩！」方老輕輕地敲著門，喚道：「郡王。」

好一會兒，蘭陵王嘶啞疲憊的聲音才傳來：「進來。」

方老走了進去。

他一眼便看到跪坐在地上，雙手緊緊捂著臉的蘭陵王，以及被他扔了一地的酒樽碎片。

難道又喝醉了？方老連忙上前。

他彎下腰，剛剛收拾了一半，便聽到蘭陵王說道：「她逃走了。」

方老一怔。

這時，蘭陵王似哭似笑地低喚一聲，又道：「她逃到周地去了……她身邊有高人護著，那人幫她逃走了。」

方老暗嘆一聲，低聲說道：「郡王，張姬逃走，總比她死了的好。」

這話一出，似是入了蘭陵王的心，他漸漸安靜下來。

看到他安靜了，方老鬆了一口氣。這陣子郡王越來越煩躁，越來越煩躁，他知道，郡王恨不得馬上找到張姬，馬上就把張姬摟在懷中，再也不放開。這般知道她還活著，卻眼睜睜看著她越離越遠，不但追之不及，備受煎熬時，她還躺在別的男人懷中，與他人歡歡喜喜地笑著舞著。這種痛，不比之前聽聞死訊時好受多少。

再說，長安與晉陽，相距雖然只有一千四百餘里，可那畢竟是兩個國家。自家郡王便是再不管不顧，要去長安，也得三思而行。

最關鍵的是，每耽擱一日，便多一分變化。也許下一日，張綺的行跡便徹底脫離了郡王的掌握。便似郡王的生母那樣，他知道她還活著，可不管怎麼尋找，卻永遠也找不到。

世上最遠的距離，也許不是天人之隔，卻是知道你還在，卻離得越來越遠，直到無法觸及……

被那個華貴英秀的少年請到木屋，張綺一路上忐忑不安。

與蘇威共處這麼久，她相信他暫時不會害她，可把自己引到這個男人的所在，他是什麼意思？

木屋中布置樸素簡單，房中擺著一副棋。

「請坐。」華貴少年的一舉一動都透著一種內斂的高貴，風度翩翩，讓人誠服。

張綺低下頭，輕應一聲，在他的對面坐下。

抬起頭，華貴少年靜靜地看著張綺，優雅問道：「妳說妳姓李？」

張綺低頭，「是。」

少年低低一笑，他的笑聲清而亮，彷彿最上等的玉與玉相擊，透著一種中正平和的貴氣。

他笑道：「張氏，妳忘記我們見過面了？」

這話一出，張綺不由漲紅了臉，她絞著手喃喃說道：「我……」

不等她解釋，少年已淡而威嚴地說道：「不必道歉，既然妳想姓李，那就姓李吧。」

張綺羞紅著臉，喃喃說道：「是。」

「看來妳對我沒什麼印象，我介紹一下，本人姓宇文，名邕，又叫禰羅突，妳叫我禰羅突吧。」

「是。」

「到了這裡，不必如此拘謹，便當我是妳的朋友吧。」

「嗯。」

實是由不得張綺不拘謹，眼前這個人，她其實是知道的，上一次與蘭陵王來周時，她也記下了他的容顏。

在張綺以前的記憶中，他可以說是她一生識得的，最為偉大的人物。

那個在宇文護面前唯唯諾諾、膽小順從的他，從來都只是他的保護色。這個少年，差點建立了千秋功業。差點兒……

不過，張綺是個美人兒，還是罕見的那種，便是拘謹不安，卻也透出一種讓人憐憫的美。

望著眼前這個舉手投足無處不風情的少女，想到一年多前與她相見時，少女雖然也美，卻不曾美得這般手韻妖媚。

宇文邕笑道：「會下棋嗎？」

「會。」當然會。張綺不但會下棋，棋力還相當不錯。畢竟，這弈棋之道，講究的便是一個步步為營。張綺本是個聰慧有算計的人，又學了兩世，自然不是一個弱手。

宇文邕把棋盤朝中間一推，道：「執黑子還是執白子？」

張綺輕軟地說道：「妾願執黑子。」

「執黑者先行，請——」

「是。」

隨著一粒粒黑子落入棋盤，宇文邕慢慢收起了那戲謔的笑容。

宇文邕的棋力不凡，擅長於不動聲色中侵人地盤，沒有說讓張綺幾子，也只是他習慣性地尊敬對方，把任何人都看成勢均力敵的對手，可他沒有想到，眼前這個嬌嬌怯怯、絕色無雙的美人，還真是一個弈道高手。

這一路來，他明殺暗殺，她卻總能從端倪中察覺到他的意圖，進而死死抵住。這棋下不到一半，宇文邕已興致大起，他挺直腰背，瞬也不瞬地盯著棋盤，已完全收起了輕忽之心。

下到一半時，一個黑衣人走了進來。看到兩人對戰正酣，便站在一側等候起來。

足過了兩刻鐘，宇文邕才哈哈一笑，拂棋說道：「妳輸了！」

張綺是輸了，以三子之差輸給了他，只是她顯得有點不服氣，美少女的唇緊緊抿著，如畫的眉目間隱隱有香汗透出，暈紅的雙頰，因為懊惱而生氣勃勃。

張綺沒有注意到房中兩個男人的表情都有了變化。那黑衣人只看了一眼，便迅速低下頭，而宇文邕則是目光滯了一會兒，才含笑著移開了眼。

張綺咬了會兒唇，突然脆生生地說道：「再來。」

「好，再來。」宇文邕也是許久沒有下得這麼痛快過，當下哈哈一笑，應允了。

在兩人準備擺子時，那黑衣人上前一步，在宇文邕耳邊低語了幾句。

張綺隔得如此近，自是聽得一清二楚。

「齊主高演死時前後，因蘭陵王高長恭忙著娶婦，他的寵姬張氏不願屈居人下便自焚而死。日前，張姬得高人相助，脫離了蘭陵王高長恭和齊地蕭尚書布下的羅網。」

那黑衣人面無表情地繼續說道：「三日前，此女跟著功曹蘇五郎祕密來到長安，蘇威因前往宇文護，想與新興公主解去婚約，已被宇文護拘禁，此女被人送到此處。」

宇文邕輕笑道：「這蘇五郎有點意思，他是想勞動朕來保護他的心上人嗎？」

那黑衣人自然不會回答。

而張綺，也是低眉斂目，安安靜靜地坐在那裡，彷彿一朵芍藥花。

宇文邕揮了揮手，示意那黑衣人退下後，向張綺問道：「可要讓子？」

你才比我強一點點！

張綺立馬睜大了眼，瞪了他一眼後，才想到眼前這人的身分，當下悶聲悶氣說道：「不要。」

饒有興味地看著她的表情變化，宇文邕低低笑道：「性子如此要強，怎能容忍主母欺壓？那高長恭，真是不知妳啊！」

聽宇文邕提到高長恭，張綺垂著眸，一抹傷心之色從她的臉上一閃而過。好一會兒，她才咬著唇回道：「是，張氏阿綺的生死，由不得鄭妃那等人來決定！便是要死，我也會死在自己手裡！」

她說出這句話後，好一會兒都沒有聽到宇文邕的聲音，不由抬頭向他看來。

宇文邕的表情有點恍惚。他怔怔地看著她身後，突然把棋盤一拂，站了起來，負著雙手走到窗邊，看著天邊的浮雲白日，突然說道：「好！好一個便是要死，我也會死在自己手裡！」

他轉過頭，目光炯炯地看著張綺，道：「如此佳人，真是生平僅見。」確實是平生僅見，他從來不知道，一個出身卑賤的美人，居然也有這樣的志氣，或者說，他從來不知道一個婦人，竟然也會有如同丈夫一般的自尊和傲氣。

得到他的誇讚，張綺的臉都紅了，整個人激動起來。她沒法不激動，眼前這人，在她的記憶中，那可是萬民敬仰的存在。

她紅著臉，嬌羞地，手足無措地站在那裡，竟是一轉眼間，由一個慷慨激昂的巾幗，變成了一個弱女子。

宇文邕雙眼更亮了，他微笑道：「既然蘇五郎把妳送到這裡，那妳就住下吧。宇文護再是跋扈，我的身邊出現妳這樣的絕色美人，他是不會阻攔的。」

不但不會阻攔，還會求之不得吧？由來女色禍國，宇文護野心勃勃，自是巴不得皇上是個耽於享樂的無道之君。

轉眼，宇文邕嘆道：「常聽人說武功蘇郎，直到今日方知其才啊！」

如張綺這樣的絕色美人，不管走到哪裡，都是一塊能夠令得男人獸性大發的香肉。稍有不慎，便是落入虎狼窩，再無自由日。那蘇威在自身危急之時，把她送到自己身邊，一來，顯出他消息靈通，知道自己的所在；二來，他是料定了這婦人的性格，知道她會投自己的緣；三來，他也算明瞭自己的品性，料定自己不會如那些色中餓狼一樣把這個性格倔強剛烈的美人蹧踐了事；四來，他更清楚宇文護的心理，知道宇文護巴不得自己沉迷女色。

小小一著棋，不但護住了心上人，還討好了自己，更讓自己看到了他的才能。

蘇威蘇五郎，果然不凡！

宇文邕凝視神情中透著明悟的張綺一眼，提步走來，「不是要下棋嗎？再與朕戰十個回合！」

「是，陛下。」

⁂

鄴城。

蘭陵王府，鄭瑜正在宴請秋公主和李映等好友。

隨著春日漸深，柳樹、桃樹、梨樹結出了小小的芽苞兒，春風吹來，天空中漫著一種綿軟的濕潤和清新。

令婢女們擺好一碟碟的糕點小吃，憔悴得與以前判若兩人的鄭瑜微笑道：「嘗嘗，這些都是好東西，是我新找來的南地廚子做的。」提到南地兩個字時，她的聲音中有點刺意。

秋公主擔心地看著她，輕聲道：「阿瑜，妳也坐下來吃點吧。」

一側的李映也在環顧著四周，她打量著這院落的每一個角落，說道：「以往每次在這地方見到那張氏，她總一副趾高氣揚的模樣，彷彿她真成了長恭的正妻！唉，可恨她逃得太遠，都不能揪著來給我們見禮！」

她旁邊的秋公主卻還在叫道：「阿瑜，坐下來吧。」見她不肯，她上前一步把鄭瑜按在榻上。連按了幾下，鄭瑜還是一動不動，秋公主不由有點惱了，怒道：「是妳自己偏要嫁的！高長恭與那賤婢在一起的樣子妳又不是沒有看到？是個女人都會心冷，偏妳不知死活要跳進來！」

罵著罵著，秋公主對上鄭瑜的淚眼，聲音不由一噎。她無力地坐到在榻上，好半天才氣道：「好吧，我說，妳特意叫我們來，總不是看妳強顏歡笑的吧？」

鄭瑜放下手中的東西，走上兩步，朝著秋公主盈盈一福。

秋公主一駭，連忙問道：「妳這是做什麼？快起來。」

鄭瑜卻蹲福著，看著秋公主，輕聲說道：「阿秋，我想向太后請旨，允我與郡王出使周地。」

「什麼？」

這一下驚住的不止是秋公主，便是李映也呆了。

鄭瑜柔聲說道：「長恭成日想著前往周地，我要幫他這個忙。」

揮了揮手，示意眾婢全部退下後，秋公主壓低聲音叫道：「妳瘋了？」

這時，一側的李映突然拍手道：「好主意！」

對上糊裡糊塗的秋公主，李映笑道：「還是阿瑜聰明。阿秋，妳想想，與其讓那個賤女人在外面逍遙快活，讓高長恭一直這樣念著她，不肯回到這府中來，還不如堂而皇之，盛大其事把她接回來。堂堂嫡妻都放下架子去迎回一個姬妾，便是最惡毒之人，也會讚賞肯定阿瑜吧？而她回來了，是讓她無疾而終，還是一日一日磨去她的美貌和光華，那還不是阿瑜說的算嗎？」

李映繼續笑吟吟地說道：「如果到時，那賤女人怎麼也不肯回來，那我家阿瑜也是做得仁至義盡了，他高長恭還想和離，光是唾沫星子都可以淹死他！」

秋公主一聽完，馬上嘻嘻笑道：「還是我家阿瑜最聰明了。」

鄭瑜卻是勉強一笑，似是有點心不在焉。

見狀，秋公主叫道：「阿瑜，我待會兒就與妳一道去見母后……咦，妳怎麼還是不開心？」

鄭瑜抬起頭來，對上滿臉笑意的兩位好友，她咬著唇，好一會兒才低低地說道：「不知為什麼，我、我最近不管做什麼，都有點心虛。」

說著說著，她的眼淚又出來了，鄭瑜抽噎道：「阿秋，我好害怕……我怕不管我怎麼折騰，怎麼用功夫，怎麼令得天下人都喜歡我，都是白費功夫。他的心不在了，一丁點也不在，我捂不暖一塊石頭啊！」

掏出手帕拭著淚，她繼續哽咽道：「長恭那人，我自小就知道。他其實最放不開了，念一個人，便一直念，喜歡一個人，便是一世。以前，他念著我與他一道長大的情誼，念著我對她的溫柔厚道，不管有多少貴女想與他結親，他連見也不見便退了，他只念著我才是好的。現在也是，他愛上了那個妖婦，便一直愛著，再也忘不了放不下。不管我做多少，不管我是好是壞，他都看不到聽不見了。而且，他性子又倔，一旦認定，便九頭牛也拉不回來。我怕，我怕弄巧成拙！」

她第一次感覺到，男女情事，或許與爭寵不一樣，爭寵是誰都沒有情，不過是彼此憑手段多博一些男人的憐惜或者物質的賞賜，可男女情事就不是了，喜歡與否，它發乎內心，不是有了手段和心計就能得到。如果那個男人不愛，那麼不管妳怎麼樣，他就是不會愛。

秋公主被她說得頭都暈了，等鄭瑜的聲音停下後，愣愣地說道：「那怎麼辦？不去請旨了？」

鄭瑜用手帕把淚水抹乾，搖頭道：「不，還是要去。去了，我才可能贏，不去，我就輸定了。」說到這裡時，她的聲音中，隱隱透著陰狠。

當天下午，鄭瑜向太后請旨，說是要與蘭陵王一道出使周地的消息便傳到了蘭陵王的耳中。

見蘭陵王盯著自己，方老說道：「太后說了，新帝繼位，自當受天下賀。本來另有佳使，既然你執意於此，便允了。」

方老小心地看著蘭陵王，低聲道：「太后已經允了，說是王妃與你一道出使周地。」

蘭陵王尋思一會兒，卻是抬頭說道：「我令人留意王妃的一舉一動，怎地到現在還沒有隻字片語傳來？方老，通令下去，讓他們用心些。」

方老怔道：「郡王，你這是？」

蘭陵王厭煩地揮了揮手，道：「這次出使，她請不請旨，我都能參與其中。她臨時插上一腳，我不喜歡，阿綺見到她也不會喜歡。」

但事已至此，蘭陵王蹙著眉轉了一圈後，便說道：「罷了罷了，她的事到時再說吧，先見到阿綺再說。」

轉眼間，出使的日子到了。

眼看著柳枝抽了條，眼看著天地染上新綠，鄭瑜那顆患得患失的心也平靜下來了。

她開始期待蘭陵王。

她想，他們是夫妻，這奉令出使，上面的人也會安排他們住在一起吧？

在她的苦苦期待中，直到隊伍出發，她也沒有看到蘭陵王的身影。

當使隊出了城門，走上了官道，實在望眼欲穿的鄭瑜，終於找到了此行的正使，含羞帶怯地問道：「我家郡王呢？」

那正使是個長者，聞言和藹地說道：「郡王說道多匪徒，他已帶人先行一步，去掃清匪徒，為使隊開路了。」

什麼掃清匪徒？他分明是想早一點見到那個賤人！

好不容易有了相處的機會，她都做了很多準備的，連藥物都備了最最好的，可沒有想到，還是連他的人都見不到。

鄭瑜本已顛得七葷八素，嘔吐不已，這麼一氣，頓時病倒了。奈何她是得了太后旨意出行的，再難受也不能就此打道回府。在把她寄放在路旁村戶，靜等太后允許再行歸府的要求，被鄭瑜自己拒絕後，隊伍只得繼續前行。而鄭瑜，這一路不得不嘗盡勞頓奔波、病困交加的痛苦。

⁘ ⁘ ⁘

自那一日後，張綺便在木屋中住下來了。

彼時，朝中諸事，宇文邕都交給了宇文護，他則一天到晚遊獵下棋釣魚，玩得不亦樂乎。

張綺過來後，宇文護也來過一次，他一眼便認出了這個張姬便是齊國高長恭寵愛過的那個。同時，他也知道狐惑了他的愛婿的，也是眼前這個少女。

見張綺年紀雖小，卻儀態萬方，舉手投足間風情十足，既有少女的純透，又有婦人的妖媚，更兼皮膚嫩得像掐得出水來，一看就是個精通床笫之術的。當下宇文護朝著小皇帝呵呵一笑，道：「好一個絕色美人兒，陛下有福啊！」

表情中，竟是對張綺能與宇文邕在一起，極為滿意的樣子。

宇文邕見自己尊敬的大塚宰也喜歡她，當下又是歡喜，又有著少年人說不出的忸怩羞澀。宇文護見狀，又取笑了他幾句後，這才離開。在走之前，他指著張綺說道：「好好保護張姬……」

這個張姬兩字才出，宇文邕便叫道：「大塚宰錯了，她姓李，乃是李姬。」

「好好，姓李好，姓李好！」宇文護也不問張姬怎麼成了李姬，逕自大笑著離去。

坐在木屋中，看著少年英偉的宇文邕在宇文護面前小心逢迎，張綺暗暗嘆道：這個世道，便是皇帝，也多不自在。

她隱約記得，宇文邕這樣的日子，還有很久很久。

想到這裡，張綺搖了搖頭：這些與她何干？她只知道，如今在宇文邕的庇護下，她的日子少有的清閒而自在。

她站了起來，從一側提著一隻水壺，飄然轉向後方的花園中，開始給群花澆起水來。

陽光照耀下，她絕美的五官散發著淡淡的瑩光，靜謐而悠遠。

看著看著，宇文邕突然說道：「高長恭對妳如何？僅是因為不想被主母壓制，妳才想逃嗎？」

相處也有幾日了，他這是第一次問起她的私事。

張綺一愣，停下動作，輕軟地說道：「他對我很好，很寵我、憐我……有一次我小病了一場，他守在我榻前整晚沒睡，給我哺藥倒茶，無微而不至。」

宇文邕注意到，她用的是一個「哺」字。

張綺回眸，她靜靜地，如幽谷百合地看著宇文邕，說道：「我之所以要逃，是因為我喜歡他了……喜歡一個人而不能獨占，喜歡一個人卻要看著自己不屑的對手成為他的正妻，他願意為妳做任何事，唯獨不願意給妳尊重和地位，這感覺讓我生不如死，所以我逃了。」

張綺說到這裡，宇文邕蹙了蹙眉。

見到他隱隱有著不悅，張綺回過頭來，微笑著，繼續拎起水壺澆起花來。

這些話，她其實早就想說出來……她不能讓宇文邕對她動心，而唯一能制止這個驕傲、內斂又有著強大內心的男人的，便是她這些不容於世的觀念。

像他那樣的男人，怎麼能容忍自己中意的婦人不中意不喜歡自己？可如自己這樣的性情，一旦喜歡便要獨占，一旦喜歡，便不管不顧地索要正妻的地位和尊榮。明明男人憐惜寵溺至斯，她還恃寵而驕，這樣的婦人，他又怎麼消受得了？

宇文邕是一個極為自律、極其能忍的人，他不好色，也不好奢華。對他來說，與宇文護的關係處理不好，說不定什麼時候便被宇文護像殺他兩位兄長一樣，取了他的性命去。所以，對現在的他來說，美人什麼的，遠沒有性命重要。

聽到張綺的話後，他笑了笑，轉身離去。

接下來的日子，兩人依然相安無事。宇文邕一大到晚待在木屋子裡，每次想翻看一些親信悄悄送來的隱密奏摺時，他便把張綺喊過來，讓她坐在一側，或彈琴或歌舞，而他自己，則在她的掩護下專心致意地翻看公文，暗中指評歷史人物的成敗。偶爾激動時，他也會與張綺說幾句，張綺一直都是安靜聽著。

在這種悠然的日子裡，一晃眼間，二月份到了。

春風二月，天地繁華似錦。

看著身邊靜靜刺繡著的張綺，宇文邕突然笑道：「李姬甚得我心，可想要賞？」

「賞？」張綺回眸看來。

她對上宇文邕笑意盈盈的眼，明白過來，定是自己這陣子的作為讓他感到十分舒心，因此有此一說。當下，張綺歪著頭尋思起來。想來想去，她嬌柔說道：「陛下什麼都賞我嗎？」

宇文邕哈哈一笑，道：「說吧，妳想要什麼。」

張綺眨了眨眼，悠然說道：「我啊，我要恃寵而驕！」

宇文邕先是一怔，轉眼又放聲大笑起來。一邊笑，他一邊拊掌道：「好，就許妳恃寵而驕！」

宇文護有很多缺點，他不識大體，委任非人而久專權柄，還素無戎略，可他也有一個優點，那就是性子寬和。也就是說，他其實不是一個斤斤計較的人，更不是一個動輒生怒、生性多疑的人，他只是太喜歡抓權了。

很多時候，宇文邕在他面前小心了又小心，也不過是防著那些小人在他面前吹風，說自己不甘心大權旁落，又做了某某事。

這樣一個人，容忍一個恃寵而驕的無知婦人，還是能夠的。

何況，無能昏庸的小皇帝旁邊，有個恃寵而驕的美人，豈不是更符合一個正常的皇帝身分？她只要控制好這個度，不說自己，便是宇文護也是求之不得的。

畢竟，宇文護也想抹去史書上寫他「三年屠三龍」的惡評，也想讓世人知道他是寬和的，他對現在這個小皇帝，是恭敬又忍讓的。而宇文護踏實了，也意味著他自己的性命有了保障。

想到這裡，宇文邕側頭讚許地看向張綺，不由想道：她難道也是想通這些關節，以此報答我？

真是個聰慧又貼心的婦人！

感覺到宇文邕的愉悅，張綺也是愉悅的。她看著天邊的朝陽彩霞，靜靜想道：這樣一來，我做很多事就方便多了。至不濟，我也可像個人一樣，像許多的貴女一樣，堂堂正正地活一回！

就在張綺浮想聯翩時，聽到宇文邕說道：「走吧。」

張綺詫異地抬頭看去。

宇文邕笑道：「妳不是想恃寵而驕嗎？老是與朕待在這小木屋子裡，哪有什麼寵？走，我們到皇宮去。」

「嗯。」

周國的皇宮，繼自西魏，宏偉於勝過北齊，華麗處卻有不及。

看到皇帝攜美人而來，絡繹走在白玉階上的眾臣都是一怔。

他們齊刷刷低頭行禮，喚道：「見過陛下。」

「免了免了。」宇文邕漫不經心地揮了揮手。

看著走在宇文邕身後，衣飾華貴、美麗不可方物的張綺，眾臣只匆匆一瞟，哪敢直視？

就在這時，一個大臣偷眼瞅到，在經過一處臺階時，年輕的皇帝伸出手，溫柔地把那美人扶了扶。他真是傻了眼。當陛下的身影離去後，那大臣走向一側的太監，小聲問道：「這位娘娘是誰？」

那太監對上四周眾位大臣投來的目光，怔忡地說道：「奴亦不知，奴只知道，不久前她突然出現在陛下的木屋裡，這陣子與陛下一直形影不離。」

對於這個答案，眾臣也是滿意的，他們一邊離去，一邊低聲商議起來。

說著說著，一個大臣突然道：「這位娘娘，似有點面熟。」

沉默中，另一個大臣點頭道：「確實面熟。」

這兩人一開口，別的大臣心下更有譜了。

當天下午不到，關於張綺的一切資料，便擺到了周國文武眾臣面前。對著這個得到了大塚宰肯定的陛下新妃，眾臣開始琢磨著要怎麼向她表示親近。

如今，陛下還沒有及冠，沒有冊立皇后，後宮之中，眾女等於虛設。這個原屬於齊地蘭陵王的寵姬這麼橫空出世，對於有意把女兒嫁入宮中的眾臣來說，不是好消息。不過，也壞不到哪裡去。

畢竟，陛下還只是被大塚宰架空了的陛下。把自家女兒嫁入宮中，一個不安，說不定就成了大塚宰的眼中釘。

接著，眾臣得到消息，陛下回到宮中的第一天，便連下聖旨，幾乎把庫房中的黃金珍玩、綾羅綢緞都搬到了新納的「李妃」殿中。得知這一消息後，眾臣紛紛令夫人入宮，奉上珍貴的禮物以示討好，那李姬倒也來者不拒。連親近宇文護的眾臣，也像得了默許一樣，通過夫人上送珍玩寶石，討好陛下新納的這位李娘娘。

這位陛下的新寵李妃不但愛財，還頗喜歡藥草，頻頻召見太醫詢問相關情況。眾人略略打聽，得知都是一些養顏美容的藥草後，便一笑了之。

張綺確實是在求藥草，不過她求的不是養顏美容的藥草，而是易容之藥。讓她失望的是，在她的旁敲側擊下，好一些太醫都只是說，這世上本無易容之藥，有的那些，不過是改變一些膚色的草藥罷了，而且大多數草藥都有嚴重的副作用。

張綺失望之下，只能通過太醫院多弄一些之前蕭莫派的那個婦人給她易容時，那種令皮膚發黑的藥末。也不知是不是蕭莫防著她，還是說那藥末在那婦人手頭也只有這麼多。她偷的那些，用了兩次後便沒有了，到了長安城又買不到，直到通過這些太醫才弄來了一些。

事實上，便是那藥末也十分不理想，因為它遇不得水，哪怕是掉下幾滴雨水，妝也會馬上糊掉，不堪敷用。

望著漸漸出現在視野中的高大城牆，一行人勒停了奔馬。

護衛看向怔怔出神的頭兒，策馬上前，問道：「郡王，要不要等大夥兒到齊了再一起進城？」

一襲玄衣，俊美絕倫的五官因憔悴更顯骨骼清奇的蘭陵王搖了搖頭，他啞聲說道：「全部換裳，撤去標誌，就馬上進城。」

「是。」

略略停頓後，隊伍再次起程，二三十號人，混在奔湧的人流中，進入了長安。

見自家郡王一直心事重重，眾護衛便沒有說話，只是安靜地跟在他的身後。

走了一會兒，蘭陵王壓了壓頭上的斗笠，道：「去找一家酒樓安頓下來。」

「是。」

酒樓不一會兒就找到了，在護衛的帶領下，蘭陵王步上了閣樓。

一行人長途跋涉，現在是又累又餓，在護衛們的催促下，不一會兒，三桌酒菜便擺上了席。

望著眼前豐盛的美食，蘭陵王用筷子撥弄幾下，味同嚼蠟地吃了起來。

吃得半飽後，他揮手召來了小二，丟出一小錠金子，問道：「這陣長安城可有什麼新鮮事，說來聽聽？」

憑空得到這麼一塊金子，那小二喜得聲音都顫了，「好咧！客官您別說，這陣子新鮮事還多著呢！第一樁啊，大塚宰家的二個女兒封了公主！」

那小二頓了頓，見蘭陵王一副傾耳的模樣，又說道：「是了，還有一件大喜事，我們陛下新得一位李娘娘！那個寵啊，簡直是含在嘴裡怕化了，放在手裡怕掉了！客官你不知道，我們陛下一直不好女色的，不過話說回來，那李娘娘真是美啊，嘖嘖，太美了！」

聽到這裡，旁邊一個護衛冷不丁地問了句：「你見過？」

那小二一怔，頗有點不好意思地嘿嘿笑道：「小人也是聽別人說的。」

「好了。」蘭陵王打斷他，直接問道：「你可聽過蘇威這個名字？」

「蘇威？」那小二尋思了一會兒，搖頭道：「沒聽過。」

那個護衛在一側補充道：「聽說是定了大塚宰家女兒的。」

那小二尋思一陣，皺眉搖頭，「真沒聽過。」

「好了，下去吧。」打發掉那小二後，那護衛朝著蘭陵王小聲說道：「郡王，會不會沒有到長安來？」

「不可能。」另一個護衛插口道：「根據這一路打聽到的消息，分明是到了長安的。」轉眼，這護衛又說道：「蘇威是世家之人，這種人的事，問小二是沒用的。郡王，要不要小人……」

蘭陵王點了點頭，低聲命令道：「今晚到宇文護府中擄一人問問便是。」

「是。」

蘭陵王這時已吃不下了，他放下筷子，負手走下，憑著欄杆，望著下面的車水馬龍，很久很久，一動也不動。

夜深了。

幾個護衛跳入房中，向蘭陵王一禮，喘著氣說道：「郡王，蘇威被宇文護關起來了。說是要退婚，宇文護大為惱火，要不是那新興公主求情，只怕都把他殺了。」

幽幽燭光下，蘭陵王俊美的臉若明若暗，他低聲問道：「蘇威帶來的人呢？」

那護衛搖了搖頭，道：「我們連拷問了幾個，都說不知，聽來是沒有落到宇文護手中。」

蘭陵王拿起一根金釵，慢慢地挑撥著燭心。若是張綺在此，一定識得，這金釵便是她用來插在虎口處，向眾人顯示她自身毒辣的那根釵子。

隨著他的挑撥，蠟燭光嗖地一下亮了許多。

垂著眸，蘭陵王啞聲道：「知道了，旅途勞累，都去休息吧。」

幾個護衛抬起頭來，恰好這時，一陣風呼呼而來，撞開了房門後，吹得燭光猛然一暗，同時，也把蘭陵王散亂在額側的長髮拂起，擋住了他的眼。

明明他一動也不動，明明燭光明亮，可幾人卻由衷地感覺到一種亙古的寂寞。彷彿眼前這個人，從來便這麼孤獨著，沒有夥伴，沒有親人……

卻偏偏，還活著！

這個情景，叫他們怎麼離開？

就在眾護衛低下頭去時，蘭陵王低啞的聲音傳來：「去休息吧，我一個人靜一靜。」

他這陣子，經常一個人靜一靜，還靜得不夠多嗎？

眾護衛唇動了動，最後還是應了一句「是」，緩緩退下。

當他們關上房門時，一聲低嘆幽幽傳來，在這黑暗中，恁地讓人心酸。

❖ ❖ ❖

在蘭陵王忙著打聽張綺的下落時，齊國的使者隊伍，浩浩蕩蕩地進城了。

得知齊使到來的消息時，張綺正在為宇文邕奏琴。

春風吹拂下，宇文邕躺在榻上，雙眼似開似合，靜靜聆聽著悠然而來的琴聲。

張綺的琴，少了幾分匠師的刻意，多了幾分滄桑和飄搖。明明空靈，卻飄搖如斯，如那三月的桃花，很美，卻給人一種無法自主的落寞。

宇文邕喜歡聽這種琴音，它彷彿在時刻提醒著他，彷彿在警告著他，要他注意自己的言行，要他謹慎了再謹慎。

聽了一陣，宇文邕睜開眼來。

他便這般躺在榻上，仰頭看著五步開外的張綺。

張綺墨髮如洩，幾垂至榻上，這般垂眸專注地奏著琴時，這個婦人的臉上看不到妖氣，有的只有一種少女般的純淨。

才相處這麼幾日，他竟有了一種錯覺，彷彿，他與眼前這個婦人，實是同一類人。

就在這時，她雙手一拂，琴聲漸漸止息。而同時，一個腳步聲傳來。

轉眼，一個大臣走到宇文邕身側，朗聲說道：「稟陛下，齊使進城了。」

「知道了，下去吧。」

「陛下，大塚宰說了，明晚將為齊使接風洗塵。」頓了頓，那大臣繼續說道：「宇文成宇文郎君也說，時隔經年，終於見到蘭陵王，要好生招待才是。」

這話，是路中遇到宇文成時，被他強行要求說出來的。當時宇文成那古怪的表情，這個大臣還歷歷在目。

因此，說出這話後，這大臣抬起頭來，朝靜坐在一側，雙手按在琴弦上的張綺看了一眼。不過才看一眼，他便被這個鮮豔得如最美的春花一樣的婦人給閃了眼。害怕失態，他連忙低下頭來。

蘭陵王？

宇文邕微笑道：「便由大塚宰安排。」他知道宇文成那話是什麼意思，當下又說道：「明晚，朕會攜愛妃一道赴宴，退下吧。」

「是。」那個大臣一退，四下安靜了下來。

張綺把琴放在一側，提步走到宇文邕面前，她朝著他盈盈一福，輕軟地說道：「陛下，今日風和日麗，請允許妾身上街遊玩一二。」

在這個時候，提出這種要求？

宇文邕定定地看著她，「去幹什麼？」

張綺抬起頭來。

春光下，她眸如秋波，蕩漾著些許漣漪，「妾想曾會蘭陵王。」

眼前這個婦人，也不知是怎麼想的，在他面前，一直非常坦誠，簡直把他當成一個普通的朋友。有時候，宇文邕都懷疑，她是不是十分了解自己，所以這麼放得開，一點也不似別的婦人那般，不是做作便是緊張，要麼便是媚好逢迎？

「哦？」宇文邕坐直了身子，問道：「為什麼？」

張綺垂眸，隨著她的動作，那長長的睫毛，在浮日陽光下，撲閃著如蝴蝶般脆弱的陰影，「妾在齊國時，高長恭寵之溺之，他此次前來，也是為了妾……他乃堂堂丈夫，妾不能讓他在大庭廣眾之下失態。」

原來是怕高長恭出醜啊！

不知為什麼，宇文邕突然羨慕起那個美貌著稱的蘭陵王來。眼前這個婦人，外表看似柔弱，心卻如鐵石一般。那蘭陵王能讓她上心，真是難能。

他沒有回答。

宇文邕這人，威儀內斂，骨子裡自有一種逼人的貴氣。

他不說話，一時之間，連空氣也是凝滯的。

不知不覺中，張綺低下了頭，因為不安，她的唇在顫抖。

直視著她，宇文邕突然哈哈一笑，道：「也罷，那妳出宮吧。」

張綺大鬆了一口氣，朝他一福，「謝陛下。」

張綺剛剛轉身，宇文邕突然喚道：「愛妃。」

張綺回過頭來。

宇文邕頭也不回，淡淡說道：「別失了威儀。」

張綺垂眸，福了福後說道：「不敢！」說罷，她緩緩退下。

✖ ✖ ✖

在使館住下後，鄭瑜便拉著一個小使臣，問道：「郡王呢？」

「回王妃，郡王不曾在使館入住。」

鄭瑜冷著臉，「帶我去見他。」

「是。」

鄭瑜這是第一次到達長安，打量著這個高大巍然的城池，扁了扁嘴，道：「差鄴都多矣，連晉陽也不如。」

若論華麗，長安是比那兩城有所不如，可長安地勢極為險要，城池巍然，城中所有的建築物都透著一種大氣，這卻是鄴城和晉陽有所不如的地方。

那使臣在心裡暗暗忖道：真是婦人之言！

他也沒有說什麼，便上了馬車。

鄭瑜也沒有注意到他的表情變化，自顧自地上了馬車後，又四下打量起來。

她是一個女人，打量的重點自然而然便落到了長安的貴女身上。把她們從排場到著衣婢僕，細細打量了又打量著。

與此同時，長安人對上這個來自齊國的貴婦，也十分好奇地打量而來，時不時的，還有人指著她說說笑笑。

就在鄭瑜有點惱惱時，聽得一個少年指著她說道：「咦，這齊地貴婦，倒也是個美人！」

沒有女人不喜歡聽到讚美的，更何況，鄭瑜這一路上顛簸勞頓，要不是她體質本來就好，差點一病不起。現在的她，正是最不自信時，聽到這少年的話，不由得心花怒放。

那少年的旁邊，還有另外幾個少年，聽到同夥的評語，那些少年都向鄭瑜打量而來。

才看了一眼，他們便不置可否地轉過頭去。

就在這時，前方一陣騷動。

鄭瑜看到，那幾個少年同時歡呼一聲，隨著人流向前湧去。

發生了什麼事？鄭瑜大為好奇，連忙令馭夫加快馬車，可她趕來時，只看到一輛華貴的馬車，還有十數個宮婢簇擁而去的身影。

鄭瑜正自好奇中，聽得剛才讚她美貌的少年嘆道：「李妃之美，果然無人能及啊！比起她，別的美人，真真是糞土了！」

另一個少年說道：「美倒是其次，聽說陛下對她十分愛寵，連大塚宰也對她尊敬有加。不知陛下及冠後，會不會封她為后？」

「也許呢，陛下後宮空虛，說不定真會封李妃為后。」

聽到這裡，鄭瑜抬起頭來，目送著那浩浩蕩蕩遠去的隊伍，暗暗想道：原來是周國皇帝的寵妃，將來要做皇后的。不知是哪裡人，生得怎樣個美貌法？

她一個客人，聽到四周潮湧般的讚美聲，不由對這個李娘娘又是好奇，又有些微的羨慕。

正在她胡思亂想時，眼睛一轉，看到了一個熟悉的玄衣身影。彼時，人流如海，只是那個挺拔的身影太過卓然，宛如鶴立雞群，自然而然便成了人群的焦點。

看到他，鄭瑜連忙朝馭夫叫道：「快，上前上前！」

「是。」

這時，那使臣也看到了蘭陵王了，當下也催著馬車，跟在了鄭瑜身後。

在這人流中，馬車走起來極為不便，追了一陣，不但沒有靠近，反而越來越遠了。

鄭瑜一急，不由再三催促，那馭夫也急得滿頭大汗，終於，在一陣胡亂衝行後，看到了被一個白臉無鬚的漢子截住的蘭陵王。

「夫君！」鄭瑜提起嗓子喚了這一句，站在離她不過十步處的蘭陵王，動也沒有動一下。見四周有人向自己看來，鄭瑜一咬唇，又喚道：「郡王？」

越來越近的那個人，依然是沒有聽到。

鄭瑜抿著唇，終於喚道：「高長恭。」

這個稱呼一出，蘭陵王終於回過頭來。

一見鄭瑜，他微微蹙了蹙眉，表情隱隱有著不耐。

鄭瑜優雅地走下馬車，來到蘭陵王身邊，福了福，有點委屈地小聲說道：「長恭，我找你好一會兒了。」聲音柔而低弱。

蘭陵王還沒有回答，那個白臉無鬚的漢子已經尖著嗓子說道：「蘭陵郡王，請吧，我家主子正候著呢。」

鄭瑜一怔，正準備詢問時，蘭陵王已衣袖一甩，跟在那白臉無鬚的漢子身後，朝前走去。

鄭瑜愣了愣，還是提步跟上。她看著那個漢子走路的姿勢，暗暗奇道：不對，這個是太監！他是宮裡的公公！

能被一個公公叫做主子的，不是皇帝就是皇妃。

鄭瑜睜大了眼，突然對就要相見的人，無比好奇起來。

那太監帶著兩人來到一處酒樓之下，轉身朝著蘭陵王說道：「我家主人便在上面，請吧。」

蘭陵王盯了他一眼，提步上前。看到蘭陵王動了，鄭瑜也提了步。

那太監正要阻攔，鄭瑜已優雅說道：「妾乃蘭陵王妃。」

那太監一怔，狐疑地盯著鄭瑜，一時之間，有點不知如何是好。

鄭瑜卻是不理，提步越過他，朝前走去。

不一會兒，鄭瑜便來到樓梯口。

她一眼便看到了蘭陵王，他正僵硬地，一動也不動地站在那裡。

鄭瑜蹙了蹙眉，加快步伐，來到了他的身邊。

她抬起頭來。

這一抬頭，鄭瑜腳步也是一僵。她瞪大雙眼，因為震驚過度，喉中都發出呵呵的痰鳴聲。

她的眼前站著一個熟悉的身影。

那麼那麼的熟悉，熟悉得曾經刻了她的骨，入了她的魂，滲透在她日日夜夜思緒中的一個身影。便是這一路上，她都在想著她，都在想著，等見了面，要如何笑，如何開口，如何讓她退無可退，如何讓她一步一步地按自己的計畫行進。

她算好了一切，唯一沒有算好的是，她已不是她了。是的，她已不是她了！

眼前那個姿態華貴妖豔，如天上那輪明月，盈盈顧盼間，彷彿眾生都螻蟻的絕色美人，這個作宮妃打扮，身周身後佝身站著數十護衛和太監宮女，氣派非凡，讓任何貴女看了，都不敢不行禮的美人，她是張氏阿綺！

她居然是張綺！

原來，那個周帝新得的寵妃，那個在周帝繼位後可能會被封為皇后的「李淑妃」，就是張綺！

也許是不敢置信，也許是驚駭太過，鄭瑜呆若木雞中，一邊喉中呵呵直響，一邊竟是直直地朝張綺走近。

便是無意識中，鄭瑜也是直著腰身，努力如往常一樣，做出一副高高在上的貴女樣子。行進中，她伸出了手，她要掐一掐眼前這個人，要站在與她同樣的位置，如以往一樣，高高在上地把她看個清楚明白。

看到她步步逼近，幾十個太監宮女同時喝道：「大膽！」

身為宮中內侍，這一聲喝，可謂是他們最為擅長的。整齊、冷漠，高高在上，威嚴畢露，直如雷霆萬鈞。在震得鄭瑜耳膜嗡嗡作響，不由自主被這皇家威嚴逼得踉蹌一退後，又是幾個喝聲同時傳來：「何方賤婦？見到淑妃娘娘膽敢不跪？」

這喝聲更是提高了幾度，在鄭瑜剛震得心慌腳軟時，直是猛力一擊。

一時之間，鄭瑜如到了齊宮，面見皇后太后一般。她白著臉，不由自主雙膝一軟，跪倒在地，顫聲說道：「妾、妾不敢，娘娘勿罪……」

一句請罪的話脫口而出後，鄭瑜震住了。

張綺也是心上一奇，轉眸看來，便是渾渾噩噩的高長恭，也朝她瞟了一眼。

猛然的，鄭瑜臉孔漲得青紫，她雙手朝地上一撐，便要站起。哪知剛一動，兩柄長槍同時壓在她的背上，卻是兩個周宮護衛同時上前，沉聲喝道：「爾敢無禮？」

兩桿白蠟桿做成長槍何等沉重，這般壓在鄭瑜的背上，如有千鈞。她便是臉色漲得紫紅，也掙不起。再說，感覺到眾護衛的怒火，下意識中屈於皇室之威的她，也不敢動了。

張綺低下頭，靜靜地打量著鄭瑜。

說實在的，鄭瑜的表現，有點出乎她意料之外的差。這個以往在自己面前總是擺出一副雍容得體的貴女模樣的蘭陵王妃，如今來了真場，卻也不過如此。

看了鄭瑜一眼後，張綺清冷地說道：「放了她吧。」

「是！」清脆的兵器收回聲中，眾護衛向後退出一步，那寒森森的槍尖從鄭瑜的背上挪到地上時，還陰沉沉地在她眼前晃了幾晃。

鄭瑜慢慢地，慢慢地站了起來。

她的身子在哆嗦，臉孔也漲得青紫，一泓淚水在眼眶中轉動。

朝眼前這個熟悉的面孔、熟悉的眸光，曾經卑賤得宛如泥土，低賤得令人厭惡的張綺看了一眼後，她一咬牙，轉身就走。

哪知，堪堪轉身，兩個太監尖聲喝道：「兀那婦人，我家娘娘許妳走了嗎？」

伴隨著這兩個太監的喝聲的，還有尖厲得刺牙的長槍移動聲。

鄭瑜身子一僵，屈辱地轉過身，朝著張綺的方向草草一福，艱澀地說道：「妾不敢！」她的聲音有點哆嗦，「妾，只是退後一些。」

直到眾人默許了，她才提步，老老實實地向後退出兩步，退到了蘭陵王的身後。

經過蘭陵王身邊時，她瞟到她的丈夫，還僵硬地，渾渾噩噩地看著前方。在對上她的目光中，那絕望成灰的眼神中，只有一抹冷。

他根本不曾在意她被人羞辱了。

明明小時候，她受了人家的欺負，他總是挺身而出的。

便是長大了，有人欺負她，他也會呵斥幾句。

現在，她已是他的妻子，是堂堂的蘭陵王妃，有人當著他這個郡王的面，羞辱她這個王妃，他卻是一動也不動，完全置若罔聞。

不知不覺中，鄭瑜的淚水滾滾而下。當她退到角落處，低著頭站立時，才把那淚水小心地掩在陰影中。

這個時候的鄭瑜，渾然忘記了，張綺根本沒有刻意針對她，是她先冒犯張綺的。是她渾渾噩噩地走出來，不管不顧地想要接近張綺，才被那些極力維護皇室威嚴的太監侍衛警告。自始至終，張綺也只是瞟了她幾眼，連口也沒有開，實是稱不上刻意羞辱。

暗中啜泣了一陣，鄭瑜小心地拭去淚水，抬頭看向依照沉默著的張綺。

直到現在，蘭陵王沒有開口，張綺也沒有開口。

在蘭陵王直直地看著張綺時，張綺一派雍容地站在那裡，不曾露出半點膽怯，甚至從頭到尾，臉上笑容不減，風姿卓然，華貴無比。這種華貴和風姿，遠遠勝過齊國的新皇后胡氏多矣。

以往，這張氏也有華貴時，不過那種華貴，鄭瑜從來不屑一顧：不過是裝出來的氣派而已！

可眼下，看著她一襲當今天下最為金貴，直是無價之物的玉縷綢衣，看著那插在她頭上的，只有貴妃那樣的品級才有的血玉鳳釵，看著整齊站在她身後，佝僂著腰身，小小翼翼侍奉著她的宮女，看到見她站得久了，連忙搬來華貴的金絲榻，把張綺扶到榻上坐好的宮女，突然的，鄭瑜覺得喉中有點腥甜。

這是一個衣冠論人的世道，張綺以前便是最雍容，也不過像那些名士一樣，是風流範兒。在北齊這等鮮卑人作主的混亂之地，這一種風骨，你願意欣賞就欣賞，不願意欣賞也可一腳踩下。

有很多貴族，他們不會把你這範兒看在眼裡，能讓他們屈服的，永遠只有實實在在的權勢，或者說，衣冠。如現在的張綺，光是她這身衣冠，光是她這個派頭，光是那些侍立在她左右，連大氣也不敢出一下的太監婢女，便讓鄭瑜真正感覺到，張綺，高貴了！

一時之間，路上聽到的那些少年的議論，紛紛湧上鄭瑜的腦海。

「聽說陛下對她十分愛寵，連大塚宰也對她尊敬有加。不知陛下及冠後，會不會封她為后？」

「陛下後宮空虛，說不定真會封李妃為后。」

眼前這個女人，不再卑賤得她一隻手便可掐死，而是變得高高在上，因為，她是周國皇帝最愛的女人，也許還會成為周國的皇后。從此，自己見到她，都要行禮的。

眼前這個婦人，害了自己一世，如今又這般羞辱於己，難不成，自己永遠永遠也沒有復仇的機會？還得見她一次，便向她行禮一次？

這不是鄭瑜要看到的。

這時的她，渾然忘記了，眼前這個婦人一旦成了皇妃，那就再也不會與她爭奪丈夫了。

她只是想著，怎麼可以？泥土就是泥土，卑賤之人就永遠都是卑賤之人，她怎麼可以？

這不公平！這一點也不公平！

在一陣難堪的沉默後，張綺終於動了，她眸如秋水地瞅著蘭陵王，揮了揮手，雍容地、淡淡地說道：「把蘭陵王妃請下去。」

如此輕描淡寫，如此高高在上，彷彿她只是螻蟻！

張綺的聲音一落，幾個身材高大的太監走了進來，他們大步走向了鄭瑜。

是了，這裡是周地，周國的皇妃殺死一個齊國的郡王妃，甚至扯不到國與國的高度。這樣的事做了也就是做了，隨便找個理由，給些補償便能打發的。

鄭瑜的臉更白了，一口氣驀地堵在她的胸口，令得她幾乎呼吸不過來。這不公平！卑賤的人應該永遠是卑賤的，低下的人應該永遠低著頭，憑什麼她這麼高高在上地看著自己，如看一隻螻蟻一般看著自己？

無比的鬱恨，一下子湧上鄭瑜的胸口。她沒有發現，這種鬱恨，甚至要超過以往任何一次。也許是剛才猝不及防之下被張綺震住，不但向她跪了還求饒，現在的鄭瑜，明明知道張綺要殺自己只是揮揮手而已，可她就是不想再屈服了。

見鄭瑜青白著臉，動也不動，四個太監冷哼一聲，其中兩人大步上前，一人架著鄭瑜一條手臂，把她強行向樓下拖去。

剛拖出三步，鄭瑜清醒過來，大受屈辱的她，不由尖叫道：「長恭！」

她想叫蘭陵王幫忙，她得叫蘭陵王開口。不管如何，自己畢竟是他的妻子，他們羞辱了堂堂蘭陵王妃，他那麼驕傲的人，應該出面的！

可蘭陵王哪有聽到？

鄭瑜不甘心，又叫了三聲。聽到她的叫聲，左側的太監尖聲說道：「爾這婦人還敢叫？妳是什麼人，我家娘娘又是什麼人？識相點，就老實地下去待著吧。」

另一個太監也說道：「娘娘就是心善，依咱家看來，這等不分上下的蠢婦，就該打殺了！」

什麼叫不分上下的蠢婦？什麼叫妳是什麼人，我家娘娘又是什麼人？

那個賤婦，她不過是地上的爛泥，她根本沒有資格這樣對我，沒有資格！

在無邊的怒火和氣恨中，青紫著臉的鄭瑜竟是白眼一番，暈了過去。

兩個太監把她拖到下面時，正好走在後面的齊使看到了。見他急急趕來，兩個太監把昏倒了的鄭瑜朝地上一扔，揚長而去。
蘭陵王依然是一動不動地站在那裡。
他抬著頭，一瞬不瞬地迎著張綺的目光。
這個時候，所有的聲音都消失了。
這個時候，天地之間，再無第三人。
張綺看向他，如秋水般明澈的眸光，清冷無波地看著他。見他還是不開口，張綺抿了抿唇，終於聲音清軟地說道：「蘭陵郡王，別來無恙？」
聲音靜而無波，如此的靜而無波！
蘭陵郡王，別來無恙？
問候得這麼平靜，這麼清冷，這麼的宛若陌路人！
不對，是陌路人了，她已經是周皇新得的李妃，是整個周國朝野都議論的李淑妃！
一直動也不動的蘭陵王，向後猛然退出一步。
然後，只見他按著自己的胸口，緩緩地、緩緩地蹲跪下去。
隨著他單膝跪地，那一頭墨髮披洩而下，擋住了他的臉孔。
有兩滴腥紅，濺落在了樓梯口。
張綺看到了那兩滴腥紅，她以最快的速度別過頭去。
她不再看向那男人，而是急急揮了揮手，帶著眾太監宮女，踉蹌地從他的身邊衝下樓梯……
直到她跌跌撞撞逃出老遠，她身後的男人，還一動不動地跪在樓梯口，安靜中，只有鮮血「滴答滴答」濺在地板上的聲音傳來。

✖ ✖ ✖

鄭瑜不知道自己是怎麼回到使者府的。

她似是做了一場噩夢，一夢醒來，發現自己躺在床榻上，而外面陽光正好，看日頭已是下午。掙扎著從榻上爬起，令婢女給自己洗漱過後，她問道：「郡王呢？」

那婢女奇怪地看著她，道：「郡王從不曾在使者府落宿啊。」

幾乎是那婢女的聲音一落，鄭瑜陡然記起了所有的事，所有被她下意識封閉的事。

她記起來，她和蘭陵王去見過張綺，原來張綺成了周國小皇帝的寵妃，自己還被那個賤女人逼得下跪賠罪……

看到鄭瑜一張臉時青時白，站在那裡咬牙切齒的，兩個婢女有點害怕，同時低下頭，向後悄悄退出幾步。就在這時，她們聽到鄭瑜輕而溫婉的自語聲：「我真是瘋了……我怎能被她激得如此失態？」一語氣儘管溫婉至極，卻有著無比的自責。

鄭瑜是自責的，她覺得自己太大意了，大意得居然在那個賤婦面前丟了這樣大的臉。最重要的是，丟臉的時候，居然讓高長恭看到。

她怎麼能讓他看到自己的那一幕？

鄭瑜站在那裡尋思了一會兒，走到一側，從枕頭底下翻出一樣物事藏好後，深深吸了一口氣，推出房門朝外面的人說道：「帶我去見蘭陵王。」

蘭陵王落宿的地方，與眾齊使不同，是在酒樓裡。

因必須時刻聯繫，眾使都有他的地址，不一會兒功夫，鄭瑜便被帶到了蘭陵王所住的酒樓處。令人通報後，不一會兒，一個護衛上前說道：「郡王許了，王妃請。」

鄭瑜這才提步。她一邊走，一邊忍不住有點酸苦：她是堂堂的蘭陵王妃，可要見自己的丈夫，還得請人通報，還得經過允許才可。

想到這裡，她咬了咬牙，悄悄把手伸入袖袋中，那裡，有一包藥末……

蘭陵王所住的酒樓並不是特別好，與精心修飾過的使者府邸不能相比。鄭瑜一邊看著那簡陋樸素的房屋，一邊不由想道：長恭富貴也有些年了，怎麼還是像以前一樣，對居住的地方這麼無所謂？

不一會兒，她來到一個房間外，在一個護衛的點頭下，她輕輕推開了房門，一邊推，一邊喚道：「長恭……」

吱呀一聲，大開的房門中，她看到了孤獨地站在窗旁，動也不動的蘭陵王。

也不知他站了多久，那身影似凝了霜。

蘭陵王沒有回答她的話。

鄭瑜猶豫了一下，把房門帶上。她走到一側，從一旁拿起酒壺，一邊煮著酒，一邊溫婉地說道：「長恭，你用過餐嗎？」

在她以為他不會回答時，蘭陵王低沉的聲音傳來：「阿瑜。」

許久未聽他這麼喚她了，鄭瑜不知不覺中，竟是眼中一陣酸澀，連忙應道：「誒。」應過之後，感覺到自己的聲音有點顫，似是有點心虛，她又喚道：「長恭，酒溫好了，先喝喝暖暖身子吧。」說罷，她提著那酒壺，小心地朝他走去。

她走到蘭陵王面前，低著頭為他倒著酒。不知怎地，她發現自己的手腕有點顫。

不一會兒，一樽酒便倒好了，她把那酒放在他面前，溫柔地說道：「長恭，喝一口吧。」她抬起雙眸，妙目中盡是盈盈期盼，和似水溫柔。

蘭陵王卻依然理也不理，只是抬頭靜靜地看著前方。

鄭瑜見狀，雙手捧起那酒，遞到他面前，輕聲道：「長恭……」

這一次，她的話還沒有說完，蘭陵王已低啞地開了口：「阿瑜，我們和離吧！」

我們和離吧！

再一次聽到這話，還是如此讓人怨苦。

鄭瑜白著臉向後退出一步，由於氣恨，她手中的酒樽都搖晃起來。怕把酒水灑落，她咬了咬牙穩住，好一會兒才哽咽著說道：「長恭，你怎麼能……」

明明那個賤婦都成了皇妃了，怎麼他還是想與她和離？她都想好了，過去的便讓它過去，從現在起，她要忘掉那個賤婦，與她的夫君好好過日子！

再一次，不等她說完，蘭陵王低啞的、平靜無波的聲音重複道：「阿瑜，我們和離吧！」他靜靜地看著外面，無聲地，自嘲地勾了勾唇角，徐徐說道：「有些錯，可一不可再。以前，是我糊塗了，都是我自己弄不清、看不明……現在我不想再糊塗下去！」

他緩緩轉頭，眸光靜而無情地看著鄭瑜，繼續說道：「阿瑜，妳生得美，家世也好，我知道鄴城和晉陽兩地有不少貴族子弟都中意妳。與我和離後，我會告訴所有人，妳還是清白之身。想來，經我這麼一說後，不會有人介意妳嫁過我的。」

「可是我介意！」一聲尖叫哽在喉中，鄭瑜發現自己要費好大的力氣才能平靜下來。

是的，她上午已經夠失態、夠醜陋的了，那樣的錯誤，她不能再犯一次。

一時的失敗算什麼？她從來都不怕失敗，因為只要有心，她一定可以得到她所希望得到的一切，一定可以！

再說，眼前這個男人，她從小便愛慕，她為了他做了那麼多，他想和離便和離嗎？她不甘心！

在心裡一遍又一遍地說服著自己，鄭瑜垂下眸，瞬也不瞬地看著手中的那樽酒，慢慢的，那股怨苦終於被她按了下去。

蘭陵王一直在打量著她的神色，見她的表情閃過一抹猙獰後，又迅速平復了，現在，低著頭的她，甚至還露出了一抹以往的溫婉，彷彿他所說的話，她壓根兒就不氣不惱不在意。

這不是正常人應該有的反應！

蘭陵王蹙緊了眉。

幾乎是突然間，張綺曾經說過的一些話，浮出他的腦海。

瞟了她一眼，蘭陵王突然有點厭惡自己，也有點意興索然，想了想，他還是說道：「不管妳願是不願，阿瑜，這次回鄴後，我會向太后請求，允許妳我和離！」

說到這裡，他衣袖一甩，竟是再也不看鄭瑜一眼，便向外走去。

看到他大步離去的身影，鄭瑜再也無法自抑地尖銳地喝道：「高長恭——」

蘭陵王腳步略略一頓，轉眼，又提步上前。

他的身後，鄭瑜在喘息著。

喘息了一會兒，她突然咯咯笑了起來，一邊笑，她一邊把手中的酒樽重重砸在地上，啪的器皿碎裂聲中，她嘶啞著嗓子哭道：「高長恭，你以為太后指的婚，是這麼容易和離的？」哭到這裡，她又咯咯笑了兩聲。

只是笑著笑著，她悲從中來，不由捂著臉，慢慢蹲在地上，嚎啕痛哭起來。

一邊哭，她一邊難以自制地哽咽道：「長恭，我是真的喜歡你，是真的喜歡啊……她都成了皇妃了，你們之間再也不可能了，你怎麼還想著要與我和離？」

伍之章

素手改妝掩悲抑

張綺踉蹌著退下閣樓，在眾宮女太監的簇擁下，匆匆爬上馬車。

隨著車簾一拉起，一陣低低的，幾乎聽不到的啜泣聲，隱隱傳來。

啜泣聲雖然小，可眾人來自宮中，都是耳目靈便、心思圓轉之人。當下，那幾個帶頭的太監相互看了一眼後，朝著馭夫點了點頭，示意他把馬車減速。

來時，陛下對李妃那句「別失了威儀」他們都聽在耳裡，幸好娘娘也表現尚可，不曾在人前落了顏面。

馬車駛得慢，當再也聽不到車中的啜泣聲後，才開始加速。駛入宮中後，被扶下來的張綺，已神情如常，除了眼睛有點紅，再也看不出異樣。

張綺見到宇文邕時，已經是傍晚。

看到張綺，宇文邕如往常一樣笑容溫和。把她略略打量了一眼後，宇文邕問道：「愛妃今日在忙什麼？」

張綺微笑道：「一直在刺繡。」

「不曾奏琴？」

「不敢。」

她回答的不是不曾，而是不敢，那就是怕自己的心聲混於琴音中，讓人聽出了。

宇文邕笑了笑，道：「早點歇息吧。」

「是。」

這一晚上，張綺輾轉反側，一直睜眼到天明。看著外面漸漸亮起來的天空，她掙扎著爬起時，才發現枕巾都已濕透。

整整一個上午，她都有點魂不守舍。見宇文邕不在，張綺只感覺到胸口悶得發疼，似乎再不走走，讓自己轉移一些注意力，她已無法控制自己了。當下，便帶上四個太監出了宮門。

自宇文邕許她恃寵而驕後，張綺的權力和自由大得驚人，這麼不宣告一聲便擅自出宮，根本算不得什麼，因此無人敢出面阻攔。

馬車緩行在街道中，張綺無神地看著街道中的人流。在宇文護的治理下，周地算不得繁華，比起齊地還有所不如。饒是如此，作為帝都，長安城也是車水馬龍的。

這兩天，她一直沒有找人聯繫過賀之仄，更沒有去見過阿綠，她知道，不管是宇文護，還是宇文邕，都是知道這兩人與自己的關係。自己不出面，他們會過得更自在。而自己出面了，不一定不會激起宇文護的惱怒，令他想到了自己差點拐走了他相中的愛婿。他是不會奈何自己，可把阿綠順手殺了，讓自己知道些輕重，那完全是情理當中的事。

不知道何時能回到陳地？

如果能這樣一直下去，一直與宇文邕相互掩護著，倒也是不錯的，可惜那不可能，他只比高長恭小兩歲，及冠之時便會馬上立后，她還在這裡，不免會捲入後宮爭鬥。

……她已不想捲入任何爭鬥中。

張綺一邊胡思亂想著，一邊努力不讓自己去尋思高長恭的一切。

過去了，便永遠都是遠去了。不需要回頭，也不可能回頭！

走了一陣，外面傳來一個太監小心地問話聲：「娘娘，這……往哪裡去？」

直喚了兩聲，張綺才回過神來，她閉上雙眼，低聲說道：「隨便走走。」

「是。」

得了隨便走走的命令，外面眾人也放鬆下來，馬車開始漫無目的在長安城中轉著圈。

在正街中轉了兩個圈後，見馬車中的張綺還沒有開口說回，當下那太監點了點頭，馬車駛向旁邊幾條街……再這麼在正街上轉下去，只怕那些有心人都要疑惑了，讓他們猜來猜去，也不是個事兒。

馬車轉入了一條小街中。

便是小街，馬車所走的也是繁華所在，張綺的馬車雖然沒有任何標誌，可馬車兩旁騎馬的太監特有的體徵，可以讓任何明眼人一眼便可猜測到馬車中的人的身分，因此，不管街道中如何擁擠，張綺的馬車卻是一直通行無阻。

走著走著，就在經過一條短短的，不足五十米長的巷子時，突然間，後面傳來兩個急喝聲：「閃開！閃開！」、「啊啊——快讓開！」

喝聲中帶著驚慌，又急又亂。

四個太監連忙回頭，這一回頭，他們便看到兩匹馬瘋了一般直朝自己的方向衝來。

一個太監最先反應過來，他尖聲叫道：「不好，莫衝撞了娘娘！」

另一個太監也尖著嗓子叫道：「快，快退，退到一側！」

這事實在是突然，那馭夫饒是個高手，也猝不及防。他急得滿頭大汗地想把馬車挪到一側時，那兩匹衝得路人尖叫、躲閃，直是兵荒馬亂的瘋馬已是一撞而來。

只是一個轉眼，兩匹瘋馬生生撞上了最後一個太監的坐騎，就在那太監嘶喊時，只見其中一個騎士突然從馬背上一躍而起，凌空一翻，恰到好處地落在了馬車上。

那人跳上馬車，閃入車廂中，再出來時，懷裡已抱著一個美人，可不正是張綺？

正好這時，那人的坐騎已經一衝而出，遠遠掠過馬車，眼看就要衝出了巷道。那抱著張綺的黑衣人縱聲一嘯，竟是從馬車上縱掠而出，準確地跳到了馬背上。

這人的動作，兔起鶻落，中間沒有半點拖泥帶水，優美流暢至極。那馬在主人縱嘯之時，也是身形一緩。等主人跳到了身上，這才嗚嘶一聲，加速衝出。轉眼之間，這配合巧妙的一人一馬，已消失在眾人的視野中。

就在那騎士把張綺一擄走，四個太監想要尖叫時，撞上了其中一人的騎士低喝一聲：「閉嘴！」一喝聲沉沉，煞氣十足。

太監尖叫聲戛然而止，那人手指一彈，一塊小小的布帛便落到了當頭的那個太監手中。然後那人跳上坐騎，馬鞭一甩，也是急馳而去。

當頭的太監忙打開紙條，只見上面寫著一行字：「借李妃一敘，一個時辰後於清河巷歸還！」匆匆把紙條看完，那太監喝住尖叫著的其他人，揮手召他們上前，把紙條給他們看了一遍後，一邊抹著額頭的冷汗，一邊尖著嗓子小聲說道：「我們護著娘娘上街遊玩，卻把娘娘弄丟了，鬧上去，說不定死路一條！」

這話一出，不管是四個太監，還是那個馭夫，都打了一個哆嗦。

白著臉，那當頭的太監說道：「如今，我們也只能聽信這紙條所言，到清河巷等著娘娘了。」他朝前後看了一眼，見沒有幾個路人注意這裡，不由鬆了一口氣。不過出於保險，他還是對其中一個太監吩咐道：「你去一趟，想法子讓看到了情況的人閉嘴！」

「是。」

◆◆◆

張綺猝不及防之下，便被一人抓入懷中，強行帶離馬車，落到了馬背上。

她驚慌之下，原是想要尖叫的，可一聞到對方身上那熟悉的體息，尖叫聲便給哽在了喉中。

她安安靜靜地僵在那人懷中，匆匆回頭看時，正好看到幾個太監拿著紙條商量的情景。

不由自主的，她暗暗鬆了一口氣。

來人摟著她，奔行了不到三百米，便跳下馬背，抱著她跳入了一個巷道中。

一連翻過幾個巷道後，張綺發現自己來到了一個酒樓中。

吱呀一聲，來人踢開一個房門，摟著她捲了進去。

把她朝地上一放，來人關上房門。

張綺匆匆穩住身形，頭一轉，向那人看去。

那人也在直直地看著她。

一襲玄裳上，已灰塵遍染，俊美無儔的臉上，削瘦得很，顯得鼻樑更高挺，眼睛更明亮。

只是那眼神中，滄桑、空洞，彷彿隱藏著無窮無盡的失落和悲涼。

正是蘭陵王。

蘭陵王一瞬不瞬地看著張綺，在看到她一襲的宮妃裝扮，還有挽得高高的宮妃髮髻時，他垂下眸來。

只是看了一眼，張綺也側過了頭。

她正要開口，蘭陵王朝她扔來一物，同時他低啞的聲音也傳來：「去那裡坐好。」

張綺反射性地接過那物，低頭一看，卻是一把玉梳。

她怔怔地轉頭看去，原來他指的是一個放著銅鏡、胭脂、白粉，還有釵子等物的梳妝几。

就在張綺發愣時，他又說道：「去坐好。」

這是命令！

張綺怔了怔，慢慢上前，慢慢在那几前跪坐好。

這時，她又聽到他低啞的聲音：「解下頭髮。」

張綺傻了一會兒，依言把秀髮解散。

「繼續！」

繼續？什麼繼續？

張綺回頭向他看來。

他這次沒有看向她，只是側頭看著左側的牆壁，啞聲道：「繼續。」

張綺回過頭來，看了看手中的梳子，頓了頓後，慢慢拿過那銅鏡，把那銅鏡緩慢地擺在自己面前後，她又回過頭來。

他已一瞬不瞬地盯著她了，見她回頭，他嘶啞地命令道：「繼續。」

這時，張綺明白過來，他是要她梳妝。

當下，她一一摘下頭上的髮釵飾物，拿起那玉梳，慢慢的，就著銅鏡，梳起自己長達腰間的墨髮來。隨著一縷縷墨髮在她的動作間飄散開來，陡然的，房中變得明亮而沉靜起來。

那一日一日，她從他懷中清醒，總是這樣坐在几旁，笑靨如花地梳妝著。那時候，她是微笑的，他也是微笑的。

墨髮一縷一縷梳順，一縷一縷捲起，一縷一縷像穿花一般，在她的指間穿梭，然後用一根釵子便可固定。

梳完髮後，張綺靜靜地站起，如往常任何一個清晨一樣，她走到一模一樣的角落處，就著水盆把臉淨乾。然後，她又回到几前，把白粉看了看後，放到一側——她還年輕美貌，這些白粉會掩去她青春的明透和白潤粉紅。

拿起胭脂，她一點一點按在唇上。

她的動作仔細而優雅，因寧靜和專注，她的眉眼間，閃耀著隱隱的愉悅幸福。她細細地、均勻地把那胭指一點一點按上去，直到她嫣紅的小嘴變得紅透。

以往做完這個動作後，她興致來時，會悄悄潛到他身邊，把塗得紅紅的唇印在他的頸項上、鎖骨上，甚至，在他沒有注意的耳後，也會悄悄印上一個。讓他洗也洗不去，總是被身邊的將士笑話。

不過，此時此刻，自是沒有這麼洗妝的必要。垂下眸，張綺從另一側几上，拿出一塊乾淨的布帛，一點又一點，把唇上塗得太紅的胭脂拭淡。

張綺的身後，已傳來低低的哽咽聲。

把胭脂放下，張綺拿起了額黃。這額黃，她給剪成了梅花狀，高興時，她會把它貼在額心。可是張綺一向懶得過分，大多數時候，她是不貼額黃的。

把妝化好後，見到蘭陵王還沒有開口，張綺走到一側，拿起放在榻旁的，她以往慣常穿的粉紅裳服。

她一直是一個很俗很俗的人，她不喜歡那種高貴的大紅、金黃和紫色，也不喜歡代表風雅脫俗的白色，更不喜歡凜冽的黑色，不喜歡很少有人穿出來的青色。

她喜歡的，其實只是這種粉嫩粉嫩，既帶著黃，又透著一點紅的橘色。便如那枝頭的桃花，她喜歡這種平平常常、熱熱鬧鬧的顏色。

把粉紅裳服穿好，張綺低下頭，從床榻的另一個角落，拿出一雙擦洗得乾乾淨淨，她才穿了三次便因離開而廢棄的靴子後，張綺已打扮妥當。

她回過頭向他看去。

堪堪回頭，後面終於傳來他沙啞的聲音：「重來！」

重來？

什麼意思？

張綺怔怔地站在那裡。

這時，他又說道：「重做一遍。」

重做一遍嗎？

張綺垂下眸，她慢慢解下身上的衣裳，慢慢穿上自己來時的裳服，慢慢走回剛才的榻几旁，慢慢的，重新拿起玉梳。

重新解去墨髮，重新挽起雲鬟，重新洗去鉛華，重新抹上脂粉。

當一切妥當時，她又聽到他命令道：「再來，再做一遍。」

便這樣，在這麼寧靜的時刻，在午後陽光的照耀下，寧靜的，美如春花的張綺，一遍一遍地梳妝著。每每她在紅唇上塗上胭脂，又輕輕拭淡一些時，隱隱間，總是有那麼一兩聲哽咽傳來。

這一刻，外面春光燦爛，暖洋洋的太陽照耀在天地間，無數的少年男女，正嬉笑著遊玩在春河之畔，涼亭之上。

這一刻，美麗的宮妃一次又一次脫下她的宮裝，解去她的雲鬟，一次又一次，如以往那無數個日夜一般，為君妝點容顏，為君染上鉛華……

也不知過了多久，他終於低低地說道：「可以了。」

如來時一樣，他匆忙地抱著她，在寂寂春風中，把她送到了清河巷。

清河巷中，當張綺的馬車啟動時，她忍不住回過頭去。

她一眨不眨地看著那個高大的，一襲玄衣的寂寞身影，一步一步地走出她的視野。

直到她淚流滿面，直到什麼也看不見。

四個太監等得太久，見張綺歸來，都是大大鬆了一口氣。

當下，他們二話不說，簇擁著她便向皇宮駛去。那急急逃離的樣子，直是恨不得下一刻便入了宮。不一會兒，馬車便駛入了宮門。

正在這時，張綺瞟到了一行人，縱使她精神恍惚，這時也不由輕咦一聲，向一個太監輕問道：「他們是？」

那太監正在拭汗，聞言恭敬地回道：「回娘娘，那是陳國安成王陳頊，他在我們周地旅居多時，陳帝前幾日派人前來，說是想要迎回這個安成王。」

果然是陳人！

看他們這架勢，宇文護估計是允了，這安成王，馬上就可以回程了！

張綺的心裡翻起了巨大的浪濤。

如果要離開周地回到陳國，現在是個好機會。

可是，真跟在這安成王身邊歸陳，那也太引人矚目了，便是掩去了容顏，也難免有人猜測。要跟的話，得思個兩全之策。

一時之間，張綺有點心亂，很想找個人商量一下。

隱隱中，張綺不願意深思，她是不是因為現在這種安寧平穩又舒服的日子過上癮了，並不是那麼急著回陳？

在她的胡思亂想中，馬車停了下來。

張綺急急回到居處，在宮婢的服侍下梳洗過後，一邊琢磨著回陳的事，一邊準備赴今晚這場替齊使接風的宴會。

也不知過了多久，宇文邕溫緩有力的聲音傳來：「李妃呢？」

在外面宮婢的應答聲中，張綺緩步走出，她朝著宇文邕福了福，「臣妾在此。」

宇文邕點了點頭，微微瞇起雙眼，朝著張綺打量而來。

過了一會兒，他微笑道：「李妃若有所思，不知思者何事？」

感覺到他語氣中異於常時的認真，張綺一凜。

是了，她怎麼忘記了，眼前這個男人，骨子裡是個極喜掌控一切的強大君王。這些日子來，他一直對自己溫和，自己怎麼就忘記了他的強勢了？

張綺朝他福了福，輕聲說道：「妾不敢，妾只是想知道，與妾一道來長安的那幾人的消息。」

虧她性急之下，還找到這麼一個妥貼的藉口！

宇文邕看著她，似笑非笑地問道：「不是因為高長恭之事？」

這話一出，張綺交錯在腹前的手指不由絞了絞，她垂下眸，好一會兒才說道：「也有一些。」

「哦？」他在等著她說下去。

張綺暗吸了一口氣，繼續說道：「妾心甚亂。然，不是妾的，雖痛亦捨！」

倒是說得斬釘截鐵！

宇文邕哈哈一笑，突然說道：「他走了。」

見張綺怔怔抬頭，宇文邕說道：「高長恭剛才向朕請辭，想來現在已出了長安城。」他微笑道：「這齊國郡王，倒不愧是個硬骨男兒，知道事不可為，馬上放棄離開。」

知道事不可為，馬上放棄離開？

他放棄她了嗎？

她現在都是與齊國對峙的周國的皇妃了，他便是再有通天之能，也沒有辦法把自己弄到他身邊去。不然，等來的只能是兩國烽火，以及永無止境的混戰和逃亡。

他是得放棄，他不能不放棄！

從此後，他便是他，我便是我，永遠永遠，都再無交際了吧？

張綺抿了抿唇，好一會兒，才低低說道：「是，知道事不可為，自當放棄……」

這時，宇文邕走到她身邊，他伸手撫上她的肩膀，手指有意無意地拂上她的臉頰，聲音低地說道：「阿綺。」

「妾在。」

「朕現在希望，妳能永遠都是朕的李妃！」

在張綺身軀一僵時，宇文邕笑了笑，轉過身道：「宴會馬上就要開始了，更衣吧。」

「……是。」

換過衣裳後，張綺亦步亦趨地走在宇文邕的身後。

她低著頭，長長的睫毛不停撲閃著。

這陣子的安逸舒服，居然讓她還存了僥倖。

其實，她真不該存有僥倖的。

兩世為人，她早就明白，這世上，沒有男人真是吃素的。宇文邕是欣賞她，可她也知道，自己身形面目中，有一種妖媚。與她相處，很難讓男人只是純粹的思慕，而不動占有之心。

再說，任何一個男人，對於一個已在自己掌握中的，不需要付出任何代價便能輕易得到的絕色美人，伸手索取，想要獨占，都是情理當中的事吧？

深深吸了一口氣，張綺平復自己紛亂的思緒。

而這時，此次舉行宴會的大殿已到。

今晚的宴會，齊使是主角，張綺也是主角。作為宇文邕的寵妃初次露面，張綺是備受注目的。

不過，以她的身分來看，便是受到矚目，也只能安靜地坐在那裡，接受眾人的目光。

下面，不管是齊使到了，還是陳國的安成王到了，張綺都沒有心思去理會。宴會匆匆過去，聽著外面的鳥鳴啾啾，張綺知道，又是新的一日了。

她梳洗罷，緩步走到花園中，令太監宮女擺上床榻，張綺慵懶地倚在其中，看著不遠處綻放的桃花，心神恍惚起來。也不知過了多久，一個太監走到她身側，低聲說道：「稟娘娘，齊蘭陵王妃還在，要不要把她召入宮中？」

召鄭瑜入宮？為什麼？

張綺坐直身子，瞪圓了眼。

見她驚訝，那太監笑道：「娘娘，陛下是想娘娘出了這口氣。」

張綺垂眸，長長的睫毛撲閃了一會兒，袖中的手指緊緊勾起。

她不知道宇文邕這麼做是不是想試探於她？

不管她是心狠手辣，還是心慈手軟，他以後對她，都會有相應的方式。

唇動了動，張綺垂眸，「不用了。」

那太監恭敬地說道：「此是周地，齊周本不對盤，娘娘要動齊地一個郡王妃，不過是舉手之事。請娘娘放心，不會有影響的。」

這是要她和盤托出她的心思想法了！垂著眸的張綺，眼珠子一轉。

當下，她低低地說道：「曾經之事，實與蘭陵王妃關係不大……若是蘭陵王不願意娶她，她本什麼也不是，我對這個鄭妃，並無怨恨。」

這本是張綺的心裡話。

說到這裡，張綺站起身來，她衣袂翩翩地走到一株桃樹下，信手摘下一朵桃花，繼續說道：「天下男人皆薄倖！他們喜新厭舊，三妻四妾，哪曾真正在意過婦人的心思？」

那太監愣愣地聽著，直到過了許久，才低頭應道：「娘娘說的是。」

不一會兒，他緩緩退下。

張綺沒有回頭，只是唇角向上揚了揚。

她再一次向宇文邕表達了她對三妻四妾的生活，對不顧她意願的男人的厭惡。也許宇文邕看在這陣子兩人知己一般，溫暖自在的日子的分上，會略略猶豫，會不忍打破目前這種美好的感覺。

只是，有些事，看來是不能猶豫了。

當天下午，張綺不顧那幾個太監的阻攔，令他們拉來一輛牛車，來到了長安城中。

不過這一次，張綺不再是盛裝打扮，她荊釵布裙，坐的也是宮中最破舊的牛車。

來到一處酒樓時，她把頭上的紗帽壓了壓，這才提步。

這個酒樓，是整個長安城中最興旺的幾家酒樓之一。

張綺進來時，這裡已是人聲鼎沸，熱鬧非凡。

她挑了一處靠窗的位置坐下後，便安靜地等著小二上酒菜。

百無聊賴，她用手玩耍著一雙筷子。而這個時候，也有幾個酒客時不時朝她的方向看來。

張綺光是露在外面的一雙手，也是白滑如酥的。

酒樓中，到處是私語聲，張綺胡亂聽了一陣後，眼角終於瞟到了一輛馬車。

那馬車極為樸素，看起來毫不起眼。

張綺知道，過不了幾天，那輛馬車便會來到這家酒樓，果然給她等到了。

在她的期待中，一個婢女跳了下來，然後她伸手迎下了一個少女。

這個少女不過十五六歲，她的眉眼清秀中透著溫婉，配上她那充滿智慧的雙眸，很容易讓人產生好感。不一會兒，那少女便來到了酒樓。

張綺聽到小二迎上她，高興地說道：「女郎，是不是再來一份跳丸炙？」

那少女細細地應道：「嗯。」

小二呵呵一笑，道：「好咧，女郎請稍候。」

小二一走，張綺便朝一個護衛說了一句，當下，那護衛朝那少女走去。

那護衛說了一句話，朝著張綺的方向指了指後，那少女略略猶豫，這才提步向張綺走來。

來到張綺的旁邊，少女好奇打量著她，這時，張綺輕聲說道：「新興公主，坐下說說話吧。」

少女一驚，便是她身邊的婢女也是嚇了一跳。那婢女正要開口問張綺是什麼人時，新興公主一眼看到幾個太監，馬上明白過來。

她略略一福，「是。」安靜地走到張綺身邊，在旁邊落坐。

張綺望著几上煮著的鼎那冉冉升起的白霧，輕聲問道：「那跳丸炙，公主是給蘇威買的嗎？」

新興公主神色複雜地看了張綺一眼，垂眸應道：「是。」她輕聲說道：「他一直喜歡那菜。」

見張綺怔著，新興公主小聲地說道：「李妃娘娘，妳是想知道阿威的事嗎？他現在還被我父親關押著，不過妳放心，父親不過是不許他出門而已，他現在整天讀書，很安全的。」

她的聲音輕細舒緩，透著一種從容。

這新興公主一定是飽讀詩書的吧？

看她的樣子，似乎對蘇威鍾情已深。

張綺垂下眸來，好一會兒，她才低聲說道：「我知。」

她早知道，蘇威在新興公主身邊，是能興旺發達的。畢竟，新興公主不是自己，她沒有自己這種美貌之累，她還有一個有權勢的父親。

這天下間，一心向上的世家子如果得了自己，只會成為他們前進的負累，如蕭莫，如蘇威。

也只有高長恭和宇文邕這種不需要向上攀爬的皇室子弟，自己才不會拖累他們。

感覺到了新興公主的沉默，張綺轉過頭來，低聲說道：「公主，妳會是極好的妻子。」頓了頓，張綺認真地說道：「我此次求見公主，只是想知道，我那婢女阿綠現在何處？情況怎麼樣？」

說到這裡，張綺壓低聲音，誠懇地說道：「妳知道，我在宮中多有不便。」

聽她提到阿綠，新興公主抬起頭來，輕聲道：「阿威也要我護著阿綠。」說到這裡，她回頭朝身後的婢女說了一句什麼，當下那婢女急急離去。

新興公主轉過頭來，看著張綺，安慰道：「娘娘別急，我叫人去喚阿綠了。」

沒有想到，阿綠真的託庇於她的保護之下。

張綺長長的睫毛撲閃了一下，低聲道：「多謝。」

「娘娘不用謝我。」新興公主說道：「是阿威讓我護的。」

意思是說，她護住阿綠，不是看在她的面上，而是為了蘇威？

張綺想要苦笑，這時，新興公主又說道：「娘娘，我知道阿威傾慕妳，可我也喜歡他，我會讓他願意選擇我的。」

少女的聲音純淨而乾脆，透著一種明澈和自信。

張綺抬眸看去，正好對上新興公主熠熠生輝的眸光中，那一閃而逝的憂傷。

是了，她其實也是不安的，只是鍾情已深吧？

不過比起鄭瑜來，這個新興公主可愛多了。她至少是把自己真實的想法，明明白白地攤在張綺面前，語氣中沒有嘲諷，沒有猜測，只有明明白白的表示。

張綺呆了好一會兒，才輕聲道：「我知道，妳會是好妻子。」說罷，張綺轉過頭來，看著那裊裊升起的鼎中湯霧發呆。直到這時，兩女都沒有動一下筷子。

新興公主顯然還有話說，她遲疑了一會兒，又看向張綺，說道：「娘娘，陛下雖是年幼，卻頗有主見。他不會喜歡妳與阿威走得太近的，我的父親也不喜歡。」頓了頓，她繼續說道：「我知道父親不對，這陣子他一直在向阿威施壓，阿威他很累。不過我沒辦法，我喜歡他，他不能喜歡妳。」

張綺明白她的意思，她點了點頭，低聲道：「我知，我知……」

感覺到張綺話中的澀意，新興公主怔了怔，終於住了嘴。

不一會兒，阿綠的身影出現在街道上。

遠遠看到，張綺連忙站起，她朝新興公主道：「請公主見諒，我想與阿綠到車中一述。」

「娘娘請。」

張綺急急走出，走上自己的牛車時，阿綠也過來了，不一會兒，她掀開了車簾，爬了上來。

一看到張綺，阿綠便是格格一笑，她縱身一撲，抱著張綺歡喜地笑道：「阿綺阿綺，我天天聽人說起妳喔！她們都說妳又美又讓陛下喜愛，可風光著呢，嘻嘻！」

聽到她的笑聲，張綺也是一笑。她朝四周看了一眼，見車簾遮了個結實後，便湊近阿綠，低聲說道：「阿綠，妳現在好不好？」

「好啊好啊！」阿綠笑道：「我與阿仄天天在長安城中逛，他還帶我到城外跑過幾次馬呢！」

看樣子，她是過得好，圓臉蛋紅撲撲的，眸子又黑又亮，一臉的幸福，掩也掩不盡。

看著看著，張綺目光有點發怔。

阿綠終於發現張綺表情不對，不由收起笑容問道：「阿綺，妳怎麼啦？小皇帝欺負妳了？」

張綺搖頭。

她想了想，還是說道：「今天我看到一支陳人的隊伍了，過不多久，他們會回到陳地去。」

阿綠馬上聽明白了張綺的意思，她似嚇了一跳，「阿綺，妳現在不好嗎？現在大夥兒都敬著妳，都讚妳風光呢，我們還要回陳地嗎？」

張綺抬頭，怔怔地看著阿綠，好一會兒才絞著手，喃喃說道：「我……」她苦笑道：「阿綠，我就是想讓這顆心真正的靜一靜，哪怕一年、兩年……我不想再東奔西跑，不想再惶惶不安，不想再無依無靠，更不想與人爭來奪去。阿綠，我也不知回到陳國會如何，可前去陳地，成了我的執念。我就是想有那麼一天，有那麼一個地方，能讓我放下一切不安，踏踏實實地過些日子，實在不行，一年也好。」

張綺沒有說出，宇文邕與她一樣，也是一個心中不安的人，兩個不安的人湊在一起，做知己可以，做夫妻，那感覺不好受。

阿綠呆呆地看著張綺，聽了一會兒，她突然說道：「阿綺，我們可以求公主的，她一定會幫忙，她人最好了！」

聽到這話，張綺連忙搖頭，她把手放在阿綠手背上，安撫道：「不急，我還不急……反正在陛下立后之前，我都可以不急。」

而立了后，這其中便會牽扯到很多利益、糾紛，還有宇文護和宇文邕各自的盤算，還有後宮的殘酷爭鬥，所以，在那時之前離開就可以了。

今天來找阿綠，只是她因為那人的永遠離去而心亂了，而急於想擺脫一些什麼。

⁘ ⁘ ⁘

壬午年，北齊太寧二年，四月。

蘭陵王一行人回到了鄴城。

望著出現在眼前的城門，一襲風塵的蘭陵王，沙啞著嗓子說道：「我們直接入宮面見太后。」

「是。」眾騎如旋風般捲入城門。

一入城，蘭陵王便感覺到城中有點異樣，匆匆趕往皇城，還沒有入宮，一輛馬車便急急堵住了他。堵著蘭陵王的，正是方老，他早就知道今日蘭陵王歸來，已候在這裡一個時辰了。見到蘭陵王，他叫了一聲：「郡王。」

見蘭陵王向自己看來，他爬下馬車，把蘭陵王扯到一旁後，低聲說道：「郡王，太后已殂！」見蘭陵王蹙著眉，表情並不意外，方老朝四周看了一眼，壓低聲音說道：「太后死了不到五天，陛下便脫下喪服，仍然像往常一樣穿著紅色袍服。昨日，陛下又登上三台，擺酒奏樂，宮女給他送來了喪服，但他卻把它扔到了台下。散騎常侍和士開請求停止奏樂，陛下勃然大怒，打了他。」說到這裡，方老不安地勸道：「郡王此時入宮，得小心才是。」

蘭陵王入宮，本是想找太后，現在太后都死了，入宮之事，便得從長計議。

與方老一道向回走時，方老還是憂心忡忡，他嘆道：「郡王，陛下還是郡王時，可不曾這樣……他現在連孝期也不守，老奴真擔心。」

嘮叨了一會兒，方老轉過頭，向著蘭陵王問道：「郡王，你怎麼一個人回來了？王妃呢？」

聽他問起，蘭陵王啞聲道：「我欲與王妃和離。」

方老一愣，抬頭看向蘭陵王，這才發現，自家郡王並不僅僅是因為旅途勞頓而憔悴，他的眼神蒼涼至極，透著一種心死成灰的冷。

方老眼圈一紅，哽咽問道：「發生什麼事了？」他記起他此行的目的，又問道：「張姬呢？」聽到到先問鄭瑜再問張綺，蘭陵王低下頭來。

他怔怔地看著方老，突然啞然一笑，低語道：「我還真是愚不可及！」自語到這裡，他閉上雙眼，慢慢地，一字一句地說道：「方老，我要知道王妃是個什麼樣的人！」

他陡然睜眼，目光閃電般盯著方老，嘶啞地說道：「以往，我由著自己的性子，做錯了很多事。現在，我想明明白白地弄清一切。」說到這裡，他淡淡說道：「如果方老你不願意，我會另令他人著手！」

他的院子一直是由方老經管，方老也是服侍了他多年的老人，彼此之間如同親人。如非得已，他不想越過方老行事，可現在，他必須如此了。

……是他愚蠢，竟沒有發現在乎地位尊卑的，豈止一人二人？方老明知道他心心念念的都是張綺，明知道他此去長安也是為了張綺，可他見到自己，第一句問的卻是鄭瑜，直到自己提醒，他才記起阿綺。

原來，阿綺的顧慮都是對的。她沒有地位，沒有那個身分，便是方老這等忠厚之人，也會無視於她。

這種無視，若是平素也還罷了，若是受到欺凌時呢？若是生死攸關時呢？

方老看到蘭陵王那苦澀自嘲的笑容，心下一驚，不由自主地說道：「是，老奴不敢。」他認真說道：「老奴這就下令。」

這話一出，方老清楚地感覺到，蘭陵王朝自己瞟了一眼。

原來，他還沒有下過令啊！

感覺到蘭陵王眼中的失望，方老突然不安起來。他低下頭，正準備行禮認罪，這時，蘭陵王低沉的聲音傳來：「我自封為郡王，便長住軍營，兩處府第，出現的時候少。」

聽到這裡，方老有點糊塗了，他抬頭看向蘭陵王。

蘭陵王沒有看他，只是命令道：「方老，你也老了，從今以後，你就照料我在晉陽王府時的個人起居吧。兩府管事，我會另派他人。」

方老持手一禮，低聲道：「是。」

蘭陵王望著前方，尋思一陣，又啞著聲音說道：「把陽嫗請過來吧。你去庫房拿些黃金聘她過來，就說，讓她像教導那些女郎一樣，每日裡給我上一堂課。」

「教課？」方老整個人都糊塗了。

蘭陵王看著他，啞聲說道：「陽嫗出自宮中，常自教導各大世家的女郎，於人情世故，也是極懂。見到阿綺之前，我從來沒有與任何婦人長時間相處過，現在，我是時候弄明白一些事了。」

說到這裡，蘭陵王猶豫一下，又道：「另外，你再找兩個精通此類事的老嫗一併教我。」

「是。」這一次方老答得爽快，他已想明白了，這陣子太后新喪，很多事郡王都不能做，待在府中聽聽課也是好事。

想到這裡，方老忍不住又問道：「郡王，張姬呢？怎麼沒有把她帶回來？」

他的問話聲一落，蘭陵王便僵在那裡，直過了許久許久，他才艱澀地說道：「阿綺她，不會回來了……」

簡單的幾個字，有著無邊的蕭瑟、絕望。

方老心下陡然一驚，不由想道：真不回來了？張姬如果不回來，郡王怎麼辦？他還這麼年輕，他這漫長的一生怎麼過？

轉過頭，蘭陵王輕喝一聲：「回吧。」

護衛一怔，問道：「郡王，是回王府嗎？」

自與鄭瑜大婚後，蘭陵王便沒有在鄴城的郡王府落住過，因此那護衛有此一問。

蘭陵王淡淡說道：「不必，我在東郊不是有一個小莊子嗎？便回那裡。」

「是。」

看到蘭陵王轉身就走，方老忍不住又說道：「郡王，不回鄴城郡王府嗎？」見蘭陵王看向自己，方老硬著頭皮說道：「鄭府兩次派人前來，說是，外面的人都在說，郡王嫌棄王妃，便連王府也不回了。他們說，這名聲太難聽，請郡王為王妃考慮一二，不要薄了彼此的交情。」

那兩次，其實都是蘭陵王還在時，鄭府便派了人來責問的。不過當時蘭陵王為了能夠出使尋回張綺，一直前後奔波著，方老不忍見他焦頭爛額，便瞞下去了。現在見他明知鄭瑜不在，也不願意再回那府第，便把此事說了出來。

「交情？」蘭陵王低啞一笑，揮了揮手，疲憊地說道：「方老，我都要與王妃和離了，還要與鄭氏的交情做什麼？」

方老駭然抬頭，與蘭陵王生活多年，他清楚地感覺到，他這句話中隱藏的冷絕。

他是對一切都不在乎了嗎？不要鄭氏的交情，也不顧太后指婚的遺命，這樣的郡王，豈不是成了真正的孤家寡人？他如今辛辛苦苦得到的權勢地位，說不定哪天便被鄭氏聯合眾權貴搞下去了。

想到這裡，又想到蘭陵王這樣念著不放，說不定連子嗣都沒了，方老心中大亂，不由急急說道：「郡王，張姬雖好，可天下的美人兒有的是，要不，你再找一個，再找一個去？」

方老說得很急，很認真。

蘭陵王慢慢轉頭，他錯愕地看著方老，直過了好一會兒，才嘶啞地說道：「方老，阿綺她，沒有可代替的……」

「可是，」方老急急地提醒他，「張姬在時，屢次向郡王要求妻室之位，郡王如此寵她，都能尊嚴自持，怎麼她走了，郡王你卻糊塗至斯？」

方老一句話落地，蘭陵王卻是僵了。

他怔怔地回頭看向方老，直直地看著他，好一會兒，他才啞聲道：「我當時不給，只是覺得正妻之位對她作用不大……」

他說不下去了。當時她那麼求他，當時她把那金釵插在掌上，當著那麼多人說，要獨占他，要做他的妻，可他都沒有應。

他只是……只是不喜歡被人議論說他娶了一個卑微的妻子，他只是，一直覺得，貴賤天生，阿綺能有自己的寵愛就夠了，他會護著她，也會娶一個與他一樣護著她的正妻，他的下人、所有的人，也都會因為他愛寵著阿綺而重視她。

他只是覺得，那正妻之位，對阿綺來說，真不是那麼重要。

可這些他深信不疑的想法，隨著對鄭瑜的懷疑，隨著今日方老的表現，一點一點地消散了。

到了現在，只有苦澀。

原來，一個女人沒有正妻之位，是如此的沒有地位，無論他怎麼寵，就是沒有地位……

原來，連方老這樣忠他重他，也清楚他感情的人，都把阿綺看得這麼輕，看得這樣可有可無。

怪不得她便是死，也要離開他……怪不得了！

想到這裡，對上方老憂心忡忡的臉，蘭陵王揚起唇，想要笑了笑，最後還是笑不出來。當下，他伸出手，在方老的肩膀上拍了拍後，沙啞地說道：「她不同的，方老，這世上只有一個阿綺……」

說到這裡，蘭陵王轉過頭，向眾人喝道：「我們走！」

「是。」眾騎一馳而去。

方老怔怔地看著他遠去的身影。

馬車中，張綺交代了阿綠一些事後，一時還不想離去。
阿綠看到了張綺的樣子，當下嘻嘻一笑，她湊過去，一邊給張綺輕輕地捶著腿，一邊清脆地說道：「阿綺，我們一起玩去好不好？桃花開了，外面有好多人都去賞花呢！」
張綺嚮往了一會兒，搖了搖頭，道：「我是皇妃，畢竟有不便。」
見阿綠扁起了嘴，張綺笑了笑，伸手在她肩膀上拍了拍，「下去吧。」
阿綠一走，張綺的馬車也啟動了。
剛剛啟動，她便看到迎面駛來的兩輛華麗馬車，馬車的主人正在說話，張綺一看，便認出坐在上面的，正是宇文成兄妹。
瞟了一眼宇文成，張綺轉過目光。
她與這兄妹倆是有嫌隙，不過她現在身分特殊，料這兩兄妹也不敢亂動心思。
剛這麼想，她匆匆瞟過宇文月的馬車時，一眼瞟到馬車中的另一個熟悉的身影。是鄭瑜！
鄭瑜怎麼與宇文月坐在一起了？
慢慢低下頭，張綺頭痛地揉搓著額心。
對鄭瑜，她一直不敢忽視。自然，此刻也不願意把兩個本不應該有交際的女人湊在一起的事想得太天真。畢竟，她們都與她有仇，畢竟，宇文月是宇文護的女兒，以鄭瑜的聰明和手段，想通過宇文月來報復身為皇妃的自己，是很尋常的做法。
尋思了一會兒，張綺慢慢掀開車簾，順手摘下紗帽後，張綺喚道：「請那輛馬車停一下，我有話相問。」

「是。」一個太監得令，連忙上前，他攔住宇文月的馬車時，宇文月等人已齊刷刷地轉頭向張綺看來。雖是荊釵布裙，卻是美貌無雙，這樣的一個女人，自然只能是皇帝的寵妃李氏。

看到是張綺攔車，不管是宇文成，還是宇文月都是一怔，至於鄭瑜，則是飛快閃過一抹慌亂。

張綺示意自己的馬車靠近她們。

大開的車簾內，她微笑地看著這兩個女子，然後，轉向鄭瑜，「那日醉鄉樓中，本宮奴才無知，卻是傷了郡王妃，還請王妃勿要記恨。」

於大庭廣眾當中，眾目睽睽之下，張綺大大方方地說出她與鄭瑜有仇後，就在馬車中，朝著鄭瑜一福，以示歉意。

這個舉動頗大，因此，四周開始嗡嗡地議論起來，更有好奇的人，已在打算等一會兒就扯出那醉鄉樓的小二，詢問一下發生了什麼事。

眾人的議論指點，令得鄭瑜臉色有些難看時，張綺卻沒有打算就此甘休。她素腕一揮，朝著一個太監命令道：「阿石，那日氣暈蘭陵王妃，你也有分，上前去，向王妃致歉！」

這哪裡是致歉？分明是噎人！那太監自是求之不得，他笑吟吟地走上前，朝著馬車中的兩女胡亂一禮，尖著嗓子說道：「蘭陵王妃，娘娘要咱家前來道歉，咱家就來了。」說罷，那太監抬著頭，笑等著鄭瑜表態。

鄭瑜臉色已是很難看，她哪裡說得出話來？

見她不說，那太監臉一沉，正要發火，張綺溫軟的聲音已然傳來：「阿石，退下吧。」

把那太監叫退後，張綺示意馭夫再度驅馬上前。

直到兩輛馬車並列，彼此伸手可及，張綺才伸出頭來。

她微笑地看著馬車中臉色發青的鄭瑜，還有一臉迷糊的宇文月。

張綺看向鄭瑜，緊盯著她，慢慢說道：「鄭氏，妳說妳好不容易來到了長安，來到了我的地盤中，我應當如何招待妳呢？」

在鄭瑜臉色大變中，張綺露出雪白的牙齒，繼續說道：「齊周向來交惡，想來，以我如今的身分，打殺一個敵國不受寵的郡王妃，那是沒有人出頭的吧？」

鄭瑜的臉，徹底變得灰白。

緊盯著她的張綺，再次一笑。她慢慢向後一倚，輕蔑地瞟了鄭瑜一眼後，垂眸專注地看著自己修飾完美的指甲，緩緩說道：「說真的，這個機會真是難得呢，我都心動了。」

欣賞了一會兒鄭瑜又驚又怕又氣又恨的臉色，張綺終於決定放過她，因此，她示意馬車離開。

在張綺的馬車離開一些，鄭瑜鬆了一口氣時，突然的，她再次聽到張綺雍容的，冷漠而高高在上的聲音傳來：「兩位，妳們好似還沒有給本宮行禮呢！」

這話一出，宇文月率先清醒過來。

她連忙爬下馬車，朝著張綺福了福後，喚道：「見過李妃娘娘。」

張綺揮了揮手，示意她退後一旁。

宇文月老實地應聲退下。

站在一角，宇文月忍不住又看向張綺，她的眸光十分複雜，不過轉眼，她便記起父親宇文護那日慎重其事的警告。熟知父親心性的她，咬了咬唇，飛快地低下頭來。

這時，路人中，幾個對話聲隱隱傳入她的耳中：「這是怎麼回事？」

「聽說李妃娘娘昔日與宇文小姑有過仇怨呢。」

「咦，剛才娘娘不也說了嗎？這個齊國郡王妃，與她也有仇怨。這兩個女的湊在一起，莫非是在尋思報復之事？」

「堂堂周地權貴，竟敢聯合齊國人一起報復後宮娘娘嗎？端的好膽！」

「不錯，這膽子也太大了！」

「有什麼囂張的？宇文護向來跋扈，他的兒女不敬娘娘，也是尋常之事！」

才聽了幾句，一向有點粗疏的宇文月，想到了父親嚴厲的警告，不由臉色大白。急亂中，她衝上前去，朝著張綺叫道：「娘娘，這個齊國女人我不認識她，她是剛才攔下我，說是要一起對付妳，硬要上我馬車！我才識得她，真的，娘娘，我才識得她！」說著說著，宇文月還厭惡地瞪了鄭瑜一眼。

感覺到宇文月的不安，張綺溫和地朝她點了點頭，微笑道：「無事，本宮相信妳。」示意宇文月退下後，張綺轉過頭，似笑非笑地看著磨磨蹭蹭，現在才從馬車上爬下，來到她身邊的鄭瑜，突然間，她聲音一沉，喝道：「跪下！」

鄭瑜臉色大青，她猛然昂頭，正準備反抗，一眼看到四周指指點點的周人，看到張綺身後殺意重重的太監們，不由牙一咬，撲通一聲，跪在了地上。

張綺一笑，衣袖一甩，返回馬車，命令道：「回宮。」

便這樣，也不叫鄭瑜站起，張綺的馬車便這般大搖大擺捲起漫天煙塵，從她身邊揚長而去。

張綺的馬車走得慢，在她的馬車離開前，鄭瑜不敢起身。圍在她身邊看熱鬧的周人又那麼多，齊周多年仇恨，彼此相殺，對於周人來說，難得看到一個齊國郡王妃跪在自己面前，那哄笑聲、議論聲、咒罵聲簡直不絕於耳，要不是顧及她是婦人，只怕都有人向她吐唾沫了。

從小到大，鄭瑜這是第一次受這種苦。

無法自抑的，她捂著臉哭了起來。

早就溜上馬車的宇文月，好奇地看著哭泣著的鄭瑜，突然說道：「這個郡王妃好可憐，那高長恭理也不理她就自個兒走了，嘻嘻。」

作為曾經喜歡過蘭陵王，想嫁給蘭陵王的人，宇文月對鄭瑜也看不順眼，見到她狼狽痛哭的樣子，不由大為痛快。

宇文月身邊的婢女也伸頭瞅著。這婢女二十五六歲，本是良家子出身，學識豐富，曾為女官，因為老成執重，才被派到宇文月身邊近身侍候。在宇文月與鄭瑜相處這點時間，她差不多把要知道的事也問清楚調查明白了。

當下，她點了點頭，意味深長地說道：「這女人啊，就是不能一意孤行，嫁給一個不理妳不護著妳的夫君，那羞辱和苦水，只能自己嚥了。」

頓了頓，那婢女繼續說道：「真說起來，這個蘭陵王妃著實心狹，想李妃當年在蘭陵王身邊為姬時，她一定沒少羞辱於她，現在李妃嫁入皇家，得了勢，報復回來也是正常，她怎麼就想不通呢？孤身一人到了敵對之國，竟還想著報復，還要如以往一樣把李妃踩在腳底下才舒心。」搖了搖頭，那婢女又道：「不識時務，不識進退，愚婦！」

見一側的宇文月若有所思，那婢女心下一喜，繼續說道：「不管哪個地方，便是最講尊卑，上下森嚴最不可違逆的，一入皇家，那些枷鎖就通通可以取下了。皇帝的女人，只分得寵、不得寵兩種，便是皇后，遇到得寵的嬪妃，也不能直面其鋒，得小心行事。這一點，與我齊周兩地的世家和貴族府中是不同的。」

宇文月點了點頭。

那婢女道：「奴聽人說啊，陛下是真寵愛這個李妃，有一次他曾對近侍說，以往常自不安，自她來後，才知世間愉悅。」

宇文月聽到這裡，不由瞪大了眼，奇道：「宇文邕真這麼說？」

「真這麼說。」那婢女道：「不然，妳以為大塚宰為何如此重視這個李妃娘娘？」

宇文月沉默了。

那一側，張綺的牛車終於看不到了。

見狀，鄭瑜急急站起，在周圍人的推擠取笑，還有順手揩油中，顛顛撞撞著，好一會兒終於衝出了人群。千辛萬苦回到使者府，她精心打扮的妝容早就糊掉了，頭髮也散亂了，衣裳更是扯得抓得上面爪印到處都是。

當她出現在使者府外時，門衛一時沒有認出來，竟是上前把鄭瑜一攔。

其中一人正準備驅趕時，另一個門衛眼尖，終於認出這乞丐般的衣冠下，鄭瑜那張熟悉的臉，當下他連忙朝著同伴使了一個眼色，一邊告罪一邊急急退下。

這一下直如火上澆油，鄭瑜再也受不了，一衝回自己的房間，便趴在榻上嚎啕大哭。

她哭得上氣不接下氣，直讓身邊的婢女面面相覷，又是惶恐又是不安。

過了好一會兒，鄭瑜才抽噎著止了哭泣。她拭著淚，哽咽道：「我們走！」

眾婢妳看著我，我看著妳，好一會兒才有一婢女小心問道：「王妃，往哪裡去？」

「回家，回齊國。」

那婢女的聲音更小心了：「可是，大夥兒不走，我們回不去的。」這又不是晉陽到鄴城，從長安到鄴城，千里迢迢，不跟著大隊伍走，後果不敢想像。

鄭瑜清醒過來。她怔怔地抬起頭，睜著通紅的眼，過不了一會兒，又流下淚來。

這個時候，她無比後悔，當初就不應該害怕高長恭發現，就應該下重手的。

明明，對高長恭她是無比了解的，這種了解，甚至勝過高長恭本人，勝過張氏阿綺。

他那人，從小在皇宮長大，因為母親曾經得寵，後又無恥淫奔，他的身分變得十分尷尬。在把他放在冷宮的一個不起眼的角落，讓方老照顧他的起居之後，便完全是由著他自生自滅的。

不過，宮中一眾慣會逢高踩低的奴婢，也不敢過分欺凌他。

因為，他的母親畢竟那麼得寵過，他們不知道，本來就喜怒不定、陰晴反覆的陛下，什麼時候會重新記起這個最愛的女人生的兒子，然後，突然要清算那些對他兒子有過不恭的人。

因此，高長恭從小到大，過的便是這種沒人肆意欺凌，卻也無視他，當他不存在的日子。

他雖然聰明不凡，在方老啟蒙過後，憑著一些書本便文武全通，可對人情世故上，他的認知，也就僅於皇宮一角。

如他就一直以為各大世家中生存的女人，與皇宮中生存的女人一樣，區別在於得寵與不得寵。得寵的可以上了天，得寵的妃子可以與皇后分庭抗禮，而不得寵的，便是失了母親的他這種。

因為了解，她自信可以掌握高長恭，與他在一起後，可以過上她渴望中的那種生活。

可她算好了一切，就是沒有算到會因為一個張綺，出現這麼大的變化。

在鄭瑜咬牙切齒，後悔不已時，張綺也回到了皇宮中。

遠遠的，宇文邕便看到了荊釵布裙的張綺飄然而來。

望著她，他揚唇一笑，說道：「讓人跪一跪便算了？阿綺這般心慈手軟可不行！」以後這宮中還會進來別的女人，遇到這種事都還只是讓人跪一跪，連巴掌都沒有甩幾個，會讓那些奴婢欺到頭上的。

感覺到宇文邕話中的勸導，張綺抿唇一笑，睜大眼，「陛下好靈通的消息。」

宇文邕也是一笑，他向張綺伸出手來。

張綺猶豫了一會兒，慢慢上前一步，伸手放在他的掌心。

握著張綺溫軟的小手，宇文邕一邊走向一側的棋盤，一邊說道：「不止是朕，估計群臣都知道了。說不定明日便會有臣子諫言，說要扣留這個蘭陵王妃呢。」

他坐到榻上，才慢慢放開張綺的手，抬頭看著她笑道：「如何？在朕的身邊，與昔日在齊時，感覺如何？」

他雖是笑著，卻目光銳利，他在等著張綺回答。

張綺心中咯噔一下，不安地想道：他是越來越認真了，現在都孩子氣地要與高長恭比較了。

垂著眸，張綺嫣然一笑，軟軟地回道：「陛下後宮若只有阿綺，這日子倒是大自在。」她眼珠子一轉，嘻嘻笑道：「可惜陛下貴為天子，最不少的便是女人。」

她說得輕鬆俏皮，笑容也是嬌俏燦爛，可宇文邕卻不為所動，他抬著頭，目光銳利地盯著她，直過了一會兒，才似笑非笑地問道：「是這樣啊？」

張綺被他看得不敢直視，低著頭囁嚅應道：「是啊。」

宇文邕顯然不想放過她，他還在盯著她，盯了一陣，突然說道：「那高長恭都已如此，妳也已經離開他了……何必還為他守節？」

張綺嚇了一跳，連忙嗔道：「我才沒有為他守節呢！」

「哦？那阿綺怎麼對朕的親近這般惶惑？」

見張綺終於白著臉不知如何回答了，宇文邕嘴角暗扯，卻依然雙眸銳利地盯著她不放。

正在這時，一陣腳步聲傳來。

不一會兒，一個太監走了過來，向宇文邕稟道：「陛下，邊關急報，突厥叩邊！」

宇文邕迅速抬起頭，站了起來，沉聲問道：「來犯者有多少？」

「二十七個部落，約十萬軍馬！」

二十七個部落，十萬軍馬？那來的都是大部落了。

宇文邕的臉色沉了下來。這些來自草原的突厥人，他們長年生長在馬背上，又悍不畏死，一人之勇，通常可以抵得上齊周兩地的軍士數十。

十萬突厥人犯邊，這是近年來少有的大戰了。

皺著眉，宇文邕一邊示意宮婢換裳，一邊急急問道：「大塚宰呢？」

「已通知了大塚宰。」

剛說到這裡，宇文邕已看到了大步向這裡走來的宇文護一行人。

遠遠看到宇文邕，宇文護便大著嗓門說道：「陛下，此事非同小可，我已經派出使者去向齊人求援了！」

齊周兩地雖然長年爭鬥，可對突厥的痛恨上卻是一致的，更因為彼此相鄰，互為犄角。遇上這等突厥大批進犯的事，通常會相互幫忙。

聽到宇文護的話，宇文邕點了點頭，問道：「不知邊境將士情況如何？」

說這話時，宇文邕的語氣中隱有不安，他比任何人都知道，宇文護自從早期打過幾個勝仗後，掌權後打仗，就變得剛愎自用，不聽人言，因此是打一仗敗一仗。他都不相信，在他的治理下，將士們會不出漏子。

果然，聽到宇文邕詢問，宇文護一愣，一副不甚明白的樣子。

三軍統帥竟是不明白邊境軍情！

就在宇文邕心下大為不快時，兵部尚書上得前來，低頭說道：「七城之內，我軍將士共有三十萬人據守，兵器……」

不等他說完，宇文邕已沉聲道：「三十萬人？」

區區三十萬人，那是給突厥人塞牙縫都不夠！

見那兵部尚書噎住，宇文邕心中咯噔一下，只怕不止是人手不夠，兵器糧草也是大為空虛吧？

想到這裡，他壓下翻騰的怒火，抬起頭對宇文護說道：「大塚宰，事關緊急，朕這個皇帝也不能在宮中空坐了！你發令下去，便說，朕要御駕親征！」

這個命令一出，跟在宇文護身後的眾臣，便嘰嘰喳喳地議論起來。

宇文護略略猶豫後，也不跟眾臣商議，點頭道：「就聽陛下的。」

張綺站在一側，看著宇文邕與眾人商議了一會兒後，便被簇擁著朝議事殿走去。

她轉過身，剛沐浴更衣，便聽到一個太監稟道：「李妃娘娘，陛下說了，會帶娘娘一道出征，請娘娘該收拾的收拾一下。」

什麼？帶她一道出征？張綺睜大眼，騰地站了起來。

她還想著，趁這個機會溜出周國，回到陳地呢！

❖ ❖ ❖

御駕親征不是一件小事，調兵遣將更不是一件簡單的事，宇文邕這一準備，便是兩個多月，而這時，張綺十六虛歲的生日早就過了，同時，鄭瑜等齊使也與周國使者一起出發，並成功返回了齊國。

齊國境內，自接到周國使者的求援後，一直在商議，再商議。

很多大臣建議說，不如趁周國和突厥兩敗俱傷時再出手。

不過齊國與突厥的關係更差，突厥那樣的部落，一旦任由他們搶劫殺戮成功，他們境內的小部落都會一湧而上。這樣一來，突厥人只會越來越多，根本談不上兩敗俱傷。只怕到時的結果是，周國敗落了，齊國也要面臨突厥的鐵騎。

議論紛紛中，蘭陵王一直沉默著。

這一日，高湛與眾臣就此事議了又議後，一眼看到站在一側，悶不吭聲的蘭陵王，不由身子歪了歪，還順便在膝上美人的褻衣內掏了一把手，揮手朝蘭陵王喚道：「長恭，過來。」

蘭陵王提步上前，低頭行禮，「陛下！」

見他開口，高湛把膝上的美人推到地上，身子向前探了探，用一種玩笑似的，好奇的目光把蘭陵王上上下下打量一陣後，道：「你這小子不是一有軍令就接，玩命兒似的拚嗎？怎麼現在又這麼安靜了？嘖嘖，這身上的冷勁，朕看了也發麻。說吧，這次之事，你有何想法？」

蘭陵王沒有理會高湛的調侃，他低著頭冷著臉，一絲不苟地說道：「陛下決定便是。」頓了頓，他又硬邦邦地說道：「陛下要臣如何，下令便是！」

這話，高湛最喜歡聽

他哈哈一笑，伸手朝蘭陵王一指，道：「那好，朕今日就給你五萬兵馬，你去支援周人。」

這命令一出，群臣先是一怔，後又紛紛站出。

「陛下，既然要出兵，五萬人何用？」

「陛下，要麼不幫周人，既然準備援助，又只派五萬，這不是兒戲嗎？」

……

議論聲中，倒是沒有大臣出面阻止蘭陵王出征。

這一仗，實是不好打。贏了無功，輸了有過。皇帝親自指了蘭陵王，對於一些武將來說，心中還鬆了一口氣。

面對眾臣的非議，高湛卻是置若罔聞。群臣見皇帝聽也不聽，漸漸的，勸誡聲越來越小。

……太后死了他都可以著紅袍、賞美酒，誰勸就打誰，這等事一意孤行，又算得什麼？

見眾臣安靜下來，高湛繼續看向蘭陵王。

打量著這個表情冷漠，似是一切都不在乎的侄兒，高湛忍不住心下同情了一把，當下再次欠身，笑呵呵地說道：「長恭怎麼不接旨？要不，朕再給你加一萬？」

蘭陵王躬身一禮，冷聲道：「加兵就不必了，只是那五萬兵馬，陛下得允我自行挑選。」

「行，你要挑就去挑吧。」高湛打了一個哈欠，站起來喝道：「散朝散朝，這麼點破事，浪費了朕好幾覺！」一邊說，他一邊在眾太監美人的簇擁下，大搖大擺向後宮走去。

接過虎符，蘭陵王馬上離開了皇宮。

這時候，鄭瑜早就回到了王府。她回來時，他沒有去迎接，回到了府中，他也沒有見過她。

對她，他有愧疚，可在蘭陵王看來，世上之事，當斷則斷，自己既然決意與她和離，那麼不管是歉疚也罷，慚愧也罷，也只能等到日後和離後再做計較，現在兩人還是乾乾脆脆地不來往比較好。

莊子裡，遠遠看到蘭陵王回來，方老連忙迎了上來。

這陣子，蘭陵王把兩大府第都派了相應的管事，連這個小莊子中，也是從管事到餵馬的小僕從，都給重新安排了一遍，方老現在只管蘭陵王個人的飲食起居。

方老的這種管，也就是照看一下，防著有人從衣食住行上面對蘭陵王下手暗害。

蘭陵王沒有理會亦步亦趨的方老，他回到房中，逕自解下身上的朝服，見他重新穿上戎裝，方老不安地問道：「郡王，又要練兵了？」

蘭陵王點了點頭，一邊繫上佩劍，一邊說道：「陛下令我帶上五萬軍馬，援助周人戰突厥。」

還真要打仗！

方老臉色一白，不免憂心忡忡起來。

正好這時，一陣腳步聲傳來，「郡王，有消息。」

蘭陵王清喝道：「進來。」

一個僕人走了進來。

看到來人，方老一凜，看來是鄴城王妃那裡來消息了。

他連忙上前，走到門外喝道：「都散開散開！」揮退眾僕後，他小心地關上房門。

當他回頭時，蘭陵王已低著頭，認真地看起那僕人遞上來的帛紙。

看著看著，方老聽到蘭陵王笑了起來，「原來是她做的。」聲音中，有著憤怒和失望。

蘭陵王收起那帛紙，揮退那僕人後，轉向方老，疲憊地說道：「阿綺在時，曾經四下流傳的那個謠言，說什麼阿綺身陷紅樓，與數人燕好，被人當眾撞破，無數人看到了她的身子……這令得阿綺聲名狼藉的謠言，是鄭瑜散布的！」

說出這句話後，不顧驚得瞠目結舌的方老，蘭陵王轉頭看向一側的几面。

那裡，散放著幾張仕女圖。每一張圖上，都有個眉目妍麗、巧笑嫣然的絕色美人，或著紅袍，或著黑衣，十五六歲的少女，那綻放的青春，掩不去眉間的絕望。

聽到蘭陵王的話，方老結結巴巴地說道：「真、真是王妃做的？」

蘭陵王點了點頭，道：「這次她在周地，似是受了阿綺的羞辱。她心中氣恨，今日秋公主等人安慰她時，無意識說出了這件事。鄭氏她說，只恨當時出手太輕……」

這話一出，方老的臉色也難看了。

蘭陵王還在怔怔地看著牆上的仕女圖，怔怔地看著那妍麗無雙的眉眼間的絕望。

他初初聽到這等傳言時，何等憤怒傷心？回來見阿綺，阿綺還偏告訴他，她失身了。

那時刻，他真是恨啊。當他倒在酒樓中悶悶不樂時，鄭瑜還出現了。她溫柔大方地安撫他，讓他不要怪責阿綺，說阿綺定是身不由己，說當時她若不委屈自己，說不定便被害了。

想到這裡，蘭陵王嗤地冷笑出聲。

一側，方老嘴張了張，想說什麼，卻又閉上了嘴。

這麼看來，自家這個王妃也不是尋常之人，那心機不淺啊！

想到這裡，方老抬頭看向蘭陵王。

這時，蘭陵王又把目光轉向了那一疊仕女圖。

這些畫，都是張綺上次自己給自己畫的，她原本是想留著給自己緬懷的。

蘭陵王伸出手，慢慢拿過這疊仕女圖。垂著眉眼，他修長的手指慢慢撫過仕女圖上美人的眉眼，慢慢的，他拿起一張帛畫，把它遞到了炭爐前。

騰地一下，火焰向上冒出，火舌吞沒了美人，轉眼便化成了飛灰。

看到這裡，方老瞪大了眼。他自是知道，從張姬離開後，他家主人對這些畫像有多麼執著，幾乎是每有空閒便守在畫像之前，有時一站便是半天。

方老驚道：「郡王，你這是？」轉眼，他驚喜地叫道：「郡王，你放開張姬了？」

「放開？」蘭陵王低低一笑，他順手又拿起一張仕女圖，一邊看著它焚燒時的火焰，看著那被火焰一點一點吞沒的眉眼，靜靜地說道：「我前半生，被一個婦人毀了，這剩下的日子，既然還準備活下去，便不能再被另一個女人毀了……從今天開始，我會忘記她！」

蘭陵王的聲音很平靜，很平靜。

見到自家郡王終於下定決心了，方老想要歡笑，可不知怎麼的，看著蘭陵王的眸子，他卻笑不出來。

這時，蘭陵王揮了揮手中的帛紙，把它放在方老面前後，淡淡說道：「把這些拿過去，讓鄭氏好好看一看。」

方老抬起頭來。

蘭陵王表情冰冷，淡淡地說道：「我這一生，最不喜陰謀，卻總被陰謀所累……你親自去對鄭氏說，我很後悔，也很失望。這次出征，若是戰死也就罷了，若是能活回來，我希望與她和離。」

伸出手指敲了敲几面，蘭陵王繼續說道：「對了，這帛紙上的內容，你也送給鄭氏一族，讓他們商議商議。」

聽到這裡，方老小心地提醒：「郡王，這個，他們怕不會在意吧？」

對上一臉冰冷的郡王，方老想道：在鄭氏已經成為自家王妃的時候，這樣的事宣傳出去，並不能替郡王得到更多的同情和支持。鬧到鄭氏一族中，也只會被人嗤之以鼻。

整個鄴城和晉陽的貴女，人人都跋扈嚣張，這般處理自己夫君的一個姬妾，算得了什麼？有很多還是直接上門打殺的！

當然，王妃散布這個謠言時，並不曾與郡王訂下婚約，乃實實地得了妒忌和狠辣四字。可這齊國的貴女，別的不說，妒忌和狠辣，卻是最最平常的特性。

有多少貴女剛與那丈夫議親，也不管議沒議成，便直衝入丈夫的府第，把他的寵姬鞭打得重傷，或毀了那寵姬容貌的。比起她們，鄭氏真算是溫婉的了。

聽到方老的疑問，蘭陵王垂下眉眼，淡淡說道：「當初我與鄭氏締結婚約時，首要一條，便是不得傷害張姬，若是任何時候、任何地方，我發現他們有人曾對張姬不利，那麼，休怪我翻臉無情。」

他揮了揮手，道：「去吧，便是整個齊國的人都說鄭氏無錯，那也不能改變什麼。公道是非，從來不在他人言語中。」

說罷，已穿戴好的蘭陵王提步轉身。方老拿起那帛紙，怔怔地看著他跨上馬背，看著他一身盔甲地衝入天空中瀰漫開來的雨霧中。

❖ ❖ ❖

三個月過去了。

邊境七城，同時受到十萬突厥軍的攻擊，雖然朝中一再增兵，但那城池也有幾回險些被攻破。據詳細調查，所謂的十萬突厥軍，其實不過七萬，另外三萬，則隸屬於突厥人的僕從和附屬部落，其戰力和凝聚力與突厥人來說，相差甚遠，與齊周兩地的兵卒也就差不多，可這依然算不得好消息。

宇文護信佛，又好奢侈，周國各地大興佛院，僧徒十萬，各個占有大量的田地又不事生產，不納稅賦，兼且他自已又廣建華宇，這些都嚴重耗空了周地的財力物力。

再加上他又算不得一個好的統治者，任用非人，可用的軍卒，十不足一，宇文邕查看了一圈，發現很多士卒手中的兵器竟然是一根竹竿，至於護身的甲具就更不用說了，什麼也沒有。

這樣的兵力，怎麼可以與馬背上長大的突厥人一決高低？

可現已至此，不拚也得拚，過不了這一關，怕有亡國之危。

殿中，宇文邕盔甲在身，風塵僕僕地走了進來。

看到張綺迎上，他一邊接過她遞上的毛巾拭著臉上的灰塵和汗水，一邊啞著嗓子說道：「五日後，甲丙日午時，會誓師出征。」

張綺嗯了一聲，抬頭看著他泛紅的眼睛。

宇文邕丟下毛巾，抬頭便對上她眸中的關懷，不由自主的，他上前一步，突然伸出雙臂，把張綺緊緊摟在懷中。

這是他第一次對她做出這種逾越的動作。

更且他身著盔甲，那鋼鐵摩擦得她嬌嫩的皮膚疼痛不已。

張綺沒敢動，任由他摟著，低低勸道：「陛下承天之威，定能安然無恙。」

宇文邕只是抱著她，好一會兒，他才沙啞著嗓子說道：「這一次，不容易。」他低頭看著張綺，疲憊地說道：「阿綺，我，很想殺了那個老匹夫。」

他這話一出，張綺已迅速伸出手捂上他的嘴。

見她一臉不安，宇文邕一笑，啞聲說道：「無妨，不會讓外人聽到的。」

慢慢鬆開張綺，他轉過身來，說道：「這次齊國派來相助的將領是高長恭，他帶了五萬兵馬。」說到這裡，宇文邕緩緩轉頭，他看著張綺，慢慢說道：「他的人馬已經出發了。」

見張綺神色不動，宇文邕笑了笑，挑了挑眉，轉身道：「準備好了吧？」

「是。」

⁂

甲丙日，誓師過後，二十萬軍馬，簇擁著宇文邕的華蓋，開拔了。

坐在華麗的馬車中，張綺抬頭看去，進入她眼中的，除了夾街相送的百姓，便是前方那遮蔽著天地的，看不到邊的人馬。

她回過頭來，這一回頭，竟然在宇文護旁邊看到一個熟悉的身影。

那是蘇威！是了，上一次見到蘇威時，他曾說他從突厥歸來，顯然他是一個對突厥事務頗為熟悉的人，這次出征，宇文護帶上他，也是情理當中。

在張綺看向蘇威時，蘇威也在看向張綺。

四目相對，張綺匆匆移眼。

把這一幕看在眼中，站在新興公主旁的宇文月格格一笑，嗤聲說道：「阿興，妳家的阿威在看李妃娘娘呢！」對上新興公主發白的臉，宇文月哼了一聲，又道：「我聽大哥他們說，這個李妃娘娘要不是入了齊國蘭陵王的眼，原本也不過是一個誰都可以玩弄的小姬妾。他們說，這女人啊，得有人搶有人爭，特別是蘭陵王這樣的丈夫來搶來爭，那女人才會變得值錢。這不，妳家阿威啊，還有陛下啊，都把她當寶了。哼，要是以前，誰記得她？」

聽到這裡，新興公主斯斯文文地說道：「月姊，小聲點。」她朝四下看了一眼，又道：「有人聽著呢。」

這話一出，宇文月慌忙閉上嘴。她朝四下看了一眼，雖然沒看到有人向這邊看來，可終是不敢再說了。要知道，上一次因為蘭陵王妃鄭瑜之事，她足足被宇文護關了一個月的禁閉，現在心下還有陰影呢。

二十萬大軍，足走了一個月，才趕到邊關。

而這時，突厥人久攻不下後，也不知由哪個部落首領牽頭，原本壓向邊境七城的數十部落，其中大多數擠向邊境武威一城。

「黃昏時就可以抵達武威郡了。」

與張綺同坐一輛馬車的宇文邕皺著眉，聲音沉啞地說道：「五十萬大軍戰十萬人，對方傷亡不過一萬，五十萬大軍卻已葬送了十萬餘人，這還是有城牆相阻的情況下。」牙一咬，宇文邕把手中的軍情帛書重重一甩，直是恨不得在其上重重踩它一腳。

這時，兩隻小手捶上了他的背，張綺溫軟的聲音輕細地傳來：「聽說這次突厥大軍中，還夾有柔然部。突厥、柔然向有不和，能不能……」

她才說到這裡，驀地，馬車外傳來宇文護的朗笑聲，「李妃娘娘一介女流，卻原來還知道有突厥柔然兩部？難得難得！」

笑聲一落，宇文護喚道：「陛下，高長恭來了。」

高長恭來了？

宇文邕連忙拉開車簾，呵呵笑道：「齊國蘭陵王特意趕來相助，朕得見見才是。」

宇文護冷哼道：「五萬兵馬，又不由段韶領兵，當我小兒嗎？」語氣中頗有憤憤。

雖然不喜，不過畢竟是代表齊國，宇文護手一揮，示意大軍停下後，領著宇文邕朝前走去，

「說是一刻鐘會到。」

宇文邕嗯了一聲，一手牽著戴著紗帽的張綺，一邊說道：「一道迎接吧。」

在宇文邕帶著文武百官迎接齊人時，他身後的二十萬大軍匆匆止住腳步所激起的灰塵聲、馬嘶聲、喝叫聲、罵咧聲直是不絕於耳，都把眾臣說話的聲音給掩下去了。

就在這種鬧哄哄中，一陣沉悶的，令得地面震動的轟隆隆巨響聲傳來。

這巨響聲與周人二十萬軍的響聲完全不同，它規律且整齊劃一，彷彿一隻巨獸，挾著天地之威逼來。越到後來，越是地震山搖，越是讓人心驚肉跳。

不知不覺中，眾人安靜下來；不知不覺中，連那躁亂騷動的二十萬大軍也同時停下了動作，眺向了天邊。

天邊，一重重黃塵沖天而起。那黃塵層層疊疊，如狂風捲襲，直是遮蔽了天地。明燦燦的太陽光，在這一刻也暗了下來。

安靜中，宇文護有點遲疑的聲音傳來：「齊人當真說是五萬？」

一將軍應道：「回大塚宰，正是五萬！」

「只五萬人嗎？」這樣的氣勢，看這風沙的架勢，哪裡像是只有五萬的？

這時，張綺聽到蘇威在一側小聲說道：「臣觀這氣勢，突厥人也有不如。久聞那高長恭擅長練兵，自領兵直到如今，未有一敗。」

宇文護哼了一聲，道：「不過一黃口小兒！」

與宇文護不同，張綺聽到身邊的宇文邕低低說道：「恨不得為我所用！」

幾人說話之際，那轟隆轟隆的震動聲越來越響，越來越響。

終於，眾人眼前一黑，只見視野的盡頭出現了一條黑壓壓的隊伍。那隊伍如同鋪天蓋地翻滾而來的黑雲，轟隆隆的層層推近。轉眼間，便遮蔽了眾人全部的視野。

到得這時，已沒有一個人說話，所有人都被震住了。

五萬大軍算不得什麼，可他們從來沒有看過五萬人軍有這種氣勢的，光是那隆隆而來的馬蹄聲，便令得眾人心跳如鼓，幾不能自持。

直過了好一會兒，宇文邕突然喝道：「好！」

在一陣肅靜中，他大聲道：「大塚宰，我們有如此雄兵相助，何愁家國不寧？」他手一揮，喝道：「迎上去！」

這個命令剛一下，對面那遮蔽天地的烏雲卻停止了。

幾乎是一眨眼的事，原本急奔而來，氣勢如龍，令得風沙成海的五萬雄兵，齊刷刷停止了。

令行禁止，從來是作為將帥應該達到的效果，可真正做到的，又有幾人？宇文邕的手還舉在半空，那浮動的黑色山嶽便像定住了一般，齊刷刷地停在了當地。一時之間，原本應該領命的人，已忘記了回答，而宇文邕的臉色，這時終於又變了變。

黑色的山嶽停下後，一個黑色身影越眾而出。他策著馬，領著十數裨將，轉眼間便奔馳到了周人面前。

這個一襲黑甲，臉上戴著面具的騎士，率眾來到宇文邕的華蓋前，只見他翻身下馬，抱拳道：「齊高長恭見過周主。」

若說先前，在周人的印象中，蘭陵王不過是個長相美得不像話，聽說有點統帥天賦的高氏皇族，那麼現在，高長恭這三個字，代表的便是一種威壓，一種可以碾碎萬物，俯視一切的強大軍力。

隨著蘭陵王這一禮，周國群臣似乎才清醒過來，宇文邕微笑道：「郡王能夠前來，朕不勝感激。」而這時，宇文護也是一陣大笑，他大步走到蘭陵王身邊，在他的肩膀上拍了兩下後，連連嘆道：「好小子！好小子！」

轉眼，他瞅著蘭陵王的面具，奇道：「戴這勞什子做甚？」

猙獰的面具後，蘭陵王淡淡一笑，道：「樹威耳。」

這話一出，宇文護又是一陣哈哈大笑。

直到這時，在宇文護的一連串笑聲中，被五萬黑騎震得神魂出了竅的眾臣，終於清醒過來。他們圍上蘭陵王，說笑著走到一側。

自始至終，蘭陵王都沒有向張綺的方向看上哪怕一眼。

陸之章

咫尺相思問歸期

兩部會合，傍晚時進入武威郡。

武威郡極大，從武威郡到武威城，足足要用四天的時間。

這個靠近沙漠的郡縣，民生凋零，要走很久，才能看到一個村莊。

不過，這些村莊的人，全部到了官道兩側，跪在那裡，迎接天子大駕。

自與蘭陵王部會合後，宇文邕便一直沉默著。此刻也是，他一邊品著雲霧薰蒸的溫酒，一雙眼時開時合。突然的，宇文邕說道：「阿綺。」

張綺抬頭。

宇文邕沒有看她，只是淡淡說道：「跟朕說一說高長恭這個人。」

張綺一怔間，看到了宇文邕眸中的精光。

是了，他對高長恭起了愛才之心了。幾乎是突然的，張綺竟是想道：莫非，他想把高長恭招攬過來？可高長恭乃齊國堂堂皇室，要他過來可不容易，那要拿得出讓高長恭心動的籌碼。

尋思到這裡，張綺不知怎麼的，心有點驚，她不敢再想下去。

垂著眸，她輕聲說道：「高長恭這人，自尊自信，注重榮譽，潔身自好。」

宇文邕還在盯著她。

張綺低低說道：「他很固執，認定的事很難改變。」

見張綺不再說了，宇文邕笑道：「便這些？」

張綺垂眸，「妾愚昧。」

宇文邕嘴角扯了扯，低聲道：「此時說這些，也是無用。」確實是無用，現在周國的政權還在宇文護手裡，他宇文邕自身也是難保。

再說，以宇文護的治軍之能，便是一百個高長恭，也發揮不了本事。

想到這裡，宇文邕暗嘆一聲。

這時，前方吵鬧起來，宇文邕轉頭一看，只見臉戴面具的蘭陵王，正被宇文護屬下的幾個大將圍著，也不知在說些什麼，一群人吵得甚凶。

揮了揮手，宇文邕道：「他們鬧什麼？叫過來，讓朕評評理。」

他的命令下達後，不一會兒功夫，幾個武將策馬過來。

宇文邕看了幾將一眼，轉頭看向蘭陵王。

坐在黑色駿馬上的蘭陵王，也許是戴著面具的緣故，格外顯得神情冷絕。他端坐在馬背上的身影筆直，有一種如山一般的沉凝。

明明只是一個普通宗室郡王，可宇文邕突然覺得，便是在自己面前，眼前這個蘭陵王，也氣勢驚人。這人竟是天生便有著吸引所有人注意力的風姿！

收回目光，宇文邕笑道：「眾卿，你們所議何事，竟激動如此？」

一個周將上前，向著宇文邕行了一禮，朗聲道：「陛下，這姓高的一來，便說突厥和柔然兩部爭鬥多年，彼此之間的仇恨，更甚於與我齊周兩國。他對大塚宰說，如果大塚宰願意放權給他，二十五萬精卒全部交由他來指揮，他可利用兩者之仇，最多三月，便驅突厥於周城之外。」

說到這裡，幾個武將都來氣了，另一個武將也冷笑道：「他以為他是何人？一個齊國的黃口小兒，練得幾天兵，便把自己當成人物了？」

「呸！」

「不知天高地厚！」

紛紛譏嘲中，宇文邕卻是轉頭看了張綺一眼。

他記得，就在剛才，張綺也說過同樣的話。

一個深閨柔弱婦人，是她真有見識？還是以往高長恭向她透露過什麼？

只嘀咕了一下，宇文邕轉向蘭陵王笑了笑，挑眉道：「蘭陵王便如此有把握？」

也不等蘭陵王回答，宇文邕沉吟了一會兒，說道：「這樣吧，齊周此次作戰，也不用誰做誰的主。你領著那五萬人，自去抗擊突厥，不用與我等在武威守城。」

「好！」蘭陵王持手一禮，應了一聲，轉頭策馬就走。

看著他要離開，宇文邕突然喚道：「高長恭！」

蘭陵王回過頭來。

宇文邕盯著他，輕聲道：「朕觀長恭實是難得之將才，朕想替周國留下長恭。便有所求，盡可道來。」

「便有所求，盡可道來」八個字一出，嗖嗖嗖，附近所有的目光，竟是不約而同地看向張綺。

馬背上的蘭陵王身子也是一僵，好一會兒，他才啞聲道：「長恭家國，只在齊地，陛下厚愛，不敢領受。」說罷，他一踢馬腹，奔馳而去。

望著他遠去的背影，宇文邕長嘆一聲。

他揮了揮手，示意武將們散開後，重新拿起地圖，研讀起來。

張綺低下頭，一動不動地看著放在膝頭的，自己的雙手。

也不知過了多久，宇文邕突然問道：「阿綺怎知突厥與柔然不和？」

張綺低聲道：「來周時，聽蘇威提過。」

「蘇威？」宇文邕點了點頭，他看著前方，慢慢說道：「若是全由朕做主，朕倒願意把這二十五萬大軍全部交由高長恭。」

見張綺吃驚地看著自己，他微微一笑，「阿綺不是說過嗎？此人極重榮譽，潔身自好嗎？」

張綺嗯了一聲，道：「他是這樣的人。」

宇文邕顯然對蘭陵王十分感興趣，他朝著那遠遠匯入黑浪中的身影，突然說道：「阿綺以為，他此刻是領兵離隊，還是隨我等一道前往武威？」

他的聲音一落，便聽到張綺毫不遲疑地說道：「自是前往武威。」

「哦？說來聽聽？」

張綺道：「突厥半數都集中於武威一城，他得親眼看過，判斷了，才好決定下一步。」

「阿綺倒真是了解他。」

宇文邕轉頭，見張綺又低下了頭。他目光銳利地盯了她一眼，不再說話。

第五日上午，二十五萬大軍進入了武威城。

武威城因直接面對突厥、柔然等人，其城牆堅固非常，高和寬都有二十丈。城牆之下，可以同時跑四駕馬車。不過到了現在，這高大的，如山一樣堅不可摧的城牆，也是滿目瘡痍，到處可以看到幾人深的破洞。牆面上，更有火燒與鮮血同時染就的痕跡。

武威城的對面是密密麻麻的白色帳篷，見宇文邕盯著那些帳篷，一個武將說道：「陛下，這些突厥人連續三個月搶劫，除了武威城外，武威城以北的小城都已攻破，城中的子民財帛更被搶奪一空，那邊有三座小城，還被他們放的一場火燒成了灰燼。」

這個宇文邕早就知道了，只是親自站在武威城上，看著已毀了十之三四的城池，他的臉色陰沉得厲害。

武威郡可以說是周國境內最大的一個郡，此城若破，突厥人在武威郡內再無阻攔。可以說，能不能守住武威郡，意味著能不能保住周國的半壁江山。

見宇文邕處於沉思中，張綺慢慢走出。

她知道，他其實是個極為嚴苛的人，在軍國大事上，他極不喜歡女人站在一旁傾聽。目光從突厥人的帳篷處移開，張綺搜了搜記憶，記憶中，關於此戰的只有幾條。不過，她只是一個婦人，還是一個以色事人的婦人……

想到這裡，張綺轉身提步。

她低著頭在城牆上行走，來到此處時，張綺已換過荊釵布裙，戴上了紗帽，可饒是如此，還是令得那些許久沒有見過女人的軍士頻頻向她看來。雖是努力克制，卻還是一個個目瞪口呆，醜態畢露。

對上這一雙雙如狼似虎的目光，張綺的頭更低了，在眾人火熱的盯灼中，她的腳步有點亂，到得後來已是越來越快。

她雖是常自經受別人的目光，可這種彷彿要把她給生吞活剝了的火辣辣注視，還有那一聲聲已掩不住衝動的急促呼吸，卻還是令得張綺的心慌亂了。

還是快些回到城中給宇文邕騰出來的院落中去，那裡有太監宮女！

也許是束縛太多，從來難得自由之故。自與宇文邕在一起後，張綺是能不帶婢僕，便不帶婢僕，能把太監宮女趕得遠遠的，她保證一個不留。

恰好宇文邕也是這樣一個人，因此，這兩人到城牆視察，除了文武百官，張綺是連一個太監宮女也沒有帶在身邊。

就在張綺急匆匆跑下城牆時，只是低著頭走路的她，一不小心踩到了一塊石頭，腳踝一扭，整個人向下一歪，身子已不受控制地向下摔去。

下面便是石頭壘成的高達二十丈的石梯。這石梯如此之陡，她這一摔一滾，只怕會筋骨俱斷。

雙腳不受控制地向下滑去十幾層石梯，身子傾斜，眼看就要翻身滾倒的張綺，尖叫一聲。

就在她尖叫著向下滾去時，突然間，她的身子重重撞上了一物。下跌之勢何等兇猛？她這重重一撞，便聽到一個忍痛的悶哼聲傳入耳中，緊接著，她身子一輕，卻是被人提起站穩。

有人救了她！

張綺抬起頭來，對上了一雙熟悉至極的眸子。

他已脫下了盔甲，她剛一站穩，他便急急收回雙手。此刻，那雙手正僵硬地放在他的身側。

四目一對，他便側過頭，漠然而又安靜地看著方寸之處的城牆紋路……

一個腳步聲傳來，隨後，一個年輕的幕僚打扮的文士叫道：「長恭，你怎麼突然衝這麼快？咦，這是……」

那人朝張綺看了一眼，先是目光中流露出一抹驚豔，轉眼，他像是明白了什麼，暗嘆一聲，退後幾步。

蘭陵王垂下眸，他慢慢向後退去。隨著他這一退，沒有站穩的張綺晃了幾晃。他面無表情地看著她狼狽站定，驀地轉身，大步朝下走去。不一會兒，他走上他的坐騎，翻身上馬，揚塵而去。

那幕僚怔了怔，轉眼大叫道：「長恭，你怎麼把我扔了？」一邊叫，他一邊胡亂衝到坐騎旁，爬上馬背，匆匆追去。

直到那馬蹄聲再也聽不到了，張綺才慢慢抬起頭來。

她靜靜地看著那身影離開的方向。看了一會兒，她低下頭來，慢慢彎腰撿起那紗帽，把它小心地戴在頭上。

這麼簡單的動作，她做起來有點僵硬，那手，有點不受控制地顫抖著。

戴上紗帽後，張綺安靜地向回走去。

宇文邕回來時，已是傍晚。他心事沉沉，負著雙手不停地轉悠著。

轉了一會兒，他終於坐下，朝張綺命令道：「阿綺，給我奏一曲琴。」轉眼，他又說道：「還是哼一首曲子吧。」

張綺應了一聲，輕輕哼唱起來。

她唱的是流行於南陳的一支曲，《燕歸來》。它曲調平和，緩如春風。

在她的吟唱聲中，宇文邕慢慢平靜下來。

張綺走到一旁，持起煮好的酒來到他身邊。

她蹲跪在他身前，一邊給他斟著酒，一邊輕聲說道：「陛下有何煩惱？」

她也不是要問，只是隨口說說，好讓宇文邕通過訴說解去壓力。

宇文邕閉上雙眼。

張綺走到他身後，自發地給他揉按起眉心來。

張綺的這點體貼，最是讓宇文邕喜歡。在他看到的鮮卑婦人中，幾乎沒有一個人能做到這點知情知趣。既懂丈夫心意，又知進退。因此，很多時候，他都允她自由。

當然，張綺深深明白，不管如何自由，自己的一舉一動，都在宇文邕和宇文護，還有群臣的盯視下。她沒有異動也就罷了，哪怕是她多見了什麼人，說了什麼話，都會有人專門登記在案。

閉著雙眼，宇文邕好一會兒才沉沉地說道：「突厥勢大……今日他們只是試作攻城，我方將士都傷亡上百，他們卻死傷不到幾人。這還是我方占了地利，朕不知，真要擺開作戰……」

聽到這裡，張綺不由忖道：那你們怎麼不聽高長恭的？先離間柔然和突厥兩部，再想法子一一對付？

不過她什麼話也沒有說。以宇文護的自負，他是看不到自己的缺點的。見高長恭五萬騎兵頗為神勇，都不管對方來自齊國，只想納入自己手下一併指揮。要不是宇文邕開了口，高長恭要單獨作戰，只怕還要大起一番爭持。

就在張綺如此尋思時，宇文邕突然說道：「阿綺，妳不錯，妳很聰慧！」

張綺抬頭向他看去。

宇文邕慢慢說道：「離間突厥與柔然，這點高長恭能想到，妳居然也能憑隻字片語便想到。不過沒用，都沒用，宇文護不會聽，朕也不能與他強力相抗，朕現在還不能……」

說到這裡，宇文邕不知想到了什麼，騰地站起，轉身朝外走去。

望著他離開的背影，好一會兒，張綺才輕嘆一聲。

第二天，張綺一直沒有看到宇文邕，只到了傍晚時，才與他匆匆見了一面。這時的宇文邕，臉色陰沉。少年剛剛繼位，還沒有任何行武經驗的他，面對這個場面，頗有點心力交瘁。這一點，張綺能清楚感覺到。

就在宇文護部一日一日的面對著突厥人不知是真是假的攻擊時，不遠處，蘭陵王部，卻是捷報頻傳。

「稟！齊人出現在狄鹽城外，圍殺突厥人五千，傷亡二百！」

「稟！齊人出現在納罕什湖之際，殲殺突厥人三千，傷亡一百餘人！」

「稟！齊人出現在舊蘇濟河城，殲殺突厥人六千，傷亡九十！」

……

一個一個的捷報傳來，卻沒有解開周人臉上的陰沉。

中午時，回到府中的宇文邕，更是朝几上重重放了一掌，他咬著牙，鬱怒地說道：「二十天不到，五萬齊人殺了一萬八千突厥人，而我們，前後六七十萬大軍，自身的傷亡近二十萬，給突厥人造成的傷亡卻不足一萬！好，好得很啊！」

宇文邕的憤怒，令得四下都沉默了。蘭陵王現年不過二十一二，便有如此神勇，再過幾年，那舉大周一國，還有何人可抗？

一種難言的安靜和沉凝中，張綺感覺到，宇文邕看向自己的目光，越發複雜了。

轉眼，又是半個月過去了。

這一天，剛從戰場下走下的宇文邕，一回到房中便令張綺給他奏琴。在悠揚的琴聲中，一雙眼睛已經熬得通紅的宇文邕，總算合上了眼。

琴聲如流水，在張綺以為宇文邕睡著時，突然聽到他低低說道：「真恨不得殺了那老匹夫！」他的聲音很低很低，卻比任何時候還要煞氣流露。看來，他對一意孤行，連自己這個皇帝也沒有開口之分的宇文護，已經忍耐到了極點。

張綺垂下頭，琴聲越發流暢婉轉，一陣急促而沉悶的鼓聲，突然在城牆處響起。

「咚咚——咚！」、「咚咚——咚！」、「咚咚——咚！」

聽到這鼓聲，宇文邕騰地坐起，他嘶聲道：「快，給朕著裳！」

張綺連忙上前，在她給宇文邕穿戴時，一陣慌亂的腳步聲傳來，緊接著，只聽得一個大臣在外面叫道：「陛下，不好了！突厥部於昨晚突然增兵三萬，現正在全力攻城！」

聽著外面轟隆隆的巨響，那大臣急聲道：「他們的投石機威力巨大，我方傷亡慘重！」

宇文邕呼地甩開張綺，大步走了出去。

他這一走，便是一天一夜，而突厥人，也攻了一天一夜。

在突厥人而言，他們本不擅於攻城，也不喜歡攻城，可這一次，他們也不知從哪裡弄來了一種威力巨大的投石機，每一次發動，都令得武威城地震山搖。聽著城牆「滋滋」的悶響，張綺總有一種城馬上會被攻破的錯覺。

有這種感覺的，並不只是她一人。

畢竟武威城都被圍攻了三個多月，城牆已毀壞了十之四五，再這麼全力一攻，誰也不知道它能扛到什麼時候去。

最可怕的還不是這點，而是，根據線報，後方還有突厥人如流水般的湧向武威城，他們似是發動了全部小部落參與這一戰。看來，這些突厥、柔然人，這一次是下定了決心，非要把武威城攻破，好縱馬馳騁於周國的大好河山中不可。

❖ ❖ ❖

「稟！突厥主力集結武威西北兩處城門，北城門已毀去十之七八，周主急請郡王出兵支援！」

「知道了，出去吧。」

「是。」

那士卒一退，眾幕僚裨將校尉都一瞬不瞬地看著蘭陵王，等著他的決策。

安靜中，那個年輕的文士幕僚徐徐說道：「郡王，方某以為，我等還是再拖它個幾日才好。」

對上眾人刷刷投來的目光，他咧著雪白的牙齒，如狼一樣森森笑道：「只有周人走投無路時施救，才能顯出我等功勞之大，郡王也才能憑這一役，便威震天下！」

他搖頭晃腦著，還要再說什麼，蘭陵王卻舉起了手。

手這麼一舉，四下再無聲息，所有的目光完全集中於他。

垂眸盯著地圖，依然戴著面具的蘭陵王毫無表情，「立刻準備，馬上出發！」

「可是，郡王——」那文士顯然有點急。

蘭陵王回頭看了他一眼，淡淡一笑，道：「方家郎君何必著急？」他右手一劃，沉沉說道：「我可沒說一定要到武威城，與宇文護那個老匹夫一起守勞什子城！」

眾將領雙眼刷的一亮中，蘭陵王已黑袍一甩，大步走出。

◆ ◆ ◆

武威城一日比一日艱難了。

突厥人的幾十架投石機，沒日沒夜地向城牆投著巨石，而宇文邕從國內帶來的二十萬精銳，雖然個個悍勇，可他們卻沒有勇氣就此衝出城門，在外面廣闊的天地與突厥人一對一的廝殺。

這種憑著城牆，被動的廝守中，宇文護還在那裡振振有詞：「他突厥人破了城又怎麼樣？我有二十萬精兵，就在武威一郡，拖也可拖死他們！」渾然不顧突厥人一旦攻入武威，會對武威百姓燒殺搶劫造成的巨大傷害。

只要是平地上，誰擋得住突厥人邊搶邊走，所到之處寸草不生的狠辣？

在極度失望中，還沒有忘記在宇文護面前裝拙的宇文邕，私下裡已把希望寄託在蘭陵王身上。夜晚，他會看著塞外廣闊的大地，向張綺認真說道：「依朕看來，只有高長恭才敢與突厥人在城外一對一的廝殺。他士卒精良，定可獲勝，朕需要一場勝利來挽回士卒血氣。」

有時，他也覺得這樣把希望寄託在一個外人身上有點不妥。最重要的是，那個外人未必願意為了他們周國的江山，而把自己的心血和兄弟一一填入突厥人的馬蹄下。因此，他會細細地詢問張綺，關於高長恭的個性和為人。

在一種沉悶的，讓人窒息的期待中，蘭陵王卻沒了消息。

他失去了音訊！

明明使者都回來了，還說，蘭陵王應允了，可就是久久不見那五萬黑甲軍過來。

在周人與突厥的守城戰中，一日一日傷亡巨大，在周人越來越士氣低迷，夜晚時甚至出現了士卒在那裡放悲音中，宇文邕的臉一日比一日陰沉。他沒有宇文護那麼樂觀，就他看來，以周人現在的士氣，一旦城破，最有可能面臨的是大面積的潰敗和士卒逃亡。

最強大的隊伍和最了不起的士卒，最熟悉這方地形的人，只要士卒出現潰敗逃亡，哪怕是孫武重生，也回天無力。

如果再不能出現一次勝利，哪怕是一個小勝來挽回軍心，他已經可以看到周國全面的潰敗了。焦慮、煩躁中，宇文邕令張綺反反覆覆地奏著《春風曲》、《悠然行》，可都沒用，沒用。

宇文邕從來沒有一次像現在這樣渴望一個人過，甚至那個人還是敵國宗室。

就在這種難言的壓抑、沉悶中，突然的，一陣腳步聲傳來。

「陛下！」

因傳報的人聲音中充滿了驚喜，宇文邕不由騰地站起，好一會兒，他才讓自己的聲音平靜地發出：「什麼事？」

「蘭陵王有消息了！」

「說！」

「他們已深入突厥後方，在斬了來援的八千士卒後，將於後日午時抵達武威，與我等對突厥人形成合圍之勢！」

「什麼？」宇文邕雙眼大亮，顫聲道：「馬上把這個消息告訴諸將，告訴士卒們！」這個消息太及時，太及時了！

好一個高長恭，他這是救了自己啊！

這一晚，整個武威城都處於歡呼中。

所有士卒都瘋狂了，他們用歡呼，用聲嘶力竭的吶喊來表達內心的喜悅和放鬆。

這一晚，宇文邕睡了一個好覺。

與周人相比，突厥人這一晚卻安靜了。騰騰燃燒的焰火中，一個個白色帳篷裡人影綽綽。

現在，輪到突厥人尋思對策了。

放鬆的宇文邕，已不需要張綺奏琴安撫，他也搬到了更前方。

也許是他搬出了，也許是城中的氣氛陡然變得輕鬆，張綺的心也踏實了。

天剛剛入晚，她便睡著了。

也不知睡了多久，張綺尖叫一聲，掙扎著清醒。

汗流如注的她，揮退急急趕來安撫的婢女太監，坐在那裡不停喘著氣。

她做了一個噩夢，夢中有人在說，因為大塚宰判斷失誤，周軍陷入了突厥人設的陷阱中……

仔細回味了一下夢中的情景，張綺迅速站起，她胡亂披了件外袍，戴上紗帽，便朝著外面急急走去。剛剛走出，一陣歡呼聲便傳入張綺的耳中，伴隨著歡呼聲中，還有無數個轟動雲霄的叫嚷聲：「退了退了！」

「突厥人退了！」

……

就在叫嚷聲令得地震山搖時，一陣驚天動地的鼓聲響起。在那轟隆隆的鼓聲中，張綺聽到數十萬人同時扯著嗓子，直是風雲變色的大吼聲：「殺！」、「殺！殺！」、「殺！殺！殺！」

伴隨著鼓聲、大吼聲的，還有嘶喊聲、馬蹄奔跑聲。
隱隱中，還有一個個人吶喊道：「追出去，殺了這些突厥兒！」
張綺身子一僵。
蒼天！這不正是她夢見的陷阱嗎？
想到這裡，張綺尖叫一聲，她急急地、瘋狂地朝城牆上衝去。
就在她跑動的時候，地動了，城牆搖晃了，北城門蒼茫的大城上，飄搖著宇文護的旗幟，卻是他率著二十萬新銳，衝出了城門。
地動得太厲害，張綺光是站著便搖搖晃晃，哪裡走得動？
當她好不容易穩住身形，好不容易可以走動時，那浩浩蕩蕩的隊伍已然追得遠了，那沖天的漫天煙塵，也終於散了。
華蓋下，宇文邕滿臉笑容，回頭看到跌跌撞撞走來的張綺，他哈哈一笑，站了起來，伸手便把張綺抱在了懷中。
抱著她，他意氣風發地指著前方說道：「阿綺看到沒有？突厥人退了！」
在他的大笑聲中，張綺卻滿面憂慮。
等他笑聲一停，張綺不由咬著唇，急急問道：「陛下，高長恭呢？」
「高長恭？」一見張綺冒失地詢問軍情，宇文邕倒是心情頗好，不但沒有怪她，還好心解釋道：「突厥人既然知難而退，高長恭就不必來了。大塚宰下令，讓他且去其餘各城追擊突厥餘部。」
突厥人剛退，就要走到一半的高長恭也退，而不是繼續形成合圍之勢。這個大塚宰，是想獨吞宰殺突厥、柔然主力的驚天大功吧？
與突厥人一對一沒有勇氣，搶功勞卻是熟悉至極。

不過，張綺現在在意的不是這個，她咬著唇，輕聲說道：「如果，如果他們只是假意撤退，只等把我們的追兵引開，或引入另一個陷阱，然後他們今晚突然攻城呢？」

張綺看著宇文邕，結結巴巴地說道：「我們城中，才這麼多人……」

不等她說完，宇文邕已哈哈笑道：「阿綺，妳一婦人，何必憂慮這麼多？」他指著堅固的城牆，「我們在這城中還有上萬人馬，雖說老弱，也可抵抗一時。再說，這面城牆，在我們沒來之時，足抵擋了突厥人五個月。妳以為，僅用一晚，他們就可以攻進來？」

他搖了搖頭，蹙著眉朝呆住了的張綺警告道：「妳是朕的李妃娘娘，這等不熟悉軍務便胡亂猜測的話，不可再說，免得亂了朕的軍心！」

說罷，他揮了揮手，示意張綺走開。顯然張綺剛才的話，敗了他的興了。

張綺福了福，怔怔退下。她擔心地看著面前巨大的城牆，看著兀自站在城頭上的精銳士卒，暗暗忖道：說得也是，突厥圍攻了四五個月都攻不下的城牆，怎麼會一夜就破了呢？我竟給一場噩夢亂了神！

整整四五個月了，武威城的人總算盼到了突厥人撤退。因此，這一晚，全城的人都陷入了狂歡當中。

騰騰燃燒的焰火中，美酒美人，歌舞不斷。隨宇文護追出的，正是隨著皇帝新來的精銳，留在城中的，只有一些連續守了三個月城，疲憊到了極點的萬餘士卒。在這放鬆的一刻，他們有的呼呼大睡，有的摟著陛下送來的豔伎狂歡起來。

這一場歡慶，直到夜深。

遠處，漆黑的山頭上，蘭陵王靜靜地看著武威城中遍布的火焰。隔得這麼遠，他彷彿還能聞到那瀰漫的酒香。

感覺到他頻頻蹙眉，那幕僚走近來，笑道：「長恭，便是你掛念你那個婦人，也不必站在這裡遙望吧？」轉眼他又嗤笑道：「那宇文護還真是無能鼠輩！打仗不行，搶功勞一等一的！我說你哪，真是令人不明白，這種事也由著周人安排？這場仗的轉機本來是你帶來的，你衝上去把功勞領了，誰能說你？」說罷，他連連搖頭。

蘭陵王沒有回答，只是沉沉地說道：「我感覺不對！」嗖地轉頭，他沉聲問道：「前方可有消息傳來？」

那幕僚搖頭，「沒有，你想聽到什麼消息？」

蘭陵王又回過頭，盯著那城中遍布的燈火一眼，突然提步，急急喝道：「速速整部，我們立刻返回武威城！」

那幕僚一怔，叫道：「高長恭，你別以為站在這裡看武威城很近，足足隔了四個山頭呢，趕到那裡，至少也要兩天！」轉眼，他又叫道：「你這是要去幹麼？」

蘭陵王冷著臉，大步流星地向前走去，沉聲道：「突厥人那是假意敗退……便是我方與周人對他們形成合圍之勢，以突厥人的性情，也絕不會退縮！這麼多年，他們從來就不相信，會有一支隊伍能在平地上，在馬背上與他們一拚高下。」

「不一定。」那文士道：「我們最近頻頻得勝，他們聞風喪膽也是正常。」

「聞風喪膽？」蘭陵王搖頭，冷靜地說道：「到現在為止，他們的字眼中沒有這個詞！」

他騰地止步，因動作過猛，差點令得那個緊緊跟隨他的文士撞了上來。

盯著那文士，蘭陵王徐徐說道：「方家郎君，你說會不會是，城中富戶在連續五個月的突厥攻城，周人寸功未立中，對自家失去了信心。他們暗地裡投降了突厥人，這一次是準備裡應外合，趁周人歡喜放鬆之時，取了武威城？」

說到這裡，蘭陵王自己也是心驚了。

突厥此次舉動，在他看來疑點甚多，配上他這些年來收集到的突厥人的訊息，他幾乎可以斷定，城中空虛，城門不守，舉城因為歡慶而陷入昏沉中的武威城今晚會有危險。

見他匆匆下山，那幕僚從尋思中清醒過來。

他大步上前，一把扯住蘭陵王，沉聲道：「那又如何？」

蘭陵王一怔，緩緩轉身。

盯著夜幕上，蘭陵王這張俊美冷絕的臉，那幕僚的聲音低沉而啞，「長恭，如果一切如你所料，這是一個機會！」

他咬著牙，緩緩說道：「我們現在就在城外，只須等武威城破後，立刻衝上去封住城門，朝內射火箭……管他是突厥、柔然，還是周主，此役可以盡滅！此次之事，全由他宇文護想獨占功勞而起，便是說出來，世說紛云，也沒有你的錯處。」

這幕僚一直是朝中的主戰派，在軍務議事時，他是堅持讓周人和突厥人兩敗俱傷再出手的。

在他看來，周人對齊人的危害，遠大於突厥、柔然人。那些化外之民不事農耕，不事生產，唯一擅長的便是放牧、搶劫。也因此，齊國只要強大了，多建長城，就可把他們擋在塞外。

更且，歷年來齊周合力抗擊突厥，屢屢出現背信棄義之事。因此，在這幕僚看來，蘭陵王真藉此機會殺了周主，也不會有人指責什麼。

他盯著蘭陵王，低低地，誘惑地說道：「長恭，只要一切如你所料，那麼，此次便是我齊國大興之機！經此一役，你高長恭，也會是舉世第一將！」

他望著星光下蘭陵王的眼，徐徐說道：「怎麼，你不願意？你捨不得那個成了周主妃子的婦人？」一文士冷笑道：「高長恭，兩個月前，你要我追隨你時，可是說過的，許我留名百世！」

他追上那挺得筆直的背脊，大聲叫道：「高長恭，無情方是真丈夫！昔日漢高祖遇到追兵，可親手把妻兒推下馬車以阻來敵，劉備四處奔戰時，更是幾次把夫人遺棄！傳到今時今日，誰不讚他們能忍能捨，英雄了得？你為了一個不曾為你守節的婦人，便要一意孤行嗎？」

說著說著，那文士的聲音陰狠了，「高長恭，你為了一個婦人，便放棄這等百年罕遇的良機，那麼你也沒有資格讓五萬齊人因你那婦人去冒險！你要救她，你自己一個人去！」

聽到這裡，蘭陵王冷笑一聲，陡然喝道：「堵住他的嘴！」

聲音一落，從黑暗中衝出兩個裨將。這些把蘭陵王奉若神明的裨將，才不管那文士說的什麼留名百世、立就大功的話。他們一衝上來，便把那文士反剪雙手，同時撕下衣帛，準備塞嘴。

那文士大怒，他知道，高長恭這樣做，只是告訴他，那五萬人早就敬他服他，一切都從聽他的，別說是要他們為了一個婦人而冒險，便是讓他們與他一道赴死，他們也不會獨生。

氣怒中燒，當下他提高聲音，尖利喝道：「高長恭，我要參你一本！我要參你！」

✖ ✖ ✖

張綺也不知怎麼的，明知是噩夢，卻總是心裡不安著。折騰了大半夜，在凌晨時，她終於沉沉睡去。睡去不久，突然間，她在一陣嘶喊聲中驚醒過來。伴隨著嘶喊聲的，還有馬蹄的城中奔馳所引起的地面震盪聲。

張綺匆匆爬起，卻見外面火焰沖天，東南西北都有濃煙隨著火焰滾滾升起。看那勢頭，定是有府第燒起來了。伴隨著沖天焰火的，還有隆隆而來的馬蹄聲、狂笑聲。在靜了靜後，突然間，無數個絕望的嘶喊聲次第傳來：「城破了——」

「快逃啊，城破了！」

不過，這樣的嘶喊聲往往才起不久，便是一聲慘叫傳來。

聽著聽著，張綺白著臉迅速站起。

不好，真的城破了！

慌亂中，她急急後退，胡亂穿上鞋子後，她把頭髮一捲，三兩下紮好，再伸手在地上一摸，掏出一大把泥土糊在了臉上。下意識地做出這一系列的動作後，張綺突然記起，她現在是宇文邕的妃子，這裡有的是人保護。

尋思中，她急急衝了出去。

慌亂衝出的張綺，剛衝到房門口，便看到院落中也是一陣兵荒馬亂的。她衝到宇文邕的房門外，大叫了一聲「陛下」，衝了進去。

房門沒關，房中空蕩蕩的，不只是宇文邕，連他身邊的護衛也不在。

是了，宇文邕這兩晚都不睡這裡，他不睡這裡！

張綺慌了，急急轉身，卻撞上了一個老太監。

見到這個長年在宇文邕身邊服侍的老太監，張綺急急說道：「陛下呢？」她喘著氣，「是不是突厥人破城了？」

那老太監抬起渾濁的眼，看著張綺，說道：「事有緊急，陛下已經撤離了。娘娘，妳要照顧好自己。」老太監道：「萬不得已落在他們手中，娘娘也不要慌，突厥人不會殺婦人，妳落到他們手中，陛下出一些牛馬還是可以贖回。」

張綺聽明白了他的意思，她向後一退，喃喃說道：「陛下早撤了？」

「是……事出突然，誰也沒有想到突厥人會與城內的富戶勾結，裡應外合破了城。陛下是要叫醒娘娘的，不過眾臣不許，住處太遠不方便，再說人太多，目標就會大，娘娘又是個體弱的女子，走不動會連累陛下。娘娘，妳也別傷心，陛下還是掛念妳的，這不，還把老奴留下，前來告知娘娘此事。」

這個老太監倒是鎮定，他看向張綺的目光中，有著同病相憐的憐憫。

張綺不需要他的憐憫。

她胡亂拿了一把刀，迅速推開老太監衝了出去。一出院落，她又返回撞入另外一個房間，胡亂拿起一個太監袍套上後，把散落在一側的糕點裝了滿懷，然後，拿著那刀把頭髮一絞。

在滿頭青絲飄落，只留下齊肩長髮後，張綺朝著花園中竄去。花園中，到處是嚇得胡亂竄逃的婢僕。看到張綺也在逃，尖叫著、慌亂著，他們的眼中閃過了一抹絕望。

而這時，院落外的打殺聲沖天，隨著一聲聲慘叫，突厥人的狂笑聲不時可見，且越來越近。

不好，這個院子守不久了！竄入花園中的張綺，不一會兒便尋到了這個院落中用來喝水的三口井之一。把繫著木桶的繩子纏了幾圈後，她將木桶懸在井口。然後，她站到了木桶裡。隨著她把繩子一放，加入她的體重後的木桶，迅速向下沉去，不一會兒便啪的一聲，於水花四濺中，張綺和木桶一起落到了水面上。

在桶中坐好，張綺抬頭看著上面，深吸了一口氣，拿出那刀在繩索上一割。接著抓起那吊在她面前晃蕩的一截斷繩，她用力一扔，嗖地一聲，把那繩索甩到了井外。

再然後，她長長鬆了一口氣，無力地靠上了桶沿。

她抬頭看向天空，井口處，紅光瀰漫，天地間，只有她一人，躲在這黑幽幽的深井裡。

張綺縮起身子時，外面吼聲大作，地面震得搖晃不已，卻是突厥人殺進來了。

得得得的馬蹄聲中，伴隨著突厥人的狂笑聲，每每一陣笑聲中，便會有一個慘叫聲傳來。

兵荒馬亂裡，張綺聽到一個突厥人用周地口音說道：「周國皇帝呢？你們的皇帝呢？」

另有一個突厥人叫道：「別殺，問他，皇帝在哪，皇帝身邊的那個美人在哪？」

第三個突厥人更是大笑道：「快說，那美人在哪？大單于說，獻上那美人，可得羊一千頭。」

最後一句話吐出，眾突厥人同時狂叫起來。

在這種狂叫、嘶喊中，眾周人的聲音越來越小，越來越小。

又過了一會兒，張綺聽到，好一些腳步聲朝她這個方向走來。腳步聲中，她聽到那個老太監戰戰兢兢的聲音：「陛下走了，真走了，不過娘娘沒走，老奴看到她是朝這個方向逃的！」

老太監胡亂指了指，張綺聽到一個突厥人大聲吼道：「散開去，找到美人者，賞金十兩！」

「哇哈！」幾乎是那吼聲一出，一陣歡呼聲震天傳來。

不一會兒，張綺便感覺到井旁出現了腳步聲。伴隨著腳步聲的，還有那些突厥人嘰哩咕嚕的議論聲。

張綺縮在木桶裡，僵著身子。

她低著頭，緊緊閉著雙眼，明知自己藏得這麼深，呼吸聲不會被人聽到，可她就是不敢呼吸。可能是太僵硬了，她感覺到身下的木桶，因為她的身子不夠放鬆，而在井水中輕輕蕩漾開來。木桶破開水面時，那聲音在混亂中明明很小，可傳到她耳中，卻是放大了無數倍，無數倍……

張綺閉著眼，咬著唇，不知不覺中，她的唇已咬破。

黑暗中，她緊緊握著那刀。

她一直是膽小的，她知道，如果捨得劃破這張臉，她早就可以得到自己想要的平靜了。可她愛美，很愛很愛，不到走投無路，她總捨不得毀了它。

她也知道，如果真不畏死，便是落在突厥人手中，大不了尋死就是，沒有必要這樣緊張。可她不行，她就是怕死，她有一刻安穩，便貪圖那一刻……

無邊的黑暗中，因為閉著眼，她覺得怕得慌，幾次都差點大口呼吸起來。

咬著牙，張綺慢慢睜開眼。

她睜大眼，空洞地看著那井壁。

不知為什麼，在這個時候，在這種無助的，下一刻便會面臨著無法想像的命運的時候，張綺卻想起了一個人。

一個她立過誓，永遠不去想的人。

她想，他有千般不好，可真到了生死關頭，他應該是不會捨下她，獨自一個人逃生的……

她想，他又固執又自以為是，他太過自尊自信，從不願意面對自己的缺點，可是，真要他為了榮華富貴，獻上他的婦人，他是死也不會願意的……

在這無邊的黑暗中，在上面鬧哄哄的尋找中，張綺暗暗想道：雖然，他不願意給她尊嚴和地位，不願意娶她作他的妻子，可她在這個時候，還是只想到了他。

只是想想而已，只是想想……一旦清醒，一旦面對，她與他，生不同塵死不同穴，終歸還是陌路人，永遠只能是陌路人。

腳步聲越來越多。

腳步聲中，混合著的刺耳笑聲也越來越多。

張綺越發屏緊了呼吸。

她知道，自己只要躲過這一陣，便可鬆一口氣了。這些突厥人進城，便是為了搶劫，如果久找不到，時間被耽誤太多，他們自己就不耐煩了。

正在如此尋思時，突然間井口處傳來一個聲音：「這繩子斷了。」

他說的是那提井水的繩子！

張綺的心一下子懸到了嗓子口，兩隻手更是緊緊地握著刀柄。

這時，另一人說道：「給我看看。」接下來，也不知那人說了一句什麼話，只見他舉著火把，來到井口處。

看著井口處騰騰燃燒的火把，不知不覺中，張綺的唇都咬破了，一股腥味充斥在她的鼻腔中。

緊接著，井口處出現一張鬍子拉雜的臉，那臉朝井中看了一眼後，把手中的火把向井裡一晃。

豆大的汗珠，開始順著張綺的臉頰流下，一點又一點，沁入她的唇間，刺痛她的雙眼。

就在她屏著呼吸，僵硬得手腳痙攣時，那人站了起來，說道：「太深了，看不清。」

終於，另一個不耐煩的聲音傳來：「走吧！」

接著，張綺眼前一黑，卻是那兩人舉著火把離開了。

至此，張綺鬆了一口氣，她閉上雙眼，重重靠在了桶壁上。

隨著她的動作，井水嘩地一聲響了起來。

寂靜的暗夜，這點響聲是如此刺耳，幸好外面吵鬧正喧，倒也沒人聽到。

那兩人走後，搜索的突厥人顯然失了興趣，漸漸的，張綺上方的火把光越來越暗。

不過，伴隨著暗淡的火把光的，卻是一雙雙沉重的腳步聲。腳步聲中，還有人吆喝著：「重的放下，拿能拿動的！」

又有一個罵罵咧咧道：「他娘的，這些中原人無聊，有錢弄什麼實木重鐵的，全部換成金銀珠寶，不更方便？」

罵咧聲中，一物從井口砰的一聲落下，正好砸中張綺的額頭，頓時，令得她血流如注。

把手塞在嘴裡，堵住差點脫口而出的痛哼，張綺胡亂抹去流到了眼睛上的血水，伸手摸到了那物，卻原來是一個精雕出來的木製鎮紙。黑暗中，也不知這是什麼木，怎地如此沉，直砸得她的傷口，血汩汩地流，掩也掩不住。

疼痛中，張綺緊緊捂著額頭，一息一息地等著時間流逝。

便這樣在煎熬中，等到了天亮。

天亮時，顯然這府第的東西搬得差不多了。就在失血過多的張綺昏昏沉沉，想要睡去時，突然一陣躁熱傳來。

她抬頭一看，頭頂上火焰滔天。

卻原來是把東西搶劫一空的突厥人放了一把火，令得整個府第都燃燒起來。

感覺著那逼人而來的灼熱，張綺昏沉地想道：宇文邕不是說了，城中還留有萬多人的，便是他們全部喝醉了、睡死了，也不能才抵抗那麼一會兒就全完蛋了啊？還是說，看到突厥人破城，他們士氣大洩，一個個只顧著逃命，使得武威城毫無抵抗力了？

轉眼，她又想道：不知宇文邕是不是成功逃脫了？這一次雖說是御駕親征，可實際做主的都是宇文護，他小皇帝不但做不了主，還要時時裝成一個傻子地去逢迎宇文護的錯誤決定。這次失敗，只怕會成為他生命中的污點。

接著，她再想道：不知高長恭那裡是不是殺了很多突厥人？他現在一定很風光，很痛快淋漓吧？還有阿綠那裡……甚至，恍惚中，她都想起了昔日在南陳時的張錦、太夫人……

也許是失血過多，她喉嚨乾得厲害，眼前也一陣陣昏花。迷糊中，她下意識地逼著自己胡思亂想著。

她不想昏睡過去。

她害怕昏睡過去。

迷糊中，張綺張著乾涸的唇，緊緊壓抑著自己喚出另一個名字的衝動，而是低低地喚道：「母親……」隱隱中，她似乎也曾有那麼一段歲月是幸福的，滿足的，快樂的，那是不是她剛剛出生的那一會兒？

還有，還有一陣歲月，她也曾快樂過，雖有著不安，雖有著怨苦，卻也是快樂的。

如果可以，她願意付出一切，只要可以像那些有父有母，有夫君有子女有親人的女子一樣，那麼快樂地、幸福地、美滿地過活，哪怕只活一年……

只要一年，哪怕一年後她立刻死了，也是好的。

她只是想真正滿足地、幸福地，沒有任何煩惱地，過上一年……

實在不行，她就不要幸福，不要滿足，只有平靜，沒有煩惱和惶恐不安的平靜。

這世間，有人追求榮華，有人追求成功，有人渴望刺激，有人想要高高在上，而她呢，最渴望幸福。

迷糊中，張綺把手伸入井水中，藉由那股冰冷刺激得自己清醒一些。

外面「劈劈啪啪」燃燒得越來越旺，逼人的炙熱、滾滾的濃煙，令得張綺幾度窒息。幸好，實在難受時，她就用水灑在臉上，便可緩解一二。

時間在無聲無息中流逝，也不知過了多久，許是一天，許是半天，許是兩天，她隱約聽到一個聲音在喚道：「阿綺！」

「阿綺……」

昏亂中，張綺猛然一咬舌尖，讓自己清醒過來。

「阿綺——」

是有人在喚她，是有人！

張綺尖聲叫道：「我在這裡——」

她提起了所有的力氣，她以為自己的聲音很大，可不知為什麼，吐出來卻如蚊蟻。不好！流了這麼多血，現在她時冷時熱的，多半是病了，又被煙熏了多時，嗓子只怕都熏壞了。

張綺又清醒了一些，她摸索著站起，啞著嗓子尖叫道：「我在井中！」

聲音還是不大。

外面，到處斷垣殘壁中，一個護衛湊過來，清聲說道：「郡王，看來不在。」

「她在！」男人的聲音十分嘶啞、疲憊，甚至慌亂，他沉聲道：「我知道她在！」

「是。」

一咬牙，他啞聲說道：「通知下去，繼續搜找。」轉眼，他又囑咐道：「休要驚了突厥人！」

張綺焦急地看著上面，一聲又一聲地叫道：「我在，我在井裡！」可不管她用了多大的力氣，吐出來的聲音都啞得、弱得如同蚊蟻。

叫了一聲又一聲，直到聲音啞得都要叫不出來了，張綺才胡亂掬了一捧井水喝下。她本來已冷得厲害，整個人不停哆嗦著，牙齒也上下叩擊得厲害，這冷水一浸，更是寒得刺痛。

陡然的，她記起自己懷裡還塞有糕點，連忙拿出兩塊塞到嘴裡。

她額頭又熱又燙，全身軟得厲害，光是這些動作，便已費了她所有的力氣。無力地把糕點吞下去，張綺眼巴巴地看著井口處。

恍惚中，她居然聽到了高長恭的聲音，她聽到他在喚道：「阿綺……阿綺……」

居然聽到他的聲音了，看來她病得不輕。

張綺笑了笑，習慣性地扯著嗓子應道：「長恭，我在井裡……」

應罷，她發現自己都聽不清自己在應什麼，無力地靠在桶壁上，一聲又一聲，無力地應道：

「我在，我在井裡，在井裡……」

也不知過了多久，突然的，她聽到井口處傳來蘭陵王熟悉低沉的聲音：「她在應我。」

另一個聲音說道：「郡王，我們這些多人都沒有聽到，你、你真的聽到了？」

「我聽到了，她就在這裡。」他的腳步聲卻是越去越遠。

張綺人急，嘶啞地吼道：「長恭，我在這裡！」

她只叫出了「長」字，後面的字，全部因為咽喉太過嘶啞而發不出來。

便是這吐出的一個字，也是低弱的，無力的。

在這種旁邊的屋宇被火焰燒得劈劈啪啪響個不停的時候，在街道中轟隆隆的震動聲中，張綺的聲音幾乎無人聽見，除了她自己。

可蘭陵王的腳步卻是猛然一頓。

見他四下掃視，一個護衛叫道：「郡王！」

才叫到這裡，蘭陵王猛然提步，朝著井口走來。

他彎下腰，拿起那斷成兩截的繩子。看了一眼，蘭陵王沉聲說道：「這是被刀斬斷的。」四下看了一眼，他又道：「水桶不在。」

他聲音一沉，「快，拿火把來！」

「是。」

終於，張綺的眼前又出現了火把光。

看著那騰騰燃燒的火把，張綺仰著臉，啞聲道：「長恭，長恭……」

她的聲音依然低弱得幾乎聽不見，可在她開口的那一瞬，火把光中，蘭陵王那俊美絕倫的臉卻迅速凝住了。只見他歪著頭，側耳凝聽了一會兒。轉眼，他的臉上閃過一抹狂喜，顫聲道：「她在井中！快，把繩子扔下去！」說罷，他搶過那繩子，呼地一聲甩到了井底。
繩子一落下，他便感覺到有人扯動了繩子。
果然有人！
「去，準備繩子和木桶！就去旁邊的水井把那繩了和桶割來，都割來！」
「是。」
不一會兒，一個大桶出現在張綺眼前。
張綺攀著那桶，艱難的，昏沉的，也不知費了多少時間，才得以爬上去。
她剛一入桶，木桶猛然便是一提，接著，一道刺目的陽光映入她的眼中。
張綺下意識地閉上眼睛時，身子騰地一輕，卻是重重落入了一個溫暖的懷抱中。
感覺到這個懷抱的溫暖，她艱難地睜開眼。
她對上了風塵僕僕、削瘦俊美的臉上，盡是灰塵和煙灰的蘭陵王。
看著他，張綺扯著唇角，笑了笑。
她不笑也罷，她這一笑，他的眼眶便是一紅，雙臂更是一摟，緊緊地、用力地，把她按在了胸口上。剛剛按上，他又迅速鬆開，低下頭看著她，他接下來的動作，便變得小心翼翼。
他懷中的這個婦人總是鮮豔的，妍麗美好的婦人，這一刻，削短的墨髮凌亂地沾在髒黑的小臉上，不對，還有血漬，一塊塊的血漬，幾乎印滿了她的臉。
感覺到自家郡王的手在抖，一個護衛輕喚道：「郡王？」
蘭陵王用袖子沾了點桶中的水，胡亂在張綺的臉上一抹。待把她臉上的血拭盡，見只有額頭上一處傷口時，他鬆了一口氣。可是，轉眼，他又沉下了臉。
她額頭的傷口又紅又腫，她整個人臉上都在發燙，這種傷很危險。

想到這裡，他猛然站起，輕柔把張綺重新換了一個姿勢，讓她更舒服地偎在自己胸口後，他啞聲道：「我們出城。」

「是。」

感覺到張綺冷得一個勁地哆嗦著，蘭陵王脫下外袍，把她緊緊包好，隨即帶著九個護衛，翻牆而過。他們的腳步輕盈，其中有一個護衛顯然對武威城十分熟悉，帶著他東轉西轉，不一會兒，便來到城門處。

到了這時，他們一行人已有百來人，只是因為顧及著突厥人，而分成二三十股。

這一日，突厥人衝入猝不及防的武威中燒殺搶掠，因為知道附近的援軍一時半刻不會到來，在最初的關閉城門搜索北周皇帝不果後，他們現在已打開城門。

為了讓城中的人不致做困獸之鬥，他們是任由百姓出入。只是出入的人會不會因為帶了細軟和美貌女子，而被一些盯梢著的突厥士卒追殺，那就不是他們會管的了。

蘭陵王等人混在百姓中，急急走出城門時，一個突厥人一眼瞟到蘭陵王懷中的張綺，當下大刀一橫，叫道：「兀那漢子，放下你懷裡的女人！」

這時，蘭陵王已來到了城門下。

那幾個突厥人見蘭陵王理也不理，哇哇叫了一聲，大刀一橫，便向蘭陵王縱劈而來。

蘭陵王頭也沒回，只是腳步加速。

就在那幾個突厥人叫著衝來時，從蘭陵王左右兩側各衝出了兩個漢子。這兩個漢子伸手入懷，只見寒光一閃，竟是各有一把短刀在手。

這四個漢子身子一貓，整個人閃電般的撞入了突厥人懷中，隨著嗖嗖嗖嗖四聲刀鋒入肉的聲音傳來，轉眼間，四個追出的突厥人已摔倒在地。

「轟！」南城門頓時大亂，突厥人的叫喊聲、馬嘶聲，與門口眾百姓的奔逃聲、哭喊聲混成了一團。

不過這些與蘭陵王沒有關係，他一出城，便把手指放在唇邊一嘬，隨著一聲尖銳的哨聲破空而出，噠噠噠，一匹黑色的駿馬出現在官道上。

那駿馬極端神駿，它的背上還馱著兵器。蘭陵王抱著張綺，一個箭步跳上馬背。

就在他策馬離去時，上百個哨聲同時響起，從不遠處，黑壓壓地跑來了一個馬群。眾護衛齊齊上馬，與身後追擊的突厥人隨便拚殺幾下後，便匆匆追上了蘭陵王。

張綺神智稍稍清醒時，天色已黑。

她睜開雙眼，看著天空浩瀚的星宇，慢慢轉過頭來。

她發現自己躺在一塊虎皮上，旁邊燃燒著一堆火焰。不遠處，可以聽到男人的笑鬧聲。

蹙了蹙眉，張綺試圖著坐起。

剛一動，一個高大挺拔的身影便從黑暗中走來。他一個箭步衝上，把手中的藥碗放在地上後，蹲跪在地，小心地扶起張綺，把她置於懷中，低下頭，啞著嗓子問道：「怎麼樣了？」一邊說，他一邊伸出手放在她額頭上。

感覺到額頭不是那麼燙了，他鬆了一口氣，剛鬆開手，便對上張綺如秋水蕩漾的眸光。因為還在傷病中，這眸光，少了一分冷，多了一分迷離和茫然。

她看著他的目光怔怔的，彷彿，她不敢相信自己看到的是他本人，也彷彿，她想伸出手來撫上他的臉，卻又遲疑著，猶豫著，不敢著。

這樣的眼神讓他對上，蘭陵王不由呆了呆。

他迅速低下頭，從一側地上拿起藥碗，他盛起一湯匙的藥水遞到張綺的唇邊，低聲道：「來，喝下它。」

張綺怔怔張唇，慢慢吞下了那湯匙藥水。

便這樣，他一湯匙一湯匙地餵著，張綺一小口一小口地吞著，兩人都沒有說話。

張綺一直怔怔地看著他，突然的，她喃喃問道：「幾天了？」

她問得莫名其妙，他卻聽得懂。垂著眸，他低聲回道：「一天。」他解釋道：「昨晚突厥人破的城。武威城破，才一天。」

才一天？

張綺轉頭看向武威城，那裡還是火焰沖天。這麼說來，自己只是被困半天，便被他救了。

她還以為過了好久好久……

慢慢轉頭，張綺看向他。

他的眼中，血絲密布，臉頰削瘦得沒有幾兩肉了。她又看向兩側，這是一片山坡。山坡上，散坐著百來個漢子。有好一些漢子，嘴裡還含著燒好的肉，人已倒在地上呼呼大睡。

半天時間，他趕到武威城，一定很辛苦很辛苦吧？

張綺睜大雙眼，側過頭去。

感覺到她的神情不對，他放下藥碗，低低說道：「又不舒服了？」伸手在額頭上貼了貼，見感覺不出。他低下頭，以唇貼上她的額頭。

隨著他的唇貼近，張綺哆嗦起來。

他的聲音中有了點慌亂，「我們去找大夫！」

他剛要抱起她，張綺扯住了他的衣袖，低聲道：「我沒事，」見他不信，她展顏一笑，「真的，我沒事，我好多了。」

蘭陵王顯然還不信，他嚴肅地扳過她的臉，對著火光照了又照，還伸手在包著的傷口處按了幾下，道：「這金創藥，用的是給我自己準備的，藥也是在林中臨時尋得的。」他輕聲道：「妳身子骨不如丈夫，千萬別撐著，有什麼不舒服，馬上告訴我。」

張綺「嗯」了一聲，輕輕地問道：「長恭，你怎麼知道武威城出事了？」

聽到她輕喚自己的名字，男人抱著她的雙手僵了僵，好一會兒，他才低聲回道：「我離開後，總覺得不妥，便又殺回來，在距此三百里的地方紮營。正好看到突厥人敗退，宇文護追擊一事。」

張綺又「嗯」了一聲。

她還是全身虛軟，無力地靠在他的懷中，張綺喃喃問道：「宇文邕逃了嗎？」

聽她提到宇文邕，身後的男人再次一僵，過了半天，他才啞聲道：「宇文邕是個聰明人，他走的方向是北方，估計快與宇文護部會合了。」只有會合了，他才能殺回來，才能一雪前恥，才能讓驕傲的宇文邕的生命中，不留下這麼重大的污點。縱使，這場戰爭，他根本沒有插手的機會。

說到這裡，蘭陵王低低的聲音傳來：「他棄妳而逃，妳不恨他？」

這麼關心於他，一點責怪怨恨也沒有嗎？

張綺閉上眼，好一會兒，她低低的，啞而無力的聲音，才輕輕傳來：「我只恨過你！」

其他的人，她不會怨恨，不想怨恨，也沒有資格怨恨。在張綺看來，她與宇文邕本就是普通的合作關係。她想，如他們這種心中有著極度的不安，時刻都在盤算權衡著利益得失的人，做夫妻遠不如做朋友更長久，更關係牢靠。

也因此，在張綺看來，在生死關頭，宇文邕棄她不顧，那是最正常不過的事。

只有五個字，卻令得他的呼吸陡然一窒。

好一會兒，她聽到他啞聲說道：「對不起。」他低低地說道：「以往，是我愚了。」

張綺沒有回答。

他低下頭來。

火光映在她的臉上，把她的小臉襯得紅通通的。她雙目閉得緊緊的，呼吸細細，竟是睡著了。

他伸手在她的額頭上按了按，還有點燙。

……受了外傷，這燒不退，便有性命之虞。

想到這裡，他喉結滾動了下。小心地伸出手，把她在懷中換了一個姿勢後，他倚著樹幹尋思起來。武威城本來有大夫的，不過那些大夫在亂兵當中，不是被殺了，便是逃了。他令人尋了半天，也沒有尋到一個。

因突厥人破了武威城，這附近都是兵荒馬亂的，要找大夫，也沒有個地方找去。

要不是他的坐騎騎袋裡，習慣性地放有最好的金創藥，她這一次……他不敢想下去。

尋思中，他把她又摟緊了些。

明明是夏天的風，吹在人的身上，卻恁地透著刺骨的寒。每次感覺到她在睡夢中叩叩的牙齒相擊，他便又摟緊一些。可隨著他的動作，她便會掙兩掙，無奈何，他又急急放鬆。

在左思右想中，天上的明月漸漸西斜。

腳步聲傳來，一個護衛在蘭陵王身邊坐下，低聲說道：「郡王，我們的人最快也要明天晚上才能到，張姬只怕也要等到那時，才能找隨軍大夫看一看。」

蘭陵王點了點頭。

見他只是低著頭，專注地看著懷中的婦人，那護衛嘆道：「那宇文邕真是無情，自己的寵妃，說扔就扔了。哎，這些皇帝，與咱們的想法還真是不一樣。」

蘭陵王再次嗯了一聲，他低下頭，又用唇在張綺的額頭試了試，才徐徐回道：「文武百官都要逃離，混亂之中，無人記得一個婦人，也是正常。」

就在這時，他懷中的張綺動了動。

蘭陵王低頭看去。

緊閉雙眼，小臉紅通通的張綺，突然低喚道：「長恭……」

「嗯。」

「我恨你！」

見自家郡王僵在那裡，那護衛瞠目結舌了一會兒，嘖嘖說道：「乖乖，睡著了還罵人，女人還真是難伺候！」

剛說到這裡，抬頭見到蘭陵王臉色陰寒，那護衛嚇得吐了吐舌頭，連忙溜了開來。

那護衛一走，蘭陵王便把唇貼在張綺的額頭上。他貼著她，他的呼吸交融著她的，良久良久，他才低低地說道：「只要妳好起來，阿綺，只要妳好起來……」

這時，那護衛又溜了回來。

他鬼鬼祟祟地走到蘭陵王身側，小小聲地說道：「郡王，今天晚上，要不要繼續講課？」

這個護衛酷愛八卦，又生了雙精明的眼。身為世家中的一個庶子的他，從小在一個龐大的家族中長大。那家族中，嫡母繼母、七姊八妹、三兄四弟，還有從商的當官的，林林總總無一缺少。出征後，無意只聽到他與人閒聊，說是「古來歷經幾朝，榮華不滅的大官兒，無不是世事洞明、人情練達的」這句話後，蘭陵王便把他叫到身邊，讓他每天跟自己講一個時辰的課。

蘭陵王瞪了他一眼，低喝道：「滾！」

那護衛嘿嘿一笑，連忙快手快腳地溜開。溜到不遠處，他卻躲在一棵樹後，繼續津津有味地看著蘭陵王和張綺兩人。

也不知過了多久，張綺再次清醒過來。

天還沒有亮。

她抬起頭，怔怔地看著黑夜中，格外高遠的天空，又轉過頭，看向身下的男人。

蘭陵王已然睡著了。

他把她放在胸口，側著頭，臉挨著粗糙的樹皮，睡得甚香。

夜風中，他呼吸細細，長長的睫毛在眼下形成了一片陰影。

看著他，張綺突然紅了眼眶。

不想驚動他，張綺沒有動。

軟軟地靠在他的胸口，聽著他強而有力的心跳，張綺那一直壓抑的恨意，又湧出心頭。令得她恨不得咬他一口，或踢打他一頓，或者，拿把刀把他和自己都殺了。

這其實是很奇怪的想法，他棄她時，她不曾這般恨，所有人都棄她時，她也沒有這麼恨過。他現在救了她，她反而恨得這麼苦。

就在張綺無法自抑地濕了眼眶時，一側的角落處，傳來兩個壓低的說話聲：「那姓方的真的上了摺子參奏郡王。」

「要我說，乾脆一刀結果了那人，偏郡王厚道，不但不怪罪他，還待他如故。」

兩人正說得起勁，突然的，另一個年長的沉悶聲音傳來：「都住嘴！給我睡覺！」

那兩人安靜下來，過不了一會兒，一陣鼾聲響起，這時，張綺聽到那年長者嘆了一口氣，嘀咕道：「郡王這次回了國，功勞是肯定沒有的了，說不定還會引得陛下震怒！」

說到這裡，那年長者又嘆氣，「幸好郡王是宗室。」

張綺本來便昏昏沉沉，只覺得整個人都說不出的疲軟無力，身上也時冷時熱的難受著。要不是顧念蘭陵王好不容易才睡著，她都想從哪裡找床被子捲在身上了。

現在聽了那幾人的話，心下一亂，人更是難受。她平素還算反應敏捷，可這一刻人不舒服，剛想點什麼，便又轉眼忘掉。

就在這時，睡著了的蘭陵王突然雙臂一緊，直坐而起，急急問道：「阿綺，妳沒事吧？」

「我沒事。」

聽到她說話還有點力氣，他鬆一口氣，整個人向樹幹上一靠。

一手摟著她，他另一隻手，又習慣性地向張綺頭上摸去。

似乎額頭又燙了。

蘭陵王抱著她騰地站了起來。

他的舉動驚動了眾護衛，好些人同時睜開眼來，沒睡的也被同伴推醒。

「郡王，你這是？」

蘭陵王翻身上馬，說道：「去塞外！」他抿著唇，雙眼瞬也不瞬地看著張綺，低聲又道：「我知道鄰近武威有個部落巫醫了得，阿綺的傷等不到明日。」

眾護衛同時應了一聲是，一個個牽出坐騎，翻身上馬。

蘭陵王回頭看著他們，對著這些火光中，因為自己一個命令，哪怕送出性命也毫不遲疑的人，他抿緊唇點了點頭，轉過頭點了幾人，「你們去與大軍會合，告訴楊韓等人，便說，我不在時，讓他們原地待命，不管戰況有何變化，不可輕涉其中！」

「是。」

這時，他聽到懷中的張綺低聲喚道：「長恭。」

她吐出的，溫熱的蘭香之氣噴在他的臉上。不知怎的，蘭陵王有點失神。他轉過頭，讓風吹去眼中的澀意，低聲應了一聲：「嗯。」

他的聲音在不知不覺中，變得輕緩低沉。

張綺低聲道：「我不要緊，你不可耽誤了戰機。」

身為一軍統帥，這般視戰場如遊戲，調來了眾卒，又臨時離開，會不會不好？

張綺昏沉地想道：不能這樣的！

見她是擔心這個，蘭陵王笑了笑，淡淡地說道：「別怕……先前我曾與周人造成前後合圍的大好局勢，論功，我已占了。接下來他們判斷失誤，胡亂指揮，我將在外，可以不受。」

張綺低弱地說道：「不是，是你的士卒，你讓他們來，他們來了你又不在，這樣不好，會誤了你。」她認真說道：「我真沒事，我身子壯，等軍醫看過就會好的。」

她身子壯？蘭陵王看著躺在自己臂彎，似乎一用力便可捏碎的婦人，突然低下頭來。

在張綺瞪大的雙眼中，他在她的唇上突然輕輕印上一吻，做完這個動作後，他迅速抬起頭，面無表情地說道：「燙得很，我耽擱不起！」說罷，他回頭沉聲下令：「走！」

「是！」一百數鐵騎同時捲動，在暗淡的星光下，在絡繹燃起的火把光中，激起了漫天的煙塵。

縱使在急速奔馳中，被他抱在懷中的張綺，也沒有承受多少顛簸。

他很小心，比那一年相處的任何一個時候都要小心，都要溫柔……

張綺仰著頭，目不轉睛地看著他。

幾乎是突然的，她有一種衝動，拿出他放在馬袋中的那把刀，殺了他，也殺了她自己。

不管是愛還是恨，死了就是就留住了，死了就不會有怨恨，不會有求不得，不會有痛苦。死了，她就永遠不會再惦念他，不會一想到他的溫柔的同時，就會想到他府中的，與自己恨不可戴天的王妃。

這是一種強烈的衝動。它炙燒著張綺的靈魂，炙燒著她的理智。
只有死，才是最美好最完整的，只有死！
也許是天太黑，他胯下的坐騎一個不留神，重重落天到了一個泥坑中。急促而來的顛簸，令得張綺的身子向上一拋。
自己的身形還沒有穩住，他已身子一挺，用腰背生生受了那股衝力，然後肚腹一挺，試圖緩解那衝力對她的傷害。
看到他急急低頭，小心地檢視著自己的傷口，張綺閉上了雙眼。
她側過頭，悄悄合緊酸澀的眼睛。只是想想而已，只是想想……
護衛中，有對這裡的地形十分熟悉的斥候，在他的帶領下，百來人無驚無險地越過武威城的範圍，駛入了武威城北的邊界線中。
而這時，天還剛亮不久。
經過這幾個時辰的顛簸，張綺已昏昏沉沉，便是被蘭陵王強硬喚醒，她也只會反射性地衝他笑一笑，便眼神迷離、呼吸急促得，似乎隨時會昏迷。
這種情況蘭陵王很熟悉，他的袍澤每一年都會有很多在受傷後出現這種情況，然後不治而亡。
不知不覺中，他把張綺摟得越發緊了。
也許是他摟得太緊，不一會兒，張綺嚶嚀一聲，嗅了聲：「痛！」
蘭陵王連忙勒停奔馬，鬆開手臂。
張綺睜開眸子，見他瞬也不瞬地盯著自己，眼睛紅紅的，先是反射性溫柔一笑。
看到她的笑容，他的表情卻更加悲慟了。
突然的，他啞聲喚道：「阿綺……」

「嗯。」

「妳想要什麼？」

她想要什麼？張綺仰起頭，她看著漸漸明亮的天空，喃喃說道：「我要回陳國……」

「好，等妳傷好了，我帶妳回陳國。」

他帶她去？

張綺歪著頭，臉蛋紅通通的她，眼神迷離而天真，「你也去嗎？」

「嗯。」

「可我不想你去。」

對上他黝黑黝黑，宛如子夜般深遠的眸光，張綺歪著頭，「你傷了我，我要回陳地，我要找一個看不到、聽不到你的地方……我不要你去。」

他低下頭，把自己的臉貼在她的臉上，感覺著自己唇瓣苦澀的鹹味，他輕輕說道：「我以後再也不會那樣傷妳了。」

說完這句話，久久沒有聽到她的回答，他睜開眼，卻見她又昏睡過去了。

守在周圍的護衛，見到蘭陵王的雙臂在那裡顫抖著，一人連忙策馬上前，大聲說道：「郡王，前方便是勒莫洛部！」他朝著北方一個角落一指，認真說道：「再一個時辰，最多一個時辰，我們便可以見到巫醫。」

「走！」蘭陵王的聲音有點狠厲。看著他策馬狂奔而出，眾護衛連忙跟上。

一個時辰後，一行人進入了這個小部落。

柒之章

兩情結伴寫點滴

隸屬於鐵勒的勒莫洛部陡然看到一群悍勇的中原人，紛紛尖叫著、奔跑著彼此示警。

見狀，蘭陵王摘下面具，露出他那張俊美至極的臉，大聲叫道：「泰莫可在？」

見那些人還在不要命地奔跑，蘭陵王臉一沉，嗖地抽出佩劍，右手一揮一甩間，那寒森森的劍自天而降，生生地插在五個沒命狂奔的少年之前。

這麼一柄殺人利器刺在腳下，那五個少年腿一軟，同時癱倒在地。

這時，蘭陵王低沉的、不耐的喝聲再次傳來：「泰莫可在？」

被他語氣中的殺機所震，一少年結結巴巴地應道：「在！在！」

另一個少年也說道：「去、去採草藥去了。」

蘭陵王策馬急衝，在衝到幾個少年面前衣袖一甩，捲起自己的佩劍後，只聽得他沉沉的命令聲傳出：「去找！發動所有人去找，一個時辰不見，休怪我燒了你們的部落！」

「是是是！」

「你們也去！」他這話，命令的是眾護衛。

「是！」

在百多護衛的壓迫下，整個部落的人能出動的，都出動了。

而蘭陵王和張綺，這時也在那五個少年的帶領下，來到了泰莫的帳篷中。

五個少年看到了張綺的真面目，一個一個有點魂不守舍，時不時地轉頭看來。

蘭陵王沒有理會他們，也沒有喝令他們同去尋人，這五個少年在這裡，也等於是他的人質，想來他們的親人會更用心些。

他小心地把張綺放在一個褥子上，跪坐在她身邊，低低地、溫柔地喚道：「阿綺，阿綺……」直喚了幾聲，張綺才慢慢睜開眼。

睜開眼看到蘭陵王，她便是反射性地迷離一笑，這一笑，令得帳篷中響起了五個響亮的倒抽氣聲。見她剛睜開眼便又想睡去，蘭陵王啞著嗓子，低低說道：「阿綺，別睡了，我們等會兒就可以去陳國了。」

等會兒就可以去陳國？

張綺似乎清醒了些，她怔怔地看著蘭陵王，突然流下了淚，「我不要你去！」

蘭陵王溫柔地盯著她，卻沒有回話。

張綺哽咽道：「我不想你去！」

他依然沒有回話。

張綺恨從中來，可她沒有力氣，只是流著淚，一句一句地重複道：「我不要你去……那是我的家鄉，我不要你去我家！」

這時，蘭陵王伸出手。

他輕輕地握住她的手腕，堅定地說道：「快點好起來，妳好了，我們就去陳國！」

這話一出，張綺更氣了。看著她流淚，看著她氣得不停抽噎，蘭陵王的唇角卻漸漸變得放鬆。

也不知過了多久，一陣腳步聲響起，緊接著，老人氣惱的聲音傳來：「你們中原人太過分了，太過分了！」

叫罵中，他掀開了帳篷。

他一眼便看到了站在帳篷中，雖著黑衣，卻如明月一樣耀人雙眼的蘭陵王，以及躺在褥子上的，那個美得讓人睜不開眼的少女。

見他呆呆地看著自己兩人，蘭陵王緩緩從腰間抽出佩劍。嗖地一聲，他把佩劍插在地上，於寒森森的流轉劍光中，一字一字地說道：「救活我的婦人！不然，你也罷，你的部落也罷，一個也休想活命！」

非常時行非常事，這個時候，只有生命的威脅，還有殺戮，才能讓人迅速屈服。他浪費不起！

那罵罵咧咧的老頭，對上蘭陵王殺氣沉沉的臉，馬上臉孔一白，明白過來，這定是殺過無數人，手中沾過無數鮮血的將軍。

當下那老頭急忙朝張綺走來，翻開她的嘴唇看了看後，老頭說道：「傷毒入血。」他轉過身走向一側角落，翻出幾種草藥胡亂嚼了幾口，便塗在張綺的傷口上，然後朝一個少年叫道：「去，把老鸞家的怪牛角拿過來，就說我要熬水用。」

老頭的醫治，越到後來越是有條有理。把一種不知名的粉末餵入張綺的嘴裡後，老頭說道：「看看吧，過了這一夜，如果有所好轉，便是有救。」

蘭陵王也不打擾他，令眾護衛就在老頭的帳篷外紮營後，他靜靜地跪坐在張綺身邊，只是一瞬不瞬地看著她，看著她，直到天亮。

天亮了，老頭走了過來，他碰了碰張綺的額頭，又分開她的嘴唇看了一眼，轉向蘭陵王道：「叫醒你的婦人吧。」

蘭陵王騰地站起。

他大步走到張綺面前，伸手搖了搖，輕輕地、溫柔地喚道：「阿綺，醒醒，醒醒！」

老頭在一側翻了一個白眼，沒好氣地說道：「小子，多用點力，你這婦人不會因為你喊得大聲就嚇死了！」

這一晚的接觸，老頭漸漸感覺到，這個動輒喊打喊殺的俊美中原漢子，其實性子還不錯。因此，他說起話來也就沒有那麼小心了。

蘭陵王被說得哼了一聲，推張綺的動作用了些力，喚她時，聲音也大了些，「阿綺，醒來！」

在他的連連推搡下，張綺慢慢睜開了眼。

對上她漸顯清明的雙眸，蘭陵王狂喜。他刷地轉身，朝著那老頭深深一禮後，向左右命令道：「給老丈封上五百兩黃金！」這話一出，輪到那老頭笑得合不攏嘴，委屈盡去。

張綺額頭上的傷其實很輕，只不過是因為受了傷後得不到救治，傷口處又沾了髒物和冷水，才導致病情幾致危篤。

這個老頭治這種病，確實頗有一手，不過兩天，張綺便已痊癒，只是髮際下一吋的左側額頭處，留下了一道兩吋長的傷疤。

在她絕美無瑕的臉上，陡然有這麼一道傷疤，還是很觸目驚心的。把銅鏡遞給張綺後，蘭陵王便瞬也不瞬地注意著她的表情變化。

張綺的表情很奇怪，她怔怔地看著鏡中的自己，表情似悲似喜，直過了好一會兒，她才低低說道：「這有什麼用？」

確實沒用，只是讓她不那麼完美罷了，至於姿色，沒損幾分。

這時，她感覺到身子一暖。

張綺怔了怔，感覺到蘭陵王貼著自己，一股屬於他的體溫充斥左右。

她慢慢抬頭向他看來，只看了一眼，便垂下眸。

他的眸中，是她的倒影……他在怕她傷心！

抬了抬長長的睫毛，張綺再次看向鏡中的自己，突然的，她拿過放在一側的胭脂額黃青黛，小心地在額頭描弄起來。不一會兒，鏡子裡，紅色的傷疤變成了一團開得豔豔的，以暗色的花枝花苞兒為底，緊緊簇擁在一起的美麗木棉。

鏡中的張綺不但再次變得完美無瑕，而且在那完美處，還添了一分難以言狀的嬌豔和張揚，那盛放在雪白額頭上的一大片小小木棉花，成了一道獨有的風景。

只怕從此之後，世間都會興盛木棉花妝！

蘭陵王怔怔地看著、看著，慢慢的，他唇角向上一彎，低低說道：「如此甚好。」轉眼他認真地說道：「總有一日，我會讓妳消去這傷疤的。」

他轉過頭，嗓子一提，朝著外面命令道：「叫那老頭進來！」

「是。」

蘭陵王又休息了一天，見張綺確實大好後，拿了些老頭自製的藥丸以防萬一，這才離開了這個小部落。回去的路上，他依然把張綺緊緊摟在懷中。不管她怎麼掙扎，都沒有鬆開。

張綺大病剛癒，也沒有力氣與他對抗，便只好由著他擺布，這樣，日則同騎，夜則同宿，一晝夜後，一行人再次回到了武威郡。

而這時，他們得知，宇文護部在折損了七萬人馬後，會合了宇文邕，已殺回了武威郡。

得知這個消息時，蘭陵王已與他的大部會合。

凝聽著手下把最近的軍情一一彙報後，那裨將稟道：「郡王，周主曾數次派出使者想要聯繫我等，我等謹記郡王所言，一直不曾與他們接近。」

蘭陵王點了點頭。

幾個裨將相互看了一眼，一人走上前來說道：「郡王，臣等以為，自武威城破之後，突厥、柔然兩部士氣大振，如今草原諸部均是蠢蠢欲動，隸屬兩族的小部落也絡繹趕至。此戰勝負已定，我們還是早日回到國內，防備突厥人入境。」

另一個裨將更拿出地圖，指著地圖，認真說道：「郡王你看，突厥人如今已占有這、這、這、這等七處城池，郡王再看，如此一來，他們是不是已對周主所率的十來萬人形成合圍之勢？儘管這幾處城池中，另有三四十萬周軍在，可他們已被突厥人嚇破了膽，根本不足為懼。」

分析到這裡，那裨將說道：「我等以為，此事已無取勝之機，不如先回國內再做打算。」

說罷，幾人齊刷刷地看著蘭陵王，等著他拿主意。

蘭陵王伸手移過那地圖。

他低著頭，把那些特意標明了的城池細細看了一遍後，慢慢把地圖一推。

抬頭看著諸將，蘭陵王面具下的雙眼發著光，「不，此戰大有可為！」

在諸將大為不解的表情中，蘭陵王負著雙手，慢慢說道：「如今的局勢，任何人看了，都會以為無計可施。」他轉過頭，目光灼灼地看向眾將，沉沉說道：「在這種情況下，若是我們以一己之力，力挽狂瀾，那麼，千秋功業，百世美名，畢此一役！」

這話一出，眾將齊刷刷地昂起了頭，他們的眼中，光芒變得狂熱。

蘭陵王微微一笑，重又拉過那地圖細看起來：而且，我還要憑這一場勝仗，讓宇文邕那小子欠我一個人情，也要憑著這場戰役，讓陛下他不得不重視於我的所求！

他修長的手指在地圖上，突厥人所在的地方一一點過，冷冷說道：「恰好，他們突厥人所擅長的，也是我高長恭擅長的！我相信在武威郡這塊地盤上，突厥人不會比我們更熟悉地形。那麼，從明日起，十則圍之，步步蠶食！」

接下來，整個武威郡被一股黑色的浪流充斥了。他們無所不在，如果在路上遇到突厥人，數千上萬黑色洪流直接碾過去，直到把他們碾成碎末。如果遇到突厥人在村落、城鎮中搶劫，則由熟悉當地地形的斥候把情況一一標明後，要麼把突厥人引到某處陷阱中，要麼在他們必要的路上埋伏，要麼直接火攻，要麼巨石碾壓。

便這樣，不過一個月，被碾碎的突厥人總數已達了一萬五六。

當然，武威城和其餘六座突厥人主要據守的城池除外。

突厥人入駐武威城後，顯然迷上了這等繁華安逸的所在。他們縱馳疾馳在街道上，興致起時，不是對著城下撒尿，便是抱著城中的中原美人當眾享樂。那種自由自主、興奮滿足，真是無以言狀。

這一日，放縱了一夜的突厥人絡繹起來時，天已不早。幾十個搖搖晃晃，替換守夜的士卒的突厥人，剛來到武威城南門處，突然間，一人發出一聲尖叫。

這尖叫一出，眾突厥人以為遇到敵襲，迅速清醒過來。就在他們急急揮起兵器抬起頭一看時，張大的嘴再也合不攏了，然後，尖叫聲越來越多，馬蹄聲也充斥在整個街道中。

……卻是武威城南門處，憑空出現了一個巨大的，由血色的頭顱組成的「殺」字。數千上萬顆鬍子拉雜的，他們同伴的腦袋疊得高高的，宛如一座小山，而這蜿蜒的小山，便成了一個突厥文字「殺」。

頭顱顯然多數還新鮮著，頭顱下面，血流成河，都沁到了城門口了！

這是什麼時候發生的事情？為什麼守夜的突厥人無一發現？什麼時候，他們竟然死了這麼多的同伴？

蘭陵王對周圍零碎部落的攻擊，縱有幾個漏網之魚向城中的首領報告了，可下面的人，都是不知道的。知道的首領，也還沒有來得及安排出妥當的應對措施，便出現了這一幕。而且不只是武威城，另有三處靠近武威，也被突厥人所占領的城池邊，也出現了這麼一個由頭顱組成的「殺」字。

從來沒有一刻，讓這些橫行塞外，一向所向披靡的突厥人，感到如此的恐慌。

那由頭顱組成的，或腐爛不堪，或血跡未乾的頭顱，每一個，他們都似曾相識，每一個，都曾是馬背上的驍將，草原中的大好男兒；每一個背後，都背負著一個家庭，無數婦孺老小的期待和幸福。

而現在，這些橫行一時、不可一世的人，全部被取下了頭顱，全部被某個不知名的人，擺在了城門外。

也許，對於這群草原群狼來說，最可怕的，便是同類的屍首。也許，對於這些搶劫了大量的財寶，早已經可以安好富足地過完下半輩子的人，對殺戮其實已不是那麼積極。要享樂，有了那麼多財寶，他們回到草原一樣可以享樂。

不管哪種原因，這個由頭顱組成的「殺」字出現後，以剛勇而不畏死著稱的突厥人慌了、亂了、怕了！

起先只是一陣躁亂，到得後來，也不知是誰帶頭，那躁亂漸轉為嘶吼：「我們回去！」、「對，回草原去！」、「我們已經搶了這麼多，為什麼還留在這裡？」、「中原再好，財寶再多，我們現在也帶不動了！回去，回去！」

漸漸的，無數個聲音匯成了「回去」兩字。

隨著那聲音越來越響，越來越多，終於，「滋滋」一聲，武威城的西門和北門同時打開，一隊一隊的突厥人，挾帶著滿滿的金銀珍寶，驅趕著一批不多的漢奴和漢人美女，衝出了城門。

站在一處樹林中，那姓方的幕僚看到前方四散揚起的煙塵，頓時雙眼嗖地大亮。他朝後方看了一眼，轉向蘭陵王，大聲問道：「長恭，你說那些周人會不會聽你的安排？」轉眼他又不屑地說道：「只是讓他們在後面拖著樹枝掃掃灰塵，裝裝氣勢，再不聽安排，這些周人真沒得救了。」

剛說到這裡，他又哈哈一笑，看向蘭陵王的眼神是已盡是崇拜讚許，「不管他們聽不聽，長恭，有了這一戰，從此後，你高長恭的名字，都會名留青史！」想了想，他不好意思地說道：「長恭，待回去，我就再次上本，我會向陛下力陳錯誤。」

眼前這個年少的郡王，他其實想的計策也不是那麼高明，可就憑著他這並不太高明的計策，憑著那種狠和血淋淋的辣，憑著他對突厥人的了解，硬生生地擊跨了那些草原之狼的士氣，令得他們倉皇而逃。憑一己之力，竟然真的扭轉了整個大戰的局勢。

此戰之後，不管是周人，還是突厥、柔然人，只怕一提高長恭，便已心寒膽戰了。

在齊地時，那些貴族和貴女們總以為蘭陵王的軍事才能不過如此，他最好的選擇便是守著他的鄭氏妻族，享受他前三場小戰得來的成果榮華一世。像他以前，雖是不說，也覺得蘭陵王冷落高門大戶的嬌妻，卻執著一個已不屬於他的狐媚女子，實是愚蠢固執至極。更讓他嘆息的是，堂堂丈夫，竟然甘願為一姬妾守節。不但冷落嬌妻，還特意放出風聲，說什麼自家王妃依然是冰清玉潔之人，那架勢，簡直是歡迎天下貴族攀自家的牆頭，其行為當真可嘆可笑。

可經過這一戰，他才明白，所有的齊人也會明白，高長恭實是絕世悍將，他的榮光、他的威名、他的才華，壓根兒不需要任何人來添磚加瓦。光憑著他自身，便可令得整個世人為之側目，為之俯首！

被他這麼稱讚著，蘭陵王依然毫無表情，靜靜地看著前方，聽到林中不時傳來的興奮的鼓躁聲，他手一揮，沉聲命令道：「告訴他們，我等會在突厥人走出五十里後出擊！」

那些人趕著上千漢奴，行動不便，相信他們走出五十里後，突厥人的高層和精銳，已經衝到了前面，留在後面的，只會是一些漢奴和押送漢奴的普通突厥人，而且突厥人人數也不會多。

而他們現在，就埋伏在前方，只等這些突厥精銳入網。

對於蘭陵王來說，被驅趕的，是他們周國的百姓，他此行的目的，只是儘量多殺些突厥人，至於那些漢奴是自行逃跑，還是由宇文護的人去解救，那就不是他應該關心的事了。

當然，將卒們擊殺後突厥人後，順手撿一些突厥人搶來的財寶，這點蘭陵王是不會阻攔的，甚至是允許的。他憑著五萬人橫行至今，要是每一筆軍費都靠齊國，早就垮了殘了。

時間一點一點地過去。

漸漸的，突厥人的隊伍越拉越長，越拉越長。

就在突厥精銳和漢奴之間相隔已達三十來里時，蘭陵王手一揮，厲聲喝道：「殺！」

「殺——」

「殺——」

沉沉的，如悶雷，如海嘯一般的喊殺聲傳出的同時，大地也被五萬黑甲衛的馬蹄，衝擊得震盪不已。

撤退的突厥人，不是沒有想到會被人追殺，因此，在這邊喊殺聲陡然而起時，那一邊已嘶吼聲大作：「周人殺上來了，準備，準備，準備……」那將領的最後一聲準備，卻被生生地啞在了嗓子中。

他算到了一切，卻沒有算到對方會有這麼多人。

足足數萬，曾令得他們震驚過的黑衣黑甲騎士後面，竟還是煙塵滾滾，看不到邊際，似乎整個天和地，都被他們霸占了。

天啊，究竟有多少人啊？難不成，還有十萬二十萬不成？

這些突厥人，總共不過十四萬，前後被蘭陵王和周人殺了五萬，現有的九萬人，分屬於七個城池。作為最大最重要的一個城，武威城，其中只有突厥人二三萬。

二三萬人，在平時是一個龐大的數字，可此刻，他們人人懷中揣有大量的珍寶，有的還抱著擄來的美人，再加上這些日子來，他們在武威城中沒日沒夜地睡女人、飲酒、狂歡，這些都嚴重耗空了他們的體力，消磨了他們的意志。

因此，面對著遠遠比自己還多的對手，面對著這一支一看就是無比精良，論戰力絕對與全盛的他們有得一拚的黑騎甲士，面對著他們高舉的血色旗幟——那旗幟中，除了一面黃旗上寫了一個「高」字外，其餘都是用煞白煞白的旗面，上書一個血淋淋的「殺」字，一個與堆積在城門外，那個由頭顱組成的「殺」字一模一樣的血字，突厥人慌了。

陡然間，他們的腦海只有一個念頭浮出：我得了這麼多珍寶，只要逃出這裡，那就想過啥日子便能過啥日子，我用著得與他們血拚嗎？

這時刻，看到「殺」字旗後的恐慌，摟有珍寶後的惜命，使得一些平素慓悍如狼、殺人如麻的突厥人竟是不管上令，策著馬便朝旁邊的草原衝去，他們想奪路而逃。

這逃亡一旦有了個開頭，便再也擋不住了。這一點，最精銳的突厥部也不能倖免。在那突厥首領尖哨的嘶吼聲、命令聲中，在他氣急敗壞的馬鞭揮甩中，在他的部下四散逃逸中，五萬黑甲衛衝上來了。

一個懷抱珍寶美人，士氣已洩，一個殺氣正隆，這結果可想而知。

短短半日，草原已被鮮血染紅，無數個突厥人，在衝過黑甲衛的銅牆鐵壁後，又遇上了隨之而來的宇文護部。

到了後來，這已成了單方面的圍殺。

這一役，突厥人最後逃跑者，不過三千餘人，其餘都成了草原上的枯骨。

戰爭還沒有結束。

解決了武威城的突厥人後，略略休整，黑甲衛又用同樣的手段，兵分兩部，攔下了另外兩個城逃出來的突厥精銳。那兩個城的突厥精銳，各有一萬餘，黑甲衛對上，仍然是絕對的優勢，更何況後面還有疑兵？

一樣的布局，一樣的不戰先逃，不過幾日，蘭陵王部便滅殺了五萬餘突厥人。不過，黑甲軍畢竟還少了些，七座城池的突厥精銳，最後還是有三座城池的逃回了草原。最後，這一場規模空前的突厥與周人之戰，突厥人共有十四萬七千人加入，最後逃出者，不足四萬人。

這一場戰役，成就了蘭陵王的絕世武將之名。

這也是一場被淹沒在歷史長河中的戰役。西元五七七年，周滅齊後，周武帝宇文邕馬上令齊地史官刪掉了關於這場戰役的一切，並把隨之而來的一場發生於北齊與突厥之間的普通戰役覆在其上。

真實的歷史中，世人只知道蘭陵王高長恭是從西元五六四年，也就是兩年後變得功高震主的。可他從執有兵權到五六四年，齊國歷史上的大小事，幾乎都難看到他的身影。那他是在什麼時候起成就了累累威名的呢？這兩年間，他到底有哪些出色的戰績呢？卻一直是眾說紛紜。世人只知道，憑藉他在歷史上留下的那些戰役，遠遠達不到「功高震主，絕世悍將」八字之評。

這一場戰役，黑甲衛威名大振的同時，也個個收穫巨大。召集眾裨將開了一次祕密會議後，同時各寄了一封帛書給齊國皇帝和鄭瑜後，蘭陵王出現在一輛馬車中。

馬車只有一輛，馬車旁，也只有五百來個一襲便服，卻一人兩騎的護衛。

張綺坐在馬車中。

她身軀挺得筆直，雙眼睜得老大，正在憤怒地瞪著那倚在車窗邊的高大身影。

這些日子，她沒有參與那一場場的廝殺，她被蘭陵王寄放在一處農戶，還派了兩個人時刻盯著她。在她還沒有回過神時，人又被強行帶上了這輛馬車。而馬車中，便坐著這麼一個男人。

怒瞪了他一陣，見男人自顧自翻看著帛書，張綺咬了咬牙，冷笑道：「我不會與你回齊國。」

回齊國幹什麼？去看他與他的王妃卿卿我我嗎？去拜見鄭瑜那個主母嗎？去讓她和秋公主那些人嘲笑她怎麼由皇妃又變成了姬妾嗎？

只要說到這個，她的聲音便因氣恨而帶著顫聲：「高長恭，你別逼我！」

聽到了她話中的哭音，蘭陵王慢慢放下手中的帛書，面無表情地看向她。

他瞟了她一眼，淡淡說道：「誰說我們是去齊國？」

張綺一怔。

轉眼，她結結巴巴地說道：「那、那是去哪裡？」不會是去陳國吧？

重新又翻看起帛書的蘭陵王道：「去陳國啊，妳不是一直想回去看看嗎？」

張綺大驚，她呆了呆後，問道：「那宇文邕呢？」她現在還是宇文邕的妃子啊，這樣，不會上升到國事吧？

問了一句，蘭陵王卻逕自看他的書，對她的問話理也不理。

如果張綺沒有看錯的話，他這是對她提到宇文邕不感興趣，對她這個話題更不感興趣。

咬著唇，張綺尋思了一會兒，小心問道：「仗打完了？」

他依然看著他的書，沒有理她。

張綺又咬唇問道：「你的那五萬人呢？你都不向齊主交代一下，就悄悄溜走，不要緊啊？」

他還是不答。

張綺暗哼一聲，眼珠子轉了轉。

只要允許，她一點也不想與這個家有陰悍之婦的男人再作牽扯。哪怕再不捨最喜歡，她也能狠得下心來。可這人油鹽不進，他便是回答了她，她也好從他的話中得出一些結論，然後逼他放棄。

可他不理她，她竟是無計可施。

這一次再見這個人，怎麼感覺他似是成熟世故了許多？

張綺連問幾句，見他不理，便轉過頭，認真地看向外面的風景。

時已深秋，落葉紛紛，只怕走得慢些，途中都要下雪了。

望著蒼茫的，看不到邊的天邊頭，恰好這時，一行征雁排成人字從藍天上飛過。牠們也是趕往南方的歸客，只是，牠們定是歡天喜地的。

抿著唇，張綺發現自己的心中又湧出一股說不出的恨。

她想，如果他不曾救她，不曾千方百計為她求醫，不曾這般與她共乘一輛馬車，強要與她一道回陳，她許不會這麼恨吧？

愛不得，只好恨了！

想著想著，她的眼中有點酸澀，便用力地眨了眨眼。

就在這時，她聽到蘭陵王低沉的聲音：「倦了吧？睡會兒。」

張綺頭一扭，從鼻中發出一聲輕哼，咬著唇想反唇相譏，想了想，終還是意興索然。

見她不理，他瞟了一眼，放下帛書，淡淡說道：「不想睡？正好，我也不想。」說罷，他伸出手，慢慢脫下自己的外裳。

悄悄看在眼中的張綺，雙眼瞪得滾圓。她連忙低下頭，摟過一側的枕頭，然後鋪在旁邊，再蜷縮著身子睡下。

見她聽話，蘭陵王挑了挑眉，把脫下的外裳重新穿上。

見他重新看起書來，眼睛悄悄睜開一線的張綺，恨恨地翻過身去。

她本已倦極，輾轉反側了一會兒，便沉沉睡去。

開始時，身子還隨著馬車的顛覆而上下晃蕩，腦袋也時不時地給磕到碰到，雖然磕碰的都是虎皮厚褥，可終是不舒服。

到了後來，睡得迷糊的張綺發現所睡之處，變得又軟又暖又張合隨心，不由舒服地蹭了蹭，進入了甜夢之鄉。

夢中，宇文邕坐在皇位上，他居高臨下地盯著她，突然喝道：「跪下！」

張綺蒼白著臉，撲通一聲跪倒在地。

宇文邕冷著一張俊臉，失望地看著她，說道：「朕以為妳是個聰慧人，一直任妳自由出入，可妳是怎麼回報朕的？對武士們四處施恩，遇有貧寒有才之士便加以籠絡。張氏，妳可知妳現在已是皇妃，一舉一動，不止是朕，便是宇文護，便是群臣，也一一看在眼裡。剛才宇文護派人來問朕，說是朕收攏這些人，有甚圖謀。張氏，妳可真讓朕失望！」說到這裡，他閉上雙眼，右手一揮，沉沉喝道：「來人，把李妃送到大塚宰府中。傳朕的旨意，宇文成少年英偉，才智非凡，大周得此高才，乃邀天之幸，特封其為陽谷公。朕有美人張氏，一併賞賜於他，望陽谷公好生為家國效力！」

剛被太監們拖下，張綺便嚇得尖叫一聲：「不——」

她滿頭大汗地坐了起來。

這一坐起，她才發現自已正被蘭陵王摟在懷中，而此刻，他一隻手揉搓著她的太陽穴，雙眼也在靜靜地看著她。

對上她的眼神，蘭陵王低低說道：「都過去了，阿綺，都過去了！」

他伸出雙臂，把她緊緊摟在懷中，喃喃說道：「都過去了，再也不會了，再也不會了！」

張綺被夢嚇得一身冷汗，她僵硬地倚在蘭陵王的懷中，好一會兒才緩了一口氣：那是夢，那只是夢！

轉眼她又想道：我才不會那麼笨呢，我怎麼可能會做夢中那等蠢事？

胡亂扯過一個袖子拭去額頭上的汗水，張綺暗暗忖道：有所謂日有所思，夜有所夢，也許是我總在想著，找個機會積蓄些自己的力量，因此有這一夢。

就在她扯著袖子，把它重重蒙在臉上，閉著眼深呼吸時，蘭陵王低沉的聲音傳來：「阿綺。」

張綺沒有理他。

蘭陵王的聲音清冷淡漠，疏遠無情，「妳拿著我的衣袖拭鼻涕，準備拭到何時去？」

他的衣袖？

張綺一凜，迅速把蒙在自己臉上的袖子一扔，垂眸一看，還真是他的衣袖，上面濕漬處處。

紅著臉，張綺又有點惱了，她哼了一聲，道：「哪有鼻涕？盡胡說！」

說到這裡，她終是有點不好意思，便倔強地扭過頭，悶悶說道：「我給你洗淨便是。」

見她抿著雙唇，表情又是倔強又是氣惱又是羞澀，蘭陵王扯了扯唇角：總算臉色好些了。他不再理會張綺，自一側拿過帛書，又翻看起來。

五百餘人簇擁著一輛馬車，這般不緊不慢地行走在官道上。每每有人飛馳而過，都會詫異地回頭看來。

此時已是深秋，再過不久便要立冬了，也不知這些人是要去哪裡，怎麼這般慢吞吞行走著？琢磨歸琢磨，看到這一支隊伍如此精銳，看到那些身著普通衣裳的漢子眼神如此殺氣騰騰，也無人敢停下來相詢。便有大隊人馬經過，也是暗暗納悶後，便迅速移開。

轉眼，入夜了。

五百護衛早早紮好了帳篷，點起了火堆。

望著不遠處那聚在一起歡飲的護衛們，張綺看了看那只有一頂的主帳，抿著唇，低聲說道：「我睡馬車。」她扭過頭，不看蘭陵王，說出來的聲音也是鏗鏘有力，聲如鐵石，「我一人睡馬車便可。」

她加重了「一人」兩字。

馬車中，蘭陵王慢慢收起看了一天的帛書，抬頭看向她。

就在張綺以為他會強迫時，卻聽到他說道：「隨妳！」

他右手一揚，掀開車簾，跳下了馬車。

黑夜中，看著蘭陵王高大的身影漸漸遠去，張綺好一會兒才縮回了頭。只是過不了多久，她又小心地伸出頭朝他看去。他還真坐到眾護衛中去了，自始至終，也沒有回頭看她一眼。

張綺蹙眉想道：難道他變了性子了？轉眼又想不管是自己，還是他，都是生生死死好幾回了，有些改變也是正常。

當下，她慢慢睡倒在馬車上，把褥子扯過來蓋在身上，暗暗忖道：顛了一天，早點睡吧。

想著想著，她伸手捂著嘴，打了一個小小的哈欠，身子一翻，慢慢睡去。

夜，漸漸深了。

隨著一堆又一堆的火焰漸漸熄滅，看著同伴依次傳來的輕鼾聲，一個護衛走近黑暗中的蘭陵王，低聲道：「郡王，夜深了，就寢吧。」

他說得文雅，另一個嘴碎的小子便顯得直接多了，「郡王，你不睡嗎？」他朝馬車方向看了一眼，嘻嘻說道：「郡王要是睡不著，就上馬車啊，嘿嘿嘿！」

在兩個護衛的詢問中，負著雙手，靜靜看著天空的蘭陵王，卻是微微一笑，他輕聲問道：「什麼時辰了？」

「子時剛過。」

「想來睡熟了。」蘭陵王點了點頭，微笑道：「會學狼叫嗎？學來聽聽。」

兩個護衛你看著我，我看著你時，蘭陵王已把手指放在唇瓣間，啞著嗓子狼嚎起來。

還別說，他的狼嚎聲，沉悶、殺氣騰騰，十足十的像！

兩個護衛沒想到他還有這一手，不由聽得興致勃勃。

蘭陵王倒也學得興致勃勃。他啞著嗓子，一聲又一聲地低嚎著。在他的嚎叫聲中，兩個護衛興起，不由也學著他的樣子，狼嚎起來。

也不知過了多久，馬車的方向傳來了一聲壓低的、忍耐的尖叫聲。

那邊叫聲一傳來，蘭陵王便施施然放下了嘬叫的手，朝兩個護衛點了點頭，道：「忍到此時才叫，定怕得縮成一團了……你們繼續。」說罷，他大步走向馬車。

兩個傻呼呼的護衛，一邊學著狼嚎，一邊看著蘭陵王，直看到他大步走到馬車旁，伸手在車轅上叩了叩，說了一聲什麼話。然後車簾一掀，把馬車上的美人一摟，大步返回時，另一個護衛還傻傻地嚎叫著。

這時，他的同伴敲下他的手，低聲道：「夠了！」

那個明顯調皮些的護衛，朝著那緊緊偎在一起的兩個人擠眉弄眼了一會兒，壓低聲音說道：「現在不必叫了，等進了帳，再叫幾聲湊些氣氛。」他咧著板牙嘻嘻一笑，做了幾個猥瑣的手勢，「我家郡王是什麼人？那可是算無遺策的沙場悍將，是憑著自學便文武全通的天才，這等沾風惹草的雕蟲小技，他只要願意，那舉一反三、舉一反十可全不在話下！」

張綺這一晚，睡得很不安穩。

雖然蘭陵王只是摟著她，整個人老老實實、板板正正地睡在榻上，端方得如得道高僧，可她還是被時不時的一聲聲狼嚎嚇醒，然後哆嗦良久後，被不耐煩的某人大臂一伸，摟著貼到了胸口上。

還別說，他強而有力的心跳聲，真是催眠好曲。

第二天醒來時，張綺的眼睛還有點發青。

這荒郊野外，還真是可怖。她真不知道，那些幾十個人結伴而行，作長途跋涉的，那日子是怎麼過來的。

有所謂秋高氣爽，第二天，又是一個大好晴日。

因昨晚睡得不好，張綺坐在馬車上便有點打瞌睡。每一次她靠著馬車壁，規規矩矩地縮成一團睡下，醒來時，總是在蘭陵王的懷中。

睜大漸轉清明的眼，張綺狐疑地看著他。

也許是她盯得太久，眼神也透著不對，翻著兵書，面無表情的蘭陵王低下頭來。

他看著她，冷冷地瞟了一眼後，重新打開兵書，淡淡說道：「不用多想，是妳自己過來的。」聲音冰冷、果斷，有著讓人不敢置疑的權威和嚴肅。

是這樣嗎？

張綺蹙起了眉，可她尋思來尋思去，也記不起具體的細節。

好一會兒，她紅著臉，喃喃說道：「對不起。」致過歉後，她從他的懷中輕輕滑下，老實地在馬車角落坐下，然後轉頭，堅定不移地看著外面的風景。

不過，不管她的意志如何堅定，暗底裡發過多少次誓，一旦熟睡，醒來必是在他懷中。

面對著蘭陵王看向自己時，那蹙著眉峰，既無奈又不耐的表情，張綺真是羞得無地自容了。

在張綺晚晚被狼嚎驚嚇，白日越來越困頓中，轉眼，一個月過去了。

這一日，他們來到了周國安定郡的靖遠城。

靖遠城位於黃河流域，雖屬於北方苦寒之地，卻也是富饒的。

而且它城池極大，幾不輸於武威郡，比起周都長安，也不差多少。

到得這時，蘭陵王的五百護衛早已經是普通的商隊護衛打扮。只不過，這支全是悍勇丈夫組成，只有一輛馬車的隊伍駛入靖遠城時，還是令得車水馬龍的行人安靜了那麼一會兒。

張綺坐在馬車中，戴著紗帽的她，目光晶亮地看著外面的人來人往。

她沒有到過靖遠城，雖然聽過無數次，可來這裡還是第一次。

這裡的女兒，已沒有武威那種風沙吹出的乾紅，其高挑的個子和白皙的皮膚，與長安女郎們相差無幾。當然，仔細看的話，還是能看出她們的皮膚更顯乾粗些的。

走了一會兒，馬車停了下來。

蘭陵王率先跳下馬車，他向馬車中的張綺伸出了手。

張綺沒有理他，她低著頭，自顧自地跳下來。

蘭陵王瞟了她一眼，倒也不在意，轉過身，便向前方的酒樓走去。

他雖然戴著斗笠，可舉手投足間，自有常居高位者的威嚴和氣度，酒樓的小二連忙迎了上來，叫道：「客官是用餐呢，還是打尖？」

蘭陵王丟下一錠金子，低沉道：「都是。」

酒樓中正是熱鬧之時，滿堂喧囂，卻還是有不少人在聽到他的聲音後，不由自主地轉頭向他看去。這一看，四下安靜下來。

先不說走在前面的青年郎君，雖帷帽遮面，卻另有一種氣派風華，緩步走來之際，自然而然的，便讓人感覺到威嚴、統御和高高在上的尊貴。便是緊跟在他身後的，那個連小手也不曾外露的少女，也別有一種風姿，讓人一看，便覺得滿室生香，光芒照眼。不用說，這定當是一個絕代佳人了。

靖遠雖是大城，可這樣的人也是難得一見的。一時之間，眾人都看癡了去。

見四下安靜著，好一些目光都盯著自己不放，蘭陵王蹙著眉，沉聲道：「快點！」

小二反應過來，連忙應道：「好咧！客官稍候，小人馬上去安排！」

酒樓中還是鴉雀無聲。

張綺一直低著頭，對這些目光，她似是沒有知覺。安安靜靜地坐在蘭陵王選好的榻几處的內側一角，等那小二上好酒菜後，她便與蘭陵王一道靜靜地用起餐來。

這時酒樓中終於熱鬧些了，也有一些人時不時朝他們瞟上一眼，低聲討論起來：「不知是哪個王孫？」、「那美人兒定有傾城之色，真想看看。」

張綺低頭撥拉著飯菜，她很睏，飯沒有吃上兩口，頭已一點一點的，有幾次要不是蘭陵王伸手，只怕額頭都點到几上了。

小小打了一個哈欠，已經沒有食慾的張綺剛想把飯碗推開，蘭陵王從鼎中挾起一塊羊肉，命令道：「吃下去！」

這羊肉雖然煮了又煮，卻還是有一股濃烈的腥羶味，張綺從來便不喜歡這東西，夾起小小咬了一口，便吃不下去了。

見她又開始頭一點一點的，蘭陵王又夾起一塊又一塊的羊肉放在她碗裡，直到堆起一滿碗，他才淡淡地說道：「都吃完，否則今晚侍寢！」

侍寢？

張綺一驚，清醒了不少。

她傻傻地抬頭看向他。才看了一眼，她又馬上低下頭去。

她也真是的，不能因為他做了一個月的得道高僧，便以為他真是高僧啊。這個男人向來我行我素，直接慣了的。

她實不想再次懷上他的孩子，然後扯入那沒有邊境、永無解脫之日的妻妾爭鬥中去。

雖然她知道，如果他真想要她的話，她是做什麼也沒有用的。

可她就是不甘，就是意難平，就是無法尋思，一尋思，這顆心便椎刺般的疼……

當下，她認真地把那碗劃拉到自己面前，開始一口一口堅定地咬下去。

羊肉雖然與藥水一樣難吃，不過對她不算什麼，張綺暗暗發狠。

不多時，一滿碗羊肉終於被她一角不剩地解決了。

解決之後，張綺接過蘭陵王遞來的酒水漱了漱口，然後用手帕拭了拭嘴，再然後，她抬起頭，水靈靈的眸子透過紗帽，瞬也不瞬地看著他。

他知道，她是在說，看，她吃完了，還一點也沒剩，你不能賴帳！

瞟了張綺一眼後，蘭陵王伸手拿過她的飯碗，把那碗細細地看了一遍後，見上面光可鑑人，確實連半塊肉片也沒有剩下，蘭陵王點了點頭。

他一點頭，張綺便放鬆了，當下，她又開始朝著几面，一下一下地點起頭來。

蘭陵王站起身，說了句結帳後，伸手撈過她的手，大步朝酒樓後面的院落走去。

這一晚，張綺睡得甚是香甜。

她一直睡到第二天日正中天，才迷迷糊糊地清醒。胡亂洗漱過後，記著自己是與蘭陵王一道的她，衝出了房門。一出房門，便看到了負手而立，靜靜站在她的房門外，眺望著遠處風光，一臉若有所思的蘭陵王。

他的手中還停著一隻信鴿，聽到她的腳步聲，他慢條斯理地把那信鴿扔給院落裡站著的一個護衛，再順手把一張紙片放入懷中後，轉頭看向張綺。

蘭陵王面無表情地看著張綺，淡淡問道：「起榻了？可要用餐？」

張綺眨了眨眼，小聲問道：「今日不出行嗎？」

望著她眼睛下的青色，蘭陵王的聲音冷得沒有高低起伏：「休整幾日。」

「哦。」幾乎是他四個字一落，張綺便打了一個小小的哈欠，她伸手捂著櫻唇，眨巴眼道：「那我再睡會兒。」說罷又回到了房中。

望著她的背影，蘭陵王唇角扯了扯，轉身走到院落中。

那接過鴿子的護衛迎上，小聲問道：「郡王，信都收到了，還要休整數日嗎？」

「嗯。」

亦步亦趨地跟在蘭陵王身後，那護衛又小聲問道：「郡王，陛下怎麼說？」

蘭陵王腳步一頓，臉上泛起一抹冷笑，說道：「陛下說，鄭氏一邊高喊著太后的名諱，幾度哭得昏死過去。見她如此，他也不好提判決我倆和離之事。」不過是不願開口罷了。

陛下是什麼人？他是能在太后剛剛逝世，便穿紅袍喝美酒的人，這樣的人跟他提孝字，真真恁地可笑！

「王妃那裡，真是執意不肯？」

蘭陵王垂眸，好一會兒，他才淡淡說道：「不錯。」

揮了揮手，他命令道：「待會兒你通知下去，便說，此番我們既然出來了，停留時日，少則一年，多則數年，讓大夥兒心裡有個準備。總有一日，鄭氏忍無可忍，陛下內外交困，會願意退讓的。」

轉眼他又說道：「把信鴿發回王府，便說，我已尋到了阿綺，她故土難離，堅持不願意回到齊國去，所以我會陪著她在陳國定居。等以後有了孩子，會把方老接過來一道頤養天年。」

這話一出，那護衛瞪大了眼。

蘭陵王淡淡一笑，慢慢說道：「這樣，他們會急的，所有人都會著急的。」

「是。」想了想後，那護衛朝張綺的房間看了一眼，又小聲問道：「郡王既然有意和離，何不把這大好消息告知張姬，讓她也好再無疑惑？」

他的聲音才落下，蘭陵王便冷冷說道：「我為什麼要讓她再無疑惑？」他磨牙道：「她一度遁死，害我數番傷心欲絕，我為何要讓她再無疑惑？」

看著揚長而去的蘭陵王，那護衛瞠目結舌地站在原地，過了好一會兒，才結結巴巴地說道：「這、這不是想讓你們兩個早點和好嗎？天天晚上聽狼嚎，大夥兒都睡得不好啊！」轉眼他又哭喪著臉，喃喃自語道：「這也可以，真是、真是……」真是什麼，他也不知道了。

此時，已是十一月了。

天已入冬，寒風吹在身上，帶著瑟瑟涼意。草木開始枯黃，天空也是陰沉沉的，看這架勢，不久應會有大雨。

張綺想道：只怕今年到不了陳地了。

與蘭陵王一起返陳，害得她對回到陳國沒有什麼好期待的了……

又睡了一覺，醒來已是傍晚後，張綺再次在蘭陵王的逼迫下吃了一碗羊肉。別說，這肉還真是大補，連吃兩頓後，張綺的臉上便有了血色，身體也感覺到暖和一些了。只不過因為勞頓傷病而掉下去的肉，還沒有完全補回來。

一邊吃著飯，張綺一邊看著外面的街景。紗帽下，她的雙眼熠熠生輝。

瞟了她一眼，蘭陵王站了起來，牽過她的手，「走吧。」

他牽著她，來到了街道中。

如今天黑得早，靖遠城中的人都趁著天還有點亮的時候，三三兩兩聚在一起說笑遊玩。

張綺的手被蘭陵王緊緊扣著，這般走在街頭，在宛如流水般的人群中，聽著眾人的嘻笑低語，不知怎的，竟給張綺一種平實的感覺。

見張綺看著身邊湧過的人流淺笑，蘭陵王低沉地問道：「喜歡靖遠城？」

張綺搖頭，「不喜歡。」

聽到她用這種輕輕軟軟的吳儂軟語，拖著長長的尾音跟自己說話，蘭陵王有點恍惚迷醉，不知不覺中，他的聲音也放柔了，「為什麼？」

「這是化外之境！」張綺有點氣惱，她悶悶地說道：「狼也太多了，一點也沒有陳國太平！」

這話一出，緊跟在兩人身後的兩個護衛同時咳嗽起來。才咳嗽一聲，一道寒光便逼視而來，他們迅速轉過頭，努力四下張望著，堅決不回頭看向兩人。

張綺也沒有察覺到他們的異常，她咬著唇，嘟囔說道：「南方最好了，南方的城外沒有狼。」

「哦？」扣著她的手緊了緊，蘭陵王又問道：「妳喜歡南方哪個城？」

張綺歪頭想了想，好半天才吭哧著說道：「繁華的、沒有戰亂的我都喜歡。」

這世上，有這樣的地方嗎？何況前不久又發生了日食……

蘭陵王垂眸看著張綺，他的大手包著她的小手，輕輕說道：「好，到了那樣的城池，我們就停下來。」

不是到建康去嗎？為什麼到了那樣的地方就停下來？張綺有點納悶。

在靖遠城休整四天，張綺也睡了四天的足覺後，隊伍再次出發了。

這一次上得官道，來來往往的行人明顯多於平時。看來，很多商人想在大雪降臨之前，做今年最後一筆生意了。

人們看到蘭陵王率領的一人兩騎的五百精悍壯士，一個個先行警戒著，待發現他們行止有節，處事有度，又有不少人心生妄想，竟是上前攀附，想要他們編入自己佇列中。

蘭陵王自是不肯。坐在馬車中的他，悠哉悠哉地揮退眾人後，轉頭看了一眼又開始打著盹的張綺，再望著一側枝葉凋零的樹木，慢慢的，他的唇角揚起。

整整一年了，直到此時，他才感覺到平安喜樂。

目光一轉，見張綺的小腦袋又開始一叩一叩的，蘭陵王手臂一伸，把她強拉入懷。

就在他伸臂摟緊她的時候，睡得迷糊的張綺突然睜開眼，喜道：「我就知道是你強拉的，我才不會睡著睡著就跑到你身上了呢！」她還沒有睡醒，雙眼還強睜著，卻笑得甚歡。

幾乎是話音一落，蘭陵王便沉沉地盯了她一眼。他威嚴地瞟著她，淡淡說道：「那又如何？」說罷，他鎖緊雙臂，讓她更結實地貼著自己的胸口。

張綺眨了眨迷糊的雙眼，渾沌的大腦也在想著：是啊，那又怎樣？

張綺悶了一會兒，整個人實在太累，扛不了一會兒又睡著了。

轉眼，晚上又到了。

望著散落在荒原上，處處可見的帳篷和火堆，張綺吁了一口氣，暗暗忖道：今天晚上，不用怕狼了。

可能是見到蘭陵王所領的這五百部卒太過精悍，這一日相處，又看出這五百人是紀律嚴明、舉止有度的，不知不覺中，有不少小商隊使起了依附之心。於是，這五百人停下紮營時，他們也在附近停了下來。

又被逼著吃了一碗羊肉的張綺，縮手縮腳地鑽進馬車中。隨著天氣越來越冷，馬車裡已鋪上了厚厚的獸皮和褥子，十分舒服暖和。

鑽到褥子中，張綺舒服地鬆了一口氣。她側過頭，看著插在馬車四周燃燒的火把，望著遠處蘭陵王那站得筆直的頎長身影發了一會兒呆後，眼皮越來越沉，漸漸的，沉入了睡夢之鄉。

她睡得香，外面的蘭陵王卻一直沒睡。用過餐，就著燭火讀了一會兒書，又聽那個護衛講了一些發生在他那大宅子裡的大小事後，他便慢慢步入黑暗中，負著雙手，望著天空上的星辰出神。

他沒睡，有幾個護衛也沒有睡。

其中一個護衛摸了摸後腦殼，向旁邊的夥伴嘀咕道：「今天晚上應該不用學狼嚎了吧？」另一個護衛也琢磨開來，不一會兒，他一擺手，說道：「先睡吧，這是郡王該煩惱的事！」才這麼說完，卻見不遠處的蘭陵王招了招手。

先開口的護衛連忙屁顛屁顛地靠近。

黑暗中，蘭陵王靜靜佇立，遠處微弱的火光照耀下，他神態高貴，氣度威嚴，整個人沉肅如山，透著一種不苟言笑的穩重。

「你的坐騎呢？」

「在那邊呢。」

「牽過來，把牠繫在馬車旁。對了，順便把那幾個火把滅了。」

「啊？是。」那護衛小跑過去，牽著自己的馬走向張綺所在的馬車。此時，那馬車已是孤零零立在夜色中，拉著馬車的四匹馬已按照慣例，牽到了一旁讓牠們休息了。

一邊走，那護衛一邊暗暗嘀咕道：「郡王這是弄的什麼鬼？」他回頭看了看自己的坐騎。這匹馬很好啊，有耐力又通人性，就是晚上有點失眠。

張綺睡得很香。

只是睡著睡著，她有點不安起來。

似乎，有什麼東西一直在旁邊朝她噴著氣，還時不時圍著她走動著。而隨著它的走動，一陣陣陰風颼颼捲來……

有鬼！

張綺睜大了眼。

馬車外一片漆黑。

張綺顫抖著，好一會兒才鼓起勇氣，悄悄抬頭，順著那讓她感覺不對的方向看去。就在這時，只見車簾一晃，卻是黑壓壓的，一個巨人的頭顱鑽了進來。無邊的黑暗底，張綺陡然對上它一雙發著幽光的大眼。

「啊——」一聲尖銳的叫聲在暗夜中驟然傳來，四周的人剛是一凜，那叫聲便是陡然一息。

有一些掀開帳篷看來的人，正好瞟到那五百騎士隊中，那個總是戴著紗帽的年輕首領，從一輛馬車中小心翼翼地抱出一個婦人，一邊拍著她的背溫柔地哄著，一邊大步走向了位於中間的，屬於他的主帳……

第二天張綺醒來時，她的眼底下有點發青。

昨晚縮在蘭陵王的懷中哆嗦了半天，直到睡著，她還緊緊揪著他的衣裳。

洗漱完，再次坐上馬車後，張綺已對那些只帶著幾個僕人便敢天涯流浪的文士劍客，無比崇拜起來。這外面的世界那麼危險，特別是晚上，那麼那麼的可怕，他們可真是無所畏懼啊！

因為心有餘悸，上了路後，直是過了好一會兒，她才從蘭陵王的懷抱中掙脫開來，勇敢地一個人坐在車廂另一側。

一路上，那些同行的隊伍中，時不時有人看向張綺。看他們的樣子，分明是很想知道昨天晚上發生了什麼事。不過見端凝如山的蘭陵王面無表情地坐在那裡，他們便是有心，也不敢上前了。

早晨還是霧茫茫的，臨近中午時，紅豔豔的太陽卻升上了天空，曬得眾人還有點躁熱。

這時，蘭陵王命令道：「加快行程。」

是要加速了，再不加速，只怕得在這苦寒之地過冬了。

蘭陵王瞟了一眼張綺那典型的，江南女子才有的嬌弱身子。

「是。」

擁有一人兩騎的隊伍一喊加速，那是極快。在眾商戶失落的眼神中，五百人如風沙一樣捲了出去。便是張綺所乘的馬車，也因為拉車的是四匹神駿的良馬，再加上車廂中只載兩人，載得不重，那四匹馬全力奔跑起來，馬速也是極為驚人的。

只是半天，隊伍便行駛了百來里。

不過，此時還沒有出安定郡。

望著漸漸昏暗下來的天空，張綺忍不住小聲說道：「長恭，昨晚那個怪物，你看清是什麼沒有？」她咬著唇嘀咕道：「我後來想了想，怎麼覺得像馬？」驚魂稍定後，她越尋思，越覺得那怪物就是一匹馬。

正翻看著兵書的蘭陵王聞言抬起頭來，他看了張綺一眼，淡淡說道：「那不是馬！」只是四個字，只有四個字，一說完他便繼續低頭看書。

不是馬，那是什麼？陡然的，張綺感覺到外面漸轉黑暗的天空變得可怖起來。

夜晚，又降臨了。

被顛了一晚的張綺，累得四肢都是酸的。用過晚餐後，她看了看鋪得厚厚的，顯得舒服無比的馬車，又看了看不遠處與眾護衛低聲說著話的蘭陵王。牙一咬，從馬車中抱著她最喜歡的那床褥子，還帶了一塊虎皮，低著頭，大義凜然地走向蘭陵王的帳篷。

這人的膽子是越嚇越小的，以前晚晚聽狼嚎，昨晚又被那個黑影嚇了一跳後，張綺的底氣已虛，有時看到黑暗處都會不由自主胡思亂想。
火焰照耀下，面目俊美華貴得讓人不敢直視的蘭陵王，朝那鬼鬼祟祟、大義凜然的身影瞟了一下後，雙眸明燦如星。
他慢慢垂眸，把樽中酒一飲而盡。
剛把酒樽放下，抬頭的他，便對上好幾雙古怪的目光。
盯了他們一眼，蘭陵王淡淡命令道：「楊受成！」
「在。」
「他們幾個今晚值夜，若有瞌睡，唯你是問！」
什麼？
不去理會幾張苦巴巴的臉，蘭陵王站起身來，大步朝帳篷走去。
走著走著，他卻遲疑了。
站在帳篷外，看著那印在帳篷中的嬌軟身子，他喉結動了動，毅然轉身離開。直到張綺完全入睡，他才放輕腳步，來到帳篷中。
張綺睡了一覺醒來，照例發現自己躺在蘭陵王的懷抱中，而他睡得板板正正、規規矩矩的，那垂在腿側的兩手，標準得像刻印過。
抬起頭，她怔怔地看著模糊的光亮中，蘭陵王那俊美的面容。看著看著，她垂下雙眸，放鬆地再次睡去。
轉眼，一夜過去了。
第二天依然是個大好晴日，眾騎繼續加速急馳。
這一個晚上，張綺依然老老實實地離開馬車，睡到了蘭陵王的帳篷中。雖然每次入睡前，她都是睡在角落裡，與他隔了老遠，不過每次醒來，她必是在他的懷抱。

如此十多天，在罕有的明燦燦的冬日暖陽裡，五百人不斷急馳，終於，一行人離開了安定郡，來到了長安。剛剛抵達長安，還沒有進城，天空便迅速陰霾起來，這時，一個護衛叫道：「下雪了！」

果然，天空開始下起了雪粒子。

幸好要進長安城了！

張綺鬆了一口氣。終於，終於來到這人群集居，既不怕野狼夜嚎，又不懼半夜鬼風的地方了。

在她的身邊，蘭陵王卻蹙著眉，如果能再晴幾日，就可以離開長安，進入下一個城。他不想這個難得的冬日，在長安這等地方度過。

轉過頭，他向身後喝道：「先進長安城，等晴了就走！」

「是。」一入長安，五百鐵騎也放鬆下來。扮成販馬的商戶和護衛的他們，開始扯著嗓子商量著，進了城，到哪處紅樓去快活一下。

只是一會兒，雪越發下得大了，轉眼間便飄滿了馬車，染白了天和地，更染白了眾人。

眾騎的步履更快了，下午時，五百人終於進入了長安城。在那個熟悉庶務的護衛安排下，五百人住進了長安城最大的酒樓之一。

當他們用熱水把自己洗得暖暖的，換了一襲乾淨的裳服時，街道已變得潔白一片，行人更是寥寥無幾。

一陣吆喝中，眾護衛三五成群出了酒樓。經過與突厥人那一戰，蘭陵王的這些護衛一個個都肥得流油。便是張綺，現在也成了富人。蘭陵王在殺了那個突厥頭目後，順手把他馬背上的包袱都拿了來，扔給張綺保管，是屬於蘭陵王個人的財產。

那包袱說起來不起眼，裡面卻裝著數不清的珍玩玉器還有黃金，秤起來足足有七八十斤。

這些突厥人從武威富戶家中取來的財富，便是周軍得去，也只是會充入國庫，或者作為軍資。蘭陵王部自成立以來，便有制度，於敵寇身上所取財務，四成歸軍士自己，六成充作軍資。

幾乎是一夜之間，張綺成了巨富。當然，這些是蘭陵王的東西，他扔給她，她便收著，可她沒有動用。

也不知阿綠怎麼樣了？要不要現在與她聯繫呢？

看到她站在閣樓上，望著街道中三三兩兩的人影出神，蘭陵王大步走來。

他靠著她，見她耳垂和手指都凍得通紅，唇一抿，命令道：「回去休息吧。」

張綺低聲回道：「我還想看一會兒。」

他沒有回答，而是轉身就走。不一會兒，張綺背上一暖，卻是一件狐裘披上了身。

扯過她，仔仔細細地把她從頭到尾都遮住，再把狐裘的繫帶扣緊，蘭陵王牽著她溫暖的手，道：「走吧。」

「去哪？」被他溫柔的舉動弄得恍惚著的張綺怔怔問道。

「隨便走走。」

兩人手牽著手走在街道上。

一邊走，張綺一邊時不時地低下頭，看著兩隻相扣的手。他的手指修長有力，形狀完美至極，扣著她白皙滑嫩的小手，完美得如同雕刻出來的器物，都沒有真實感。

兩人便這樣走著，漫步在飛舞的大雪中。轉眼間，兩人的紗帽上都堆了厚厚一層，狐裘更是白得不能再白了。

張綺側眸，看到蘭陵王襟口處，他只著了兩件中裳。

垂下眸，她停下腳步，低聲說道：「我們回去吧。」

蘭陵王應了一聲：「好。」剛要提步，他看到張綺望著一側角落瞪大了眼，不由順眼看去。

站在角落的，是大小兩個乞丐。那母親披頭散髮，從鼻樑到口唇處，有一道很深很長的傷口。她衣衫破爛，穿著草鞋的腳趾露在外面，已凍得紅腫不堪。

她正緊緊地摟著一個兩三歲的小女孩，那小女孩皮包骨頭，凍得奄奄一息了。

看著那婦人無助地站在牆角處，蹲跪在那裡，眨也不眨地看著自己的孩子，那臉上沒有眼淚，只有一種心死成灰的麻木。蘭陵王唇動了動，從懷中掏出幾枚周國制的錢幣布泉正要上前，卻聽到張綺顫著聲音喚道：「泅姊姊！」

幾乎是突然的，張綺淚流滿面，喃喃喚道：「她是泅姊姊，她是張泅！」說著說著，她急急朝那一大一小的兩個乞丐走去。

那一日在陳國皇宮時，陛下設宴，把各大世家的出身不好的姑子賞給周齊兩國來使。張府中，她與張泅都在其列。當時張泅被周國一個老頭選走了的，沒有想到，卻在這裡遇到她，她卻是這番模樣了。

張綺一個箭步衝到兩個乞丐面前，在張泅抬起披頭散髮的乾黃的臉，木然地看著她時，張綺瞟了那奄奄一息的小女孩一眼，轉頭看向蘭陵王。

她望著蘭陵王，哽咽著說道：「救救這個孩子！」

她張著唇，沙啞地、淒然地說道：「這是我在張府時，那個被周國使者選出來的姊姊……」她說到這裡，張泅驀然抬頭，不敢置信地盯著張綺。

張綺還在跟蘭陵王說著話，因為心情激蕩，她淚水掩也掩不盡，都模糊了她的視野。直直地看著蘭陵王，她哽聲道：「當時我與她一道赴選，我沒有被人選中，她卻來到了周地……長恭，阿綺一直不知道，自己是不是也會有這麼一天，容顏盡毀地被人趕了出來，抱著孩子淪落街頭為乞為丐……」

說罷，她慢慢低下頭，朝著他盈盈一福，顫聲道：「請你幫幫她。」

孩子看起來病得很重，只有通過他，才能以最快的速度找到高明的大夫。

見張綺如此悲慟地求著自己，蘭陵王的唇顫動了一下，他轉頭看向一側，讓風吹乾泛紅的眼眶。不過轉眼，他又回過頭來。

大步走到張洇面前，從她的懷中抱過孩子，朝前走去。

看到張綺拉著張洇跟上，蘭陵王突然腳步一頓，他回過頭來，對著張綺，一字一句地說道：「這一次，不會了！」

說出這六個字後，他繼續大步而行。

蘭陵王只是抱著一個兩三歲的孩子，他木可以奔跑的，可他不能跑。張綺還在身後，他跑快了，她跟不上。手中這個孩子，死了也就死了，張綺不能再丟。

張洇拖了太久，根本走不動，張綺也體力不夠走不動。

就在雙眼漸漸恢復光亮的張洇想開口求著蘭陵王先走時，蘭陵王走到了一處馬車前，他伸手把那轡繩一扣，沉聲道：「老丈，借你的馬車一用，兩刻鐘便可歸還！」

他的話音一落，一個小胖子騰地掀開車簾，朝著紗帽遮頭的蘭陵王吼叫道：「混蛋，你說什麼？你家阿父的車是你想叫就叫的嗎？」轉眼他瞟到了急急趕來，光是身段便美妙得讓人喉乾口燥的張綺，雙眼一亮，伸手指著她叫道：「把你這個婦人給你阿父玩一天，阿父就借你馬……」

那個「車」字還沒有說出，陡然的，漫天雪花中，一道寒光閃過，一柄寒森森的劍鋒，指上了小胖子的咽喉。

這一下變故實在是快如閃電，那小胖子臉色一白間，蘭陵王已上前兩步，嗖地一聲還劍入鞘，然後，右手一扯，提起那胖子扔到了街道中。

然後，他朝張綺兩女命令道：「上車。」

「是。」張綺連忙扯著張洇上了馬車。

蘭陵王回過頭來，見那馭夫爬了下來，跪在地上不停地向他求饒。蘭陵王眉頭一蹙，上前兩步，翻身跳上馭座，清喝一聲，便驅著馬車駛動開來。

這一連串的動作十分迅速，那個小胖子從地上翻了兩個滾，爬了起來。蘭陵王那一扔，看起來兇猛，卻恰到好處，把他摔到溝壑裡雪厚處，竟是連皮毛也沒有傷到。

呆呆地看著揚長而去的自家馬車，小胖子不由自主摸了摸咽喉，記起那劍鋒，那令人心寒膽戰的森森死氣，不由又向下一坐。

倉皇爬起，小胖子哇哇叫道：「快，扶我回去，快！」

那馭夫扶著他走了幾步，顫聲問道：「郎君，那馬車？」

「別提馬車，什麼也別提！」他出自行商世家，眼力還是有的。那個帷帽遮面的男子那股華貴威嚴之氣，那是他平生僅見的。那樣的人，他們是惹不起的。想到這裡，小胖子哆嗦著又說道：「我們快走，快走！」

在馬車急速的行進中，張洇慢慢轉過頭，看向張綺，乾啞地喚道：「妳是……阿綺？」那個身分比她還卑微的私生女？

張綺側頭，摘下頭上的紗帽，紅著眼睛點頭道：「阿洇，我是阿綺。」

彷彿被她的華光所震，張洇直過了好一會兒才清醒過來，她喃喃說道：「妳是阿綺？我居然遇到了阿綺？」說到這裡，也不知她想起什麼，竟是悲從中來，不由雙手捂著臉，嗚嗚咽咽地哭了起來。

在張洇的哭泣聲中，馬車不一會兒來到了他們落住的酒樓。叫過幾個護衛，令他們去請過大夫後，蘭陵王把女孩交給張洇，對小二說道：「給這位夫人安排一下。」

「是。」

蘭陵王轉向另兩個護衛，「她們是凍出的病，這個你們拿手，去幫忙處理一下。」

「是。」

大夫不一會兒就請來了，還一請就是兩個。小女孩的病情也不重，只是又凍又餓，再加上先天體弱扛不住，才出現這情況。

這時，有著豐富抗寒經驗的護衛們，早把那小女孩從凍僵狀態救轉過來。大夫說了，只要再服一段時日的藥，應是性命無礙。

張綺休息了一會兒，算算時間，現在張洇應該踏實了，也睡醒了。張綺跟蘭陵王說了一聲，便來到了她的房間。

房間中，張洇正呆呆地看著床榻上的女兒出神。聽到腳步聲，她急急轉頭。

此時的張洇，早已梳洗一新，整個人也因為吃過睡過，顯得精神多了。只是臉上那道長長的傷疤，把整張清秀的臉都襯得觸目驚心。

見是張綺，張洇迅速從床榻上站起，朝著她福了福後，哽聲道：「綺妹妹再生之恩，姊姊這一輩子，怕是報不了了。」

張綺搖頭，走到榻前，望著睡在被子中，瘦小的臉青紫處處，好夢正酣的小女孩，不知不覺中，她的眼睛又有點紅了。悄悄轉過頭，睜大眼讓風吹乾，才又回過頭來。

她對上了張洇怔怔看來的目光。

她的目光中，有羨慕、感激，也有著一種空洞，彷彿正深陷於回憶當中。好一會兒，張洇才低聲問道：「阿綺，那是妳的夫君嗎？」說到「夫君」二字，她低低笑了起來，一邊笑，一邊用袖子拭著眼角，張洇喃喃說道：「原來這世上的丈夫，也有對妻妾這般在意的。」

說到這裡，張洇不知想到了什麼，伸手撫上自己的傷口。

見她表情淒然中帶著絕望，張綺動了動唇，一時都不知道要說些什麼好了。

好一會兒，張綺才道：「姊姊不用傷心，都過去了。」

「是，都過去了。」張洇感激地看著張綺，她沒有想到，這一生還能遇到族妹，而且看樣子，這個族妹過得很好。

在這個規定著宗族須彼此守望的時代，張洇遇上了一個願意幫助她的族親，便意味著找到了家。以後的事，自會有張綺幫助安排，她是不用憂心了。

想到這裡，張洇又看了看床榻上睡得香甜的女兒，一種難以言喻的暖流和放鬆同時湧出心頭。

這時，她聽到張綺輕聲問道：「洇姊姊，是那個老男人的妻妾欺負了妳嗎？」

張洇點了點頭，一提到往事，她的淚水便堵也堵不住，伸袖掩著臉，哽咽道：「他很好色，府上足有妻妾五六十，我剛到周地，便被他扔到一旁不理了。生阿香時，他看也沒有來看過，更沒有給阿香上族譜。姊姊眼看衣食無著，便想用繡活換點銀錢，誰知那繡活被府中的五夫人看中了，她把阿香抓起來打得遍體是傷，就是要姊姊把繡活傳給她。姊姊沒奈何，便教她了。誰承想她一學會，便割花了姊姊的臉，還把姊姊和阿香都趕出了家門。她說，只有姊姊毀了容，當一輩子的乞丐，才永遠永遠沒有向她報復的機會！」

聽到這裡，張綺冷笑道：「那男人姓什麼？那五夫人又叫什麼名字？」

張洇一怔，她聽得出，張綺這是想要替她復仇了。

她慢慢抬起頭來，呆呆地看了張綺良久，突然捂著嘴，撲到張綺面前抱著她的腰，放聲大哭道：「妹妹，妳怎麼來得這麼晚啊……妳怎麼來得這麼晚？」

正在這時，房門一開，卻聽得蘭陵王低沉的聲音傳來：「出了什麼事？」

他的聲音卻是穩重平緩，可是這裡剛哭，他便過來了。

張洇胡亂拭了一把淚，匆匆站起朝著蘭陵王福了福，想道：妹妹真是好福氣，她遇上了最著緊她的那個人了，轉眼她又想道：阿綺那麼美，以她的姿色，做皇妃也是有餘，這樣的美人，只怕任何男人得了，也會著緊。

行完禮後，剛過一會兒，張洇抬起頭來，她不敢置信地看著蘭陵王那熟悉的俊美絕倫的側面，輕喚道：「你、你是蘭陵王！」

她轉過頭，愕然看著張綺，驚道：「阿綺，妳的夫君是蘭陵王？」

想當初，蘭陵王剛來建康時，多少姑子堵在那裡圍觀？每個姑子做夢都想著，有一天能入了這個絕世美男子的眼，成為他的心上人。

她們一定想不到，身分最為卑微的阿綺做到了，她已成了這個絕世美男心尖尖上的人！

面對張洇的詢問，張綺不知如何是好，便沒有回答，只是反問道：「阿洇，妳那夫家叫什麼名字，還有那五夫人呢？」

張洇想，她這是要自己說給蘭陵王聽，當下她又向這兩人福了福，悄悄抹了把淚水後，低聲說道：「他姓于，叫于能，他是周國的吏部尚書，三品官職，五夫人是錢氏。」

張綺嗯了一聲，又細問了幾句，見床榻上的小女孩弱弱地喚著「母親」，便交代幾句後，與蘭陵王出了房間。

走在雪地上，踩得那雪花嘎吱嘎吱的響。沉默了一陣後，張綺轉過身來，朝著蘭陵王福了福，低聲道：「長恭，你借幾個人給我用一用，可好？」

「妳想幫妳族姊報仇？」

張綺垂眸，「是。」

「好，要多少？」

「二十人。」

「可以。」

「人由我挑。」

「可以。」

看到自己聲音一落，張綺福了福後便急急轉身，蘭陵王突然喚道：「阿綺。」

張綺停下腳步。

望著她的身影，蘭陵王想著自己扔給她，卻被她原封不動藏著的那個包袱，他負著雙手，慢慢說道：「我得了妳的清白身子，還令妳失去孩兒，便是給妳一萬金也不為過。那些錢，妳盡可動用。」

從那包袱中隨便拿兩樣，都可以讓她的族姊一生衣食無憂……他知道她無法拒絕。

張綺一僵，好一會兒，她才低下頭，無聲地向他福了福。

見她又要走，蘭陵王緩緩說道：「那種骯髒之人，容易汙了妳的手，交給我吧。」

已承了他一次情，再承一次也不算什麼。沉默了一會兒，張綺再次向他福了福。

捌之章 嬌寵伊人說旖旎

蘭陵王的手段，直接而狠辣。

大雪封城的第三天，于尚書便被人赤身裸體地從紅樓中拋了出來，大雪紛飛中，他不但光著身子，還下身血淋淋的，說是有人在青樓發生了爭執，最後也不知怎麼回事，變成了百多人的大械鬥。然後這個于尚書很不幸的，正與紅樓豔伎卿卿我我，突然一棒子被人打昏了去。再醒來時，便是這般光著身子被凍醒，下體也殘了。

第四天，因于尚書的一病不起而鬧得不可開交的于府中，幾個妻妾鬧了起來。於紛亂中，五夫人的院落起了一把火，急急趕回想救回自己的金銀細軟的她，路過花園時被人打昏。再醒來時，她的臉上出現了一道又長又深的傷痕，那傷口血淋淋的，深可見骨，左右兩隻眼睛更是直接被劃瞎，右手也弄殘了。

這還是其次，失財又傷身的她一覺醒來，又聽到一個消息。也搬到長安的她的老家也突然起了一場大火，那大火起得突然，幾個學會了刺繡絕活的侄女和父母親，在那場大火中喪生了。當然，那珍藏的張氏刺繡祕本，也在那場大火中被燒毀。

一夜之間，五夫人錢氏和她的家族，從雲端徹底跌落到了地獄中。毀了容、失了財的五夫人，被徹底排斥在外。在于府這麼些年，她明裡暗裡不知害了多少人，那些人潛伏在她身周。雖然她有個嫁得不錯的女兒，還不至於被趕出於府，可她的好日子也到頭了。動不了針線，看不到刺繡，無法讓老家剩餘的人再憑此發家是其次，最主要的是，那些被她懷恨在心的人，一日一日地讓她和她的那兩個忠僕嘗受著生不如死的滋味。

而第三天，五夫人的兩個忠僕，一前一後意外落井身死。

五夫人的女兒，因為父母雙親都遇到這等慘事，也是備受煎熬著，特別是父親這一傷，朝中便不會再用這等傷殘之人，而隨著父親失勢，她那女兒也漸漸保不了她的大婦之位。

自身難保，剛剛嫁過去不足一年的新婦，也沒有心情理會母親的傷痛了。於倉皇奔走中，不到一個月，她便聽到了她母親急病而逝的消息。

隨著五夫人錢氏這一死，這一切的恩怨也有了個了結，便連錢氏曾經是從張洇手中得到繡活一事，也徹底淹沒在歷史中。當然，這是後話。

這些消息，張綺不用說，張洇住在酒樓的這幾天，也天天從食客們的閒聊中聽到了。

在她大哭一場後，張綺見天氣轉晴，不知什麼時候就會離開的她，從蘭陵王的包袱中拿了一粒夜明珠、一塊玉佩，令護衛把它們折成四百二十兩黃金後，幫張洇在長安邊郊買了一個院落。

有了這個院落，拿著剩下的三百多兩黃金，再謹慎寄賣她的繡品，張洇以後的日子，基本可以過得安康平穩了。便是給女兒置一筆不錯的嫁妝，也夠了。

事實上，這也是想當然，張綺記得周國過了這十幾年的好日子後，也因為昏君無能而陷入紛亂無序中。只是這個，張綺也是自身難保，自然更幫不了她了。

這幾天，張綺悄悄地去阿綠曾經出現過的地方找她，可沒有找到。攔得一個婢女問了問，張綺這才得知，阿綠知道她在武威城失去蹤影後，已逼著賀之仄帶她去尋找了。

尋思一會兒，張綺找到蘭陵王，令他發出信鴿，告知阿綠自己還活著後，便把這件事放下了。

眼看著天空放晴，又聽得護衛中精通氣候變化的人說了，此次會晴好個五六日，當下，蘭陵王一行人便急急動了身。兩匹馬輪流騎，日夜兼程之下，五日後，騎士們來到上州。

上州已鄰近長江流域，望著漸漸熟悉的道旁景色，張綺有些怔忡了。

這時，一個護衛靠近來，稟告道：「郡王，今晚又會下雪。」

蘭陵王點了點頭，命令道：「讓大夥兒進城。」

「是。」

「告訴楊受成，在上州盤一間院子，先行安頓下來。」

陡然聽到這句話，張綺愕然轉頭，她怔怔地看著蘭陵王，嘴張了張。她想問，為什麼要盤院子？準備在這裡住下去嗎？

一行人進入了上州。上州城其實算不得繁華，特別是與長安、鄴城等都城相比，更顯得普通。

見張綺打量著上州，蘭陵王問道：「不喜歡這裡？」

張綺低下頭來，朝南邊看了看，道：「還可以。」

那是不太喜歡了！

蘭陵王制止準備去盤院子的楊受成，一行人在酒樓住了下來。

雪只下一天，第二天又晴了。問過那會看天象的護衛後，五百騎士再次起程，這一次，他們是晝夜急馳。如此急奔，終於在四日後，一行人來到了荊州地帶。而這裡，已離建康不遠了。

相似的江南景色，不同的口音，令得張綺一看到荊州城外來來往往的人流，便有點出神。

蘭陵王朝她瞟了一眼，朝楊受成點了點頭。

在楊受成急急去盤院子的時候，一行人在酒樓中住了下來。張綺顛簸數日，早就累得散了架，這一放鬆，便連睡了幾晚。

四日後，楊受成已在荊州城的西區邊郊處置了一個極大的院落。院落雖大，不過因為是在荊州這等地方，加上又不是中心城區，價錢就便宜多了。占地足有百多畝，前後十幾井，花園精緻，假山處處，被褥器皿一應俱全的院落，不過三四百兩金。

院落布置好當日，蘭陵王等人便住了進去。

望著張綺的身影，楊受成走過來問道：「郡王，這院子裡原有的婢僕，要不要留一些？」

蘭陵王知道他的意思，他是擔心張綺沒有人伺候。

瞟了張綺一眼，蘭陵王淡淡說道：「過陣子吧。」

過陣子？這個為什麼還要過陣子？

就在楊受成納悶不已時，那個嘴碎的姓成的護衛連忙把他一扯，悄悄說道：「統領，這事不能急。」他朝蘭陵王的方向看了一眼，擠眉弄眼地說道：「咱家郡王與張姬那個……」他兩手中指對了對，小小聲說道：「還沒有住在一塊呢，你現在就把一切安排妥當，這不攪了郡王的如意算盤嗎？」

這話一出，楊受成恍然大悟。他看了一眼姓成的小子，又轉頭看向蘭陵王，眼瞅著越發顯得威嚴沉穩、泰山崩於前而面不改色的冷面郡王，點頭道：「怪不得郡王變了這麼多，原來都是受了你這小子的慫恿！」

這話一出，姓成的護衛馬上瞪大眼辯道：「話可不能這樣說，這我可不依的！郡王他老人家是什麼人？那是頂頂聰明的人，統領，我跟你說啊，論狡猾，我阿成現在是趕馬也追上了郡王了！」

張綺來到正院。

這正院只有一進，蘭陵王的主房旁那一間，被他定成了書房，而她自己的房間，被安排在第四間最靠邊的廂房裡。旁邊樹木森森，灌木成林，可以想像到了春夏之日，必是綠葉成蔭，鮮花綻放的，張綺很喜歡。

她的房間中，蘭陵王早令人布置好了，這一路她睡得習慣了的被褥虎皮都疊在了榻上。房間中，散發著清香的竹炭已開始燃燒，配上冉冉升起的香爐，再是溫暖如春。

坐在房間一側，攤開那黑白棋盤，張綺又小小地打了一個哈欠。

這長途奔涉，還真是不好受。

轉眼間，入夜了。

天一黑，兩個護衛便提著一個鳥籠大步走來。他們徑直來到蘭陵王面前，朗聲道：「郡王，找到了那種喜歡啄木的鳥兒了。」聽人說，這種鳥，寒冷的時候不喜歡鳴叫，只是喜歡反覆啄食一些木料。

蘭陵王點了點頭，他看了看，道：「不錯，是這鳥兒。」書房的燈火下，他雙眸明燦，「阿綺應該出來用餐了，餵些食就放上去吧。」

「是。」

張綺在院子裡轉了一大圈後，天已漆黑得伸手看不見五指。望著在寒風中，雪花中飄搖的火堆，張綺一邊呵著手，一邊朝房中走去。

走到房中，望著空空蕩蕩的四周，張綺有點懷念起阿綠來。不過轉眼，她又把這奢侈的念頭拋到一邊。早就洗漱過的她，爬到床榻上睡起覺來。被窩又暖又厚，故鄉近在數百里，張綺這一覺十分踏實。

睡著睡著，黑暗中，張綺突然睜大了雙眼。

她慢慢地、慢慢地抬頭看向屋頂處。

木製的屋頂上，此時不停傳來「啄、啄、啄」的木頭敲打聲，似乎有什麼東西正在一下一下地敲擊著屋頂。在這夜半時分，有個什麼東西像人敲門一樣，「叩叩叩」的，反覆不停敲打著屋頂，竟是恁地陰森！

張綺雙眼越瞪越大，就在她屏著呼吸傾聽時，那啄啄啄的敲打聲中，配上一種頑固而陰森的爬撓聲，似乎有什麼東西正用爪子，一下又一下，慢慢地勾開屋頂，然後，破洞而入……

張綺的臉轉眼蒼白一片。

咬著牙，她躡手躡腳地爬出被榻，胡亂套了一件狐裘後，猛然衝出了房門。

漫天雪花映白了天地，張綺埋著頭衝向只有三個房間之隔的主房處。她剛衝到主房門外，就聽得吱呀一聲，房門大開，高大頎長的蘭陵王只披著一件單衣走了出來。

雪光中，他看著她的雙眼，明亮而靜謐。

見到張綺白著臉不停哆嗦，他眉頭一蹙，上前把她摟入懷中，然後帶入了房間裡。

他的房中溫暖如春，被蘭陵王緊緊抱在懷中，張綺有點羞愧，更多的也有著驚慌，她啞著聲音說道：「長恭，我房子鬧鬼。」她睜大水汪汪的眸子，認真地看著他說道：「真的，有鬼在用爪子撓屋頂！它還想進來，它還使勁地敲打著！」

她一下子委屈了，眼眶一紅，掉下淚來，「這地方一點也不好，還鬧鬼！」轉眼她又哽咽道：「路上也不好，一點也不好！」

蘭陵王摟著她，把她抱在自己的床榻上，伸手拉過被子把她嚴嚴實實蓋上，然後給自己另外抱一床被子，與她頭靠著頭睡著。他側頭看著她，低語道：「有我在，不用怕。」他微微欠身，把蠟燭吹滅，又道：「睡吧。」

他低沉有力的聲音、平穩的呼吸和心跳，確實安撫了張綺那顆被驚嚇的心。當下，她嗯了一聲，慢慢閉上了雙眼。

雪下了整整一晚，第二天，大地一片銀白。

睡得神清氣足的張綺在洗漱過後，小心地瞄了一眼蘭陵王，吭哧半天，還是低聲說道：「長恭，我要換房間。」

「好。」蘭陵王的回答，平靜而乾脆。

當晚，張綺住進了新的房間。可她沒有想到的是，當她睡到半夜時，那「啄啄啄」的空響聲，還有爬撓聲，又從後牆處響起來了。

那鬼還纏上她了！

受不了的張綺，一聲尖叫衝出了房間，撞入了房門大開的蘭陵王懷抱中。

被抱著放在床榻上後，張綺很久很久都睡不著。翻來覆去一會兒，她喃喃問道：「長恭，你說那是什麼？」

提到那個半夜而來的怪聲，她的臉白得如紙，「長恭，為什麼我換了房間也有？」

黑暗中，蘭陵王雙手放在腹部，睡得板正而規矩。聽到她的詢問，他想了想後說道：「許是我們這些人殺人過多，惹了些不乾淨的東西。那些東西如影隨形而來，卻不敢惹我們這些血氣重的，而是纏著妳這個屬陰的婦人……」

說到這裡，張綺越發怕了，她哆嗦起來。

看到她這麼害怕，蘭陵王暗嘆一聲，拉開她的被子，把她摟入自己的懷抱中。一邊撫著她的背，他一邊溫柔地說道：「別怕，別怕！有我在，別怕！」

聞著他熟悉的氣息，聽著他的安慰，張綺還真的慢慢平靜下來。

被蘭陵王這麼一說後，張綺已不敢一個人獨居。

在她住進蘭陵王的房間後，楊受成給這偌大的院落添了幾十個婢僕……這陣子，他們的髒衣服都堆積成山了，嗚嗚，終於有人給他們洗衣煮飯了！

生活似是一下子進入了正軌。

在蘭陵王的命令下，五百騎不再喚他郡王，而是稱呼郎君，喚張綺作夫人。

清晨醒來，睡得迷迷糊糊，眼睛還有點睜不開的張綺，洗漱過後，便坐在榻上讓婢女給她梳著頭髮。梳到一半時，張綺終於清醒了。感覺到身後一束目光，她回過頭來，卻是蘭陵王正瞬也不瞬地看著她梳頭。

對上他的目光，陡然的，張綺記起了長安那口，他把自己擄去，逼著自己這樣一次又一次的當著他的面梳髮整妝……

往事想不得，一想便心潮起伏，不能自已，張綺迅速轉過頭來。

對著銅鏡中看呆了去的婢女，張綺低聲道：「輕一點。」

「啊？是！是！」新來的婢女不敢再看，她連忙低下頭來，心中卻在想著：也不知這郎君和夫人是哪裡人，怎麼都美成這樣？

這時，張綺突然問道：「可有會整妝的？」她撫著額頭上的那個傷疤。

「有有，婢子識得一個。」

「把她請來。」

「是。」

這時，蘭陵王提步起身。

看到他走出房間，姓成的護衛幾個急步跟上，他湊近蘭陵王，笑嘻嘻地說道：「郡王，這幾晚……」才說了幾個字，陡然對上蘭陵王橫掃而來的眼神，他連忙閉上嘴。

這時，看著前方白茫茫的天空出神的蘭陵王，低低地說道：「我真錯了。」

「啊？郡王，你說什麼？」

蘭陵王沒有回答，他只是負著手，靜靜地看著前方。

這幾日裡，他一直在尋思那個張洇的事，也尋思著張綺陡然遇到張洇時那般流著淚，神態悲涼時所說的話。

也許，他是時候為她做些什麼事了……

連續下了幾天的雪後，天空又晴了。不過這雪下得大，整個街道都成了白色的。

這一天，蘭陵王接到了護衛急急遞來的一張紙條。看完那紙條後，他臉色有點難看。見他一動不動地站在閣樓上，望著前方白茫茫的大地發呆，張綺慢慢走到他的身後。聽到她的腳步聲，蘭陵王徐徐說道：「阿綺，妳覺得陛下那個人怎麼樣？」

張綺一怔，想了想才明白，他問的是齊國的國主。

看了一眼夾在他手指間的指條，張綺尋思後說道：「陛下他，似乎有點好色……」

她的聲音一落，蘭陵王便啞然失笑，他喃喃說道：「是啊，他有點好色。」說到這裡，他的聲音有點艱澀。

蘭陵王順手把那紙條遞給了張綺。

張綺拿過一看，上面只有一段話：「主逼通昭信李后，曰：『若不從我，我殺爾兒！』后懼，從之。既而有娠。太原王紹德至閣，不得見，慍曰：『兒豈不知邪！姊腹大，故不見兒。』后大慙，由是生女不舉。帝橫刀詬曰：『殺我女，我何得不殺爾兒！』對后以刀環築殺紹德。后大哭。帝愈怒，裸后，亂撾之。后號天不已，帝命盛以絹囊，流血淋漉，投諸渠水，良久乃蘇，犢車載送妙勝寺為尼。」

齊武成帝逼著要和昭信李太后通姦，說：「如果不服從我，我就殺了妳兒子！」李后害怕了，就屈從了他。不久李太后懷了孕。太原王高紹德入宮到了門口，見不到李太后，便生氣地說：「孩兒我難道不知道嗎？娘是肚子大了，所以才不出來見兒子。」李太后十分慚愧，因此生下了女兒後便弄死了。

武成帝橫提著刀大罵：「妳殺了我的女兒，我為什麼不殺妳兒子？」便當著李太后用刀砍殺了高紹德。李太后大哭失聲。齊主更加憤怒，把李太后的衣服剝光，亂打了一氣。

李太后呼天喊地，號哭不斷，武成帝命人把她裝在絹袋裡，血瀝瀝拉拉從袋中滲了出來，連人帶絹袋扔到渠水中浸泡。李太后過了很久才甦醒過來，武成帝便讓人用牛車把她載送到妙勝寺當了尼姑。

李太后就是李祖娥，當時張綺在鄴城時，還有人把她與李太后相提並論。真論姿色，現在的張綺已勝過李祖娥一籌。

這紙條，勾起了張綺的一些記憶。

蘭陵王慢慢回頭，道：「宇文邕已回到了長安。」

張綺已很久沒有想到過宇文邕了，當下，她隨口「嗯」了一聲。

看著她低著頭站在那裡，他伸出手在她的秀髮上輕輕撫摸著，「別管了，那是齊地的事。」

張綺又嗯了一聲。

見她溫柔如水地站在身側，蘭陵王目光明亮，「走，上街看看。」

「好。」

荊州城位於長江流域，魚米之鄉，在三國時，這裡便是諸侯爭戰之地，地理位置十分重要。因此，它的繁華雖然遠不及鄴城、長安那等國都，在州郡中，也是一等一的雄城。

荊州到建康還有一千六七百餘里遠，站在這裡，也只能是遙望故鄉。不過看著街道中來來往往的南人，聽著那接近吳儂軟語的腔調，張綺還是喜歡上了這裡。

雪花漫天，不遠處街道中傳來一陣歌聲：「昔我往矣，楊柳依依，今我來思，雨雪霏霏……」是了，今年周人與突厥那一戰，不知又有多少白骨埋屍塞外。現在戰爭終於結束，那些人是在思念她們出征未歸的丈夫。

這歌聲一遍一遍重複，到了後面，已隱隱有哭聲傳出。張綺聽著聽著，也不由跟著輕哼起來。

就在張綺輕輕哼唱時，突兀的，外面傳來一個粗嗄的笑聲：「這是誰家小娘子？聲音恁地又嬌又糯？定定是難得的美人兒了！」笑聲中，一陣馬車滾動聲靠近來。緊接著，馬車車簾一掀而開，一個肥胖的中年人伸頭看來。

這般坐在馬車中，張綺也罷，蘭陵王也罷，都沒有戴上紗帽。

因此，那胖子一睜眼，便對上兩張絕世容顏，他頓時一呆，不知不覺中大張的嘴，口水流了老長。流口水的不只是這個胖子，在這個胖子身後不遠處，一個紅光滿面，作陳人打扮的小個子中年人，正勾著一個美貌少年，搖搖晃晃地走出酒樓。他陡然抬頭，在驚鴻一瞥間看到了蘭陵王，當下他不敢置信地揉了揉眼。卻只有這麼一下，那車簾便又被風吹下。

就在那胖子口水長流，直得癡傻了多時，只聽得空氣中一陣寒風颳過，再然後，一柄寒森森的劍鋒，抵住了那胖子的咽喉。

要害被制，那中年胖子一驚，連忙移開視線，結結巴巴地說道：「某錯了，某錯了……」一邊說，他一邊小心地縮回了頭。

看到他老實離開，蘭陵王哼了一聲，收劍還鞘。

轉眼便把這一幕遺忘了的兩人，沒有注意到簇擁著四個護衛的馬車還停留在原地，那中年胖子此時已是一臉陰沉。他揮了揮手，在一個護衛靠近後，低聲說道：「跟上去，看看他們落腳在哪裡！」

「是。」

「他阿爺的，在荊州這塊地上，什麼時候出現了這等絕色？」

當天晚上，那中年胖子便得到了消息，這消息十分詳細，對方是什麼時候進入荊州的、落腳在哪、共有多少人、操著什麼口音，那是一清二楚。

當然，這等從那些外地人購置的奴婢口中親口流出來的消息，自然最是準確不過了。

皺著眉，那中年胖子轉來轉去，嘀咕道：「五百個軍卒？齊地口音？那夫婦還如此美貌？」想了想後，他決定慎重對待，當下急急寫了一封信，交給管事，命令道：「把這個速速送到荊州刺史梁顯手中。」

「是。」

那管事一走，胖子便摸著下巴，嘖嘖說道：「是他們吧？這夫婦兩人都是絕色，有趣，真是太有趣了！」

◆ ◆ ◆

馬車中街道中轉了一圈後，眼看雪越下越大，當下折了一個向，向著府中駛回。

嘎吱嘎吱的馬車行進中，蘭陵王的聲音有點慵懶，「阿綺，你們在陳時，是怎麼過冬天的？」

張綺正側身歪著，拉過虎皮蓋在身子上，聞言她想了想，回道：「就這樣過的啊，冬天可冷呢，我常常睡一晚那被子還是冷的。」

這話一出，蘭陵王陡然記起，她是在鄉下長大的，到建康張府沒多久便隨著隊伍出使，然後與他在一起了。鄉下的一個私生女，那日子能好到哪裡去？這話卻是他不該問了。

蘭陵王不提也罷，他這一提，張綺才陡然記起，這個冬天好似是她所過的最溫暖的一個。

◆ ◆ ◆

荊州刺史府中。

自接到那個中年胖子的信後，荊州刺史梁顯便派動人馬，對蘭陵王一行人調查起來。

調查結果很快便擺在了他的面前。

靜靜地看著幾張卷帛，年近五十的梁顯揮了揮手，命令道：「叫阿雪過來。」

「是。」

不一會兒，一個嬌膩的少女聲音響起：「父親，您找我？」

「是阿雪啊，進來吧。」

「是。」

一個十五六歲，膚白勝雪，長相美麗，作小姑打扮的少女娉娉婷婷地走了進來。她一看到榻後的梁顯，便朝他福了福，嬌滴滴地喚道：「阿雪見過父親。」

雖說喚著父親，卻語氣恭敬而拘謹。

梁顯把站在眼前的女兒，從上到下細細打量一遍後，暗暗想道：雖然還比不上，不過也算難得的了。料那高長恭再是情種，面對唾手可得的佳人，還是會上鉤的。

轉眼他又忖道：據得來的消息稱，高長恭這人在女人方面，本是個笨拙的。我這個計策雖然拙劣，對付他那等男人，應該還是能手到擒來。

當下，梁顯溫和地笑道：「雪兒，妳可聽過蘭陵王這個名字？」

蘭陵王？梁雪嗖地抬起頭來，她張著小嘴，驚道：「是齊國的蘭陵郡王？孩兒聽人說，他是當今天下第一美男。」

梁顯笑得更溫和了，他示意梁雪上前，扶著她的手，感覺到掌下的滑膩，梁顯的大手在她的手背上撫摸著，輕輕說道：「父親把妳許給他，可好？」

什麼？

梁雪一驚，好一會兒，她喃喃說道：「也不知他相不相得中女兒……」

與任何少女一樣，陡然聽到自己會與這個天下聞名的美男子有所交際，梁雪的神色中，多多少少有了些渴望。特別如梁雪這種選擇並不多的姑子，更是不由自主，心口開始怦怦跳動起來。

「這妳放心。」梁顯笑道：「這個蘭陵王外表雖俊，卻不是一個風流人兒，並不擅於與婦人打交道。阿雪只須按照為父的安排來，他一定會乖乖娶了我的女兒回家！」倒是那時……他慢慢瞇起了雙眼。

❖ ❖ ❖

在荊州城度過了半個月後，天空又放晴了。

這一日，蘭陵王正在書房中。說起荊州這地方還是有好處的，它是交道要道，又靠近陳國與齊國，幾乎是三國之間有什麼變化，在這裡都可以很快就知道消息。當然，還是要通過人收集。

此刻，收集了一些消息的蘭陵王，便蹙著眉在帛書上寫著什麼。

正在這時，一陣腳步聲響起，轉眼，楊受成的聲音傳來：「郡王，荊州刺史遞上帖子，說是知曉郡王前來，不勝榮幸，今日刺史府恰好有宴，請郡王攜夫人赴宴。」

蘭陵王慢慢放下毛筆，淡淡說道：「荊州刺史？連我的身分也調查清了？倒是好手段。」說到這裡，他應道：「你告訴他們，今天晚上我會赴宴。」

「那夫人？」

「夫人就不必去了。」

「是。」

天空雖然放晴，可踩在雪地上，還是嘎吱嘎吱的響。把楊成受等人留在府第，蘭陵王只帶了八個護衛便來到了刺史府。

原來，今日恰好是荊州夫人的生日。蘭陵王提前了一個時辰就把禮物和拜帖送上了。他無意與這些本地人周旋，也不想參加這等無聊的宴會。此番應約，不過是給這些地頭蛇一個面子。

因此，蘭陵王交代了護衛們幾句後，在刺史府管事的帶領下，朝刺史大人所在的書房走去。

那管事一邊走，一邊時不時地朝蘭陵王看。看到這個參加宴會，面見刺史也不肯摘下紗帽的傢伙，他心裡不禁暗暗嘀咕。

來到正堂，請蘭陵王坐下後，那管事便離開了，說是去請過刺史。

他是貴客，管事雖然離開，府中眾僕可不敢輕忽，當下婢女們如穿花般走來，煮酒的煮酒，上茶的上茶，一時之間，堂房中暖氣融融，春光明媚。

足足等了兩刻鐘，見那管事還沒有回返，蘭陵王眉頭一蹙，站了起來。剛剛站起，一個欠身正準備繞過來給他上酒的婢女驚叫一聲，只聽得嘩啦啦一陣水響，卻是那暖得濕熱的酒水，淋了蘭陵王一身。

這般冬寒時節，酒水縱使溫熱，不過片刻便會冰寒徹骨。那婢女驚得臉孔一白，撲通一聲跪倒在地，連連磕頭求饒，「郎君，婢子不是故意的，婢子不是故意的……」

「好了。」蘭陵王打斷她的話，淡淡說道：「府中可有衣裳，拿一套給我換上吧。」

「有，有的。」答話的，是急急趕過來的一個年長僕婦，她恭敬地說道：「郎君勿惱，我家小郎君與郎君一般高矮。」說到這裡，她朝那跪在地上的婢女喝道：「還不起來帶著郎君前去？」

「是！是！」

那婢女連忙站起，白著臉，領著蘭陵王越過一道走廊，又穿過一個天井，來到一處廂房裡。

「就是這裡？」

「是！是！」

蘭陵王提步走進。這個廂房倒挺溫暖，一走進去人都冒汗，廂房裡面還有一個小套房，房門緊閉著，外面是一個耳旁。

看著那婢女遞來的狐裘，把中裳和內裳扔遠，蘭陵王點了點頭，命令道：「出去吧！」

「是。」

那婢女一退，蘭陵王便掩上房門，解去衣裳……

還別說，那樽酒水著實不小，那麼一灑，裡裡外外三層衣裳都給濕透了。蘭陵王蹙著眉，想了想，還是把衣裳全部褪去。

就在他光著上身之時，突然間，從後面傳來一聲女子的尖叫。

裡面有人！

蘭陵王騰地轉身。

他對上了一張美麗的臉孔，這是一個十五六歲的少女，作小姑打扮，她顯然也在裡面著裳，正衣裳半解，肚兜隱隱，雪白的肌膚在暖暖的炭火中若隱若現。

這是一幅極美的景致，少女肌膚勝雪，映襯在粉紅的半解的肚兜下，那微微鼓起的兩丘，那雪白的頸，那細小的腰肢，還有那浮在暖房中的暗香，構成了一個極具誘惑性的畫面。可以說，這樣的誘惑，已是頂極的了。便是見慣美色的帝王，面對此刻的少女，也會讚嘆一聲「美人難得」。

陡然對上一個男人的半裸身子，還是一個俊美得宛如天神的男子，那少女羞紅著臉。她似是忘了反應，張著小嘴，攏著外裳的手也鬆了開來。她的外裳向腰下脫落，那半啟的，誘人採擷的紅唇，那擠得深深的雪白乳溝，清楚地呈現在蘭陵王的視野中。

「你？」少女輕叫了一聲，淚花迅速浮上她的眼眶。而不遠處，隱隱有腳步聲傳來，而且正是朝這個方向。

這一幕如此熟悉，那一年他剛得到張綺，在周國京都長安時，遇到過宇文月也是這情形、這模樣！想當初，他遇到這等事竟是手足無措，還要派人把張綺急急請來。而張綺那次的應對，還真是讓他喜歡。

想著想著，蘭陵王揚起了唇。

他淡淡地瞟了那少女一眼，然後轉過身，一邊自在地拿起那乾淨的內裳中裳慢慢穿上，一邊傾聽著那越來越近的腳步聲。

不一會兒，一個婢子喚道：「郎君，你可換好了？」

也不等蘭陵王回答，那婢子已推開房門走了進來，在她的身後，還跟著兩個婢女和一個中年僕婦。蘭陵王淡淡瞟了她們一眼，繼續換著自己的衣裳。

幾女來得甚快，當蘭陵王把中裳繫帶扣上後，房門一晃，隨著一陣寒風捲來，幾聲驚呼同時響起。

「這位郎君，你……」

「七姑子，妳怎麼在這裡？」

「七姑子，他是不是欺負妳了？」

七嘴八舌中，蘭陵王聽得身後的少女開始嚶嚶地哭了起來。

哭聲中、質問聲中，蘭陵王依然理也不理，他低著頭，動作優雅而平靜地繼續穿著衣裳。

這樣一位華貴威嚴的貴公子，雖是一言不發，可那舉手投足間自有一番凌人氣派，不知不覺中，眾女的叫嚷聲小了許多。

當他把狐裘穿上後，手一捲，便把自己的濕衣裳捲起，然後提步，在眾女瞪大的雙眼中，理也不理地朝外走去。

眼看著他這般渾若無事人一樣的離開，那中年僕婦再也忍不住了，她上前一步，喚道：「郎君？你欺負了我家七姑子，便沒有個說法嗎？」

「說法？」蘭陵王淡淡問道。幾乎是他一開口，那還在哭泣著的少女，這時止了啜泣，她悄悄抬眸，含情凝睇地看向蘭陵王。看看著看，小臉已然暈紅，眸中更有喜意隱隱流洩：她沒想到他會這麼這麼俊。

中年僕婦上前一步，大聲道：「當然。我家七姑子可是刺史大人的掌上明珠，豈能任由你這般欺侮了？郎君乃堂堂丈夫，不管如何，總得有個交代吧？」

這話已是在直接質問：你到底負不負責？

中年婦人的聲音一落，那個衣裳半解的美麗少女急急跑來。隨著她的跑動，那半露的雙乳已如波濤般起伏。她跑到蘭陵王面前，氣喘吁吁地衝到他身前三步處才停下，幽怨地看了他一眼後，低下頭來，在淚水如珍珠兒流下雙頰時，她的哽咽越發讓人憐惜，「嫗，別說了，別說了！這個郎君沒有對我如何，讓他走吧！」

嘴裡說著讓他離開，可這少女那半裸的嬌軀，那含羞帶怨的淚水，那聲聲哽咽，是如此楚楚動人，便是石人也會心動吧？

看著這少女，蘭陵王也是低低一笑。他本來聲音便極動聽，容顏更是耀花了眾女的眼。這麼一笑，眾女只覺得眼前光芒大盛，都有點錯不開眼來。

那個少女更甚，她癡癡地看著蘭陵王，張著小嘴，都忘記了繼續流淚。

「交代嗎？」隨著蘭陵王低沉悅耳的嗓子吟出這三個字，轉眼間，一道寒森森的光，便在眾女眼前一劃而過。

卻是蘭陵王抽出了自己的佩劍。佩劍出鞘，寒光閃爍中，蘭陵王手腕一揚，輕飄飄地，也冷漠冰寒地，抵上了那個美麗少女的頸項。

沒有人會想到這一幕！

沒有任何人能想到！

眾女忘記了尖叫，甚至忘記了反應，她們一個個瞪大眼，不敢置信地看著蘭陵王。這時的她們，只有奇怪，沒有半點慌亂：所謂的交代，不過是把七姑子娶回去，他的宅子裡也就多了一雙筷子，似乎用不著拔劍相向吧？

驚愕中、不解中，甚至呆傻中，蘭陵王唇角一扯，轉眸瞟向那衣裳半解，玉體若隱若現的美麗少女，突然問道：「妳是梁刺史的義女？」

很多官員喜歡收集一些美貌女子，從小教她們技藝，在關鍵時候，不是用來籠絡得力的屬下，便是用來行賄上官。而這些美貌女子，通常是以「義女」的身分出現。如三國的貂蟬，便是王允的義女。

他怎麼知道她不是親生女兒的？眾婢更驚了。

被寒劍加頸的少女也是一驚，她顧不得賣弄姿色，哆嗦著說道：「是！是！」

「來到這房間有小半個時辰了吧？」

這、這他怎麼也知道？少女的臉更白了。

在她遲疑時，蘭陵王手腕一沉，隨著寒森森的劍鋒壓來，他驀地沉聲一喝：「說，多久了！」

「有、有兩炷香了。」

「很好。」蘭陵王淡淡地誇獎了她一句，又問道：「是妳義父讓妳藏在裡面的？」

這句話，少女不敢答了。

她雖然白著臉不答，蘭陵王卻完全明白了。他劍鋒慢慢上挑，隨著他的手勢，那被劍抵著咽喉的少女不得不抬高下頷，再抬高下頷……

明明她的外裳都掉到地上了，明明她雪白的玉頸和腰肢，已完全呈現在他面前，明明她的雙丘都晃蕩著要掙脫肚兜的束縛……他那握著劍柄的手，怎麼都抖也不抖一下？

驀地，蘭陵王聲音一提，猛然喝道：「說！」

這一個說字，凭地殺氣沉沉，凭地威嚴可怕！那少女哪裡經過這種陣仗，她尖叫一聲，身不由已地應道：「是、是的！」

這兩字一吐出，少女癱坐在地，看著那兀自在眼前晃悠的血色劍鋒。此時的少女，所有的綺夢和幻想已然全去，淚如雨下。

蘭陵王腳步一提，瀟灑地走向門外。

沒人敢阻攔了。

目送著他大步走出院落，眾婢呆呆怔怔時，那管事不知從哪個角落裡鑽了出來，看到蘭陵王，他急急叫道：「郎君！郎君！」

在他的叫喚中，蘭陵王止了步。他回過頭，冷冷地、淡淡地，居高臨下地看著那管事。就在他的目光盯著那管事冷汗直冒時，蘭陵王優美而冰冷的聲音緩緩傳來：「還請閣下轉告你家刺史大人，他那個準備送給我的義女，長相差我家夫人多矣，高某實在相不中，還是他自已笑納吧。」他唇角微彎，似笑非笑卻又冰冷刺骨，「對了，麻煩提醒你家大人一句，高某生平最恨陰謀，若有什麼打算不妨明言。這般行事，惹得高某心情不好了，說不定手中的劍會不聽使喚！」

說罷，他揚長而去。

目送著蘭陵王離去的身影，那管事呆了一呆，轉眼回頭喝道：「還愣著幹什麼？快去見過梁公！哼，這麼簡單的小事也做不好，看爾等如何自處！」

片刻後，梁顯的身前，黑壓壓跪下一堆人。

梁顯青著臉喝道：「廢物！廢物！連個血氣方剛的年輕人也迷惑不了，要妳何用？」

這話一出，先前已被蘭陵王嚇得媚態全消的梁雪臉白如雪，她癱倒在地，用衣袖捂著臉，又是羞愧難當，又是悲傷地嚶嚶哭泣起來。

那個中年僕婦顯然有點地位，她上前半步，輕聲說道：「郎主，這怪不得阿雪。奴長得這麼大，還沒有見過那樣的男人，女色誘他，怕是沒甚作用。」

梁顯聽到這裡，沉吟了會兒，揮了揮手，「出去出去，別哭得人心煩！」

轟走眾人後，他走到幾前寫了一封帛書，喝道：「拿著它，交給杞簡公，快去！」

「是。」

⁘　⁘　⁘

從刺史府出來後，蘭陵王便直接去了正院。

暖洋洋的炭爐前，張綺正在刺繡。火光映在她的臉上，把整張小臉襯得白嫩嫩紅撲撲，連那顏色淺了不少的疤痕，都似乎發著瑩光。

這陣子在他的威脅下，張綺天天吃一碗羊肉，不但把落下的肉全部補回來了，似乎還胖了些。

今天早晨，他便看到她愁眉苦臉地站在銅鏡前，一邊伸手捏著自己的小肚肚，一邊念念有詞。

感覺到一陣寒風襲來，張綺抬起了頭。看到是蘭陵王，她慢慢站了起來。

不理會她每次看向他時那複雜至極的眸光，蘭陵王逕自走到她面前，在旁邊的榻上坐下後，他抽出腰間的佩劍，慢條斯理地抹拭起來。

他拭劍的動作，優雅沉穩，他坐在榻上的身影，特別沉靜。

終於，在一陣安靜後，他等到了張綺的驚問聲：「你怎麼換衣裳了？」她咬著唇又說道：「這衣裳不合身，是別人家的吧？出了什麼事？」她眼睛鼓鼓地看著他。

蘭陵王抬起頭來，面無表情地瞟了張綺一眼，淡淡說道：「剛從荊州刺史府歸來。」見張綺緊著自己，認真傾聽著，蘭陵王慢慢說道：「荊州刺史送了帖子來，帖子中道明了我的身分，於是我前去想見一見他。不承想，人沒有見到，卻被侍女突然灑了一身的酒……」

果不其然，張綺在聽到「突然灑了一身的酒」時，雙眼陡然睜得老大，眉毛也挑了起來，不但聽得更認真了，那表情中，甚至有著緊張。

他這個婦人，敏感至斯！

收回思緒，蘭陵王繼續說道：「換裳的地方有點偏，我脫下衣裳正準備換上這身，突然身後傳來一個女子的尖叫，卻是刺史府的七姑子也在那裡換裳，還衣裳不整地與我對了個正著……」

騰地一下，張綺站了起來。

看到她瞪大的眼，蘭陵王垂下眸，拿過一側的酒樽，優雅地抿了一口。動作之間，宛如行雲流水，實在美到極致。

見他不開口，只是靜靜地品著美酒，彷彿遺忘了自己的話還沒有說完。張綺抿了抿唇，終是忍不住小小聲問道：「後來呢？」突然間，她的喉中有點哽，「後來怎麼樣了？」

這幾個字還沒有說完，她已眼淚汪汪，看向他的眼神中，又浮出了那無邊的著惱和氣苦，還有恨……

蘭陵王放下酒樽，慢慢說道：「沒有後來。我把劍抵著她的咽喉，她就什麼也招了。原來是荊州刺史，她的義父，早就讓她藏在房中等我前來，這是對我使出的一招美人計。」

明明很平常的話，張綺怎麼聽出他語氣中好像有點得意洋洋？

她懷疑地瞟向他。咦，他目光晶晶亮的，似乎真在等著她稱讚呢！

再定神一看，坐在她旁邊的，依然是正襟危坐，威嚴神武，面無表情的堂堂大將軍。

看來剛才只是幻覺！

雖是幻覺，張綺尋思了一會兒，還是覺得自己應該稱讚他。畢竟比起以前，他進步太多了。

當下，張綺輕步上前，蹲跪在他身前，持起他面前的酒樽給他斟了一盅酒。玉手捧著酒，張綺看著他，溫柔地說道：「長恭辛苦了，來，喝一口。」

嬌軟的聲音混在這暖洋洋的房間中，怎地如此醉人？

蘭陵王唇角不受控制地一揚，接過她的酒，仰頭一飲而盡。

把酒盅一放，蘭陵王的聲音不知不覺中低了些、軟了些，「阿綺，跳一支舞給我看看好不好？就那春日舞。」一聲音綿和，帶著某種纏人的撒嬌和討賞。

張綺別過頭去。

看到她這樣，蘭陵王甕聲甕氣地說道：「我今日的表現，便不值得一支舞？」失望的少年，聲音中都帶上鬱惱了。

值得值得，可她對他恨深如海！

看到張綺的眼眶又開始泛淚，蘭陵王想伸手幫她拭淚。手伸到半空，卻停頓下來，只見他騰地站起，轉眼卻又覺得自己起身的動作太猛太響，便軟聲說道：「不跳就不跳，別哭。」

剛剛站起準備離去，他又回過頭來，「阿綺，給我更衣。」

張綺上前，幫他換回了他自己的衣裳。

換好衣裳，楊受成的聲音從外面傳來：「郎君，刺史府派了管家來。」

蘭陵王蹙著眉尋思了一會兒，淡淡說道：「讓他稍候。」

這時，張綺不解地問道：「那荊州刺史為什麼要用這個法子送義女給你？」

蘭陵王搖了搖頭，道：「我已令人去收集消息了。」

傍晚時，蘭陵王又回來了。

遠遠看到他進來，張綺連忙放下繡活迎上去，仰頭看著他，她咬著唇問道：「怎麼樣？有什麼消息沒？」

瞟了一眼張綺，蘭陵王道：「有點消息。」頓了頓，他說道：「杞簡公宇文連也在荊州，在我走後不久，他便去了荊州刺史府。我剛才特意去看了一下，那個宇文連我們見過，便是剛到荊州時，我們在雪地裡遇到的那個中年胖子，當時他還掀開馬車車簾看了妳我面目。妳我的身分，應該是從宇文連的口中洩露出去的。」

把裘衣順手交給張綺，蘭陵王走到房間坐下，他一邊品著美酒，一邊看著忙著焚香暖衣的張綺，想了想，又說道：「那宇文連認出妳我身分，然後告知荊州刺史。然後荊州刺史邀我上門，然後想把他的義女送給我。」

荊州刺史送女的動作雖然不好看，不過著實是送，只是他打定主意一定要送出，而不能被自己拒絕罷了。

蘭陵王蹙著眉，中指「叩叩叩」的敲擊著。

也不知過了多久，他騰地一聲站了起來。

看到他站起，也在愁眉苦思的張綺迅速抬頭，問道：「長恭，你想到了？」

她的聲音如往常一樣，軟軟的，酥酥的，尾音長長的吳儂軟語，讓人聽了就心神俱醉……她也是個倔強的，離開陳國這麼多年，雖然早就學會了周國齊國的官話，可不管說哪一種話，都把她的家鄉語音加了進去，怎麼聽怎麼軟乎。

聽到她開口，蘭陵王抬起頭來。他喜歡聽她說話，生死幾度，哪怕只是聽到她的聲音，他也會由衷感到一種滿足。

見張綺睜大媚光隱隱的眸看著自己，蘭陵王微笑道：「嗯，想到了。」他修長的手指摩挲著几上的地圖，淡淡說道：「妳想想，那宇文連既識出了我的身分，以他的身分地位，又知道武威城周人與突厥一戰的內幕。」

聽到這裡，張綺也明白了，她「啊」的一聲叫了出來。蘭陵王繼續說道：「作為一個官員，揣摩上意是為首要。想來，現在的宇文護也罷，宇文邕也罷，對於我這個敵國將軍只有兩手，要麼收服，要麼殺了！」

他慢慢抽出佩劍，在那寒光閃爍中，沉沉說道：「兩年多來，我拒過宇文護的籠絡，武威時，我又拒了宇文邕的好意。想來他們已經明白，收服這路走不通了。既然收服不行，那只剩下另一條道路了。」

他輕哼一聲，嗖地一聲拔出佩劍，冷冷說道：「那就是，殺了我！」

他看向張綺，殺了他不但能媚好於上，還能得到張綺這個絕色美人……以宇文連的地位權勢，從自己手中得到張綺後，根本用不著獻給宇文邕這個傀儡皇帝，他完全可以自己享用。而這事便是捅到大塚宰宇文護耳裡，宇文護也只會付諸一笑。

不過，殺他也不容易，因為他的身邊不僅有五百精卒，還因為荊州一地與齊國離得不遠，他們動手時稍漏風聲，便會激來兩國交戰。要知道，如今周國在與突厥的火拚中實力急速下降，齊國和陳國應該會很希望找到個藉口來落井下石的。便是不顧及這個，蘭陵王畢竟也是齊國堂堂郡王，是齊國將帥，以他的身分被周地官員暗殺，這可是能引發紛爭的大事。

最好的辦法，莫過於先軟化他，再用一種隱密的，旁人無法偵知的手段暗殺了他。而送一個美人給他，可以說是軟化之策中最好使的。又因為蘭陵王對張綺的癡情舉世皆知，當面送美人，他必然不會接收，最好的辦法就是強迫他接受這個美人。只要接受了，不管是在婚宴上暗殺，還是通過美人之手取他性命，或平素交遊時殺他，都是神不知鬼不覺，輕而易舉。

蘭陵王說到這裡，轉頭一看，卻見張綺怔怔地看著自己。

他眉峰微緊，問道：「在想什麼？」

「你真聰明！」張綺低低說道，她沒有想到，僅憑收集到的這一點點訊息，他就能推斷出這麼多事來。

咬著唇看著他，張綺輕聲問道：「那我們怎麼辦？」想了想，她又道：「要麼，道路一通我們就離開荊州城？」

在她的目光中，蘭陵王搖了搖頭。他還劍入鞘，淡淡說道：「不用擔心，一切我自會處置。」

說罷，身子一旋走了出去。

大雪過後的荊州城，狠狠晴了幾天。而自那日刺史府的管家上門賠過罪，荊州刺史又特意約了個時間與蘭陵王見過面賠了罪後，那件事也就揭過不提了。

……話說回來，天下間哪個男人不喜歡美人？要不是他蘭陵王癡情之情傳於天下，也不至於他荊州刺史要送他一個義女，還得用這種手段。於情於理，蘭陵王也不至於因這件小事便記恨於他。

前嫌盡釋後，蘭陵王與刺史梁顯還有宇文連的來往也頻繁起來。

除了與這兩個人有來往，這幾日，張綺還聽到了一個陳國人的名字，靖安侯陳烈。那個靖安侯也不知什麼時候見過蘭陵王，這幾日，竟是頻頻上門求見，便是屢次被拒，也毫不氣餒。

又是一個白日灼灼的晴好之日，望著前方雪融得差不多了的大山，宇文連朝僅帶著四個護衛的蘭陵王瞟了一眼，把馬鞭朝前方一指，笑道：「這些天也悶得慌了，看這山上的雪也融得差不多了，兩位，我們不如進山一獵如何？」

冬季狩獵，確實是齊周兩地貴族的嗜好，因此宇文連的聲音一落，梁顯撫著長鬚也道：「這倒是個好主意，這冬日沉沉，實是悶得我骨頭都硬了。」他轉頭看向蘭陵王，微笑道：「郡王興致如何？」

蘭陵王身為武將，對這等事自是不會推辭，他微微一笑，漫不經心地應道：「好啊。」

這話一出，宇文連的唇角慢慢扯出了一朵漩渦。

三人都是位高權重，扈從無數，這決定一下，便馬上張羅起來。不一會兒，十幾條獵狗，還有百來個手持弓箭的護衛便站在了三人的後面。

「出發！」隨著東道主梁顯一聲輕喝，眾人趕著獵狗衝向山林中。

林中樹枝遍布，雪堆處處，實是不適合騎馬。來到山腳下時，蘭陵王跳下馬背，令兩個護衛留在原地看守馬匹後，他帶著另兩個護衛，跟在同樣下了馬背的梁顯和宇文連身後，向山上走去。

眼前這山，看起來不大，真走進去，卻是山深林密。吱呀吱呀的腳步聲中，那些驅趕著獵狗的護衛們，已是越衝越快，越衝越快，轉眼間，他們的身影便消失在叢林中。

不一會兒，林中傳來眾獵狗的狂吠聲，聽到那吠聲，宇文連叫道：「大善，有獵物出現了！」

說罷，他急急竄入樹林。梁顯見狀哈哈一笑，也跟著追了上去。

與他們不同，蘭陵王這個武將，一直是不以為然的，見到獵物，他還在後面不緊不慢地走著。

追了幾百步，梁顯回頭瞟了一眼在後面信步而來的蘭陵王，扯著唇角冷笑一聲。

當下，兩個位高權重、養尊處優多年的大周官員，開始向另一側角落退去。一邊退，梁顯一邊小聲說道：「人已引到這裡來了，時機一到便動手吧。」

宇文連壓低聲音哈哈一笑，淫笑道：「梁兄儘管動手。雖然天寒地凍的，可我一想到那個色傾天下的張氏，這心便癢著呢。」

梁顯呵呵一笑，道：「好說好說！」

說笑時，蘭陵王的身影早已看不見了，而這兩人，更是大步退向早就準備好了馬匹的一處避風山坳。

就在這時，一個護衛急急跑來，他朝著兩人行了一禮，大聲道：「稟國公，前方出現一個六人小隊！」他剛說到這裡，不遠處，傳來一個齊國口音的大嚷聲，似是一個人正在叫道：「你們走錯方向了，郡王在這裡！」

梁顯兩人都會聽齊語，聞言臉色一沉，那宇文連哼道：「是來尋蘭陵王的？」他眼睛一陰，命令道：「一併殺了！」他轉向宇文連，右手向下一砍，沉聲道：「梁兄，升官發財本須冒險，如此機會，怕是以後不會再有！」

這話一出，梁顯不再猶豫了，他頭一點，命令道：「令衛隊出動，殺了那幾人！」

「是。」那護衛領了命令後，急急步入叢林。隨著他進去不久，一陣弓弩聲穿透重林，嗖嗖傳來。伴隨著弓弩聲的，還有一聲聲慘叫。

梁顯的人做事還真是俐落，宇文連讚幾聲，和梁顯一道衝入了樹林中。

前方的山坡上，幾個血淋淋的屍體把雪地都染紅了。看到他們走近，十幾個護衛簇擁而上。

梁顯為人謹慎，他大步走向那山坡。剛剛走上山坡，他便是目光一凝，只見前方一里路遠的蜿蜒山道處，十幾個黑色的人影正四散而逃。

不好，莫不是打草驚蛇了？

梁顯一驚，恰好這時，他腳下的一個屍體挪動了幾下，呻吟起來。

梁顯急急低頭。

這一低頭，他對上一個中了弩箭還沒有徹底死去的漢子。那漢子顯然認出了他，嘴一張，吐出一口鮮血後，恨聲說道：「梁刺史，我家侯爺怎麼冒犯你了？你殺了他，就不怕引起陳國與周國的戰爭嗎？」

梁顯臉色一白，他急急問道：「侯爺？什麼侯爺？你們是陳國人？」

那漢子吐著血沫，哈哈笑道：「不錯，我們正是陳國人，我家主人便是陳國靖安侯！他奉陛下之令出使周地，被風雪阻於荊州。原本今日只是想來打獵玩玩，卻被你們狠心射殺！等著吧，我們的人已經逃了，他們會把這件事原原本本地傳給吾皇的！」

聽到這裡，梁顯倒退一步，而大步走來的宇文連，也是臉無血色。

這個靖安侯身為使節，卻在這冬雪之日還滯留荊州，還有閒心打獵，顯然是個聲色犬馬、不務正業的。可便是這樣的人，也不是他們能誅殺的。要知道，這一次周國與突厥大戰中，元氣大傷，陳齊兩國，那是恨不得找藉口來進攻周地啊！

而現在，他們竟是把這個藉口生生地雙手捧到了陳人手中。

兩個權臣面面相覷了一會兒，突然的，梁顯跳起來嘶叫道：「快追！所有人都追上去，務必把那些陳人全殲滅！」

他這話一出，宇文連也清醒了。為今之計，只能是殺人滅口了。當下，他也向左右急急命令道：「來人，來人，全部追上去，一定要把那些陳人一個不留的殺了！去，快去！」說到最後，他已是嘶吼。

就在兩人暴跳著下令時，山林中突然傳來一個沉冷而舒緩的聲音：「不必了！」

梁顯兩人急急轉頭。

在他們瞪大的雙眼中，蘭陵王帶著兩個護衛，從雪林中慢慢走了過來。他負著雙手，俊美得讓男人看了也目眩的臉孔上，沒有絲毫表情。

似是沒有注意到兩人急急變青的臉色，蘭陵王信步走上山坡，走到幾個陳人屍體面前，朝那個嚥下最後一口氣的陳人瞟了一眼後，來到另外一旁，朝那個高大肥胖，卻穿了一身普通護衛裝的屍體重重踢了腳，淡淡說道：「不用追出了，他們已經逃走了。」

「你、你怎麼知道？」按住不安，梁顯小心地問道。

蘭陵王負著雙手，淡淡說道：「靖安侯是我引上山的。」

梁顯兩人瞪大了眼。轉眼，梁顯驚醒過來：有可能，傳聞中，這個陳國的靖安侯極好男色。是了，他這次在我荊州之地停留，也是為了一個孌童。只恨當時屬下向他報告過此事時，他聽了也就聽了，並沒有往心上放……

在兩個周國權臣時青時白的臉色中，蘭陵王繼續說道：「至於剛才逃走的那幾十個隨從，我的人會助他們一臂之力，他們此刻已騎著馬逃得遠了，所以，你們追不上了。」

他慢慢回頭，目光冰寒地看著梁顯和宇文連兩人，好一會兒，他放低聲音：「高某平生最恨陰謀！然，如果有人對我使用陰謀，那高某很樂意讓他自己也嘗嘗這等滋味！」

說到這裡，他優雅轉身，「想來不過多久，陳國也罷，齊國也罷，會對兩位所行之事齊力聲討，中原好不容易平靜下來，只怕又要再起烽火了。梁公、宇文公，我看你們還是盡快回府，想想怎麼應付宇文護的震怒吧！」

說罷，他領著兩個護衛，施施然地從兩人的面前走開。

此刻，不管是梁顯還是宇文連，身邊都是數十上百的護衛，可是他們想也沒有想過，要對這個僅帶著兩個護衛的齊國郡王動手。

因為，他連陳國靖安侯也算計到了，顯然一切都在他意料之中，便是殺了他，也沒有辦法遮得住他那五百精騎的悠悠之口。而只要有一人把蘭陵王在荊州遇刺的消息傳回齊國，那後果就是，齊國與陳國一樣勃然大怒，進而聲討周國。

剛剛經過突厥之亂，國力大耗的周人，已禁不起又一場大戰了。

可以說，他們不但不能殺他，還要想方設法地討好蘭陵王，讓他息怒，讓他放棄勸誘齊主攻擊周國的想法。

想著那重重利害關係，越想越是絕望的兩個權臣，看著蘭陵王大步離去的身影，一時之間，竟是心死如灰。

是誰說的，齊國蘭陵王有勇無謀，極易謀算？

他們不過是揣摩了一下上意，覺得宇文護和宇文邕會樂於看到蘭陵王的屍體。他用得著因為這麼一點小事，生生地把陳周兩國拖入戰火嗎？

是誰說，齊國蘭陵王秉性忠厚的？

在一陣絕望的安靜中，梁顯突然說道：「宇文兄，這一次可被你害慘了！」

他額頭上冷汗不停地流著，拭也拭不盡，臉色灰敗一片，「也不知這一次能不能保得住這條性命？」頭上的烏紗帽多半是保不住了，為今之計，也只能想辦法讓大塚宰息怒，以圖他日東山再起之時。

❖ ❖ ❖

蘭陵王回到了府第中，一入門，他便問道：「張姬在忙什麼？」

這都是他的習慣了，每次必問。

兼任管事的楊受成躬身回道：「在發呆呢。」

又在發呆？

蘭陵王提步朝寢院走去。

看著他急步而行，楊受成想了想，認真說道：「郡王何不把準備和離之事告知張姬？」這是第二個人這般勸他了。

蘭陵王止步，回頭看著楊受成，沉默了一會兒，徐徐說道：「我想等鄭氏願意和離了再說此事。」他抿著唇，淡淡說道：「男子漢大丈夫，何必把還沒有做到的事空自承諾？」

甩下楊受成，蘭陵王來到了院落中。

穿得厚厚的，裡三層外三層都包成了一個雪球的張綺，正撥拉著几上的一個茶盅尋思著什麼，直到蘭陵王走近，她都沒有察覺。

張綺是在尋思，不管是在齊地還是長安，或者是現在，一有空閒，她便坐立不安著。

她覺得她應該做些什麼增加實力，而不是如現在這般，生死榮辱繫於一個男人，可她又實在想不出她能做什麼。

像現在，她出入都有蘭陵王的護衛跟著，到外面收買那些受過苦難的人吧，那些護衛還會擔心接觸她的人中，有刺客或懷有陰謀的呢。說是收買蘭陵王自己的屬下吧，她這種女流之輩的人格魅力，又哪裡是蘭陵王這種與他們共過生死的袍澤之情能替代的？

至於賺錢，那已沒有必要了。現在蘭陵王的錢都放在她的手裡，她要拿走隨時都可以，可在這樣的世道，只有錢，沒有強而有力的武力保護，唯一的下場就是死，或者被踐踏。

這是一種悲哀，兩世為人，她都想不出在這個世道上，如她這樣長相這樣實力的獨身婦人，能做些什麼增加自己實力的事？

也不知尋思了多久，張綺陡然感到不對，便抬起頭來，對上靜靜看著她的蘭陵王。

與他相識太久，哪怕只看他一眼，她也能分辨出他是喜是怒，還是有憂思。

看他一眼，張綺問道：「長恭，你剛才出去了，後來發生了什麼事嗎？」轉眼她明白了，馬上站起，「是不是那個荊州刺史的事？你是怎麼應對的？」

蘭陵王笑了笑，伸手撫著她的長髮，低聲道：「已經結束了。」

他的阿綺，那主意是這麼好打的嗎？不理會也就罷了，一旦出手，就必須是雷霆一擊！不一下子打疼了、打狠了，打得他們周人一想到此事，就連牙根都疼上幾天，那他以後還怎麼去護著更見美麗的阿綺？

他不解釋，張綺只好疑惑著。

接下來，這個臨時的府第一下子變得熱鬧了，幾乎天天都有刺史府的人登門拜訪，還有那個什麼杞簡公，對上蘭陵王時，也是點頭哈腰不已。

偌大的荊州城，再也沒有比那兩個勢力還大的官了。他們如此，那些下屬官吏自然也是跟著來。饒是蘭陵王一直冷著臉，對所有人不假辭色，可天天上門求見的、送禮物的，想通過她的門路討好的，那是絡繹不絕。

在這種熱鬧中，新年到了。

早早的，楊受成便把府第布置得張燈結綵，婢僕們也都換上了新衣裳。

張綺站在院落裡，靜靜地看著興高采烈的婢僕們。

她這是第一次過新年。以往在鄉下時，每逢新年，她便被關了起來……親戚朋友來來往往，高朋滿座的大好日子，沒得讓她這種晦氣人掃了興。

蘭陵王大步走來，遠遠的，他便看到穿著厚厚裘衣的張綺，歪著頭，雙眼亮晶晶的，笑盈盈地看著眾人忙活著。

多久了？他都沒有見到她這麼笑過。

他加快了腳步，來到她身後，輕聲喚道：「阿綺。」

張綺回頭。

蘭陵王上前牽著她的手，「怎麼這麼冰？想出去走走嗎？」

張綺仰著臉看著他，輕輕「嗯」了一聲。

兩人行走在荊州街道中，這時，天下又飄起了雪花。

這是一種很安逸的感覺，兩人都沒有說法，只是這樣手牽著手走著。

走了一會兒，張綺低下頭來看著兩隻緊握的手。自從重逢以來，無數個夜晚，蘭陵王便是把她抱在懷中，都沒有碰過她，端方規矩得宛如，呃，太監。

也不知怎麼的，他這樣的行為，慢慢地讓張綺的心有點暖。他是怕她生氣吧，怕她又拒他於千里之外吧？所以每天晚上，那麼辛苦也強自忍耐著。

兩人靜靜地行走在雪地上，隨著他們的走動，一陣嘎吱嘎吱的脆響不時傳來，這是腳步落在雪地傳來的聲音。

就在這時，一個人影突然竄了出來。那人影衝得極快，如旋風一樣，轉眼便衝到了兩人面前。然後，只聽得撲通一聲，來人跪倒在雪地上，就在這街道中，向著張綺，向著蘭陵王，以五體投地之勢趴伏在他們腳下，哽咽起來。

直到這時，張綺才發現，跪在她面前的，是一個美麗的，皮膚特別白皙的少女。這個少女身著華貴，作姑子打扮。這般跪伏著，那臀部高高翹起，形成一個極具誘惑性的弧度。

少女砰砰砰地向兩人磕了幾個頭後，抬起那美麗的臉蛋，楚楚可憐地看著張綺，看著蘭陵王，也不說話，只是不停地流淚。那淚水嘩啦啦地流下面頰，幾乎糊住了她的小臉時，她又砰砰砰地磕起頭來。

雖然雪花鋪了一地，她這般磕著頭，還是很快便額頭發青。

張綺轉過頭看向蘭陵王。

他的臉上沒有表情，這是真正的沒有表情。很顯然，眼前這少女的一番舉動，並沒有打動他。見張綺看來，蘭陵王蹙了蹙眉，「走吧。」說罷，他牽著張綺的手向一側走去。

看到他理也不理自己，那少女淒然地叫了一聲，朝著張綺喚道：「夫人，夫人，是賤妾錯了，求夫人饒命，求夫人饒命！」

一聲又一聲，只是看著張綺，只是不停地向張綺磕頭。

看來，她知道蘭陵王心如鐵石，卻是想從張綺這裡打開一條路了。

自那少女衝出來時，街道中不多的行人已絡繹向這邊看來。現在，那些三三兩兩的人遠遠圍上，朝著這裡指指點點的。此刻看到這少女向張綺苦苦哀求，有幾人尖著嗓子叫道：「真可憐！」、「那個夫人有沒有心啊？人家這樣求妳，怎麼無動於衷的？」、「看身段也是個大美人兒，怎麼心這麼狠？」、「太過分了，人家這樣求，還理也不理！」

一句又一句的議論越來越響，越來越響，到了後面，幾乎令得別的圍觀者也對張綺指責起來。

在這樣的責罵聲中，彷彿張綺不立馬無條件原諒那少女，不扶著她說一通大義凜然的話，便是十惡不赦之人一樣。

這種責罵，配上那少女不停地流淚，不停地磕頭，真成了這漫天雪花中的一景。不知不覺中，越來越多的人向這邊圍來。

張綺任由蘭陵王牽著自己的手向前走去，一邊走，她一邊看著蘭陵王，等著他開口。這個少女雖然沒有自我介紹，也沒有說她做錯了什麼，要張綺饒什麼命。不過以她的聰慧，自是一下子就猜到了，這個少女便是荊州刺史府中，那個曾經想要賴給蘭陵王的刺史的義女。

這事，現在已不是普通的兒女之爭，而是上升到家國利益之事。張綺一個婦人，自是不會妄動憐憫之心，去干涉蘭陵王的決策。因此，在那少女悲淒的哭泣聲中，砰砰砰的磕頭聲中，四周的指責唾罵聲中，兩人卻是漸漸遠去。

眼看著他們就這樣離開了，那個少女發出一聲絕望的哭號後，突然尖著嗓子哭道：「張夫人，妳如果不願意原諒阿雪，阿雪馬上死給妳看！」

話音一落，她抽出一柄短劍抵在了自己的咽喉上。

隨著少女的這個動作，人群發出一陣倒抽氣聲，同時，還有十幾人不約而同地朝張綺叫道：「妳這毒婦！」、「妳這婦人恁地狠心！」、「妳這婦人怎麼眼睜睜……」

越來越難聽，越來越亂七八糟的唾罵中，蘭陵王腳步一頓，緩緩回頭。

他目光如電，冰冷地掃過咒罵的眾人。

在他的目光下，那些路人不由自主打了一個寒顫，慢慢住了聲。

蘭陵王轉頭看向那個少女阿雪。

他鬆開張綺的手，緩步走向阿雪。見他終於正視自己，終於向自己走來，阿雪灰白的臉馬上變得紅通通的。她睜大雙眼，又是興奮又是充滿希冀和渴望地看著蘭陵王。少女的瞳仁中，隱隱還有著某種隱密的期待。

在阿雪的期待中，蘭陵王走到了她面前。

他抽出了腰間的佩劍，劍一入手，便映照著雪光，變幻出流離七彩。

這時，蘭陵王手腕一揚。就在一陣齊刷刷的尖叫聲中，噗的一聲，那寒森森的劍鋒，竟是乾脆俐落，又陰狠無情地割斷了阿雪的咽喉。

鮮血沖天而起，轉眼便把腳下的雪地染得通紅。隨著瞪大了雙眼，那隱密的喜悅還來不及消逝的阿雪的屍體栽倒於地，蘭陵王掏出手帕，慢慢拭去劍鋒上的血跡。

這時，四周已嘔吐聲、驚叫聲響成了一片。在這些雜亂的、驚恐的聲音中，蘭陵王抬起頭來。

他目光所到之處，眾人不停後退、後退……慢慢收回目光，「嗖」地一聲寒劍入鞘，蘭陵王低沉地、徐徐地說道：「那一日高某便說了，此生最恨陰謀！轉告梁顯和宇文連，他們最大的錯，便是把主意打到我夫人身上，還出言污辱於她……」

他還沒有說完，那幾個混在人群中，剛才指責咒罵張綺最為厲害的路人，已顧不得暴露自己的身分，一個個撲通撲通跪在地上，一邊朝著他不停磕頭，一邊求道：「不敢了，再也不敢了！郡王息怒，息怒！」

「此事錯在我等，求郡王手下留情！」

「郡王息怒！我等再也不敢了！」

「不敢就好！」蘭陵王冷冷丟下一句，轉身走到張綺面前，牽著她的手，繼續向前走去。

看著那兩人越走越遠的背影，一輛馬車中，宇文連那肥胖的臉抖成了一團。這又是他的主意，不用想也知道，回去後，縱使梁顯對他的身分還有一些忌憚，這一次，也會指著他的鼻子大罵痛罵了。

宇文連白著臉，眼神複雜地看著蘭陵王遠去的身影，這時，外面傳來他一個心腹顫抖得幾不成腔的聲音：「您看現在怎麼辦？」

宇文連咬緊牙關，好一會兒才頹然向後一倒，在兩側婢僕的驚慌中，苦澀地說道：「這個高長恭，簡直就是個瘋子，瘋子！」

自古有言：殺一人是罪，殺萬人是雄，殺得萬萬人，方是雄中雄。而蘭陵王這種殺得萬萬人的，便是那雄中雄。在他的字典中，早已不存在心慈手軟四個字，所以，他把行動的目標定在了身為婦人的張氏身上。

讓他沒有想到的是，自己這樣一做，反而更加激怒了蘭陵王。

從剛才蘭陵王的話中可以聽出，他之所以震怒，之所以毫不猶豫當著這麼多路人的面格殺了阿雪，便是因為他們把主意打到了張綺頭上，便是因為他們想通過梁雪的眼淚、跪拜，還有旁人的咒罵來逼得那個張氏心軟。

這個他前思後想，自認為很是不錯的苦肉計，最終卻因為高長恭那廝的極端護短而弄巧成拙。對一個姬妾出身的女人看得如珍似寶，不能容忍她受半點委屈，這樣的男人不是瘋子是什麼？

咬了咬牙，已經絕望的宇文連只有最後一招了，「去刺史府！」

張綺和蘭陵王兩人回到府中不過半個時辰，便接待了兩位極為特殊的客人。

在這冰天雪地中，卻赤著上身，身上綁著荊條的荊州刺史梁顯和杞簡公宇文連過來了。當然，他們還是自重身分，這一路是坐著馬車過來的。直到入了府門，才走下馬車，脫下衣裳，露出他們被荊條綁著的肥胖身形。

兩個周國權臣低著頭，在府中眾人的瞠目結舌中，在楊受成的帶領下，來到主院外後，便同時跪了下來。

這一跪，只希望能讓蘭陵王原諒他們先前的過錯，不去策動齊主興兵犯周。

這一跪，只希望能讓剛剛經歷過戰爭的周地，免去一場生靈塗炭。畢竟，陳人向來軟弱，只要齊人不牽頭進攻周國，想來通過賠罪和金償等手段，還是可以免去一場戰亂的。

而所有所有的關鍵，便在於房中那個年輕的，俊美得不像話的男人能不能就此原諒他們。

也不知跪了多久，蘭陵王走了出來。

看著這兩個周國重臣，終於，他長嘆一口氣，上前扶起兩人，說道：「兩位何至如此？這天寒地凍的，小心凍出了疾病。」

不等兩人開口，蘭陵王又溫和地說道：「我夫人心軟，看不得兩位長者這般。因此，長恭想了想，以前之事，便一筆勾銷吧。」

兩人大喜，在梁顯的呵呵笑聲，宇文連的再三賠罪中，蘭陵王迎著二人入了書房，讓他們各自穿好衣裳後，擺上宴席，一樽美酒下肚，便算是化敵為友了。

半個時辰後，各自換上了華服，放下了心頭巨石的兩位周國重臣上了馬車，而蘭陵王一直把他們送出了府門。

他回來時，張綺正站在門口目光晶亮地望著。看到他走來，她碎步迎上，忍不住問道：「長恭怎麼又改變主意了？」

蘭陵王伸手牽著她的手，進了書房後，才慢慢說道：「我深知陛下的為人，別說現在周國虛弱，便是周國內亂，齊軍完全可以長驅直入，他也不會興兵。」他冷笑道：「高湛那人，有小陰謀而無大志向，又素喜醇酒美人，如今行事，已越發瘋癲。」

說到這裡，他閉緊了唇。

原來他從來就知道齊國不會出兵啊？那他還那麼言辭咄咄，直逼得兩個周國重臣不顧體面地負荊請罪？

蘭陵王伸手在張綺的手背上拍了拍，輕聲說道：「阿綺無須同情那兩個老狐狸。妳以為剛才那女子雪地一跪後還會有活路？哼，他們只怕早就盤算好了，只要我一鬆口，便可立馬對所有知情人，還有看到他們狼狽一面的人下手誅殺！倒也不是防著宇文護知道此事，這是防也防不住的，而是上位者的尊嚴必須維護罷了。」

張綺明白過來，便是蘭陵王原諒了他們，可陳國使者殺也殺了，那事瞞是瞞不過的。現在齊國不會因此事起兵後，宇文護對他們懲罰便會相應的小許多。如果再通過外交手段令得陳國息聲，那宇文連和梁顯的位置，也就是降幾降，烏紗帽終還會有一頂戴上。

蘭陵王向房中走去，走了幾步，見張綺沒有跟上，他回頭看來。

這一回頭，他對上張綺怔怔凝視的目光。這目光有點複雜，也有點陌生。看著她，蘭陵王微笑道：「阿綺在想什麼？」

張綺垂眸，無聲地朝他福了福，也沒有回答他的問話，而是輕笑道：「恭喜郡王，自此以後，只怕周國官員一聽到郡王的名字，便會退避三舍了！」

這話一出，蘭陵王哈哈一笑。同時，他也知道，張綺定是明白過來，自己在街道上為了她殺那個阿雪立威，剛才又特意說什麼「我夫人心軟，看不得兩位長者這般」，方方種種，都是在告訴世人，他對她的珍視。

他的婦人，他曾傷了她的心，曾令得她放棄了對他的情。自武威城救出她那一日起，自發現他這一生再也不能沒有她開始，他便想著要慢慢的，一步一步的，讓她重新愛上他，讓她如他愛她一樣地愛著他。

直到有一日，她也如他曾經經歷的那樣，一想到要捨去他，便心如刀割，一想到要離開他，便寧可死了的好……

他那麼驕傲，怎能容許他愛著的人，卻對他始終有所保留？始終想近就近，想抽身而退，便能飄然而去？

他不許了！

（未完待續）

漾小說 108
蘭陵春色 ❸

國家圖書館出版品預行編目資料

蘭陵春色 / 玉贏著. -- 初版. -- 臺北市 :
麥田, 城邦文化出版 : 家庭傳媒城邦分公司發行,
2014.01
冊 ; 公分. --（漾小說 ; 108）
ISBN 978-986-344-027-7（第3冊 : 平裝）

857.7 102021630

作者 玉贏
封面繪圖 畫措
責任編輯 施雅棠
副總編輯 林秀梅
編輯總監 劉麗真
總經理 陳逸瑛
發行人 涂玉雲
出版 麥田出版
城邦文化事業股份有限公司
104台北市中山區民生東路二段141號5樓
電話：（886）2-25007696 傳真：（886）2-25001966
發行 英屬蓋曼群島商家庭傳媒股份有限公司城邦分公司
104台北市中山區民生東路二段141號2樓
客服服務專線：（886）2-25007718；25007719
24小時傳真專線：（886）2-25001990；25001991
服務時間：週一至週五上午09:00~12:00；下午13:00~17:00
劃撥帳號：19863813；戶名：書虫股份有限公司
讀者服務信箱：service@readingclub.com.tw
麥田部落格 http://blog.pixnet.net/ryefield
香港發行所 城邦（香港）出版集團有限公司
香港灣仔駱克道193號東超商業中心1樓
電話：852-25086231 傳真：852-25789337
E-mail：hkcite@biznetvigator.com
馬新發行所 城邦（馬新）出版集團【Cite (M) Sdn Bhd】
41, Jalan Radin Anum, Bandar Baru Sri Petaling,
57000 Kuala Lumpur, Malaysia.
電話：(603) 90578822 傳真：(603) 90576622
Email：cite@cite.com.my
美術設計 洸譜創意設計股份有限公司
印刷 鴻霖印刷傳媒股份有限公司
初版一刷 2014年 01月07日
定價 250元
ISBN 978-986-344-027-7